KB108957

불복종

DISOBEDIENCE

불복종

나오미 앨더만·박소현 옮김

DISOBEDIENCE

NAOMI ALDERMAN

민음사

나의 부모님을 위하여

일러두기

1 인·지명은 대체로 외래어 표기법을 따랐으나 몇몇 예외를 두었다.
2 본문의 각주는 모두 옮긴이 주다.

차례

1

그리고 안식일에, 사제들은 다가올 미래를 위한 노래를 부르니, 온전한 안식일이 될 그날과 영원한 삶의 기약을 위해서이다.

——미슈나 타미드 7장 4절, 토요일 아침 예배마다 암송

심하트 토라* 기간의 첫 안식일 즈음에 라브** 크루슈카가 어찌나 여위고 창백해졌는지, 회당에 모인 사람들은 그의 푹 꺼진 눈동자에서 이미 내세의 풍경마저 비쳐 나오는 듯하다며 중얼거렸다.

신년 대제일*** 기간 동안까지 라브는 그들 곁에서 잘 버텨 주었다.

---

* Simchat Torah: '율법의 기쁨'이라는 뜻으로, 유대교 율법 경전인 토라의 완독을 기념하는 명절이다. 유대교에서 율법의 완독 기간은 일 년 주기로 정해져 있으며, 심하트 토라 예배에서 율법의 마지막 장인 신명기 24장까지 읽고 나서 바로 율법의 첫 장인 창세기 1장으로 다시 돌아가게 되어 있다. 시기상으로는 초막절인 수코트 명절 이후이므로 9월 중순부터 10월 초반 정도다.

** Rav: 유대교 사제로서 세미카(semikhah)라 불리는 안수 의식을 받은 랍비를 통칭해서 부르는 말이기도 하지만, 일반적인 랍비(Rabbi)와 구분해서 지역 공동체 전체를 이끄는 숙련된 훈련자의 위치에 있는 랍비에게 존경의 의미로 '라브'라는 호칭을 사용한다. 이 책에서는 '랍비'라는 말로 혼칭하지 않고 원문의 의도대로 '라브'와 '랍비'를 구분해서 옮겼다.

*** High Holy Days: '경외의 날들'이라는 의미의 야밈 노라임(Yamim Noraim)이라고도 칭해지며, 유대교의 신년인 티슈리월(9월 초반에서 10월 말일) 첫날부터 십 일간 이어지는 로쉬 하샤나(Rosh Hashanah) 절기와 대속죄일인 욤 키푸르(Yom Kippur) 기간을 의미한다.

욤 키푸르* 단식을 끝맺는 예배가 두 시간가량 이어지는 동안에도 꿋꿋이 선 자세를 내내 유지하였다. 바로 다음 순간 기절이라도 할 것처럼 몇 번인가 눈동자를 희번덕거린 적이 있긴 했지만 말이다. 단 1~2분 정도에 지나지 않았지만 율법이 적힌 토라 두루마리를 들고 즐겁게 춤을 춰 보이기까지 했다.** 하지만 이제 그 성스러운 축일들이 지나가고 나자, 활력도 그의 몸에서 완전히 떠나갔다. 이 후텁지근하고 농익은 9월의 어느 날, 회당 창문이 모두 닫히고 모든 회중의 눈썹에 땀방울이 총총히 맺힌 그날에 라브는 양털로 짠 외투에 푹 감싸인 채 그의 조카 도비드의 팔에 기대 몸을 지탱하고 있었다. 그의 목소리는 희미했고 손은 덜덜 떨렸다.

상황은 자명했다. 진작부터 자명해진 상태였다. 몇 달이 지나도록, 한때는 붉은 키뒤시 포도주***처럼 풍부하고 낭랑하던 그의 목소리는 잔뜩 쉬어 버리다 못해 때로는 잘고 거친 기침이나 헛구역질과 목멤이 수반된 일련의 우레 같은 발작으로 갈라져 내렸다. 그럼에도 그 폐에 깃들어 있다는 희미한 그림자의 존재만큼은 도무지 믿기 어려웠다. 누가 그런 그림자를 볼 수 있었단 말인가? 그림자란 대체 무엇인가? 회중은 라브 크루슈카가 고작 그런 그림자 따위에 굴복했다는 사실을 믿을 수 없었다. 정결한 토라의 광명이 그를 어찌나 휘황찬

---

* Yom Kippur: '속죄의 날'이라는 뜻으로 로쉬 하샤나 절기의 마지막 날. 유대교에서 일 년 중 가장 성스럽게 여기는 날이며, 다 같이 회당에 모여 하루 종일 금식과 기도를 하며 보낸다.
** 심하트 토라에서는 토라를 다 읽고 난 뒤 율법의 기쁨을 표현하며 토라를 들고 춤을 추는 관습이 있다.
*** kiddush wine: 안식일이나 축제일 밤에 신을 찬미하는 기도와 함께 나누는 포도주.

란하게 비추는 듯 보였는지, 곁에 가까이 다가온 그의 존재만으로도 그들 자신까지 함께 빛나는 것처럼 느끼게 하던 그가 아니었는가.

길거리를 오가던 우연한 만남의 순간들을 통해 공동체 내에는 소문이 퍼져 갔다. 할리 스트리트의 전문가는 그가 한 달 정도 푹 쉬고 나면 다 괜찮아질 거라고 말했다고 한다. 어느 유명한 레비*는 라브 크루슈카의 안정된 회복을 기원하며 그와 오백 명의 어린 토라 학생들이 매일 시편 전체를 통째로 암송하고 있다는 말을 전해 왔다. 사람들의 말로는, 라브 그 자신이 무사히 살아서 예루살렘 성전**의 주춧돌까지 보게 되리라고 선언해 주는 계시적인 꿈을 꾸었다고도 한다.

하지만 그는 날마다 점점 더 쇠약해져 갔다. 그의 건강이 악화되고 있다는 소식은 헨던 교구를 넘어 더 머나먼 지역까지 퍼져 갔다. 세상 이치가 그렇듯이, 회당 예배를 한 주씩 빠지거나 혹은 다른 형태의 예배에 참여하던 회중마저 점점 열정적으로 헌신하게 되었다. 매주 그 전보다 더 많은 수의 신도들이 몰렸다. 이 투박하게 지어진 회당은 — 본래는 그저 한쪽 벽면으로 이어진, 양쪽 내부를 비워 내고 나란히 붙여 놓은 두 채의 연립 주택에 지나지 않는 — 이 정도로 많은 사람들을 수용하도록 설계된 곳이 아니었다. 예배가 진행되는 동안 회당의 공기는 점점 탁해졌고, 내부 기온은 올라갔으며, 거의 악취가 나다시피 했다.

회당 이사회 중 한두 사람은 이처럼 심상치 않게 몰려오는 신도들에 대응하기 위해 어쩌면 대안적인 형태의 예배를 따로 마련해야 하

---

* rebbi: 유대인 학교의 교사를 맡고 있는 랍비
** Bais HaMikdash: 유대교 순례지인 예루살렘 본토의 성전

는 게 아닌지 제안하기도 했다. 이사회의 회장 이츠학 하토그가 그 의견을 기각했다. 어차피 이 사람들은 라브를 보러 오는 것이니, 결국 그들의 눈으로 직접 그를 보게 하는 편이 나으리라고 그는 선언했다.

그래서 티슈리월 안식일에 회당은 과포화 상태에 이르렀고, 이렇게 말하면 슬픈 일이지만 회중의 모든 구성원들은 그들 창조주 앞에 드리는 기도보다 라브에게 온통 주의를 기울이고 있었다. 그날 아침 내내 그들은 그를 걱정스럽게 지켜봤다. 도비드가 그의 삼촌 곁에 서서 일용 기도서를 들어 주고, 그의 오른쪽 팔꿈치를 받쳐 주며 바싹 붙어 있었던 것은 사실이었다. 하지만 저런 사람의 존재란 그의 회복을 돕기보다 오히려 거치적대는 게 아닐까? 하고 회중 사람들은 서로에게 속삭였다. 도비드가 랍비라는 것만큼은 다들 마지못해 인정하는 바이지만, 그는 라브가 아니었다. 두 관념은 미묘하게 구별되었는데, 누구나 어느 정도의 연구와 업적을 쌓으면 랍비가 될 수 있는 반면, '라브'라는 칭호는 공동체 전역에서 사랑받는 지도자에게, 무리를 인도하는 등불 같은 존재에게, 타의 추종을 불허하는 지혜를 쌓은 학자에게 공동체 일원들이 직접 붙여 주는 것이다. 라브 크루슈카는 의심의 여지없이 이 모든 조건을 충족하는 사람이었다. 하지만 도비드가 대중 앞에서 연설하거나 훌륭한 드바 토라*를 남겼던 적이 있었던가, 혹은 라브가 그랬듯이 풍부한 영감과 권능으로 가득 찬 책을 저술한 적이 있었던가? 아니, 아니, 그런 적이라곤 없지. 도

---

* d'var Torah: 정기적인 율법 연구의 일환으로, 주간마다 율법의 한 분량을 주제별로 해석하여 설교하는 것.

비드는 그다지 볼품없는 외양을 가진 사람이었다. 키도 땅딸막하고, 머리가 벗겨지고 있는 데다, 약간 과체중이었다. 하지만 그에 더하여, 그는 라브의 번뜩이는 정신이나 뜨겁게 타오르는 불씨라곤 전혀 갖고 있지 않았다. 회중의 그 어떤 사람도, 가장 자그마한 꼬마라도, 도비드 쿠퍼만을 '랍비'라고 칭하지는 않을 것이었다. 그는 그냥 '도비드', 혹은 가끔은 더 간단히, '라브의 조카, 그 조수'였다. 그리고 그의 아내는 또 어떻고! 에스티 쿠퍼만의 경우엔 모든 것이 옳지 않아 보인다는 게 널리 통용되는 평판이었다. 일종의 골칫거리 같은 문제가 있는 것이 분명했다. 하지만 그런 일들은 '사악한 혀'라 일컫는 라숀 하라*의 범주 안에 들어가는 것들이고, 주님의 성스러운 집 안에서 속삭여져선 안 되는 것들이었다.

그 어떤 경우든 도비드는 라브를 지원해 주는 인물로 적당하지 않다는 게 모두의 일치된 의견이었다. 라브란 밤낮으로 토라를 연구하는 학식이 고매한 사람들에게 켜켜이 둘러싸여, 자칫 사악하게 일을 그르치게끔 하는 판단을 피해야 마땅한데. 누군가는 라브의 이름을 전수하고 그의 생애를 더 길게 해 줄 아들이 없다는 사실을 유감스럽게 여겼다. 다른 누군가는 보다 조용한 목소리로, 라브가 세상을 떠난 뒤 후계자가 될 아들이 없다는 것 역시 안타까운 일이라고 말했다. 누가 그의 자리를 대신할 것인가? 이런 생각들은 몇 달 동안이나 되풀이되면서, 회당의 건조한 열기 속에 점점 더 또렷해졌다. 그리고 라브의 활력이 서서히 빠져나가면서 도비드 역시 매주 조금씩

---

* lashon hara: 다른 사람에게 해를 입히는 결과를 가져올 수 있는 언어적, 신체적 소통.

더 자세를 움츠렸다. 마치 그가 어깨 위에 쌓이는 시선의 무게를, 가슴팍에 와서 부딪히는 회중의 실망을 느끼기라도 한 듯이. 그는 이제 예배 시간 내내 거의 눈길을 위로 향하지도 않았고, 아무 말도 하지 않았다. 오직 기도문의 단어들에 집중하며 계속해서 일용 기도서의 페이지를 넘기기만 했다.

아침나절이 지나갈 무렵에는 라브의 상태가 그전보다 더 악화되었음이 모든 사람들의 눈에 분명해 보였다. 그들은 한때 벽난로와 붙박이식 식품 저장고가 들어차 있던 모퉁이에서 목을 길게 빼고, 라브의 상태를 보다 더 정확히 관찰하며 그의 힘을 북돋아 주기 위해 플라스틱 의자들을 조금씩 더 당겨 그 곁에 앉았다. 오전 예배에 포함된 샤카리트* 때문에 실내는 점점 더 더워졌고, 모든 남자들은 라브의 슈트 바지만 봐도 그가 자기 의자에 주저앉아 혼자 힘으로는 일어나지 못한다는 사실을 알 수 있었다. 라브는 모딤 기도문을 말하는 동안 의례에 맞게 몸을 낮게 굽혀 절을 했고 다시 쭉 폈지만, 그들은 자기 앞에 놓인 벤치를 부여잡은 그의 손이 창백하고 떨린다는 사실과 그의 얼굴이 비록 의연하기는 해도 매 동작마다 잔뜩 찌푸린 표정으로 일그러지고 있음을 알아챌 수 있었다.

심지어 실내의 삼면을 둘러싸고 지어진 상층부 회랑에서 예배를 참관하던 여자들도, 스크린에 비친 영상을 눈이 뚫어져라 지켜보면서 라브의 기력이 거의 사라지고 말았다는 점을 살필 수 있었다. 언약궤가 열렸을 때, 그 안에 든 토라 두루마리가 회중의 면면에 진한 향나무 내음을 듬뿍 풍기자 그는 그것을 맡고 억지로 자리에서 일어

─────────

* shacharit: 아침 기도.

나 서 있는 듯 보였다. 하지만 상자가 닫히자마자 자리에 도로 주저 앉은 그의 모습은 잘 의도된 동작이라기보다 중력에 굴복한 것에 더 가까웠다. 자신의 몸을 간신히 지탱해 주던 마지막 기운을 내보내고 마치 쓰러지다시피 앉았던 것이다. 토라 분량을 반쯤 읽어 내려갔을 무렵 회당에 모인 사람들 모두는 라브 크루슈카의 점점 가빠지는 고통스러운 숨소리가 계속 이어지기를 저도 모르게 속으로 응원하였 다. 만약 도비드가 거기서 그를 받치지만 않았다면 라브는 그 자리 그대로 축 늘어진 모습이었을 터다. 심지어 여자들도 그걸 볼 수 있 었다.

에스티 쿠퍼만은 여자들이 앉은 숙녀석 회랑에서 예배를 지켜보 았다. 매주 맨 앞줄에 그녀를 위한 영예로운 좌석이 성긴 망사로 짜 인 커튼을 드리운 채 마련되어 있었다. 사실 좌석 하나하나가 아쉬운 이런 시기에도 맨 앞줄에 사람이 들어찬 적은 없었다. 여자들은 앞줄 좌석을 차지하느니 차라리 회랑 뒤쪽에 서 있곤 했다. 매주 에스티는 그 가느다란 목을 결코 굽히지 않고, 양쪽에 있는 텅 빈 좌석들을 의 식한 말 한마디나 눈길 한 번 없이 혼자 그 자리에 앉았다. 그녀가 앞 줄에 있는 자리에 앉는 것은, 바로 그것이 그녀에게 기대되는 몫이었 기 때문이다. 에스티는 도비드의 아내였으니까. 도비드는 라브 곁에 앉았다. 만약 라브의 아내가 사망하지 않았다면 에스티는 그 곁에 앉 았을 수도 있었으리라. 하나님의 뜻대로 별 탈 없이 자식들을 가지는 축복을 받았다면 아마 그 아이들도 그녀와 함께 있을 터였다. 어쨌든 일이 돌아가는 사정대로, 그녀는 혼자 앉아 있었다.

여자들의 구획 뒤쪽에서는 예배를 거의 하나도 볼 수가 없었다.

그곳에 앉은 여자들에게는 오직 선율만이 침투할 뿐이었다. 마치 오로지 노래하며 드높여진 목소리로만 열린다는 천국의 방들의 문처럼. 그러나 에스티는 아래쪽에 있는 머리들이 저마다 달걀 형태의 모자나 키파*의 둥근 원형으로 꾸민 다채로운 장식 관들을 쓰고 있는 모습을 볼 수 있었다. 시간이 지날수록 그녀는 곧 그 모자와 키파들을 각 주인의 개성으로 구분할 수 있게 되었고, 빛바랜 흔적이나 반점 들까지도 각자 다른 성격을 보여 주는 듯했다. 저기는 하토그, 이사회의 회장이며, 다부진 근육질의 몸을 이끌고 심지어 기도가 진행되는 와중에도 여기저기 걸어 다닌다. 가끔 다른 회당 일원과 몇 마디 말을 나누기도 하면서 말이다. 저기 있는 건 레비츠키, 회당의 회계 담당자고, 기도를 할 때면 손끝을 모아 안절부절 쪼는 시늉을 하면서 휘둘러 댄다. 행정부 임원 중 하나인 커쉬바움은 벽에 기대어서 끊임없이 졸다가 파드득 몸을 떨면서 깨곤 한다. 그녀는 아래층에서 그들이 오가는 것과 연단으로 이어지는 계단을 올랐다가 다시 제자리로 돌아가고, 일어서고 앉느라 같은 자리에서 부드럽게 웅성대는 모습을 이상한 단절의 감흥을 가지고 지켜보았다. 이렇게 내려다보고 있노라면, 그들의 움직임은 어떤 장기판 위에서 벌어지는 게임처럼 보이기도 했다. 동그란 말들이 목적의식을 갖고 과감히 앞으로 나아가지만, 그 동작 자체의 의미는 없다는 것. 과거에 그녀는 종종 더없이 친숙한 음악의 선율을 들으며, 아래에서 판에 박힌 듯 변함없이 움직이는 동작들의 패턴을 반복적으로 바라보다가 그만

* kippa: 야물커(yarmulke)라고도 부르는, 유대인 남자들이 머리에 쓰는 둥그렇고 납작한 모양의 모자.

무아지경과 비슷한 상태에 도취되는 자신을 발견하곤 했다. 그래서 예배가 끝난 것도 거의 눈치채지 못하다가 주변으로 다가온 여자들이 자신에게 좋은 안식일을 보내라는 인사를 하는 중이라는 것과 아래층 남자들이 이미 시야에서 멀어져 사라져 간다는 사실을 뒤늦게 깨닫고 깜짝 놀라곤 했었다. 한두 번은 아예 텅 비어 있는 듯한 회당 안에 혼자 우두커니 서 있다가 뒤늦게 정신이 들기도 했는데, 뒤돌아서면 아직 떠나지 않은 여자들 몇몇이 뒤에서 눈짓을 하며 자기들끼리 속닥이지나 않을까 두려웠다.

그러나 그녀는 이번 티슈리월 안식일에는 정신을 차리고 있었다. 나머지 회중과 마찬가지로, 그는 위풍당당한 벨벳에 싸인 토라 두루마리가 앞쪽에 있는 언약궤에 다시 넣어질 때 자리에 잘 앉아 있었다. 나머지 회중처럼, 그는 샤카리트 기도의 인도자가 연단에서 내려오고 그다음 의식인 무사프* 기도의 인도자가 올라가기를 참을성 있게 기다렸다. 나머지 사람들처럼, 오 분이 흘렀는데도 무사프가 시작되지 않자 그 또한 어리둥절해하기 시작했다. 아래층에서 무슨 일이 일어나는지 알아보려고 망사 커튼 틈새로 눈길을 주어 살펴보던 그녀는 눈을 깜짝 다시 떴다. 남편의 팔 안에 안겨, 곱사등이처럼 잔뜩 굽은 모습의 라브가 검정 외투에 푹 싸인 채 연단 위로 천천히 올라가고 있었다.

예전에는, 예배가 이쯤 진행되고 나면 라브가 그들에게 강론을 할 순서였다. 그들이 방금 읽은 토라의 구절을 인용하고 그것을 다른 자료들과 엮어 내서, 아주 정교하고 아름다운 설교를 이끌어 내던

* mussaf: 안식일 예배에 덧붙여 하는 기도.

라브였다. 하지만 그가 그들에게 그런 식으로 마지막 연설을 했던 것도 벌써 몇 달 전의 일이었다. 이번 주에도, 지금까지 여러 주째 그래 왔듯이, 그가 이전에 했던 설교 중 하나를 복사한 종이가 각 좌석마다 놓여 있었다. 라브가 연설을 할 수 있을 만큼 건강이 좋지 않았기 때문이다. 그럼에도, 그의 아래에 있는 남자들의 구획에서, 지금 그는 연단으로 이어지는 세 개의 계단을 힘겹게 오르고 있었다. 회당 저변에 술렁이는 목소리들이 일어나다가 침묵 속에 가라앉았다. 라브가 직접 연설을 할 모양이었다.

라브는 외투 소매 속에 파묻혀 있던 가늘고 창백한 팔을 들어 올렸다. 그가 입을 떼었을 때, 그의 목소리는 예상을 뛰어넘을 정도로 옹골차게 흘러나왔다. 평생을 설교자로 살아온 사람이었던 만큼, 사람들은 그의 말 한 마디 한 마디를 놓칠까 봐 부단히 애를 쓰지 않아도 되었다. '저는 아주 잠시 동안만 이야기를 할 것입니다.' 그가 말을 시작했다. '지금까지 제 건강이 좋지 못했지요. 하셈*의 도움으로, 저는 회복할 것입니다.'

격렬하게 끄덕이는 동작들이 실내 이곳저곳에서 폭풍처럼 일어났다. 몇몇 사람들은 손뼉을 치기도 했지만 금세 조용해졌는데, 회당은 극장처럼 몰아치는 박수갈채가 터져 나오기엔 그다지 적절한 장소가 아니었기 때문이다.

'발화.' 그는 말했다. '만약 창조된 이 세계가 하나의 음악 작품이라고 한다면, 발화는 그 후렴구요, 반복되는 주제 소절일 것입니다. 토라를 보면, 우리는 하셈께서 바로 발화를 통해 이 세계를 창조하

---

* Hashem: 유대교에서 하나님을 이르는 말.

셨다는 걸 읽게 되지요. 그분은 그저 뜻을 품는 것만으로 이 세계를 존재하게끔 하셨을 수도 있습니다. 그러면 우리는 대신 이렇게 읽게 되었을지도 모릅니다. "그리고 하나님께서 빛을 생각하시니, 빛이 있었도다." 아닙니다. 말씀 대신, 곡조로 흥얼거리셨을 수도 있죠. 아니면 그분의 손으로 일일이 진흙을 빚어 만드셨을 수도, 숨결을 불어넣었을 수도 있습니다. 하셈, 우리의 왕이시며, 거룩하고 축복받으실 그분께서는 이런 일들 중 그 어떤 것도 하지 않으셨습니다. 세계를 창조하기 위해서, 그분은 발화를 하신 것입니다. "그리고 하나님께서 말씀하시길, 빛이 있으라 하시더니, 빛이 있었도다." 그분께서 말씀하시는 그대로, 세계가 만들어진 것입니다.'

라브는 격렬하게 기침을 하면서 말을 끊었다. 그의 가슴까지 차오른 가래 끓어오르는 소리가 쌕쌕 났다. 남자들 중 몇몇이 그에게로 다급히 달려가려는 동작을 취했으나 그는 손짓으로 그들을 돌려보냈다. 그는 도비드의 어깨에 자신의 몸을 기대고, 날카로운 기침을 세 번 내뱉은 뒤 잠시 침묵에 빠졌다. 무거운 한숨을 내쉬고 나서 그는 말을 이었다.

'토라 자체도 그러합니다. 율법은 곧 책이지요. 하셈께서는 그분의 세계를 설명하기 위해 우리에게 어떤 그림이나 조각이나 숲이나 생물체나 혹은 우리 마음속에 떠오르는 발상을 주셨을 수도 있습니다. 하지만 그 모든 것들 대신 그분께서 우리에게 주신 것은 책입니다. 말들이요.'

그는 말을 멈추고 홀 안의 고요한 얼굴들을 찬찬히 둘러보았다. 침묵이 다소 과하게 길어진다고 여겨지던 그 순간, 라브는 자신의 손을 들어 올리더니 낭독대를 강하게 내리쳤다.

'전능하신 그분께서 우리에게 주신 것이 얼마나 위대한 힘이라는 말입니까! 우리는 그분처럼, 말을 할 수 있는 것입니다! 정말 놀라운 일입니다! 지구상의 모든 피조물 중에서, 오직 우리만이 말을 할 수 있습니다. 이것이 의미하는 바는 무엇입니까?'

그는 희미하게 미소 짓고 실내를 한 번 더 둘러보았다.

'그것은 하셈께서 지니신 힘의 작은 암시가 우리에게도 주어졌다는 뜻입니다. 우리의 말들은, 어떤 의미에서는, 실재적인 것입니다. 말들은 세계를 창조하고 파괴할 수도 있습니다. 우리의 말들은 칼날처럼 날카로운 측면도 가지고 있지요.' 라브는 낫을 휘두르듯이 그의 팔을 내둘렀다. 그리고 다시 웃었다. '물론, 우리의 힘은 하셈께서 지니신 힘과 같지 않습니다. 그 점 역시 잊지 말도록 합시다. 우리가 내뱉는 말들은 헛된 숨결 이상의 것이긴 하나, 그건 결코 토라가 아닙니다. 토라는 세계를 응축해서 담고 있지요. 토라 자체가 곧 세계입니다. 이를 잊지 마세요, 나의 아이들이여. 우리의 모든 말들, 우리의 모든 이야기들은, 그 아무리 최상의 경지로 나아간들 결국 토라의 단 한 구절을 설명하고자 애쓰는 주해에 그칠 수밖에 없는 것입니다.'

라브는 도비드에게로 몸을 돌리고 몇 마디를 속삭였다. 함께, 두 남자는 연단에서 걸어 내려와 본인들의 좌석으로 돌아갔다. 회중은 물을 끼얹은 듯 고요했다. 마침내 정신을 가다듬고 나온 하잔*이 무사프 기도 예식을 시작했다.

---

* chazzan: hazzan이라고도 하며, 유대교에서 노래로 된 기도 곡을 불러 의례를 이끄는 송가인(頌歌人)을 말한다.

라브가 남긴 말들은 이어서 기도를 이끌어 가던 하잔에게도 분명히 무게감 있는 영향을 끼쳤는데, 그 남자가 자기 입 밖으로 내는 각 단어의 음절과 글자에 평소보다도 훨씬 더 각별한 주의를 기울이는 것처럼 보였기 때문이다. 그는 천천히, 그러나 명료하게, 마치 그 단어들을 생전 처음으로 듣고 감상하기라도 하는 듯이 힘을 주어 가며 또박또박 선포했다. '메칼켈 카임 바세트.(Mechalkel chayim b'chesed.)' 그는 단순하게 말했다. '그분께서는 모든 살아 있는 것들을 친절함으로 유지하신다. 그분께서는 죽은 삶에도 풍부한 자비를 베푸신다.'

회중은 그의 낭송을 똑같이 되풀이했다. 서로 다른 각자의 목소리들이 모여 점점 크고 명확해지면서 회중 전체가 하나로 통합된 큰 목소리를 이루어 말하게 될 때까지.

케두샤* 구절에 이르렀을 때, 하잔은 땀을 흘리기 시작했고 얼굴이 창백해졌다. '나리츠카 베낙디쉬카(Na'aritzecha veNakdishecha)……' 그는 선언했다.

'카도슈, 카도슈, 카도슈.(Kadosh, kadosh, kadosh.)' 사람들은 제각기 발 앞꿈치로 까치발을 디디고 일어선 자세로 대답했다. 아마도 실내의 열기 때문인지 많은 수의 사람들이 약간의 현기증을 느꼈다. '거룩, 거룩, 거룩하신 주님이시도다.'

그리고 모두가 전능하신 그분께 발돋움하여 뻗어 가고자 하던 바로 그 순간에, 마치 레바논의 울창한 백향목 한 그루가 쓰러지기라도 한 듯 홀 안에는 요란한 굉음이 쟁쟁하게 울려 퍼졌다. 남자들은

---

* kedushah: '신은 성스럽도다.'라는 구절이 세 번 되풀이되는 찬미의 기도.

소리가 난 쪽을 돌아보았고 여자들은 고개를 길게 빼고 쳐다보았다. 라브 크루슈카가 그의 좌석 곁에 모로 쓰러져 있는 모습이 회중 전체의 눈에 들어왔다. 그는 긴 신음을 토해 냈지만, 부들부들 경련을 계속하며 나무로 된 벤치에 맞부딪히는 그의 왼쪽 다리를 제외하면 그의 몸에서는 아무런 움직임도 찾아볼 수 없었다. 딱딱대는 소리가 회당 전체에 크게 메아리치듯 퍼져 나갔다.

침묵의 한 순간, 관자놀이를 가만히 짓누르듯 뛰는 맥박이 느껴졌다.

가장 먼저 정신을 차린 것은 하토그였다. 그는 라브에게로 달려가서 도비드를 한쪽으로 밀쳐 내고, 라브의 넥타이를 풀고 그의 팔을 잡으며 외쳤다. '얼른 앰뷸런스 부르고, 담요 가져와!' 다른 남자들은 잠깐 혼란에 빠진 것처럼 보였다. '얼른 앰뷸런스를 부르라,'는 말을, 안식일에, 라브의 회당에서 듣는다는 게 비현실적으로 느껴졌기 때문이다. 마치 누군가 그들에게 베이컨 한 조각이나 새우 한 통을 먹어 보라고 권하기라도 한 것처럼. 다들 한참이나 넋이 나가 있다가, 젊은 청년 둘이서 급히 몸을 일으켜 전화기를 찾아 문 쪽으로 달려나갔다.

저 높은 곳에서, 에스티 쿠퍼만은 꼼짝 않고 서 있었다. 자신들이 할 일은 없는지 알아보기 위해 몇몇 여자들은 벌써 아래층으로 바삐 향하고 있었음에도 말이다.

에스티는 남편이 그의 삼촌의 손을 잡고, 마치 노인의 마음을 편안하게 해 주려는 양 다독이는 모습을 바라보았다. 그는 이 각도에서 바라보자니 도비드의 머리가 평소 생각했던 것보다 더 많이 빠져 있다는 점을 인식했다. 거의 의식하지도 않았지만, 그녀의 일부는 하토그가 의료계에 종사하는 회중 일원들의 손에 라브를 맡겨 둔 채 이미 그의 곁을 벗어났다는 것도 인식했다. 각자 이야기를 나누던 이사회 임원들 중 서너 명 정도를 돌려세워 가며 여기저기서 대화에 끼어들고 있다는 것도. 그녀는 일용 기도서를 쥔, 말라서 뼈가 도드라진 자신의 손가락들을 내려다보았다. 손톱 색이 하얗기 그지없었다.

그리고 한순간, 그녀는 무겁고 두툼한 날개 한 쌍이 자기 얼굴 쪽으로 바람을 펄럭인다는 느낌을 받았다. 파닥거리는 날갯짓이 자신을 둘러싼 듯하다가, 점점 천천히 그리고 무겁게 움직이며, 무한히 느린 속도로 원을 그리며 돌다가 위로 올라가는 것 같았다. 폐에 그림자 하나가 드리워진 어느 늙고 피로한 남자의 영혼보다, 훨씬 더 위대한 책무를 지니고. 생의 숨결이 그 방을 빠져나갔다. 날갯짓이란 곧 점점 더 희미하고 연약해지는 맥박이었다.

에스티는 어지러웠고, 움직일 수가 없었다. 도비드가 숙녀 예배석 회랑 쪽으로 머리를 쳐들고, 그녀의 지정석을 쳐다보며 외쳤다. '에스티!' 애처롭고 겁에 질린 목소리였다. 에스티는 난간에서 황급히 몸을 돌려, 계단으로 난 문 쪽으로 휘청대는 걸음을 옮겼다. 그녀는 여자들 중 몇몇이 팔을 뻗어서, 자신의 몸에 손을 대는 것을 어렴풋이 지각했다. 나를 부드럽게 쓸어 주고, 부축하기라도 하려는 것일까? 그녀는 확신하지 못했다. 계속해서 출구로 나아갔다. 그저 지금 당장 내려가 봐야 한다고, 무엇인가 자신이 해야 할 일이 있으리라고만 생각하면서.

그리고 그녀가 남자들의 좌석으로 향하는 계단을 마구 달려 내려가던 바로 그때, 마음속에 한 가지 생각이 떠올랐다. 충격적인 동시에 행복해지는 생각, 그걸 떠올렸다는 사실만으로도 곧장 부끄러워지는 생각이었다. 경주하듯 계단을 뛰어 내려가는 발걸음의 급한 박자가, 그의 마음속에 반복해서 떠오르는 그 생각의 고동을 메아리치듯 울렸다. 일이 이렇게 된다면, 그러면 로닛이 집으로 돌아오게 될거야. 로닛이 돌아오는 거야.

지난밤에 나는 그의 꿈을 꾸었다. 아니, 정말로. 나는 그의 말들 때문에 그를 알아보았다. 꿈속에서 나는 바닥부터 천장까지 계속 늘어선 선반들 위로 책이 가득한 거대한 방 안에 있었다. 내가 자세히 들여다보려고 할수록, 내 시야의 한계 속에서 더 많은 것들이 눈에 들어왔다. 나는 책들이, 그리고 그 안에 적힌 말들이, 과거에 있었던 전부며 한때 존재하거나 앞으로 존재할 것들의 전부라는 사실을 깨달았다. 나는 발걸음을 옮기기 시작했다. 나는 고요한 소리를 내며 걸었고, 발아래를 내려다보자 내가 말들 위를 걷고 있으며 벽과 천장과 테이블과 전등과 의자들까지지도 모두 말들로 이루어졌다는 게 보였다.

그래서 나는 계속 걸었다. 내가 어디로 가고 있으며 무엇을 찾아낼 것인지를 나는 이미 알았다. 나는 길고 드넓은 테이블로 왔다. 테이블, 이라고 그것은 말했다. 나는 테이블이다. 지금까지 나라는 존재를 이루던 것, 또 앞으로 나라는 존재가 될 것은 오직 테이블일 뿐이다. 테이블 위에는 책이 한 권 있었다. 그 책은 그였다. 나는 그의 말들 때문에 그를 알아보았다. 진실하게 말하자면, 그가 전등이었더라도, 혹은 화분 식물이나 롱아일랜드 고속 도로의 축적 모형이었더라도 그를 알아봤을 것이다. 하지만 적절하게도 그의 존재는 책이었다. 표지에는 단순하고 그럴 듯한 말들이 적혀 있었다. 그 말들이 뭐였는지는 기억나지 않는다.

그리고 꿈에서는 그렇듯이, 나는 그 책을 펼쳐 봐야 한다는 것을 알았다. 나는 손을 뻗어서 책을 펼치고 첫 줄을 읽었다. 내가 글자들을 읽어 나가자 말들이 서재 내부를 맴돌며 메아리쳤다. 그들은 말했다, 마치 하나님이 아브라함에게 말했듯이. '너는 내가 선택한 자로다. 이 땅을 떠나서 내가 너에게 보여 줄 다른 땅으로 가라!'

아니, 뭐, 마지막 부분은 내가 만들어 냈다. 하지만 다른 부분은 진짜였다. 나는 두통을 느끼면서 잠에서 깨어났다. 평소에 두통을 겪은 적이 없었는데도 간밤에 누군가 내 두개골 위로 두꺼운 사전 한 권을 떨어뜨린 것만 같았다. 나는 내 뇌에서 그 단어들을 다 털어 버리고, 어깨에 뭉친 긴장감을 풀기 위해 오랜 시간을 들여서 더운 물로 샤워를 해야 했다. 물론 그러다 출근 시간에 늦었다. 나는 브로드웨이가를 걸어 내려오며 노란 택시를 잡으려고 애를 썼는데, 택시란 꼭 필요하지 않을 때만 눈에 띄는 것이다. 갑자기 나는 내 귓가 바로 옆에서 말하는 것처럼 느껴지는 어느 목소리를 들었다. '실례합니다, 혹시 유대인이신가요?'

나는 걸음을 멈추고 그 자리에서 펄쩍 뛰어오를 뻔했는데, 그 목소리가 너무 가까운 곳에서 들려왔고 전혀 예상하지도 못한 것이었기 때문이었다. 그러니까 뉴욕은 더욱이 거의 모든 사람이 유대인인 곳이잖아. 그래서 나는 대체 이 목소리의 주인공이 누구인지 보려고 몸을 돌렸고, 맙소사, 가장 기본적이고 전형적인 덫에 걸려들었구나 싶었다. 그곳에는 말쑥한 정장 차림의 남자 하나가 깔끔하게 다듬은 수염을 하고 전단지 한 뭉치를 든 채, 백 퍼센트 훌륭한 자신의 종교로 유대인들 몇 명을 더 모아 가려고 서 있는 것이 분명했기 때문이었다.

이 가없은 인간. 정말이다. 직장에 지각을 한 나는 그가 입을 떼기도 전에 이미 충분히 기분을 잡친 상태였다. 그리고 그 꿈까지 꿨으니까. 보통 때라면 그저 지나쳐 걸어가 버렸을 것이다. 하지만 가끔은 그저 누구에게든 화를 터뜨리며 시비를 걸고 싶어지는 아침이 있다.

'유대인인데, 왜요?' 나는 말했다.

물론 나는 그 말을 영국 억양으로 했기 때문에, 곧장 그가 혼란스러워하는 것을 볼 수 있었다. 한편으로 그는 이렇게 말하고 싶어 하는 눈치였다. '우와, 영국인이시네요!' 당연히 그는 미국 사람이니까, 그들은 내게 항상 그 말을 하고 싶어 한다. 하지만 동시에 그는 자기 귓가에 부지런히 격려의 말을 속삭이는 하나님의 존재도 느끼고 있었다. 여기 한 여자가 있구나, 내 사랑하는 벗이여, 네가 그를 의인의 길로 이끌어 줄 수 있으리라. 남자는 정신을 다잡았다. 구원할 영혼들이, 정복할 세계들이 기다리고 있으니까.

'유대인의 역사에 대한 무료 강론을 소개해 드려도 괜찮겠습니까?'

그렇지. 당연한 말이다. 이 남자는 그런 부류 중 하나구나. 새로운 종교가 아니라 오래된 종교를 파는 작자 말이다. 사람들의 믿음을 다시 되살려 주는 것. 유대인의 역사에 대한 무료 강론, 금요일 만찬, 성경의 가르침을 살짝 섞어서 던져 주는 그런 것 말이다. 글쎄, 저런 경험이 전혀 없는 사람들에게는 어떻게 통할지도. 하지만 나는 그런 사람이 아니다. 사실상 내가 이런 것들을 직접 인도할 수도 있을 정도니까.

나는 말했다. '아니요, 전 지금 너무 바빠서요.'

몸을 돌려 걸어가 버리려는데 그가 내 소매를 만졌다. 마치 내 코트의 질감을 느껴 보고 싶기라도 한 것처럼, 손바닥으로 슬쩍 쓸듯이 말이다. 하지만 그것만으로도 나를 살짝 돌게 하기에 충분했다. 삼 피트* 정도 떨어져 있다 한들 땀과 절망의 냄새만을 감지할 수 있을 뿐, 여자에게 직접

---

* 약 0.9144미터.

손댈 일은 죽었다 깨어나도 없을 게 확실한 루바비치* 종파의 소년이 그리워질 정도였다. 어쨌든 내 눈앞의 남자는 전단지를 한 장 건네면서 말했다. '우리는 모두 바쁘죠. 시대 자체가 빠르게 흘러가는 때니까요. 하지만 우리의 전통 유산은 바쁜 시간을 내서 볼만한 가치가 있죠. 이거 한 장 받아 보세요. 도시 전역에서 저희 프로그램이 진행되고 있어요. 아무 때나 원하시는 시간에 들러 보실 수 있습니다.'

나는 전단지를 받았다. 일 초 정도 들여다본 뒤 계속 가던 길로 걸어갈 생각이었다. 그러다 그 자리에 멈춰 서서 더 오랫동안 그 종이를 보고 있었다. 내가 무엇을 보고 있는 건지 이해하기 위해서 계속 그것을 읽고 또 다시 읽어야 했다. 앞 장에 붙은 밝은 노란색의 스티커에는 이런 말이 쓰여 있다. '월요일 밤의 특별 세미나──랍비 토니가 라브 크루슈카의 책 『날마다(Day by Day)』를 읽고, 그것이 주는 교훈을 우리 생활에 어떻게 적용할 수 있는지를 강해합니다.' 그가 책을 썼다는 건 알았지만, 그게 어느새 여기까지 퍼질 정도가 된 거지? 언제부터 그가 우리 삶에 적용해 보라고 교훈을 남기기 시작한 거야? 자칭 '랍비 토니'라고 말하는 부류의 사람들이 언제부터 그에게 관심을 갖기 시작했던 거야?

나는 노란 스티커를 가리키며 말했다. '이건 뭐예요?'

'라브 크루슈카에게 관심이 있으십니까? 이건 참 멋진 강해인데요. 그분이 지도하려는 내용의 핵심으로 곧장 인도해 주죠. 굉장히 영감을 주는 자리입니다.'

이 딱한 사람 같으니. 그의 잘못은 아니다. 정말로.

---

* Lubavitch: 차바드(Chabad)라고도 부르는, 정통 유대교 종파. 엄격한 규율을 따르는 것으로 유명하다.

나는 말했다. '당신 이름이 뭐죠?'

그는 활짝 미소를 지었다. '하임입니다. 하임 와인즈버그요.'

'그런데, 하임. 이걸 하시는 이유가 정확히 뭔가요?'

'이거요?'

'이거요, 거리 모퉁이에 서서, 지나가는 사람들한테 전단지 나눠 주는 거요. 보수를 받고 하시는 거예요? 아니면 협박이라도?'

하임은 눈을 깜박였다. '아니요, 아닙니다. 저는 자원봉사자예요.'

나는 고개를 끄덕였다. '그래서 본인의 선의만으로 이 일을 하시는 거라고요?'

'저는 이게 옳은 일이라고 생각해서 이 일을 하고 있습니다. 우리의 유산이······'

나는 그의 말을 끊었다. '맞아요, 유산. 하지만 당신이 여기서 파는 건 유산만이 아니잖아요, 하임? 이건 종교죠.'

그는 조금 당황한 태도로 양팔을 쭉 벌렸다.

'판다는 표현은 좀 그렇네요, 그것보다는······.'

'판다는 표현이 불편하다고요? 하지만 이렇게 종교 전단지를 나눠 주는 대가로, 당신이 얻는 게 있지 않나요?' 그는 입을 떼려고 했지만, 나는 계속 따발총처럼 쏘아붙였다. '당신, 하임 와인즈버그, 자신을 다가올 세상에서 남들보다 특별한 좌석에 앉으려는 게 아니냐고요, 길을 잃고 방황하는 유대인들 몇 명을 인도해 오면요. 그래서 이 일을 하시는 게 아닌가요? 그런 이득 때문에? 솔직히 말해 봐요, 하임, 그냥 자기 자신을 위해서 지금 이런 활동을 하고 있잖아요?'

그는 이제 화가 나 있었다.

'아닙니다, 아니에요, 전혀 그런 게 아니고요. 그런 식으로 보는 게 아

닙니다. 하나님께서 저희에게 명령을……'

'아, 좋아요. 이제 본론으로 들어가네. 하나님께서 명령하셨다고요. 하나님께서 당신에게 뭘 해야 할지 말해 주면 당신은 바로 그 일에 뛰어드는군요. 당신은 하나님이 이 일을 하길 원한다고 생각하니까 이 일을 하는 거죠? 당신이 방황하는 유대인들을 찾아서 다시 무리로 데려오기를 하나님이 원하시니까?'

하임은 고개를 끄덕였다. 지나치던 한두 사람이 우리 쪽을 힐끗 쳐다보았지만 멈춰 서는 사람은 아무도 없었다.

'그래요, 당신이 그 일을 하도록 하나님이 명령했다고 칩시다. 당신에게는 이런 생각이 든 적이 없었나요, 하임, 우리 중 몇몇은 다시 돌아가고 싶지 않을 거라고? 우리 중 몇몇은 다시 발견되고 싶지도 않을 거라고? 우리 중 몇몇은 이미 그 무리에 속해 있다가, 그렇게 사는 게 너무나 편협하고 제한적이며, 안전한 항구보다는 교도소에 가깝다고 느꼈을지도 모른단 생각을 단 한 번도 해 본 적이 없었나요? 하나님이 틀렸을지도 모른단 생각이 당신에게는 단 한 번도 들지 않았나요?'

하임은 입을 열었다가 다시 다물었다. 내가 그 어떤 세미나에도 참석하지 않을 거라는 게 그의 눈에도 분명해 보였던 모양이다. 나는 전단지를 박박 찢어서 잘게 오린 색종이 조각들처럼 그의 얼굴에다 대고 뿌렸다. 나도 인정한다, 내가 드라마 주인공이나 된 듯이 감정적으로 행동하는 경향이 있다는 것을.

내가 지하철역 입구에 도착했을 때, 나는 몸을 돌려 그를 쳐다보았다. 그는 여전히 나를 빤히 쳐다보고 있었다. 손안에 든 전단지 뭉치를 힘없이 늘어뜨린 채로.

내 주치의인 파인골드 박사는 내가 '나의 감정을 느끼는 것'에 집중해 볼 필요가 있다고 말한다. 그렇게 따지면, 하임이 내게서 이끌어 낸 감정은 내가 예상했던 것을 뛰어넘었다. 직장에 도착했을 때도 나는 여전히 그에 대해서, 그리고 '라브 크루슈카의 교훈' 세미나를 들어 보려고 줄지어 섰을 얼간이들에 대해서 생각했다. 근무 시간 내내 자꾸만 그 생각에 잠겨 있었는데, 역시 내게는 꽤 흔치 않은 일이었다. 보통 업무에 온전히 매진하면서 머릿속의 모든 것들을 다 깨끗이 몰아내 버리는 것을 좋아하기 때문이다. 나는 금융 회사에서 일하는 투자 분석가다. 이 일을 하려면 머리에 든 뇌를 최대 용량으로 완전히 가동시켜야만 한다. 우리 대다수가 정말로 원하는 게 그것 같은데, 그렇지 않나? 우리가 근근이 성취할 수 있을 정도로 어려운 도전이면서, 동시에 우리가 가진 모든 것을 남김없이 빼앗아 가 버리는 과제 말이다. 그래서 우리 안에 의심, 염려, 내적 위기가 머무를 공간조차 남아 있지 않게 된다. 그게 바로 일을 완수하기 위한 유일한 수단이기 때문에, 우리는 그것이 우리를 가득 채우도록 내버려 둔다. 파인골드 박사는 말한다. '그래서 생각해 볼 시간이 없다는 거지요, 로닛?' 그리고 그녀의 말이 옳을지도 모른다. 하지만 곰곰이 생각해 본다는 것의 가치는 어쩌면 과대평가되었는지도 모른다. 어쨌든 나는 내 일을 좋아하고, 유능하다. 새로 계약 체결된 작업이 있었는데, 백만 달러가 왔다 갔다 하는 건이라 자칫 거금을 잃을 수도 있기에 모든 정신을 집중해야만 했다. 그런데도 하루 종일 하임 생각이 머리를 떠나지 않았다. 거리에 서서 전단지를 나누어 주는 그의 모습이 자꾸 떠올랐다. 몇몇 사람들은 그저 지나쳐 가지만, 몇몇 사람들은 전단지를 받을 것이다. 그리고 그렇게 전단지를 받아 간 사람들 중에서 몇몇 사람들은 전화를 걸어 볼 것이며, 몇몇 사람들은 결국 그 세미나에 참석하게 되리라.

하임은 맵시 있고 날렵한 슈트를 입고 있었다. 전단지는 고급 종이에 인쇄되어 번쩍거렸다. 아마 그들의 자금 사정은 넉넉한 편인가 보다. 바로 지금 이 순간에도 수백 마리의 길 잃은 양들이 다시 무리를 찾아 더듬더듬 돌아오고 있을 터다. 그것을 업무 실적의 측면에서, 성공적인 판매마다 드는 경비와 회귀하는 비율에 대해서 생각해 보는 일은 나를 약간 불안하게 한다. 만약 영혼의 가치를 매길 수 있다면, 아마 어딘가에는 나 같은 사람이 또 있을 것이다. 종교적 열정으로 돌아가는 사업 재무 계산기를 부지런히 두드려 보는 사람 말이다.

그래, 맞아. 파인골드 박사는 아마 그것에 대하여 생각해 보는 것만으로도, 다른 것들에 대해 생각하는 일을 멈출 수 있는 방법이라고 말할 것이다. 하지만 그렇잖아, 가끔 나는 나 자신에게조차 너무 영리하다.

나는 늦게 퇴근했다. 낮 시간 동안에 완수하지 못했던 것들을 마무리하려고 애썼지만, 물론 그렇게는 일이 절대 이뤄지지 않는다. 저녁이 되어 갈수록 몸은 점점 더 피곤해지고, 일을 하는 데 걸리는 시간은 차츰 더 길어지기 때문이다. 결국에 나는 우리 구획에서 아직까지 남아 있는 사람이 나와 스콧뿐이라는 사실을 알아차렸고, 그가 곧 내 쪽으로 건너와서 내게 *말을 건네 보려* 할지도 모른다는 생각이 들었다. 혹은 일절 말을 붙이지 않던가. 선택할 수 있는 대안은 그가 내게 말을 건네지 않는다는 쪽이었고, 심지어 그것은 더 불편한 상황이었기에 나는 자리에서 일어나 집으로 왔다. 그에게 좋은 밤 되라는 인사도 남기지 않은 채로.

통근하는 이동 시간은 꼬리를 물고 이어지는 잡념을 품기에 매우 적절한 때라서, 하임과 '랍비 토니'에 대한 상념들은 필연적으로 런던 시절의 생각으로 이어졌다. 그건 마음속에 떠올리기에 결코 좋은 생각들이 아니다. 그리고 완전히 어두워진 뒤에야 집으로 돌아온 내가 깨달은 것은, 물론 지금이 금요일 밤이라는 사실이었다. 그 역시 결코 깨달아서 좋을 게 없었다. 나는 어머니를 생각하기 시작했다. 내가 가진 몇 가지 또렷한 기억들 중 하나인데, 분명히 너무도 자주 보았던 모습이라 그렇겠지. 금요일 밤이면 늘 은으로 된 꽃과 잎사귀 장식으로 뒤덮인, 거대한 은제 촛대의 초들에 불을 붙이던 어머니.

그리고 나는 이제 그 시점에서부터 한껏 감상에 취한 자조적인 넋두리가 내 안에서부터 적잖이 쏟아져 나오리라는 것을 예감했다. 지금까지 인생을 살아오면서 아무도 나를 진정으로 사랑한 적이 없음을 곰곰이 성찰해 보는, 그런 유쾌한 밤을 보낼 준비가 그다지 되어 있지 않았기 때문에 나는 큰 잔에다 술을 한가득 자작으로 따라 마신 뒤에 자러 갔다.

그날 밤에 나는 그 무엇에 대해서도, 아무에 대해서도 꿈을 꾸지 않았다. 완벽했다. 잠에서 깼을 때는 이미 늦은 시각이었다. 나는 83번가에 있는 자연사 박물관까지 걸어갔지만 도착했을 때는 이미 폐관 시간이었고, 공원에 앉아 있기에는 날씨가 쌀쌀했다. 나는 누군가에게 전화를 걸어 보거나 저녁 식사를 계획하고, 영화를 보러 갈 수도 있었지만 그러지 않았다. 나는 그저 하루가 지나가는 것을, 시간들이 서로를 뒤쫓아 가며 해 질 녘에 이르는 것을 지켜보았다.

오후 8시는 날이 어두워진 지 한 시간쯤 지난 시각이었고, 배달 음식을 시킬까 생각하고 있을 찰나에 전화가 울렸다. 수화기를 들자 맞은편에는 침묵이 있었고, 곧이어 점점 호흡이 짧아지는 숨결 소리가 들려왔다. 그가 한 마디 떼기도 전에 나는 이미 도비드라는 걸 알았다. 그는 언제나 전화를 했다 하면 그런 식이었다.──침묵. 마치 자기 목소리를 들은 상대방이 어쨌거나 반가운 내색을 보일지 아닐지를 미리 가늠해 보려는 것처럼.

그의 침묵으로 인해 상대방이 누군지를 알았기 때문에, 그가 '여보세요, 로닛이니?'이라고 말하는 동안 나는 이미 머리를 굴리고 있었다.──그렇다면 내가 보낸 카드들을 간직했다는 거군. 답장은 절대 하지 않았지만, 새 전화번호와 새 주소를 적어 두고 보관은 해 두었단 말이야. 재미있는 것은 왜 그가 전화를 해 왔는지에 대해선 전혀 생각하지 않았던 것이다. 그저 내 입에서 이런 말이 튀어나오지 않도록 애써 참을 뿐이었다. '젠장, 도대체 왜 지금까지 전화 한 통 안 했던 거야?'

'로닛? 너 맞니?'

나는 내 쪽에서 말을 하지 않았다는 것을 깨달았다. '제가 본인입니다만.' 세상에, 너무 미국인 같군.

'로닛?'

그는 긴가민가하고 있었다.

'네, 제가 로닛인데요. 전화를 거신 분은 누구시죠?' 나는 그를 좀 더 불편하게 해 줄 참이었다.

'로닛. 나 도비드야.'

'아, 도비드──웬일이야?' 나는 굉장히 명랑한 어조로 말했다. 마치 우리가 마지막으로 대화를 나누었던 게 육 년 전이 아니라 육 주 전이었던 것처럼.

'로닛,' 그는 다시 말했다. '로닛······.'

그리고 그 순간에야, 그저 내 이름을 하염없이 계속 부르는 것 외에는 달리 할 수 있는 게 없어 보이는 도비드의 목소리에 귀를 기울이며, 비로소 나는 그가 내 카드를 꺼내서 전화번호를 확인하고 버튼을 눌러야 했을 만큼 그 좁은 세계를 온통 뒤흔들고 간 어떤 균열에 대해서 생각하기 시작했다. 그리고 당연하지, 라고 짐작했다. 우연이라는 건 존재하지 않으니까.

'로닛,' 도비드가 되풀이했다.

'무슨 일 있어, 도비드?'

그리고 도비드는 숨을 크게 들이쉬고 나서, 나의 아버지가 죽었다는 말을 전했다.

2

그는 바람을 불게 하시고 비를 내리게 하신다. 그는 산 자
들을 친절로 돌보시며, 풍족한 자비로 죽은 자를 되살리신다.
—아미다*, 매일 저녁, 아침, 오후에 암송

토라는, 물에 비유된다는 이야기를 우리는 종종 듣습니다.

물이 없다면, 지구는 건조한 겉껍질에 불과할 것입니다. 바짝 마르
고 쓰라린 사막에 지나지 않습니다. 토라가 없다면, 사람 역시 빛도
자비도 알지 못하는 껍데기뿐인 존재에 머무를 것입니다. 물이 생명
의 원천이 되듯, 토라는 이 세상을 살아 있게 합니다. 물이 없다면,
우리의 사지는 수분이 주는 청량함도 안온함도 어떤 느낌인지 모르
겠죠. 토라가 없다면, 우리의 영은 평온의 경지를 알지 못할 겁니다.
물이 정화의 힘을 갖듯이, 토라는 그와 맞닿는 자들을 깨끗이 해 줍
니다.

물은 전능하신 우리 하나님에게서만 영원히 유일하게 나옵니다.
그것은 우리가 그분께 온전히 의탁한다는 상징이지요. 그분이 딱 한
계절만 비를 내리지 않고 멈추셔도, 우리는 살아서 그분 앞에 서 있

---

* amidah: 유대교 제의에서 암송하는 기도문. 전통을 지키는 유대교인은 주중 삼
회 이것을 암송하며, 발을 모으고 선 자세로, 가능하다면 예루살렘 방향을 바라보
면서 기도한다.

지도 못할 겁니다. 그렇듯이, 토라는 우리 성스럽고 복되신 주님께서 이 세상에 보내 주신 선물입니다. 토라는, 어떻게 보면, 이 세상을 담고 있죠. 이 세상이 어떻게 창조될지 설계되어 있는 청사진과 같습니다. 오직 한순간이라도 토라가 끊겨 버리면, 이 세상은 그저 사라질 뿐만 아니라, 아예 존재하지조차 못했을 것입니다.

우리는 토라와 자신을 분리해서는 안 됩니다. 마치 우리가 물과 멀어지려 하지 않는 것처럼요. 가장 큰 복지를 위한 이 생명수를 마시는 자들은 살게 될 것입니다.

* * *

토요일 밤 9시쯤, 안식일이 끝난 지 한 시간 정도 지나서 잿빛으로 낯이 질린 의사가 라브의 시신을 인도한 시각이었다.

회당 현관의 홀 안에선 다급히 모인 회당 이사회 임원들의 수군거리는 목소리로 회의가 진행되었다. 회장인 하토그, 회계 담당자인 레비츠키, 총무 서기인 커쉬바움, 뉴먼과 라이글러. 논의해야 할 중요한 의제들이 있었다. 장례를 앞둔 라브의 시신을 준비하는 장의 과정을 과연 누가 담당할지 결정하는 것이 그들에게 가장 시급한 문제였다.

'도비드가 헤브라 카디샤*의 위원장이니까,' 레비츠키가 말했다. '그가 자신의 직분을 계속 수행해야 하는 게 옳아. 금지된 것은 아니

---

* Chevra Kadisha: '거룩한 친우들'이라는 뜻으로, 전통 유대교의 믿음대로 장례 절차를 주관하는 이사회. 지역 내에서 덕망 있고 신실한 사람들로 구성되며 별도의 품삯 없이 고인을 위해 봉사한다.

지. 조카가 삼촌을 위해서 타하라*를 할 수도 있어.'

'도비드는 그 직분을 수행하고 싶지 않을걸요.' 라이글러가 선언했다. '생각할 수 없는 얘기지. 장의 절차는 우리가 맡아서 해야 합니다.'

'아니야—그게 옳지.' 레비츠키의 얼굴은 어떤 의견을 내세우며 그 입장을 취하는 데서 오는 즐거운 흥분으로 떨려 왔다. '그렇게 해야 더 품격이 서는 건데. 우리는 라브의 위엄을 고려해야 해요.'

뉴먼은 아무 말도 하지 않고 묵묵히 임원들의 얼굴만을 차례대로 쓱 훑어보았다. 그것은 현재 토의 내용이 만장일치를 이루지 못하고 어느 지점에서부터 무너지고 마는지를 알아보기 위한 그만의 방법이었다.

몇 분 동안 토의가 격렬해지고 난 후, 라이글러가 땀으로 번들거리기 시작할 즈음, 하토그가 앞으로 나서서 말했다. '우리가 도비드에게 물어봐야 하지 않을까요, 존경하는 임원 여러분? 이 일에 대해 그 자신도 의견이 있을 거라고 생각하는데.'

다른 남자들은 모두 입을 다물었다. 그들은 고요해진 회당의 침묵 속에서 깊은 생각에 빠진 채 서 있었다. 뉴먼이 입을 열었을 때, 그의 목소리는 생각보다 크게 들렸다. '이제 어떻게 될까요?'

하토그는 그를 쳐다봤다. '이제? 이제 라브의 장례를 준비해야지.'

'아니요,' 뉴먼이 말했다. '이제 어떤 일이 벌어지느냐 말입니다. 이제 그분이 떠나셨으니까요.'

하토그는 고개를 끄덕였다. '두려워할 것은 없습니다.' 그는 말했

---

* taharah: 시신을 깨끗이 닦고 정화하는 장의 절차. 헤브라 카디샤의 일원들이 수행하는 경우가 많으며 유족들은 보통 이 과정에 참여하지 않는다.

다. '라브가 하시던 일은 계속 이어질 거예요. 그분의 책도 계속해서 읽힐 것이고, 그분의 사상 역시 우리 마음속에 살아 있을 테니까. 우리 회중이 그 일을 계속해 나가야지. 모든 것은 지금까지 그랬던 것처럼 잘 이어져 남을 겁니다. 아무것도 변할 필요가 없지.'

그 누구의 입 밖으로든 나오지 않은 질문 하나가 남아 있었고, 그들 각자는 그게 무엇인지 알았다. 지금 이외의 다른 경우에도 무수히 그 남자들 사이에서 제기되곤 하던 바로 그 질문이었다. 지금보다 규모가 작은 모임들에서, 안식일 식탁 너머로, 그리고 목소리를 낮춰 대화하던 전화선을 타고, 이 질문은 고개를 들었다가 이내 대답 없이 버려지곤 했다. 입 밖에 내어 말하기에는 너무 어려운 말이었다. 라브의 생전에는 불경건함으로 취급될 만한 일이었고, 심지어 지금에 와서도, 그들 각자는 보다 일찍부터 이 질문을 강하게 띄워 보고, 의견을 청해 볼 만한 용기가 자신에게 있었다면 좋았으리라고 생각했다. 가령 라브 본인은 어떻게 생각하시는지 직접 물어볼 수 있었다면 좋았을 텐데. 마냥 우유부단한 상태로 있다가 그만 때를 놓치고 말았다. 이건 수개월 전에 이미 대답을 듣고 올바른 방향으로 결정되었어야 하는 질문이었다.

레비츠키는 머리를 떨구며 신고 있는 구두를 쳐다보았다. '우리의 불기둥*이 사라졌으니 이제 누가 우리를 인도하려나?'

남자들은 서로를 쳐다보았다. 이게 바로 질문의 핵심이었다. 답이 없는 질문, 최소한 그들 눈에 적절한 정답처럼 드러나 보이는 게 없

---

* 구약 성경에서 광야를 헤매는 이스라엘 백성을 인도하는 하나님의 표식. 출애굽기 13:21~22.

는 질문이었다. 그들은 침묵 속에서 입술을 꼭 오므리고 눈을 가늘게 뜬 채 서로를 응시했다.

하토그만이 미소를 지으며 레비츠키의 어깨에 손을 짚었다. '도비드지.' 그가 말했다. '도비드가 우리를 이끌 겁니다. 물론 오늘 당장 그에게 물어보진 않을 거지만. 그와 대화를 좀 해야겠어. 그가 우리를 이끌어야지. 그렇지만 오늘은 우리, 일단 타하라에만 온 마음을 집중해 봅시다.'

이런 반응에 다른 남자들이 짐짓 서로 눈짓을 교환하는 모습을 봤지만, 하토그는 별다른 티를 내지 않았다. 그는 본당으로 향하는 이중문을 열고 유유자적하게 걸어 나갔다. 그의 뒤쪽에서, 커쉬바움이 마땅찮은 목소리로 낮게 중얼거렸다. '도비드가?'

라이글러가 고개를 끄덕이며 덧붙였다. '하지만 그의 아내는……'

에스티는 남편이 그날 밤 돌아오지 않으리라는 메시지를 받았다. 고인이 된 라브 곁에서 밤을 새고 다음 날 아침에 타하라를 끝낼 것이라고. 어쨌든 그녀는 사전에 계획한 대로 미크바*에 가기 위해 필요한 소지품을 챙기던 참이었다. 자기 스스로 의도한 바는 아니었지만, 자신이 하는 행위들이 마치 예정된 길 위에 놓인 듯 수월하게 진행되고 있다는 사실에 그녀는 이상한 자부심을 느꼈다. 적어도 그녀에게는 그런 것들이 좋은 징조처럼 느껴졌다. 아무것도 변한 것은 없

---

* mikvah: 정통 유대교의 목욕장 시설. 보통 유대인 여성이 월경 또는 출산 이후 부부간 성관계를 하기 전에 몸을 정화하는 의식으로 사용하며, 유대인 남성이 사정을 한 이후 또는 회당에 들어가기 전 몸을 정화하는 의미로 확장하여 사용하기도 한다.

었고, 그녀 삶의 궤적은 여전히 똑같이 남아 있었다. 이것은 곧 아무 것도 변할 필요가 없음을 보여 주는 것이었다. 다른 평범한 여자처럼, 그녀는 남편의 침상으로 되돌아가기 위해 스스로를 준비시켰다.

매달, 여자가 피를 흘릴 때마다 남편에게 가는 일은 금지된다. 그들은 부부 관계를 가져서는 안 되며, 서로 만져서도 안 되고, 심지어 같은 침대에서 자는 것도 불가능하다. 그리고 그녀의 혈류가 멈추고 나면, 아내는 토라에 적혀 있듯이 이레 동안 정화 기간을 가져야 한다. 그리고 그 정화 기간의 마지막 날에, 그녀는 미크바를 찾아서 빗물 또는 강물 또는 바닷물과 같은 자연수 안에 완전히 잠겼다 나와야 한다. 그리고 그렇게 자신을 온전히 담그고 난 뒤에야, 그녀는 남편의 침상으로 돌아갈 수 있다.

미크바는 성스러운 장소며, 거룩한 곳이다. 어쩌면 회당보다도 더 거룩한 곳인지도 모른다. 왜냐하면 새로운 모임 장소가 마련될 때마다, 미크바가 가장 먼저 건축되어야 하며 회당은 두 번째이기 때문이다. 거룩한 성소가 대다수 그렇듯이, 미크바도 내밀한 곳이어야 한다. 이런 이유 때문에 여자들은 그 정화된 물을 찾으러 가는 날을 밝히지 않으며, 그 건물의 구조 역시 미크바에 온 여자가 다른 여자를 볼 수 없도록 조성되어 있다. 중앙 홀에 깊은 풀장이 있고, 편안하게 꾸며진 개별 욕실들 여러 개가 딸려 있다. 여기를 방문한 여자는 욕실에서 홀로 몸을 씻고 난 뒤 미크바 안에 잠길 준비가 다 되면 밖에서 그녀를 돕기 위해 대기 중인 수행원을 호출한다. 그런 방식으로, 미크바는 여자와 그녀의 남편과 전지전능한 하나님만이 아는 은밀한 의식이 된다.

미크바에 딸린 욕실, 에스티는 그곳 욕조에서 일어나 거울 앞에

선 채로 자신의 나체를 꼼꼼히 관찰했다. 그녀는 자신이 너무 말랐다는 판단을 내리기로 했다. 해마다 점점 더 살이 빠져 갔다. 무엇인가 대책을 강구해야만 한다. 그녀는 전에도 이런 판단을 내렸고, 더 많이 먹기로 결심했었다. 거의 매주 행사처럼 똑같은 결심을 하는 셈이었다. 그녀는 채소를 버터에 데치고 구운 감자를 닭기름에 비벼 먹었다. 밥은 기름에 흠뻑 적시고, 물고기는 밀가루 반죽을 입혀 튀겼다. 특별히 결연한 결심을 하고 난 어느 날엔가는, 심지어 아침 시리얼을 우유 대신 크림에 말아 먹으려고 했던 적도 있었다. 하지만 얼마나 많은 음식을 요리하든 상관없이, 식탁에 다가와 앉는 순간 그녀의 식욕은 눈 녹듯 사라져 버렸다. 차려 놓은 음식을 억지로라도 먹어 보려고 하면 그녀의 위장은 뒤틀리는 고통과 끔찍한 메스꺼움으로 화답했다.

하지만 그녀는 결심했다. 다시 한 번 시도해야만 하겠다고. 심지어 불과 지난달보다도 더 살이 빠졌다는 확신이 들었다. 그녀의 가슴은 스스로 보기에도 마치 다급한 나머지 아무렇게나 목에다 걸어 놓은 두 살덩이들처럼 흉곽 부분에 예상치 못한 모양새로 솟아 있었다. 그녀는 자신의 두 팔을 꼬아 비틀어 보았다. 양 팔꿈치는 불뚝 고독하게 튀어나와 있는, 말라빠진 경첩처럼 보였다. 그녀는 얇은 살갗 아래 바짝 붙어 있는 갈빗대의 높낮이를 느끼며, 엄지로 자신의 몸통을 짚어 내려갔다. 이대로는 안될 일이었다.

손톱을 지나치게 짧게 깎았더니 손가락 끝이 아려 왔다. 그녀는 잘려 나간 손톱들을 모아서 쓰레기통에 버렸다. 가운으로 몸을 감싸면서 수행원을 불렀고, 이윽고 잔잔한 물이 가득 찬 중앙 풀장으로 이어진 짧은 통로를 지났다. 옆에 놓인 옷걸이에 가운을 걸고, 완전히 나체가 되어, 물속으로 뻗은 계단을 한 칸씩 내려갔다.

처음 결혼했을 때, 에스티가 미크바에 들어서면서 느낀 것은 일종의 경외감이었다. 결혼식 전날 어머니가 처음으로 그녀를 미크바에 데리고 갔었다. 가정의 정화 의식이라는 복잡하고 섬세한 일, 다시 말하면 월경과 관련된 일에 익숙해지도록 딸을 인도하는 것은 어머니의 역할이자 의무였으니까. 세 딸 중 가장 막내였던 에스티는, 언니들이 결혼을 앞두고 어머니를 따라 이 여정을 겪는 것을 두 번에 걸쳐 지켜봤었다. 미크바로 떠날 때는 창백하고 긴장된 모습이다가, 두 시간 정도 후에 젖은 머리와 부드러운 미소를 띤 채로 돌아왔던 언니들. 그녀는 미크바에서 벌어지는 일이 어떤 비밀스러운 여성들만의 의식이나 기념행사일 것이라고 상상했었다. 그리고 어떤 의미에서는 그렇기도 했다. 작고 마른 체구의 여성이었지만 완강한 힘의 소유자이기도 했던 그녀의 어머니는, 손톱을 자르고 다듬는 방법과 손톱 아래 단 한 조각의 때도 남아 있지 않도록 깨끗이 소제하는 방법을 가르쳐 주었다. 뾰족한 나무 막대기로 손톱 아래를 샅샅이 후벼 파내는 것이 에스티는 고통스러웠지만 불평하지는 않았다. 그녀는 어머니가 자신의 모든 손가락을 하나하나 휘어잡아 가며, 흠 없이 정결하고 거룩하게 다듬는 것을 묵묵히 지켜보았다.

그들이 있던 욕실에서, 정화의 물이 가득 찬 풀로 인도해 줄 수행원을 기다리는 동안, 에스티의 어머니는 예식과 관련해서 여전히 남아 있는 수많은 잡무들을 손가락으로 꼽아 가며 짚어 보는 중이었다. 꽃 주문 건을 최종 점검할 것, 음식 담당자들과 마지막으로 이야기를 할 것, 새로 한 바느질은 잘되었는지 살펴볼 것, 접수처에서 남성과 여성을 분리해 주는 화단 구조물이 잘 세워지는지 확인할 것

등. 에스티는 마음속으로 어머니가 이 모든 사소한 염려들에 대해 이야기하는 것을 그만 멈췄으면 좋겠다고 바랐고, 자신이 그렇게 바란다는 사실에 죄책감을 느꼈다. 그녀에게는 그 모든 것보다 훨씬 더 중요한 문제가 놓여 있는 듯했다. 마침내 그녀의 어머니도 자신이 이 모든 사항마다 제대로 응답하지 못한다는 사실을 깨달은 듯 보였고, 결국 입을 다물고 말았다.

에스티의 어머니는 그녀의 손을 잡더니 손가락으로 손등을 쓸었다. 그녀는 자조적인 미소를 보였는데, 오직 어머니들만이 지을 수 있는 은밀한 미소여서 에스티는 그게 무슨 의미인지 자신은 절대 알 수 없을 것이라고 짐작했다. 여전히 에스티의 손을 잡은 채로, 어머니는 말했다. '처음에는 너한테 별로 좋은 느낌이 아닐 거야.' 에스티는 잠자코 있었다. 그녀의 어머니는 말을 이어 갔다. '남자들과 여자들은 다르단다. 하지만 도비드는……. 그는 상냥한 사람이지. 너도 아마 깜짝 놀랄 거다. 나중에는 너도 그걸 좋아하게 될 수도 있어. 그냥…….' 그녀의 어머니는 에스티를 올려다봤다. '그에게 상냥하게 대하려고 노력해 보렴. 우리보다 남자들한테 그게 더 중요한 거야. 그를 무안하게 밀쳐 내지 말아라.'

에스티는 자신이 이를 이해했다고 생각했다. 그녀는 스물한 살이었고, 아내의 의무를 상세히 묘사하는 말들이 그녀에게는 중요한 의미로 다가왔다. 이 순간에, 결혼을 앞둔 상황에서, 그녀는 자신에게 요구되는 것이 무엇인지 이해했다고 상상했고, 그녀의 발을 걸려 넘어지게 하는 함정들이 어느 지점에 숨겨져 있는지도 잘 안다고 믿었다. 그녀는 어머니의 말씀에 엄숙하게 고개를 끄덕였다.

수행원이 그들을 미크바 풀로 이끌 때, 에스티는 전지전능하신 하나님께 은밀하게 기도를 드렸다. 그녀는 이렇게 말했다. '제발, 주님, 저를 깨끗이 정화하시고 온전하게 해 주소서. 제 안에 남아 있는, 당신의 눈에 불쾌하신 것들을 모조리 없애 주소서. 제가 한 모든 것들을 다 잊도록 하겠나이다. 저는 달라질 것입니다. 제 결혼을 축성하여 주시고 제가 다른 여자들처럼 되도록 허락해 주소서.' 그녀는 미크바 물에 잠기면서 피부에 난 무수한 구멍들이 열리는 듯하던 그 감각을 기억했다. 토라, 곧 생명을 의미하는 물이 그녀의 존재를 온통 투과해 오는 것 같던 그 감각. 그녀는 그렇게 모든 것들이 다 잘 풀리리라고 생각했던 일을 기억했다.

그러나 최근 수년 동안, 그녀는 오직 그 기도의 첫 단어만을 입에 떠올릴 수 있었다. '제발…….' 그녀는 물에 잠기면서 마음속으로 말하곤 했다. '제발…….' 매번 그녀는 기도를 이어 가고 싶었지만, 하나님 앞에 어떤 것을 간구해야 할지 몰랐다.

에스티는 물속에 선 채로 한참 동안이나 멀뚱하게 있었다는 사실을 깨달았다. 오십 대 후반의 여성 수행원이 이상하다는 듯 그녀를 쳐다보았다. 그녀는 숨을 크게 쉬고 나서 수면 아래로 몸을 움츠렸다. 바닥에 놓인 부드러운 타일들에서 발을 들어 올리고 무릎을 배쪽으로 끌어당기며 위쪽으로 목을 들었다. 머리카락이 얼굴 주위에서 헹구어지며 부드럽게 풀어져 나가는 것이 느껴졌다. 하나, 둘, 셋까지 세고 나서 다시 수면 위로 일어섰다. 공기를 꿀꺽꿀꺽 들이마시는 그녀의 얼굴에서 물이 쏟아져 내렸다.

집으로 다시 걸어 돌아오면서, 젖은 머릿속을 파고드는 따스한 공기를 느끼며 에스티는 도비드를 떠올렸다. 라브의 곁에서 뜬눈으로 밤을 새우며, 그 노인 곁에서 시편을 암송했을 그의 모습을. 라브 생전에도 치유를 기원하며 자주 해 왔던 일이었다. 그녀는 아무것도 변한 게 없다고 생각했던 자신이 틀렸을지도 모른다고 깨달았다. 모든 것은 그대로였지만, 모든 것이 다른 상태였다. 도비드가 암송하는 것은 똑같은 시편이었지만, 이제는 산 자가 아니라 죽은 자를 위한 것이었다. 그녀는 남편 앞의 자신을 정화하기 위한 목적으로 미크바를 다녀왔지만, 이제 로닛이 집으로 돌아오고 있었다. 차츰 줄어드는 달 아래 집으로 걸어오면서, 에스티는 어렴풋이, 조수 방향이 역전되는 것을 느꼈다.

아침이 되어 헤브라 카디샤의 남자들은 라브의 시신을 닦는 작업을 시작했다. 그들은 매장지 곁에 마련된 조그만 대기실에 모였다. 레비츠키, 라이글러, 뉴먼과 도비드까지 모두 네 명이었다.

도비드는 시편을 암송하면서 밤새 시신 곁을 지켰다. 그의 관자놀이 부근에서 미미한 두통의 기운이 맥박처럼 뛰기 시작했다. 그가 두통에게 직접 어떤 성격의 것인지 묻자, 두통은 그의 관자놀이를 가볍게 한 번 꾹 찍어 누르는 것으로 답했다. 좋아, 그러면 크게 심각한 것은 아니군, 그저 심신이 피로해서 생긴 증상이야. 그는 다른 남자들이 시신의 옷을 벗기고 물로 씻기는 동안 멍하니 앉아서 그들을 지켜보았다.

레비츠키는 작은 체구의 남자로, 콧수염을 기르고 두꺼운 안경을 썼다. 그와 그의 아내 사라는 아들을 넷 두었는데, 다들 레비츠키처럼 눈을 껌벅껌벅하고 어딘가 두더지를 닮은 인상이다. 하지만 그는 손이 제법 날렵하고 잽싸며, 가볍고 기민하게 일을 처리하는 재주를 지녔다. 뉴먼은 삼십 대 후반쯤 되었고, 둥실하게 살이 찐 데다 사려

깊으며 차분한 사람이다. 그는 근력이 좋아서, 종종 무거운 짐을 들고 나르거나 고인을 지탱하거나 운반하는 일을 떠맡곤 했다. 라이글러는 그보다 키가 크고, 마르고, 쉽게 성을 잘 냈다. 두 뺨엔 언제나 붉게 혈기가 돌았고, 시선은 여기저기로 빠르게 움직였다. 그렇지만 그는 관찰력이 좋은 편이었고, 다른 사람들이 미처 필요하다고 생각하기도 전에 어떤 일을 미리 해낸 적도 많았다.

그들은 이전에도 수많은 타하라를 함께 수행했다. 이들에 더해서, 그 엄숙한 작업을 위해 자원한 대여섯 명 정도의 사람들이 더 있을 때도 있었고. 그들은 이 장례 의식에 필요한 절차와 작업이 무엇인지 각자 잘 알고 있었다. 남자들은 거의 완벽한 침묵 속에서 작업을 했지만, 매장지 옆의 이 작은 대기실은 어떤 순서에 맞춰진 음악 소리 같은 것으로 가득 채워졌다. 각자 자기가 맡은 부문의 작업을 할 때 들을 수 있는, 작지만 자신감 있는 동작들에서 흘러나오는 소리들이었다.

라이글러는 라브의 머리카락을 빗겨 내리면서, 떨어져 나오는 가닥 하나도 놓치지 않고 조심스럽게 모았다. 레비츠키는 라브의 모든 손가락을 하나씩 부드럽게 들고—죽은 자의 손을 맞잡는 것은 금지되어 있었으므로—손톱을 깎았다. 그 작업이 다 끝나고 나면 이어서 발톱을 깎을 예정이었다. 도비드는 그저 지켜보았다. 그에게 이런 작업들이 낯선 것은 아니었다. 생전에도 여러 번, 그 노인은 가위를 똑바로 붙들지 못했던 적이 많았다. 도비드는 라브의 손가락들이 조금 뻣뻣해졌는데도, 노랗고 둥근 손톱은 길지 않은 상태라는 데에 주목했다. 레비츠키는 뾰족하게 잘려 나간 손톱 조각들을 그의 손안에 모았다. 라이글러가 머리를 다 빗기고 나자, 그들은 이 잔여물들을 관 안에 담긴 부드러운 흙 위에 두었다. 신체의 모든 일부분들은 반드시 함께 매장되어야 했다. 머리카락 한 가닥이라도, 손톱 한 조각이라도, 더럽혀져서는 안 됐다.

시신에 물을 부을 차례였다. 도비드는 자리에서 일어나 뉴먼과 함께 커다란 법랑 단지들에 물을 채우기 시작했다. 그들은 각자 단지를 하나씩 들고 차례대로 물을 부어야 했다. 물의 흐름은 계속 이어져야 했고, 앞사람이 붓는 물이 다 떨어져 버리기 전에 뒷사람이 이어서 물을 부어야 했다. 만약 앞사람과 뒷사람이 붓는 물 사이에 단 한 순간이라도 흐름이 끊기면, 아예 처음부터 다시 시작해야 하는 일이었다. 이 의식에는 어느 정도 체력이 필요했다. 도비드가 그의 어깨높이로 단지를 들어 올리자, 그는 오른쪽 눈 위로 두통의 맥박이 한 번, 강하게 꾹 하고 고동치는 것을 느꼈다.

'괜찮아?' 뉴먼이 말했다.

'준비됐어.' 도비드는 대답했고, 그의 두통을 살살 달래려는 듯이 천천히 고개를 끄덕였다.

라이글러는 시신의 머리 쪽에 있는 금속판을 조금 들어 올려서, 물이 아래로 잘 빠져나가도록 준비했다. 그리고 그들은 시작했다. 뉴먼은 골고루 물을 부었고, 물은 얼굴을 지나 가슴으로, 팔과 다리로 흘러 내려갔다. 도비드는 흐르는 물살 아래 비친 노인의 얼굴을 들여다보았다. 그 얼굴은 마치 깊은 번민에 빠지기라도 한 듯 심각해 보였다.

'도비드!'

뉴먼이 날카롭게 외쳤다. 도비드는 깜짝 놀라 위를 올려다보았고, 상대방이 든 주전자의 물이 거의 다 따라졌다는 사실을 깨달았다.

남은 건 오직 몇 방울뿐이었는데, 그는 아직 자신의 단지에 담긴 물을 제대로 부을 만한 자세를 잡지 못한 상태였다. 이윽고 라브의 얼굴과 몸 위로 흘러 떨어지던 물줄기가 멈춰 버렸다. 방은 침묵에 빠졌다.

뉴먼이 말했다. '괜찮아, 도비드. 너무 피곤해서 그런 거야. 다시 시작하면 돼. 루벤이랑 내가 물을 부을게.'

자신이 바보 같다고 느끼면서, 도비드는 그 자리에 멈췄다. 그는 자신을 둘러싼 남자들의 얼굴을 쳐다보았다. 그들은 모두 초췌하고 누렇게 뜬 표정이었지만, 그 자신보다는 덜 피곤한 상태였다. 그들은 라브 곁에서 밤을 새진 않았으니까. 그래요, 그러면 저는 집에 가서 한두 시간만 자고 다시 돌아오겠습니다, 라고 말해 버리는 것도 너무나 쉬운 일일 것이다. 이따 오후에 장례를 치르러 매장지로 다시 돌아오면 될 일이었다. 에스티도 집에 있을 테고, 지친 자신에게 따끈한 닭고기 수프라도 끓여 내 줄 터였다. 경황없이 이런 일을 겪는 와중에, 아내 곁에서 한두 시간 쉬다 오는 것을 그 어떤 남편이 마다하겠는가?

'아니,' 그는 말했다. '아니야, 다시 시작하지.'

그들은 물을 부었다. 이번에는 도비드가 먼저 시작했다. 도비드의 단지가 비워질 때쯤 뉴먼은 만반의 준비를 하고 있다가 물의 흐름이 졸졸 가늘어지는 순간에 맞춰서 정확하게 물을 붓기 시작했다. 그리고 물이 라브의 얼굴과 나신을 교차하며 적시는 동안, 도비드는 두 통의 맥박이 박자마다 조금씩 조용해지고 부드러워지더니 마침내 완전히 녹아 사라져 버렸음을, 그 역시 라브처럼 고요한 평화에 도달했음을 느꼈다.

남자들은 라브의 몸을 크고 얇은 수건으로 닦아 말리고 그에게 수의를 입히기 시작했다. 고인에게 처음이자 마지막으로 입혀지기 위해 마련된 리넨 재질의 수의가 질서 정연하게 준비되어 곱게 놓여 있었다. 첫 단계로, 그들은 라브의 머리에 리넨 덮개를 씌우고 얼굴을 완전히 덮은 뒤 목 부분에서 끈으로 여몄다.

그가 처음 타하라 의식에 참여했을 때, 도비드는 이 머리덮개만을 덮어쓴 시신이 묘하게 낯설면서도 익숙하게 보였던 것을, 끔찍한 익명성의 실체화로 느꼈던 일을 기억했다. 하지만 이제 그는 순서대로 수의를 입히는 것의 장점을 알고 있었다. 일단 머리를 덮어 버리고 나면, 신체는 고인만의 개성을 가진 인격으로서 존재하던 힘을 잃어 버린다. 마치 더 이상 읽을 수 없게 된 고대의 토라 두루마리들이 땅에 묻히듯이, 그것은 존경심과 영예를 담아 처리되어야 할 신성한 물체로 변화해 버린다. 따라서 머리를 덮는 것은 수의를 입히는 과정에서 가장 결정적인 단계다. 그 부분이 처리되고 나면, 모든 것이 더 쉬워진다.

뉴먼은 시신의 허리께를 잡고 조금 들어 올려서, 라이글러가 리넨 바지를 입히기 쉽도록 도왔다. 한마디 말도 꺼내지 않고, 레비츠키는 바지 허리춤을 묶는 특별한 매듭을 짓기 위해 움직였다. 조심스럽게, 라이글러는 라브의 양쪽 발이 바지의 봉인된 끝단 안에 잘 자리 잡도록, 마치 고인의 발이 편안한 자세로 쉴 수 있는지를 확인하듯이 매만졌다. 라이글러와 뉴먼은 고인에게 하얀 셔츠와 재킷을 입히느라 다시 시신을 들어 올렸다.

그들이 그렇게 시신의 허리를 살짝 굽혀 몸을 접어 뜨리자, 덮개를 씌운 머리 쪽에서 작은 신음 소리가 흘러나왔다. 굳고 뻣뻣한 몸의 노인이 어떤 신체 동작을 하면서 고통을 느낄 때 내뱉을 법한, 그런 앓는 소리였다. 남자들은 하던 일을 멈추고, 서로를 쳐다봤다. 시신의 배 주변에 손을 깍지 낀 채 잡고 있던 뉴먼이 입술을 꾹 깨물었다. 그가 손깍지를 다시 다잡으며 시신을 붙잡자 또다시 조그만 한숨 소리가 하얀 머리덮개 아래에서 새어 나왔다.

'어쩌면,' 레비츠키가 부드럽게 말했다. '자네가 가슴을 너무 꽉 눌러서 그런가 보네, 애셔.'

뉴먼은 고개를 끄덕이고 조심스럽게 손을 움직여서, 이제는 고인의 팔 아래쪽으로 시신을 받쳤다. 하얀 셔츠와 재킷이 입혀지고, 각자 특별한 매듭으로 마무리되는 동안 고인은 더 이상 아무런 소리도 내지 않았다.

어느덧 시신은 수의로 완전히 뒤덮여 갔다. 재킷의 소매는 바짓단처럼 안에서 봉인되어, 손발 모두 겉으로 드러나지 않는 상태가 되었다. 허리 전체를 휘감는 리넨 벨트를 묶는 일만 남아 있었다. 남자들은 시신 안에 있던 공기가 더 이상 빠져나오지 않게끔 매우 천천히 작업했다. 이윽고 레비츠키가 허리의 마지막 매듭을 짓기 위해 몸을 굽혔다. 그는 잠시 손을 멈췄다. 마지막 끈을 묶으려던 손가락은 그 위를 하염없이 맴돌며 떨렸다. 여전히 허리를 굽힌 채로, 그는 고개만 번쩍 들고 도비드를 바라봤다.

'도비드.' 그가 딱딱한 목소리로 말했다. '자네가 벨트 매듭을 짓는 게 옳을 것 같아. 여기 모인 사람들 중에 자네가 가장 가까운 친족이니까.'

레비츠키는 온통 하얀 천을 입힌 시신 곁에서 물러났고 도비드가 그쪽으로 다가갔다. 그는 하얀 리넨 벨트의 양쪽 끝을 손안에 쥐었다. 전능하신 하나님을 일컫는 이름의 첫 글자이기도 한, 삼지창을 닮은 글자 '신'*의 형태를 한 이것이 마지막 매듭이었다. 이 매듭이 지어지고 나면 돌이킬 방법은 없었다. 그는 이전에도 수많은 고인들을 위해서 이 매듭을 여러 차례 지었지만, 이번에는 이상하게도 내키지 않는 느낌을 받았다. 이 매듭은 종결이 될 것이었다. 다시는 풀릴 수 없는 것, 다시는 되돌아가지 못하도록 완전히 매듭지어 버리는 것이었다. 이 매듭이 완결되면, 무엇인가 돌이킬 수 없는 변화가 찾아오리라는 것을 더 이상 부정할 수 없게 된다. 글쎄, 그는 속으로 말했다. 그러라지, 뭐. 그 무엇도 영원히 똑같이 남아 있을 수는 없잖아. 그는 벨트의 매듭을 지었다.

남자들은 함께 시신을 테이블에서 들어 올려 대기 중인 관 안에 넣었다. 다 같이 자리에서 일어서자 네 명의 남자들은 갑자기 약한 어지러움을 느꼈다. 그들은 동시에 팔을 뻗어서, 손바닥으로 벽을 짚고 기대거나 중앙에 놓인 테이블 모서리를 붙잡거나 하면서 각자 자신을 지탱하려 했다. 이윽고 하나같이 고개를 들고, 서로를 바라보며 웃음 짓기 시작했다. 흐르는 물소리처럼, 그들 사이에 키득거리는 웃음소리가 잔잔히 퍼져 나갔다.

'우리 필요한 거 다 한 거지?' 레비츠키가 물었다.

입을 다문 채 동의하는 미소를 띤 끄덕거림이 번졌다.

'그러면 이제 남은 건,' 그가 말을 이었다. '라브의 용서를 구하는 것뿐이네.'

---

* ‎ש, 히브리어 알파벳의 스물두 번째 글자.

남자들은 관 쪽으로 몸을 돌리고 각자 그 자신만의 말로 조용히 라브에게, 자신이 어떤 방식으로든 고인의 시신에게 합당한 존경심을 표하지 못했다면 부디 용서해 주기를 바란다는 의례적인 인사를 건넸다.

잠시 후에, 라이글러가 관의 뚜껑을 덮고 나사를 조이기 시작했다. 도비드는 몸을 돌려 그 작은 방에서 걸어 나왔다. 밖으로 나와 보니 이른 아침 햇살이 그 방을 넘어서 세상 전체로 밝고 부드럽게 번져 나가고 있음을 발견하였지만, 그는 별로 놀라지 않았다.

헨던*에서 인생의 의미를 고찰해 보는 것은 어렵다. 그러니까 내 말은, 다른 사람들이 이렇다 저렇다 말해 주는 대로 내버려 두지 않고, 스스로 찾아보는 것이 어렵다는 말이다. 왜냐하면 헨던은, 당신에게 인생의 의미를 설명해 주고 싶어서 안달하는 사람들로 넘쳐 나니까. 뭐, 그건 뉴욕에서도 마찬가지인 것 같지만, 그래도 뉴욕에서는 일단 인생의 의미가 무엇인지 정하는 지점에서부터 모든 사람들이 각자 의견을 달리하는 것처럼 보이니까. 헨던에서는, 최소한 내가 자라난 헨던에서는, 모든 것들이 한쪽 방향으로만 치우쳐 있어서, 제대로 정신을 차리고 생각해 볼 수 있는 곳이라곤 없다. 다양한 의견들이 서로 불일치하는 경험이, 우리 모두에겐 절실하게 필요한데 말이다. 그래서 이 세상이 결코 부드럽고 평평하기만 한 곳이 아니며, 모든 사람들이 다른 모든 이들과 완벽히 일치하지 않는다는 사실을 깨달을 수 있도록. 자신의 생각을 깊이 발전시켜

---

* 영국의 바넷 지역구(London Borough of Barnet)에 속하는, 런던의 북서쪽 교외 지역.

보기 위해서는 다른 세계를 엿볼 수 있는 창문이 있어야만 한다.

자라면서, 내 경우에는 잡지들이 그 창문 역할을 해 주었다. 사라 리프카 하토그 메모리얼 통학 학교(Sara Rifka Hartog Memorial Day School)에서 수업을 마치고 집으로 가는 길이면, 으레 WS 스미스*에 슬쩍 들러서 잡지를 읽다 가곤 했다. 잡지라면 뭐가 됐든 별로 상관없었다. 선반 위에 꽂힌 아무거나 내키는 대로 집어 들고 읽었다. 사실 그들 사이의 차이점도 정확히 이해하지 못했다. 그 잡지가 대상으로 하는 독자층이 누군지, 혹은 그 잡지를 주로 구독하는 사람의 수가 어떻게 되는지조차 당시의 나로서는 제대로 대답하지 못했으리라. 나는 《로디드》**, 《보그》, 《우먼스 오운》***, 《NME》****, 《PC 월드》*****, 《더 태블릿》******을 읽었다. 그 무수한, 서로 다른 인생의 단편들은 내 마음속에서 마구 뒤섞여 버렸다. 내가 알아야 할 서로 다른 것들이 너무나 많은 듯 보였다. 음악, 영화, TV, 패션, 연예인 그리고 섹스.

요즘도 나는 언제나 잡지를 산다. 반스 앤드 노블에 들어가서, 내가 원하는 것을 하나 골라서 집으로 가져온다. 그 결과 집 곳곳에는 잡지가 무더기로 쌓여 있고, 방바닥의 반 정도는 잡지로 덮여 있다. 그래, 그걸로

---

* 영국의 소매상 체인.

** Loaded: 남성 독자를 대상으로 하는 런던 기반의 라이프 스타일 잡지. 1994년부터 2015년 3월까지 발행되었고, 2015년 11월부터는 온라인으로만 발행된다.

*** Woman's Own: 여성 독자를 대상으로 하는 영국의 라이프 스타일 잡지. 1932년부터 현재까지 발행 중이다.

**** NME: 'New Musical Express'의 약칭으로 1952년부터 2018년 3월까지 발행된 영국의 음악 잡지. 현재는 온라인으로만 발행된다.

***** PC World: 미국 IDG에서 발행하는 국제 컴퓨터 잡지. 1983년부터 2013년 8월까지 발행되었으며 이후 온라인으로 발행되고 있다.

****** The Tablet: 런던의 가톨릭 주간지.

내가 스스로에게 무엇인가를 증명하려고 한다는 사실을 알지만, 그래도 그건 증명할 만한 가치가 있는 일이므로, 나는 여전히 계속 광택이 나는 두꺼운 종이 더미를 모아 쌓아 올리고 있다.

그런데 이상한 점은, 그 어디에서도 《죽음》이라는 잡지는 찾아볼 수 없다는 사실이다. 그 많은 잡지들 중 하나가 최소한 기획이라도 했을 법한데 말이다. 실용적인 도움을 주는 가정생활 잡지들이 '집에서 직접 만들어 본 관: 저렴한 대안이 되다.' 같은 특집 기사를 실을 수 있지 않았을까.《코즈모폴리턴》에서 '고인을 추모하다: 남들보다 더 빠르게, 자주, 잘하는 법!' 같은 기사를 펴내 볼 수도 있다. 심지어 장례식 복장의 화보를 실은 《보그》 특별호라도 도움이 될 수 있을 것이다. 하지만 없어, 아무것도 없다. 마치 인간 존재에겐 필연적일 수밖에 없는 이 운명이, 총천연색의 잡지 세계에서는 아예 존재하지 않는 것만 같다.

그래서 언제나 치료라는 방법이 있긴 하지. 나는 파인골드 박사에게 전화를 걸어 볼까 생각도 해 봤지만, 일련의 질문으로 가장하여 제시하는 그녀의 정답들에 별로 귀 기울이고 싶지 않았다. 어쨌든 그때는 그러고 싶은 마음이 들지 않았다.

나는 자신에게 이렇게 말하는 것도 생각해 봤다. 좋아, 그가 죽었대. 하지만 난 그 꼰대를 좋아했던 적이라곤 없잖아. 그냥 친구들 좀 불러서 춤추러 가고, 진탕 술에 취해 버리지 뭐.

그러다 나는 그들이 내 아버지에게 입힐 의복에 대해 생각했다. 끝부분이 봉해진 채로 팔과 다리를 감싸는 하얀 리넨 수의. 당신이 누구든, 어떤 사람이었든, 모든 사람은 결국 같은 옷을 입게 된다. 그리고 나는 생각했다. 아버지의 집에 있는 사람들은 어떻게 해야 할지 알겠지. 아버지의 집에 있는 사람들한테는, 앞으로 어떻게 하라고 알려 줄 그 어떤 잡지도 필요하지 않을 거야.

*

그래서 일은 이렇게 진행된다. 내가 해야만 하는 일 말이다. 고인의 가까운 친족──부모, 자녀, 형제, 남편 또는 아내──을 위한 정통 유대교의 애도 의식은 보통 이렇게 흘러간다. 첫 주 동안에는, 입고 있는 옷을 찢고, 머리를 자르거나 뜨거운 물로 씻지 않으며 집 안의 모든 거울을 가린다. (왜냐하면 이 시기는 허영을 부릴 만한 때가 아니므로.) 등받이가 없는 낮은 의자에 앉고 정말 필요한 경우가 아니고서는 집을 떠나지 않는다. (왜냐하면 애도는 공간과 시간을 들여서 해야 하는 일이므로.) 그리고 음악을 들어서는 안 된다. (왜냐하면 음악은 이 세상 어딘가에서 누군가는 행복을 느끼고 있다는 사실을 생각나게 하므로.)

그게 첫 주다. 그러고 나서 첫 삼십 일 동안에는, 집을 떠나거나 몸을 씻을 수 있지만, 음악을 듣거나 새로운 옷을 사거나 파티에 참석하지 않는다. 그리고 첫 삼십 일이 지나더라도, 고인의 사망 이후 첫 일 년간은 새 옷을 사지 않는다.

그리고 첫 일 년이 끝날 즈음 무덤에 비석이 세워지고 나면, 장지로 가서 기도를 한다. 그 이후 해마다 고인의 기일이 돌아오면 촛불을 밝힌다. 매우 순서 정연하며, 정확하게 진행되는 과정이다. 향후 일 년 전체를, 혹은 그다음 달을 어떻게 보낼지 미리 착착 계획해 놓을 수 있을 정도다. 이런 의례는 삶의 모든 것들을 단순하게 하기 위해서 존재한다.

단지 지금 나에게는, 아무것도 단순해지지 않을 뿐이지만. 왜냐하면 이런 것들은, 다른 사람들 모두가 내가 뭘 하는지 알아주는 상황에서만 의미를 가지는 법이니까. 당신이 찢긴 옷을 입고, 등받이가 없는 낮은 의자에 앉아 있고, 친구와 가족 들이 그런 당신을 보러 방문할 때에만 가능한 의례인 것이다. 그들은 음식을 가져오고, 낮은 목소리로 위로하고, 기도를 하겠지. 하지만 나는 여기에 있고, 더 이상 그런 사회에 속해 있지 않다. 그리고 갑자기 아는 친구에게 전화를 걸어서 '나 이제부터 고대 유대인들의 애도 의례에 참여하려고 하거든. 그러니까 여기 참여해 줄 자원자가 필요해.'라고 말할 수도 없다는 얘기다.

나는 잠시 앉아 있었다. 나는 이제부터 영국에 무슨 일이 일어날지 생각했다. 세계의 종말과 그 이후에 어떤 일이 올지 생각했다. 내세의 영원한 삶에 대해서 생각했다. 나는 더 이상 참을 수가 없었다. 나는 화장품을 넣어 두는 가방을 정신없이 뒤져서 손톱 가위를 찾아냈고, 그걸로 내가 입고 있던 조깅용 상의의 밑단을 가로질러 잘랐다. 옷은 꽤 만족스럽게 요란한 소리를 내며 찢어졌고, 작은 회색 실밥들이 공중에 온통 흩뿌려졌다. 그걸 느끼는 기분이 좋았다. 인정할게. 그건 내가 무엇인가를 하고 있는 것처럼 느끼게 했고, 그게 바로 중요한 지점이 아닌가. 하지만 그러고 나자 다시 허무함이 몰려왔고, 내가 완벽하게 유용했던 옷 한 벌을 그저 망쳐 버렸을 뿐이라는 느낌이 들었다.

그래서 나는 스콧에게 전화했다. 늦은 밤이었지만, 뭐, 그는 항상 '언제든지 전화해.'라고 말했으니까. '만약 정말 필요하다면.' 그는 덧붙였더랬다. '꼭 그래야 한다면.'

나는 그에게 전화했다. 그가 다시 필요하다거나 그와 다시 사귀고 싶다거나, 뭐 그런 헛소리 같은 이유에서가 아니라, 내가 그를 알았기 때문이다. 나는 그냥 알고 있었다. 그가 이런 내 마음을 이해해 주리라는 것을. 신호가 가는 동안 나는 그냥 지금 바로 전화를 끊어 버리는 게 좋겠다고 스스로를 거의 설득했다. 왜냐하면 강해지려고 시도해야 하는 지금, 단지 전화를 거는 것만으로도 마음이 약해져 버렸기 때문이다. 하지만 바로 그때 그가 전화를 받았다.

나는 말했다. '안녕, 나야.'

그는 말했다. '어. 그렇군.'

'스콧, 전화 안 하려고 했었어, 단지……'

나는 극적인 효과를 위해 잠시 멈췄다. 인정할게. 내가 그랬던 것은, 이어지는 침묵 뒤에 내가 자길 사랑한다거나 그와 다시 재결합하고 싶다는 말을 할 거라고 그가 넘겨짚도록 하기 위해서였다. 그래서 내가 실제로 다음과 같은 말을 했을 때 그가 스스로에 대해 굉장히 형편없고, 옹졸하고 졸렬한 사람인 듯 느끼게 하기 위해서. '방금, 우리 아버지가 죽었다는 소식을 들었어.'

숨을 들이쉬는 소리.

'정말 안됐네.' 그는 실제로 깊이 유감이라는 듯 대꾸했다. 그러고 나서, 잠시 침묵. '지금 갈게.'

'아냐. 아니야, 그럴 필요 없어. 난 괜찮아.'

'간다니까.'

'괜찮아? 빠져나올 수 있어?'

'그래.' 그는 이윽고 큰 목소리로 말했다. '어, 지금 바로 가서 그 회의 전화를 받도록 할게요.'

시내에 있는 한 바에서 다 같이 술에 취했던 그날 저녁을 기억한다. 팀 회식이었고, 그러니까 총 여섯 명이 모인 자리였다. 수습 직원인 애나, 눈이 크고 짧은 치마를 입었었다. 회계 담당자 마틴은 자기가 그 모임에서 가장 잘나가는 남자 역할을 맡고 싶어서, 스콧이 일찍 집에 갔으면 하는 눈치였고. 얌전하고 말수 없는 버니스, 최소한 하루에 두 번 이상 전화를 걸어 오는 남편을 둔 사람이다. 우리 팀장인 칼라는 모직 슈트 차림으로, 통 큰 상사처럼 굴고 싶어 했지만 우리 중 하나가 새 음료를 시킬 때마다 내심 안절부절못하면서 메뉴판을 들여다보곤 했다. 그리고 부하 직원들과 친밀한 시간을 갖기 위해 끼어든, 팀장보다 더 높은 직급의 빅 보스 스콧이 있었다. 거기다 나까지.

마틴은 늘 그렇듯 애나에게 팔을 걸쳐 두르려고 하면서 너무 큰 소리로 이야기를 했다. 그는 손가락으로 테이블을 쿡쿡 찌르면서 목청껏 말했다. '이 나라의 문제점이 뭔지 다들 알아요?'

우리는 고개를 저었다. 버니스와 나는 의미 있는 시선을 교환했다.

'종교심이, 너무, 강하다고. 그게 문제야. 아이오와에 넘쳐 나는 독실하고 멍청한 촌놈들이, 이 나라를 망치고 있어. 검열에 찌든 사고방식으로. 그게 이 나라를 찢어발기고 있다고요, 검열이. 로닛, 당신들은 유럽에서 아주 제대로 잘 생각한 겁니다.' 언제나 그렇듯 그는 두 번째 음절에 강세를 두어 로닛이라고 정확히 발음하는 대신에, 첫 음절에 강세를 두며 내 이름을 로닛이라고 잘못 발음했다.

'아, 그런가요?' 나는 말했다.

'그럼요. 신은 진작 죽었다니까. 아니, 대체 종교의 요점이 뭐냐고요. 그렇지 않아? 내 말 맞죠?'

나는 잠자코 있었다.

마틴은 모인 사람들의 면면을 쭉 둘러보고 반복했다. '내 말이 맞죠, 여러분?'

칼라는 스콧 쪽을 슬쩍 쳐다보았다. 그는 그녀에게 격려의 미소를 보냈다. 난 여기 멘토 역할만 하러 와 있는 거니까 팀원 관리는 팀장님이 직접 하세요, 라는 의미의 미소였다. 그래서 그녀는 입을 열었다. '뭐, 좀 말이 안 되는 것처럼 보일 때가 있긴 하죠⋯⋯.'

'그러니까요!' 마틴이 말했다. '그렇잖아요! 도대체 누가 고리타분한 교리 문답이나 열두 사도가 누구였는지를 일일이 기억하고 앉아 있느냐고요, 또⋯⋯.'

'십계명도 있죠.' 칼라가 끼어들었다.

'그렇죠, 십계명이 뭔지 대체 누가 알아요? 쓰레기 버리지 마라, 담배 피우지 마라, 미국 제품을 사라, 뭐 이런 거 아니에요?'

테이블에 앉아 있던 모두가 웃음을 터뜨렸다. 심지어 그 얌전한 버니스조차 조용히 키득거리고 어깨를 떨면서 웃었다. 내 기억에는 스콧만 빼고 말이다.

다들 무슨 얘기를 하는지 이제야 파악한 애나도 한마디 거들었다. '맞아요, 이 방에 있는 사람들 중에서 십계명이 뭔지 아는 사람은 아무도 없을걸요.'

그때 나도 같이 웃어 버렸을 수 있었다. 그저 유쾌한 척 소란을 가장하며 지나쳤을 수도 있었다. 어차피 마틴은 다른 주제로 넘어가며 계속 헛소리를 지껄였을 터다. 하지만 나는 말했다. '전 아는데요.'

침묵이 흘렀다. 그들은 모두 나를 쳐다보았다. 금요일 밤 시내 중심가 바에서 언급할 만한 대사로 치자면, 그건 절대적으로 최상의 대꾸가 아니었다.

칼라가 말했다. '설마 그럴 리가요.'

나는 십계명을 읊어 나가며 손가락을 하나하나 꼽았다. '하나, 나는 너의 주 하나님이다. 둘, 너는 내 앞에 다른 신을 두지 마라. 셋, 너는 주의 이름을 망령되게 부르지 말라. 넷, 네 아버지와 어머니를 공경하라. 다섯, 안식일을 기억하고 거룩하게 지키라. 여섯, 살인하지 말라. 일곱, 간음하지 말라. 여덟, 도둑질하지 말라. 아홉, 거짓 증언하지 말라. 열, 탐욕하지 말라.'

그들은 입을 딱 벌린 채 나를 쳐다보았다. 스콧의 눈길이 내 눈에 와닿았다. 아름다운 푸른색 눈동자, 존경심으로 밝게 빛나는 눈이었다. 그리고 나는 생각했다. 아예 히브리어로 해 줄걸 그랬네.

마틴이 말했다. '뭐, 어쨌든 그걸 지키는 사람이 누가 있나?'

마틴의 말에 일리가 있다는 것을 인정해야만 한다. 왜냐하면 바로 그날 밤에 스콧이, 집에 가는 택시를 같이 타자고 제안했기 때문이다.

나는 주변에 놓인 것들 중에 그의 물건이나 우리가 사귀었을 때 서로에게 준 선물이 있는지 기억해 보려고 애쓰면서 아파트를 쭉 둘러보았다. 그것들을 다 치워 버리는 게 더 나은지 아니면 나쁜지 나로서는 판단이 서지 않았다. 그를 떠올리게 하는 것들을 내 주변에 남겨 두었다고 생각하지 않는 건 좋지만, 그런 것들이 아예 하나도 없는 걸 보면서 내가 의식적으로 치웠다고 생각하는 것 또한 별로다. 젠장.

잠시 서서 나는, 그가 내게 사다 주었던 목재 고양이 장식물을 손에 들고 이걸 어떻게 해야 할지 고민에 빠졌다. 싸우고 난 뒤 화해의 의미로 받은 선물이었다. 그가 특유의 짜증 나는 말로, 여자들은 혼자서 살면 안 된다고 이죽거린 적이 있었다. 나는 아, 그래? 라며 빈정거렸고, 그는 그래, 특히나 유대인 여자들은 혼자 살면 안 되지, 하면서 받아쳤다. 유대인 여자들이란 한없이 심술궂어질 때가 있잖아. 그래서 나는 말했다. 우리가 *심술궂어져*? 나는 그에게 자기혐오에 빠진 유대인이라고 말했다.

그는 어디 안 그런 유대인 있는지 보여 줘 봐, 라고 말했고, 그러고 나서 나는 그를 집 밖으로 내쫓아 버렸더랬다.

며칠이 지난 후 내가 체육관에서 운동을 하고 밤늦게 집에 왔는데, 그가 아파트 건물 로비 구석에 고양이 모양의 선물 봉투를 든 채 나를 기다리고 있었다. 그날 그는 처음으로 밤새 머물렀다. 어떻게 그래도 되느냐고 물었더니, 그는 아내가 아이들을 데리고 코네티컷에 있는 처가에 갔다고 말했다. 거기서 집안 친척들을 만나고, 교회에도 가고, 기타 등등 시골에서 할 법한 일들을 한다고. 나는 그를 찰싹 때리면서 말했다. 교회라니! 당신 설마 이방인 여자*랑 결혼한 거야? 그는 말했다. 자기도 별로 할 말 없잖아. 그래서 나는 말했다. *나*는 완전히 다른 상황이지. 그러자 그는 말했다. 아, 그래. 그리고 그가 내 쪽으로 무게를 실어 다가왔고, 나는 그의 살냄새를 물씬 맡을 수 있었다. 향나무, 리넨 그리고 레몬 향이 내 콧속을 잔뜩 채웠다.

그 뒤에, 나는 그에게 아버지가 우리 사이를 안다면, 스콧, 당신이 다시 믿음의 길 위에 서도록 아마 내가 당신을 되찾아 오길 바랄걸, 하고 말했다. 그는 이렇게 대답했다. 오히려 내가 *자기*를 되찾아 가길 바라시는 게 아니고? 나는 거기엔 대답하지 않았다.

나는 이것에 대해서, 그리고 그의 살갗 냄새에 대해서, 그의 손 크기에 대해서 생각하고 있었다. 그의 손은 너무나 컸다. 광대의 손바닥처럼 어처구니없이 큰 손. 여전히 그 생각에 빠져 있었을 때 초인종이 울렸고, 그가 현관을 통과해 들어오기까지 최대 0.5초도 지나지 않은 것 같았다. 그리고 나는 여전히 그 멍청한 목재 고양이를 들고 있다는 사실을 깨달

---

* shiksa: 정통파 유대교도의 관점에서 비유대인 여자를 경멸조로 일컫는 말.

왔다.

나는 거실 테이블에 그걸 내려놓고 말했다. '안녕.'

그는 말했다. '안녕. 자기의 장수를 빈다, 뭐 그런 인사말을 해야 하는 거야?'

'그러고 싶으면 그러든가. 하지만 난 당신이 내가 죽어 버리길 바란다고 생각했었어.'

그는 손으로 머리카락을 빗질하듯 쓸었다. 피곤하고 짜증스러워 보이는 태도였다.

'난 자기가 죽길 바라지 않아. 세상에, 로닛, 왜 당신은 항상…….'

'짜증 나게 구냐고?'

'방어적이라고.'

나도 몰라, 거의 그렇게 말할 뻔했다. 내가 왜 당신으로부터 스스로 방어해야 할 필요성을 느끼는지, *생각조차* 할 수가 없네.

그 대신 나는 내 손바닥 안으로 손톱을 꾹 찔러 넣듯 주먹을 쥐었다. 정말, 정말 세게. 그리고 말했다. '당신이 와 줘서 기뻐.'

그는 양팔을 벌려 나를 품 안에 끌어안았다. 나는 아무것도 하지 않았다. 우리는 현관 앞에 그렇게 꽤 오랜 시간을, 그의 팔이 나를 감싼 채로서 있었다.

'얼마나 오래 있을 수 있어?'

그는 크게 한숨을 들이쉬었다. 그는 아랫입술을 깨물었다. 진실을 말할지 말지 결정할 때마다 그가 항상 하는 버릇이다. 그는 말했다. '셰릴한테 잠깐만 다녀오겠다고 했거든. 난 지금 도쿄 쪽 담당자랑 회담을 하고 오는 셈인 거야. 동트기 전까지는 돌아가야겠지. 대충 새벽 2시쯤에는?'

'4시까지로 할 수 있어?'

그는 머릿속으로 여러 가능성을 계산해 보면서 나를 쳐다보았다. 만약 안 된다고 하면 내가 얼마나 화를 낼 것인지? 내가 무슨 짓을 벌일지? 셰릴은 어차피 2시쯤에는 잠들어 있지 않을지? 내일까지 그는 몇시간의 수면이 필요한지?

'왜?' 그가 말했다.

'그냥, 영국에서 장례식이 끝나는 시간이 우리 시간으로 4시거든.'

난 한심하기 짝이 없는 인간이야, 속으로 생각했다. 정말 최악으로 처절하다.

'좋아.' 그는 말했다. '4시.'

분위기는 어색했다. 우리 둘 다 침묵 속에 그렇게 오랜 시간을 서 있다 보니 나는 어, 양키스는 요즘 성적이 어때? 라는 말까지 해야 하는지 심각하게 고민했다. 아니면 정치 얘기를 하든가, 심지어 업무 얘기를 할 수도 있다. 왜냐면 수다 떨 거리만 있다면 우리는 아무런 문제가 없었기 때문이다. 아니면 뭔가 같이할 일이라거나. 문제는 우리 둘 다 말수를 잃고 조용해질 때였다. 그럴 때마다 그는 마치 자기 아내를 떠올리는 듯한 표정을 얼굴에 띄우곤 했다.

우리는 소파에 앉았다. 거의 몸이 닿을 뻔한 자세였지만 결국 그러진 않았고, 잠시 후 우리가 서로와 정확히 동일한 자세를 취한 채로 앉아 있다는 걸 눈치채고 나자 나한테는 그게 굉장히 신경 쓰이기 시작했다. 그래서 나는 커피라도 타 오겠다고 제안했고, 곧이어 내가 그의 커피 취향을 잘 알기에 그가 이것을 흔쾌히 받아들였다는 사실을 깨달았다. 그리고 내가 아는 그의 커피 취향대로 커피를 타 온다는 발상이 너무 강렬하게 개인적인 느낌이라, 차라리 내 정맥이라도 끊어서 컵에다 피를 받아오는 게 낫겠다는 생각마저 들었다.

그래서 나는 누가 들어도 시시한 변명을 늘어놓았다. 그런데 커피가 남아 있는지 모르겠네, 한번 찾아볼게.

그는 내게 정말 기묘한 미소를 지어 보이고 말했다. '자기가? 집에 커피가 다 떨어지게 두었다고? 여긴 완전 딴 세상이 됐네.'

그는 마치 내게 선물이라도 바치는 것처럼 말했다.

나는 아무 말도 하지 않고 주방으로 들어갔다. 그리고 바로 그때 이런 생각이 들었다. 내가 지금 도대체 무슨 짓거리를 하고 있는 거지? 나는 에나멜 재질의 싱크대를 붙잡고 코셔*가 아닌 음식들과 서로 분리해서 처리된 적 없는 요리들과 내가 안식일에도 여전히 사용하는 전기 기구들을 둘러보았다. 그러고 나서 나는 갑작스럽게 이 모든 것들이 내게 속하지 않는다는 현기증을 느꼈다. 마치 낯모르는 길을 뚜벅뚜벅 행진하듯 걸어가다가 내 집이 아닌 다른 아파트에 들어왔고, 지금 저 소파에 앉아 있는 남자도 전혀 만난 적 없는 사람처럼 느껴지는 감각이었다. 이 모든 것은 그냥 아주 오래전에 내가 잡지에서 읽었던 삶의 파편들 같았다. 이질적이고, 익숙하지 않고, 끔찍이도 두렵게 하는 것. 그리고 작은 목소리가 내 귓가를 간지럽히며 말하는 듯했다. 그래, 고작 이게 네 몫이구나.

나는 그 목소리를 알았다.

그 목소리가 다시 말했다. 고작 이게 네 몫이야, 로닛. 네가 위안을 얻어 보려고 찾는 대상은 다른 여자와 결혼한 남자 하나고, 네가 힘을 얻기 위해 가진 건 네 직장이 다야. 어떤 일이 일어날 거라고 생각했던 거니?

그리고 나는 싱크대를 더 거세게 붙잡고, 숨을 크게 내쉬며 말했다. 난

---

* kosher: 유대교의 율법 기준에 맞게 준비된 음식들.

이 말 안 들을 거야.

스콧이 '뭐라고?' 하며 되묻기 전까지, 나는 내가 그 어떤 말을 입 밖으로 소리 냈다는 사실조차 미처 깨닫지 못했다.

나는 말했다. '내가 영국으로 돌아가는 거 어떻게 생각해?'

'어떻게 생각하냐는 게, 무슨 말이야?'

'그러니까, 당신 생각에는 내가 가야 될 것 같냐고?'

'가지 못할 건 없잖아? 독일 프로젝트 건은 다 완벽하게 처리했으니까. 안 그래?'

인생과 관련한 모든 중요한 결정을 결국 업무와 연관 지어 버리고 마는, 그의 특성 중 하나를 깜박 잊고 있었다. 나는 이렇게 고함치고 싶어졌다. 이 멍청아, 내 말은 그게 아니야. 하지만 분노가 집중력을 고양시켜 주었고 나는 내가, 내 삶의 중반부를 지나는 지금 이곳에 있다는 사실을 기억해 냈다.

나는 말했다. '그래, 그 건은 잘 관리되고 있지. 그게 중요한 게 아니야.'

그가 무엇인가 말을 더 했던 것 같지만, 주전자 물이 끓기 시작해서 나는 그것을 듣지 않았다.

커피를 타 들고 나오면서 나는 말했다. '봐, 내가 갈 필요는 없는 거잖아. 거기 날 위한 게 뭐가 있다고?'

그는 나를 쳐다봤다.

나는 말했다. '거기 내 가족이 있는 것도 아니고. 아무도 내가 오는 걸 기대하지도 않을 텐데.'

'로닛, 자기 아버지가 돌아가셨어. 당연히 영국으로 돌아가 봐야지.'

'내가 뭘 해야 할 의무는 없어. 거기 내가 원하는 건 아무것도……'

그리고 나는 거기서 말을 멈췄다. 왜냐하면 영국에 있는 것들 중에 내가 여전히 원하는 물건이 하나 있다는 사실을, 그저 딱 하나 있다는 걸 깨달았기 때문이다. 촛대들. 어머니가 갖고 있던 길쭉한 은제 촛대들. 물결 모양의 무늬가 새겨지고, 꽃과 관엽 식물 장식으로 마감된 그 촛대들 말이다. 수년 동안 아버지에게 차마 달라고 말하지 못했던 것들이었다. 나의 이단적인 집 안에 그것들을 갖다 두는 걸 아버지가 원하지 않았을 것이므로. 하지만 이젠 그 촛대들을 여기에 들여 두는 것도 좋은 생각인 것 같았다.

나는 스콧에게 이 말을 거의 들려줄 뻔했는데, 그러다가 문득 이런 생각이 들었다. 지금에 와서 굳이 이 사람에게 뭐 하러 이런 것까지 알려 준담? 그가 나에 대해서 이런 것들을 알아야 했던 시기는 이미 지나가 버렸는걸. 그래서 나는 이야기를 멈추고 시선을 내리깔았다. 스콧은 내 손을 잡았다. 분명히 자기가 무엇인가 내가 말하지 않은 부분까지 이해했다고 생각했기 때문이겠지. 그리고 그는 이렇게 말했다. '로닛, 그 여자가 거기 있을까, 자기가 예전에⋯⋯.'

나는 미소 지었다. 스콧이 잘못 짚어도 한참 잘못 짚은 게 우스워서. 그리고 이렇게 말했다. '에스티? 아니, 없을 거야. 지금쯤은 거길 떠난 지 오래됐을걸. 그때는 나보다 더 심각한 상태였지.'

그는 미소 지었고, 나도 마주 웃었다. 우리는 나란히 앉아서 커피를 마셨다. 오랜 친구 사이처럼.

좀 이따가 우리는 이야기를 시작했다. 영국에 대해서, 우리 아빠에 대해서. 나는 영국 유대인이 미국 유대인과 얼마나 다른지 설명해 보려고 했다. 별로 자세히 얘기하진 못했지만, 그렇게 일을 다루듯이 이야기를 한다는 것 자체가 기분이 좋았다. 스콧과 대화하는 것의 장점 중 하나다. 그는 모든 것들을 단순한 현상처럼 보이도록 만들어 버린다. 그의 마음속에서는 모든 것들이 이미 단순하니까.

그는 말했다. '자기 아빠는 꽤 잘나가는 랍비셨다고 했지? 책도 쓰시고, 회중도 세우셨고. 그러면 이제 그 회중은 문을 닫는 거겠네?'

나는 고개를 저었다. '절대 아니지. 내가 아는 그 사회라면…….' 나는 손목에 찬 시계를 들여다봤다. '이미 우리 아버지를 대신할 적임자를 정하기 위해 이야기하고 있을걸.'

'*지금*? 아직 장례하기도 전에?'

'아, 그럼. 특히 지금 해야지. 이게 가장 중대한 순간인데. 이 상황이 쉽고 무탈하게 지나가길 바랄 테니까. 말하자면…….' 나는 의자 등받이에 몸을 기댔다. '회중이라는 사회가 돌아가는 역학은 사실 굉장히 단순해. 마치 왕조의 역학이랑 비슷하지. 승계가 가장 중요한 화두거든. 후계자의 계승 과정이 단순할수록, 모든 사람이 행복하게 안심하지.'

'그러면 벌써 후계자를 정했을 거라는 말이야?'

'아마도. 아니면 최소한 이사회에서, 그 말은 곧 돈줄을 쥔 쪽에서, 누군가 염두에 둔 사람이 있겠지.' 나는 잠시 천장을 올려다보면서 회상에 잠겼다. '물론 내가 아는 예전 상황들이 지금 그대로 통용되지는 않겠지만, 내 사촌 도비드가 가장 유력한 후보가 아닐까 싶어. 비록……. 그는 그렇게 자신감 있는 유형이 아니지만. 말하자면 그런 일에 걸맞은 섹시한 매력이 없거든.'

'*랍비한테* 섹시한 매력이 있어야 해?'

나는 웃었다. '무슨 말인지 알잖아. 카리스마, 사람들을 다루는 기술, 연설에 적합한, 듣기 좋게 낭랑한 목소리. 그런 거 말이야.' 나는 커피를 한 모금 더 마셨다.

그는 나를 물끄러미 쳐다보고 말했다. '글쎄, 자기는 카리스마도 있고, 사람들도 잘 다루고, 연설하는 목소리도 좋잖아. 왜 *자기가* 새 랍비가 되는 건 안 돼?'

나는 황당하다는 의미로 눈알을 굴렸다. '나는 여자잖아. 그렇게 간단한 문제야.'

그는 반쯤은 공감하면서, 반쯤은 재미있다는 느낌의 미소를 띠고 나를 바라봤다. 갑자기 나는 이 문제에 대해서 더 이상 이야기하고 싶지가 않았다. 그리고 어쨌든, 한밤중에 이 남자를 불러들인 이유가 도대체 무엇이겠는가? 사실 이 사람과 같이 애도의 감정을 나누려던 것도, 내 아버지에 대한 기억을 환기시키는 대화를 하려는 것도, 등받이가 없는 낮은 의자에 앉으려는 것도 아니었다.

나는 말했다. '있잖아, 나한테 지금 뭐가 필요한지 알아?'

'뭔데?'

나는 그의 머리카락이 짧고 부드럽게 돋아 있는 목덜미 뒷부분을 손으로 잡고 내 쪽으로 끌어당겼다. 그리고 내 생각에는 그 방식이 쉬웠기 때문에, 혹은 익숙했기 때문에, 혹은 이 어색함을 종식시키는 방법이었기 때문에, 그는 다시 내게 키스를 되돌려 주었다. 그에게서는 내가 기억하는 그대로의, 어쩌면 그 기억보다 더 좋은 냄새가 났다. 그리고 우리는 함께, 또 다른 의미에서 쉽고 익숙하고 금지된 일을 하는 데 열중하기 시작했다.

3

복되도다, 우리 주 하나님, 온 우주의 왕이시며, 거룩한 것과 일상을 구별하시고, 빛과 어둠을 구별하시고, 이스라엘과 다른 민족들을 구별하시고, 일곱 번째 날과 창조의 여섯 날을 구별하시는 분이로다. 복되도다, 하나님께서 거룩한 것과 일상을 구별하셨도다.

— 안식일 마지막에 암송하는 하브달라* 기도

태초에, 주님께서 여러 천국과 땅을 창조하셨습니다. 그리고 땅은 토후 바보후**의 상태였지요. 토후 바보후가 무엇입니까? 이 상태가 어떤 성격을 말하는 것인지, 위대한 현자들 사이에서 여러 번 토의된 바 있습니다. '형체가 없는 것'이라고 말하는 분도 계셨고요. '텅 비어 있는 것'이라고 말하는 분도 계셨습니다. 어떤 분은 이렇게 표현합니다. '놀라울 정도로 공허한 것'이라고요. 마치 시간이라는 것이 존재하기도 전에 전능하신 우리 주와 함께 나란히 서서, 그 공허함에 놀라고, 어쩌면, 그에 대해 의견을 남겼던 적도 있는 것처럼 말입니다.

---

* Havdalah: 토요일 밤 하늘에 별 세 개가 뜨며 안식일이 끝나는 것을 기념하는 기도. 여러 개의 심지를 지닌 특별한 모양의 하브달라 초를 켜고, 포도주를 축성하며 향신료 냄새를 맡는 제의를 따른다.
** tohu vavohu: 창세기에 묘사되는 신의 창조 과정에서, 빛이 생성되기 직전의 땅의 상태를 묘사하는 히브리어 원어(תֹהוּ וָבֹהוּ)다. 현대 성경에는 '형태가 없고 비어 있는', '눈에 보이지 않는 무형의 상태'라는 의미로 번역되었다. 영어로는 tohuvabohu, tohu wa-bohu 등 다양하게 음차된다.

그리고 이렇게 말씀하시는 분도 계셨습니다. '혼란스러운 것.' 이 해석은 말들의 개입을 허락하는 것처럼 보여요. 태초에 우리가 가진 것이라곤 그 말들뿐이니까요. 그 말들을 발화하는 목소리들 말입니다. 토후 바보후. 뒤죽박죽인 것. 위아래가 서로 곤두박질치는 것. 안과 밖이 뒤집히는 것. 여기저기 사방으로 뻗어 가는 것. 창조주께서는 우리에게 존재하는 모든 것들의 첫 진통을 보여 주고 싶으셨던 겁니다. 모든 표현 방식이, 인간이 느낄 수 있는 모든 감각이 그분에겐 열려 있었지요. 그분은 말들을 고르셨고 이를 토후 바보후라고 부르시기로 하셨습니다. 마구 뒤섞여 있는 것.

태초에, 하나님께서 여러 천국과 땅을 창조하셨습니다. 그리고 이 땅은 모든 것들이 한창 어지럽게 어우러져 있는 상태였고요.

그러므로 태초에, 가장 중요한 일은 구별을 하는 일이었겠지요. 뒤엉킨 실타래를 하나하나 풀어 가는 일과 같습니다. 이렇게 말하는 것과 같아요. '이건 저것과 분리되어야 하겠구나. 이건 물이 될 것이고, 이건 하늘이 될 것이고, 이건 그 둘을 가르는 선이 될 것이다. 이걸 수평선이라 하자.' 창조란 여러 요소들 사이에 선을 긋는 행위였습니다.

그럼 그건 무슨 의미일까요? 맨 처음에는 눈앞이 깜깜한 상태에서 그저 아무것이나 잡아도 상관없는 형태로 그 존재가 성립하던 세상이었는데, 점점 미묘하게, 천천히, 엉켜 있던 요소들이 차츰 가지런하게 정리되고, 그 요소들 간의 무한하게 미세한 구분선들이 그려져 나간다는 것이? 당연히 그 의미는, 이 세상을 이해하기 위해서는 우리가 구분이라는 개념을 이해해야 한다는 것입니다.

* * *

수요일 밤, 시바* 기간의 다섯째 밤에, 도비드는 에스티가 요리하는 모습을 바라봤다. 그는 그러는 게 즐거웠다. 그녀가 가진 재주를 순수하게 감상하는 것. 그는 그녀가 차분한 태도로 양념을 치거나 신중하게 철제 소스 팬으로 손을 뻗거나 할 때 느껴지는 그녀의 전문가적 감각을 즐겼다. 그는 그녀가 요리하기를 좋아한다고 상상했다. 그는 알 길이 없었지만, 그녀가 계속해서 요리를 하고 식사 준비를 한다는 사실을 틀림없이 좋아하는 것처럼 보였다. 어쨌든, 그렇지 않으면 그들이 어떻게 서로 소통할 수 있었겠는가? 그녀는 요리를 했고 그는 그걸 먹었다. 이 역시 담화의 한 형태였다.

지난해, 회중에 새로 합류한 스톤 부인이 ─ 그 남편은 치과 교정사였는데 ─ 안식일 예배가 끝난 후 뷔페 식사를 하는 시간에 그에게 다가와서 조그맣게 속삭였다. '부인께서는요, 랍비 쿠퍼만…….' 그녀는 아직 그를 어떻게 불러야 하는지 다른 사람들에게서 배우지 못한 모양이었다. '혹시 부인께서 말씀을 하긴 하시나요?'

그는 그녀 주변의 몇몇 여자들이 천천히 고개를 돌리고 맹금류처럼 눈을 깜박이는 광경을 보았다. 그는 거의 미소를 띨 뻔했다. 앞으로 하루 이틀 내로, 이 여자들 중 한 사람이 스톤 부인을 한쪽 구석으로 살짝 데려가서 이곳 상황이 어떤지를 설명할 터였다. 어떤 일들이 입 밖으로 상의될 수 있는지, 또 어떤 일들은 그렇지 않은지를

---

* shiva: 유대교에서 부모, 자녀, 배우자와 사별하고 난 뒤 지키는 칠 일간의 애도 기간.

말해 주겠지. 스톤 부인도 그 줄에 서 있게 될 터다.

'물론이죠.' 그는 말했다. '물론 말을 합니다.'

그리고 그것은 사실이었다. 에스티는 이따금 말을 했다. 그들이 서로 길고 무리 없이 이어지는 대화를 나누는 적도 있었다. 하늘이 희뿌옇게 바랠 때까지 계속 이야기를 나누는, 그런 밤을 보낸 적도 여러 번 있었다.

그러나 지금 그들이 대화를 나누는 방식은 냄비와 주전자, 프라이팬을 통해서였다. 그녀가 지금 요리하는 게 뭐였지? 불 위에서 끓고 있는 프라이팬은 살코기 모둠*이었다. 그럼 고기 요리로군. 도비드는 자리에서 살짝 몸을 일으켜서 그녀가 잘게 다진 소고기를 휘젓고 있는 모습을 보았다. 살코기가 담긴 오렌지색 프라이팬과 버건디색 접시들 위를, 빨간색 손잡이의 스푼이 들락거렸다. 이것 역시 소통의 한 형태였다. 주방의 암묵적인 규칙들, 우유와 고기를 구분하는 것 역시 억지로 행해진 게 아니라, 각 식기들의 색상 구분 자체에서부터 자연스럽게 이루어지고 있는 것처럼 보였다. 주방의 각 품목마다 당연히 이렇게 외치고 있는 것만 같다. 육류는 붉은색 냄비에 요리될 것이고, 유제품은 푸른색 냄비에 담길 것이라고. 자연스러운 일이다. 나무는 한 장소에 뿌리를 내리고, 물은 아래쪽으로 떨어져 흐르고, 건물의 벽면이 들고 일어나 춤을 추는 일 따위 없는 것처럼. 그러한 질서란 곧 이 세상을 향해 부드럽게 속삭이는, 하나님의 단순 명료한 목소리인 것이라고 도비드는 생각했다.

그들은 이런 질서가 필요했고, 진실을 말하자면, 그들은 침묵 또한

---

* fleishig: 유대교 식사법에 따라 살코기만으로 이루어진 육류 요리. 코셔의 일종.

필요했다. 심하게 격동하는, 어지러운 한 주였다. 그들이 옷을 찢고 앉아서 시바의 애도 주간을 보내고 있는 것은 아니었다. 그들은 라브의 부모도 형제도 자녀도 아니었으니까, 시바를 지켜야 할 의무는 그들의 몫이 아니었다. 하지만 다른 이에게 토라를 가르쳐 주는 사람은 마치 아버지와 같은 존재가 되는 거라고, 성서에 적혀 있지 않았던가? 그러므로 라브와 사별한 회중 전체가 부모를 잃은 자녀 신세나 다름없었고, 에스티와 도비드의 집이 이 애도의 간이역 같은 역할을 하게 된 것이다.

매일 밤마다 문간을 두드리는 노크 소리가 났고, 중얼거리는 애도의 말과 선물로 준비된 음식들이 들어왔다. 찾아온 방문객들은 도비드의 마음속에서 모두 뒤섞여, 엄숙하면서도 부담스러운 표정의 얼굴 하나로 떠올랐다. 한두 사람의 개인화된 인상들만이 기억에 남았다. 비스킷 한 통을 가져온 레비츠키는, 그가 머물던 시간 내내 아기처럼 그것을 꼭 움켜쥐어 부스러뜨렸다. 비스킷을 씹는 입은 부지런히 움직이면서도 눈에선 눈물이 솟아올라 촉촉했다. 프랑켈은 '이 힘든 기간을 버텨 내는 데 도움이 되길 바라면서' 라브의 강론들 중 몇 부를 복사해서 가져다주었다. 그리고 하토그는 세 번이나 찾아왔다. 할리 스트리트* 종사자다운 최고급 슈트 차림으로, 흠잡을 데 없는 감청색 옷으로 차려입은 아내 프루마도 대동하고서. 그렇게 집에 들어선 하토그와 프루마는 그저 아무 말 없이 침묵 속에 앉아 있기만 할 뿐이었다. 그 침묵이 너무 두터워지고, 벨벳처럼 두툼하다 못

---

* Harley Street: 런던 메릴르본 지역에 있는 거리로, 19세기부터 전문 의료인들이 이곳에 개인 진료소를 개설하여 런던 의료계의 중심지로 유명해졌다.

해 귀가 먹는 느낌에 이르자 견디다 못한 도비드가 회당 일은 어떤지 억지로 물어봐야 할 지경이었다. 하토그는 마침 대답할 기회를 얻어 기쁘다는 태도로, 엄숙하게 그리고 길게 말을 이어 가며 설명을 해 나갔지만 사실 도비드에겐 자신이 듣는 정보들을 완전히 소화할 수 있는 능력조차 없었다.

하지만 이 모든 것을 직면하면서도, 에스티는 그녀의 내적인 평온함을 유지할 수 있었다. 겉보기에 그녀는 고통이나 실망을 느끼는 것처럼 보이지 않았다. 그녀 주변의 일들은 언제나 그래 왔던 것처럼 변함없이 지속되었다. 도비드는 그의 아내에 대해 어떤 말이 오가는지 알았다. 그녀가 종종 침묵을 지키는 것은 사실이었다. 누군가 함께 있을 때도, 심지어 누군가 그녀에게 직접 말을 건넨는데도 대답하지 않고 침묵한 적도 있었다. 그녀는 좀 별난 태도를 보일 때가 있었는데, 바로 갑자기 매우 고요하고 정적인 상태가 될 수 있는 능력이었다. 사람들은 이런 종류의 재능을 별로 좋아하지 않았다. 음식을 젓고 다지고, 양념을 하고 맛을 보는 동안에도 그녀의 가장 내적인 자아만큼은 꼿꼿한 질서를 유지하는 그런 능력 말이다.

그러다 무슨 일이 일어났다. 그가 별로 기민한 주의를 기울이지 않았던 것은 사실이었다. 하지만 정말? 확실히, 저건 틀린 거잖아? 에스티는 그녀의 손에 종이 껍질을 벗긴 버터 한 팩을 들고 있었다. 그녀는 버터를 작은 조각으로 저미서, 고기가 담긴 냄비 안으로 곧장 집어넣었다. 설마 마가린이겠지? 확실히? 그는 짧은 찰나 동안 머뭇거렸다. 그러고 나서 금색 포장지를 보고 나자 그는 확신하게 되었다. 그는 벌떡 뛰어올라 그녀의 손목을 잡고 다급하게 말했다. '에스티……?' 그는 무엇인가 회유적인 문장으로 말을 시작하려던 참이었다. 하지만 때는 너무 늦었다. 버터는 이미 요리 안으로 빠져 버리고 말았다.

* * *

태초에, 구분이 있었습니다. 하지만 오직 구분만이 있었던 것은 아닙니다. 좀 더 정확하게 말하면, 적절한 구분이 있었던 것이죠.

우리 주께서 세계를 창조하셨을 때, 그분의 일은 이것을 저것으로부터 떼어 나누는 행위에만 그치지 않았습니다. 그분은 또한 특정한 것들은 서로 뒤섞이게끔 명령하셨습니다. 그분은 목초와 과실나무를 창조하셨고, 해양 생물과 기어 다니는 것들을 창조하셨고, 새들과 육지의 야수들을 창조하셨고, 남자와 여자를 창조하셨습니다. 그리고 하나님께서 그분의 피조물들에게 주신 첫 계명이 바로 이것입니다. '생육하고 번성하라.' 그러므로 특정한 피조물들의 경우에는 그들의 정해진 시기에, 하나가 되는 것이 옳으며, 그렇지 않은 다른 피조물들은 서로 분리되어야 합니다.

우리의 경우에는, 먼지에서 쓸어진 우리, 그 모든 하찮은 것들에서 취해지고 형태 잡힌 우리에게 주어진 과제는 이 경계의 미묘한 선을 이해하는 것입니다. 더 미세하고 더 섬세하게, 이 선을 따라 그어 나가는 것이죠. 반드시 분리되어야 하는 것들과 반드시 섞여야 하는 것들의 차이를 받아들이고 배우는 것입니다.

* * *

에스티를 먼저 강타한 것은 냄새였다. 도비드가 그녀의 손목을 붙잡고, '그만, 그만!'이라고 외치고 있다는 사실을 깨닫기도 전에, 무엇인가 잘못된 냄새가 앞서 그녀에게 전해져 왔다. 진한 소고기의 풍미가 무엇인가 더 무겁고, 달콤한 냄새와 뒤섞여 버린 것이다. 도비드가 말하기도 전에, 에스티는 자신이 실수를 저질렀다는 것을 알아차렸다.

그녀는 도비드가 자신의 실수를 합리화하도록 내버려 뒀다. 그는 최근 집에 드나든 사람들 전부가 다들 자기 집에 온 듯이 이것저것 건드리며 자유롭게 음식을 해 먹다 보니, 주방이 어수선해진 탓이라고 중얼거렸다. 그녀는 고개를 끄덕였다. 그는 계속 말을 이었다. 이런 일들이 생길 수도 있지, 그 누구도 막을 순 없는 거라고.

에스티는 입을 다물고 고요해졌다. 왜냐하면 그녀는 잠시 동안 자신이 생각하는 것 자체를 멈췄다는 걸 알았기 때문이었다. 조금 전 그녀가 마가린을 집으려고 했을 때, 그 아무것도 아닌 짧은 찰나의 시간 동안 그녀는 내내 자신의 마음속을 분주하게 채우고 있던, 장황하게 이어지는 일련의 사항들을 검토하는 일을 잠시 멈췄었다. 안식일 이후 나흘째, 그녀는 마음속에 높은 울타리를 세우고 끊임없이 그 주변을 순찰하며 그곳에 그녀가 해야 할 일들, 사야 할 것들, 만들어야 할 것, 요리해야 할 것, 전화를 돌려야 할 사람들과 같은 항목들을 계속 열거하고 또다시 확인하는 작업을 하였던 것이다. 그리고 그것은 생각지도 못한 효과를 거뒀다.

하지만 마가린을 향해 손을 뻗으면서, 그리고 아마도 도비드가 자신을 보고 있다는 것을 느끼면서, 그녀의 마음이 그만 발을 헛딛고 마는 실수를 했는지도 몰랐다. 그리고 그녀가 손을 뻗어, 손에 잡히는 그것을 붓고 젓는 동안, 에스티는 오래전에 잊어버리기로 결심했던 것들을 다시 생각하고 있었다. 그녀는 이제 분명히 다가올 변화에 대해서 생각했다. 이번 주에 일어날지도 모르는 일에 대해서, 다음 주에, 그리고 그다음 주에 일어날 수 있는 일에 대해서. 또 그 여자에 대해서 생각하고 있었다. 그녀의 손가락 끝에 대해서, 그녀의 목 뒤쪽을 가볍게 쓸어 올리다가 이리저리 돌아다니며 턱을 어루만지고, 그녀의 입술 위에 자리 잡던 엄지손가락을.

여전히 혼종의 향기를 내뿜는 프라이팬을 쳐다보면서, 도비드와 에스티는 둘 다 그것이 그들에게서 점점 멀리 떨어진 존재가 되어 간다고 느꼈다. 어쩌면 그들은 라브를 불러서──다른 회당의 라브 말이다.──그것을 다시금 정결하게 만들어 달라고 요청할 수도 있었을 것이다. 하지만 이제 그 프라이팬은 더 이상 그들의 소유물처럼 보이지도 않았다. 에스티가 이제 그것을 사용해서 요리하는 일은 결코 없을 테고, 도비드에게도 거기에 담긴 음식을 먹는 일 따윈 없을 것이다. 도비드는 버터에 구운 소고기를 몇 겹의 신문지로 싸 들고 나와서, 그 질척대는 덩어리를 집 바깥의 쓰레기통에 버렸다. 에스티는 프라이팬을 계단에 내놓았다. 팬이 다 식고 나면, 그녀는 그것을 둘둘 싸서 버릴 터다.

그녀는 요리를 다시 시작할 마음이 들지 않았다. 도비드가 빵과 치즈를 가져와서, 그들은 주방 식탁에서 함께 먹었다. 그는 예전 예시바* 시절에 들었던 이와 비슷한 이야기를 꺼냈다. 그것은 우스운 일화였다. 어떤 청년이 재료를 담아 둔 그릇을 혼동해서, 콩 대신에 진짜 소고기로 치즈 라자냐를 만들어 버린 것이다. 그 정도쯤이야 그리 나쁘다고 볼 순 없었지만, 마침 점심 식사에 로쉬 예시바**를 초대한 상황이었다. 물론 요리 전체는 몽땅 내다 버려졌고, 로쉬 예시바는 전체 학생들을 대상으로 삼 주간 기본적인 코셔 식품법을 다시 검토하도록 명령했다.

에스티는 웃음을 터뜨렸다. 그녀는 앞에 놓인 빵과 치즈를 한입씩 조금 떼어 천천히 씹어 삼켰다. 그러고 나서, 신중하게, 그녀에게 그 생각이 지금 처음으로 떠오르기라도 한 듯이, 그리고 대답을 듣는 것도 전혀 중요한 일이 아니라는 듯이, 그녀는 말했다. '로닛은 언제 와?'

도비드는 그녀를 날카롭게 쳐다보았다.

'당신 다른 사람들이 왔을 때 그 애 이야기를 했던 적 없지?'

에스티는 침을 꿀꺽 삼키고, 고개를 저었다.

'난 그냥……. 그냥 그 애가 그런 걸 좋아하지 않을지도 모른다고 생각해서.' 도비드는 말했다.

도비드는 자신의 접시를 내려다보며 에스티가 말없이 음식을 먹는 모습을 지켜보았다. 에스티는 혹시 그가 자신의 질문을 잊어버린 것은 아닌지 궁금했다. 그러다 에스티의 머리 오른쪽으로 손 한 뼘 되는 빈 공간을 빤히 쳐다보다가, 그는 입을 열었다. '내일. 그 애는 내일 올 거야. 당신이 원하지 않으면 그 애와 대면할 필요는 없어. 가족 이야기는 내가 직접 하면 되고, 그 애는 호텔에 묵어도 되겠지. 일

---

* Yeshiva: 탈무드 경전을 연구하는, 정통 유대교도를 위한 대학.
** Rosh Yeshiva: 예시바의 학장에 해당하는 지위.

을 복잡하게 만들지 않아도 되니까. 그냥 간단하게 말하면 되는 거야. 업무적인 부분만. 당신이 원하지 않으면, 당신이 여기 있다는 걸 그 애가 알 필요도 없고.'

만일 도비드가 에스티의 얼굴을 쳐다보았다면, 그는 그녀가 놀라서 눈을 깜짝이는 것을, 흠칫하는 반응을 확연히 볼 수 있었을 것이다. 그 대신, 그는 그녀가 조금 목메는 목소리로 말하는 것을 들었다. '그 앤 여기서 자야지.'

그는 그녀를 쳐다보았다. 마치 그녀의 결심이 얼마나 무게감 있는 것인지를 측정해 보듯이. 이윽고 그는 고개를 끄덕이며 말했다. '당신 결정에 따르는 거야.'

그들은 다시 침묵 속에서 몇 분간 계속 먹었다. 그러다 에스티가 물었다. '그 애는 우리에 대해서 알아?'

'내가 결혼한 건 알지.'

'하지만 나랑 한 건?'

'몰라.' 도비드는 자기 앞에 놓인 빈 접시를 내려다보고, 살짝 앞쪽으로 밀었다가 테이블 위에 떨어진 부스러기 몇 조각을 손바닥 안으로 쓸어서 접시에 쏟아부었다. '모르지.' 그는 에스티를 다시 올려다보면서 말했다. '내가 말하지 않았거든.'

나는 나 자신에게 이건 쉬울 거라고 말했었다. 어려우면 얼마나 어렵겠어? 런던으로 잠깐 돌아가서, 가족 유품을 몇 개 챙기고, 사촌 도비드와 그의 아내를 만나고, 집으로 돌아오는 일이. 직장 휴가를 내는 데에는 아무런 문제도 없었다. 스콧이 이미 내가 빠지게 되리라는 걸 칼라에게 귀띔해 둔 모양이었다. 왜냐하면 만반의 준비를 한 동정 어린 표정으로,

내게 필요한 휴가 기간이 얼마나 되는지 관대하게 묻는 것은 그녀의 평소 스타일과 전혀 달랐기 때문이다. 사실, 그녀는 한 달 동안 휴가를 다녀오라고 제안했다.

'그게 유대교에서 하는 애도 기간이지, 로닛? 한 달?'

나는 길게 이야기하고 싶지 않았기 때문에, 그냥 이렇게 말했다. '맞아요, 한 달이요.'

그리고 바로 그렇게, 일은 깔끔히 처리됐다. 상사의 상사랑 같이 자는 사이라는 건 실제로 꽤 이점이 되는 것 같다. 나는 항공권을 예약했다. 지금까지는 매우 쉽다. 그냥 바캉스를 계획하는 것 같다.

바로 그제야, 결코 해결되지 않고, 단순화되지도 않고, 피할 수도 없는 문제가 다가왔다. 무엇을 입고 갈 것인가. 비행기 탈 시간을 여덟 시간 남겨 둔 시점에서, 나는 여전히 옷장 앞에 서서 입을 옷을 찾고 있었다. 길이가 긴 치마를 찾아 옷장을 다 뒤져 보았다. 열세 벌이 있었는데, 모두 다 탈락이었다. 반절은 긴 슬릿이 들어간 치마였다. 불가능하지. 다른 것들 대부분은 몸에 꼭 맞는 형태로 재단되어 있거나 달라붙는 스타일이거나 배꼽 아래 걸치는 타입이었다. 절대 불가능해. 그래서 내게 남은 것은 내가 가끔 살이 붙었다 싶을 때 집 주변에서만 입고 다니는 회색 치마뿐이었다. 탄성이 있는 재질이라 잘 늘어나는 옷이었다.

그러고 나서, 셔츠를 입나? 내가 소유한 모든 옷가지를 다 끌어내면서, 서른여섯 벌이 넘는 셔츠와 블라우스를 갖고 있다는 사실을 깨달았다. 그중 여덟 벌은 모두 흰색이었다. 하지만 목 아래까지 단추를 채울 수 있고, 손목 바로 위까지 내려오는 소매를 가진 상의는 단 한 벌도 없었다. 그리고 내 스웨터들은, 역시나, 다 몸에 달라붙는 형태다. 결국 낙낙하고 헐렁한 사이즈의 파란색 롤넥 스웨터를 하나 발견하긴 했는데,

옷장 뒤쪽으로 넘어가서 바닥에 떨어져 있던 옷이었다.

나는 아래위 옷을 입고 나서 거울에 비친 나 자신을 쳐다봤다. 이렇게 입을 수는 없다는 것을 알았다. 어떤 패션 잡지에 실려 있을 법한 '변신 전' 사진처럼 보이기 때문이 아니라, 그래 봤자 전혀 그들처럼 보이지 않았기 때문이다. 그 독실한 사람들, 볼보를 몰고 코셔 킹(Kosher King)과 하스모니언(Hasmonean)이나 베이스 야코브 학교(Bais Ya'akov School) 같은 장소들이나 오가는 그 품위 있는 유대인 여자들 말이다. 거울 앞의 나는 그들의 삶을 불행하게 패러디한 대상처럼 보였다. 결정적인 차이란, 그저 적절해 보이는 부분들을 대충 흉내 내는 것만으로는 해결되는 게 아니었다. 그건 그들의 근본적인 방식이 뿜어내는 분위기에서 오는 것이었다.

순간 이상한 기분이 밀려들어서, 나는 이대로 지하철을 타고 브루클린에 가서 아예 옷 몇 벌을 통째로 사 올까 하고 심각하게 고민하기까지 했다. 점퍼스커트 스타일의 원피스, 그리고 낙낙하게 떨어지는 긴소매 티셔츠, 공단 재질의 머리띠, 하얀 타이츠, 끈으로 여미는 갈색 구두. 나는 심지어 샤이텔*을 사는 것까지 상상해 보았다. 축제 기간에 다들 종종 쓰곤 하는, 긴 금발에 도톰한 앞머리가 있는 것으로 말이다. 그렇게 이미 누군가와 결혼을 한 사람인 척하면서 런던에 도착한다면 어떨까. 내 아이들이 있는 양 해 볼 수도 있다. 브렌다(Breinde), 카날레(Chanale), 이스로엘(Yisroel) 그리고 메이어(Meir)**, 그 아이들은 크라운 하이츠***에 사는 남편 아브라미 모이셔(Avrami Moishe)에게 맡기고 왔다고 할

---

* sheitel: 유대인 기혼 여성들이 쓰는 가발.
** 모두 정통 유대식 이름이다.
*** Crown Heights: 뉴욕시 근처에 위치한, 브루클린의 한 동네.

수 있겠지. 그래, 나는 이렇게 말하겠지. 나는 언어 치료사로 일하고 있으며 아브라미 모이셔는 당연히 토라 공부를 하는 중이라고. 다들 주방에서 코셔 준비는 어떻게 하시는지 물어볼 수도 있다. 나는 이렇게 말할지도 모른다. 참, 그러게 말이에요. 다들 하신 말씀이 옳았어요. 그건 그냥 잠깐의 일탈이었나 봐요. 보세요, 전 이제 다 치료되었답니다.

나는 이 망상에서 놀랍도록 유쾌하고 재미있는 지점을 발견했고, 그 생각을 이리저리 굴리면서 놀았다. 그게 너무 웃겨서 친구에게 전화를 해서 수다를 떨기도 했다. 우리는 이 환상을 더욱 말도 안 되게 부풀렸다. 만약 내가 머리를 싹 밀었다면 어떨까, 왜냐하면 내 남편조차도 내 머리카락을 보고 자칫 음란한 생각을 품으면 안 되니까? 만약 내가 칠판을 들고 다니면서 필담만으로 대화한다면? 남자들 앞에서 감히 입을 연다는 게 정숙하지 못하니까, 아예 말 자체를 하지 않게 된 거지. 나는 오직 내 랍비의 손으로 도축한 고기만을 먹는다고 고상하게 떠벌리면 다들 뭐라고 할까? 우리는 크게 웃었다. 나는 브루클린에 가지 않았다.

그래서 결국 여전히 옷장 앞에 서 있게 되었다. 나는 옷장 안에 있는 모든 것들을 다시 침대 위에 펼쳐 봐 보았다. 그리고 뉴욕의 독립적인 커리어 우먼, 로닛의 모습으로 가는 것을 생각해 봤다. 그들은 달리 놀라지는 않겠지만, 아마도 조금 위협을 느낄 것이다. 나는 내가 가진 어두운 잿빛의 각 잡힌 바지 정장에, 높은 힐 부츠를 매치해서 입고 갈 것이다. 나는 명함을 잔뜩 챙겨 가서, 남자들과 직접 악수를 하며 한 장씩 나눠 주려고 한다. 내가 과거에 배웠던 그들 사이의 예절을 송두리째 잊어버린 척하면서. 나는 그들의 예스럽고 전통적인 모습을 보며 혼란스럽고 약간은 재미있다는 듯한 태도를 취할 것이다. 나는 회당 앞에 우뚝 버티고 서서, 안식일이건 말건 휴대 전화를 당당히 들고 통화하는 나 자신의 모습을 상상했다. 그걸 보면서 충격을 받은 그들의 얼굴도 함께.

파인골드 박사는 옷에 대한 나의 집착이 일종의 회피 행위라고 말했다. 그녀는 내게 적절한 애도 의식이 필요하며, 내가 의상을 강박적으로 선택하려고 하는 것은 내 마음속에서 느껴지는 보다 깊은 상실감이 대체되어 표현되는 것이라고 말했다.

나는 그녀에게 이렇게 묻고 싶었다. '그러면 그런 진단은 당신에 대해서는 뭐라고 말하나요, 파인골드 박사님? 얼룩 한 점 없는 반짝반짝한 흰 아파트에서, 당신이 '베이비'라고 부르는 새하얀 고양이랑 혼자 사는 당신은요?' 물론, 나는 이렇게 말하는 대신 그냥 고개를 끄덕이며 그녀의 말을 듣기만 했다. 나의 공격성, 경계 조절 장애, 또한 그녀가 '순리적 절차에 저항하는 것'이라 부르는 내 습관에 대해 또 다른 긴 대화를 전혀 시작하고 싶지 않았기 때문이다. 그녀가 모르는 것은, 다름 아닌 내 삶 자체가 바로 순리적 절차에 저항하는 방식으로써 꾸려져 왔다는 것이다.

떠나기까지 네 시간 남았는데, 나는 아직 최종 결정에 이르지도 못했다. 도비드에게 전화를 걸어 조언을 구해 볼까도 생각했지만, 그는 애초 질문을 이해하지도 못할 것이다. 게다가 우리가 전에 통화를 했을 때 느꼈던 바로는, 그의 현실 감각은 그다지 탄탄하게 보이지도 않았다. 나는 영국에 가서 연락을 해 볼만 한 사람들을 쭉 생각해 보았다. 내가 진짜로 만나 보고 싶어 할 만한 사람들. 나는 도비드에게 몇 명의 안부를 물어봤다. 그의 형제들, 나와 같이 학교를 다녔던 여자 친구 몇몇과 에스티. 하지만 내가 에스티의 이름을 말했을 때 그는 내 말을 제대로 듣고 있지도 않았나 보다. 다른 사람들의 이야기는 쭉 늘어놓으면서도 그녀에 대한 소식만은 아무 말 없이 곧장 넘어가 버렸으니까. 나는 재차 묻지 않았다.

내가 떠나고 나서, 그녀 역시 곧 거기를 떠났으리라 짐작했다.

그는 자신이 그동안 어떻게 살아왔는지 몇 가지 세세한 부분까지 이야기해 주었다. 나는 도비드가 지난 몇 년간은 우리 아버지 가까이에서 그의 업무를 도우며 일해 왔다는 말을 듣고, 장차 회중 내에서 그가 중요한 역할을 맡도록 훈련받아 왔음을 짐작할 수 있었다.

나는 말했다. '그러면, 다음 라브가 되는 거야, 도비드?'

긴 침묵이 뒤따랐다.

'아니야.' 그가 말했다. '아니, 그럴 순 없지. 내 말은, 그렇진 않아. 우린 그걸 원하는 게 아니야.'

'우리라면?' 내가 말했다. '아내도 그렇게 되는 걸 원하지 않는단 거야?'

'내 아내?' 마치 자기 아내가 있다는 것을 전혀 들어 본 적도 없다는 반응이다. '아니야, 그런 건. 내가 아니라고. 나는 그렇게 되는 걸 원하지 않아.'

그는 친척들의 소식으로 대화를 넘겼다. 나는 그가 그저 수줍어한다고 생각했다. 자신의 야심을 입 밖으로 드러내기엔 너무 이르긴 하지. 아마 그곳에는 아버지를 개인적으론 거의 알지도 못했던 사람들이 여전히 그의 죽음을 두고 애곡하며 슬퍼하고 있을 테니까. 반면 나는……. 나는 아버지에 대해 그렇게나 많이 생각하고 있지도 않다고 느꼈다. 아버지와 마지막으로 대화했던 게 육 년 전이니까. 그와 함께 있지 못해서 아쉽거나 그리워하는, 그런 감정 따위는 들지 않는다.

도비드는 아버지가 임종을 앞두었던 마지막 몇 달 동안 어땠는지 이야기해 주었다. 수개월 동안 기침과 헛구역질을 하며 점액과 피를 토하다가, 몇 달간은 의식을 잃고 어지러움 때문에 혼절하듯 발작하는 증상을 겪었다고. 내가 어릴 때조차 그는 언제나 왜소했고 체력도 허약했다.

가끔 힘겨운 날을 보내고 나면, 그는 안경다리가 닿는 콧잔등을 손가락으로 꾹 누른 채 거실에 놓은 태피스트리 의자에 앉아 있었다. 그러다 정말 고요한 상태로 굳어져서 과연 숨을 쉬거나 하는지 의문이 들 정도였다. 그럴 때 그의 손은 너무나 창백했고 손목에 도드라진 정맥 또한 지나칠 만큼 푸른색이었다. 가끔 아버지의 이런 모습을 볼 때마다 나는 거의 그가 *죽어 있다*는 착각에 빠져들었다. 그래서 그의 코트를 잡아당기면 그는 감았던 눈을 뜨고, 무엇인가 내가 알아들을 수 없지만 최소한 화가 난 것처럼 들리지는 않는 이디시어로 중얼거렸다. 나는 그가 눈을 뜨면 늘 안심이 되었다. 이 기억을 떠올리니 슬퍼지고, 미안한 마음이 들어 우울해졌다. 그러고 나자, 아버지가 천천히 죽어 가던 그 수개월의 시간이 결국 기다림의 시간이기도 했었다는 생각을 했다. 그리고 그는 내게 전화하지 않았다. 자기를 보러 오라고 내게 부탁하지도 않았다. 이런 것들에 대해서 생각해 볼 때쯤 점점 내 목구멍 뒤쪽에 따끔한 고통과 코끝을 톡 쏘는 듯한 감각이 느껴지기 시작했다. 그때가 바로 내가 누군가에게 다급히 전화해서, '환상적인 브루클린 옷장털이 계획'을 신나게 떠벌리게 된 순간이었다. 왜냐하면 나는 아버지를 생각하며 우는 일이라면 절대 거절할 생각이니까.

결국, 나는 모든 것을 다 챙겼다. 치마, 블라우스, 스웨터, 운동화, 부츠, 바지 정장, 트레이닝 바지와 격식을 차린 이브닝드레스까지. 선택의 폭을 좁혀서 어딘가에 매이는 것보다는, 내가 취할 수 있는 선택지를 많이 구비할수록 더 낫다는 생각이었다. '저는 평화로운 마음으로 옵니다.'라고 말하는 의상과 함께, '됐고 엿이나 먹어!'라고 말하는 의상을 둘 다 가지고 있는 편이 낫다. 나에게 닥칠 상황에서 어떤 말을 해야 할지 아무도 모르니까. 그건 곧 내가 JFK 공항에서 탁송해야 하는 수하물이 거대한 슈트 케이스 세 개나 된다는 뜻이었다. 하지만 우리 세대에서 가장 위대한 토라 학자를 상대로 말다툼을 하면서 열여덟 해를 보낸 사람이니까, 나는. 승무원들이 이상하게 쳐다보는 것쯤은 자연스럽게 받아들일 수 있다.

비행기 안에서 나는 잤다. 이상한 꿈을 꾸었는데, 온갖 이미지들이 뒤섞여서 내가 깨어났을 때는 오직 한 부분만이 생생하게 기억날 뿐이었다. 꿈엔 도비드가 나왔다. 내가 어렸을 때, 여름 방학이면 으레 우리 집에 와서 머물다 가던 그 기억 속의 도비드였다. 도비드는 자신이 쓰던 방에서, 금방이라도 무너지기 직전인 책상 앞에 앉아 공부를 하는 모습이었다. 그 책상은 다리가 한쪽으로 심하게 기울어진 탓에 수시로 다시 들어서 벽에다 기대 놓아야 했고, 그 위에서 뭔가 작업을 할라치면 한쪽 손으로 책상을 내내 받치고 있어야 했더랬다. 수년 동안 생각조차 하지 않았던 그 책상에 대한 꿈을 꾼 것이다. 나는 도비드가 거기에 앉아서 뭔가 일을 하는 꿈을 꿨고, 그와 나는 꿈속에서 말다툼을 하고 있었다. 우리가 서로 따지고 있던 건 다 지나간 얘기였는데, 실제로는 살아오면서 단 한 번도 도비드와 싸웠던 기억 같은 건 없다. 나는 고함을 치고 또 고함을 쳤지만, 그는 그저 계속해서 부드럽게 이야기하고 있을 뿐이었다. 나는 그가 말하는 것을 알아들을 수가 없었다. 그리고 나는 갑자기 내가 그 책상 서랍을 열기만 한다면, 내가 모든 것을 이해하게 되리라는 걸 깨달았다. 그는 나를 막으려고 했지만 나는 그를 밀쳐 버리고 책상 앞에 섰다. 그리고 내가 서랍을 열었을 때, 나는 그 서랍들이 수국으로 가득 차 있다는 걸 발견했다. 수국 다발이 끝도 없이 층층이 쌓여 있으면서, 바닥으로 떨어져 내렸다. 비행기가 착륙하면서 나는 잠에서 깼다. 희미한 수국 향기의 끝자락이,

그 줄기의 끄트머리가 내 입안에 생생하게 느껴지는 것만 같았다. 마치 누군가가 내 코앞에 수국 한 다발을 은은히 흔들었다가 금방 사라져 버린 것처럼 말이다. 그리고 나는 런던에 도착해 있었다.

스콧은 언젠가 내게 어떤 사람이 속하는 장소는 세 군데라고 말한 적이 있다. 어린 시절을 보내고 자라난 곳, 대학 생활을 한 곳, 그리고 사랑하는 사람이 있는 곳. 나는 거기에 네 번째 요소를 더하겠다. 처음으로 전문적인 정신과 심리 치료를 받으러 간 곳. 치료는 사람을 한 장소에 매이게 하고, 그 장소의 사고관에 고착시킨다. 어느 쪽이 됐든, 이러한 추정에 따라서 이제 나는 런던에 속하는 것보다 뉴욕에 더 많이 속한 사람이 되었다. 거기서 대학을 다녔고, 파인골드 박사도 거기에 있으니까. '사랑하는 사람'의 범주를 '같이 섹스하는 게 좋은 사람'으로 슬쩍 늘려 본다면, 스콧도 거기에 있다. 물론, 내가 이렇게 주장하더라도 여전히 미국인들은 내 억양을 들을 때마다 '차 한 잔'을 권하는 제스처를 그만두지 않겠지만, 그래도 나는 진실로 그렇게 *느낀다.* 나는 뉴욕 사람이라고.

그렇지만 그 계산에 따르자면 나는 아직 런던에도 속한 사람이다. 그건 전혀 진실처럼 느껴지지 않는다. 나는 도비드의 집까지 택시를 탔고, 런던 북서부의 중심가에 진입하면서──핀칠리 로드, 햄스테드, 골더스그린──점점 더 낯익은 장소들이 눈에 들어왔다. 분홍, 노랑, 하얀색으로, 세상에서 가장 맛있는 아이스케이크를 만들던 제과점. 학교가 끝나면 몇 시간 동안이나 틀어박혀 금지된 잡지를 읽었던 WH 스미스. 내가 다녔던 사라 리프카 하토그 메모리얼 통학 학교는 두터운 소나무들의 장막 뒤에 숨어 있었지만, 나는 그게 거기 있다는 사실을 알았다. 그 역시, 사람들이 떠나고 텅 빈 일반 가정 주택 몇 채를 그러모아 설립한 공공장소 중 하나였지. 하지만 내 마음엔 그 어떤 즐거움도 느껴지지 않았다.

추억의 감흥 같은 건 없다. 나는 고향에 돌아온 토박이라기보다, 오히려 관대하지 못한 차가운 시선으로 영국을 바라보며 매사를 삐딱하게만 받아들이는 여행객에 더 가까웠다. 아니, 내가 *영국 자체를* 그런 식으로 본 것은 아니었다. 영국의 유대인들을 그렇게 보았던 거지. 나는 영국엔 별로 신경을 쓰지 않는다. 여기 있을 때 영국에 대해 그리 많은 면면을 봤던 것도 아니고. 하지만 여기 유대인들의 태도라는 건……. 당장이라도 밥상을 뒤엎고 고함을 치고 싶게 한다.

뉴욕에도 유대인 친구들이 있긴 하다. *정통파* 유대교도들 말고, 그냥 아는 것이 많고, 말솜씨도 좋고, 그런 식의 유대인다움을 잘 드러내는 사람들 말이다. 《뉴욕 타임스》가 반이스라엘적이라는 이유로 보이콧하거나 혹은 《뉴욕 타임스》를 보이콧하는 문제를 놓고 불같은 논쟁을 벌이거나 반프랑스 유대인 집회를 열거나 유대인들의 시를 쓰거나 텔레비전에 나와서 시사를 둘러싼 유대인들의 관점에 대해 지적으로 이야기하는 부류 말이다. 유대인다운 관점을 가졌다는 걸 부정하기는커녕, 그런 관점을 가지고 있다는 것에 대해 미안해하거나 사과를 한다는 건 차마 꿈꿔본 적조차 없는 사람들.

대체로 영국에서는 그런 사람들을 볼 기회가 없다. 뭐, 가끔씩 「오늘의 좋은 말씀」*에 좀 별난 강연자가 나타나서 '현자들이 전하는 바에 따르면' 운운하는 진부한 이야기를 꺼낼 때도 있기는 하다. 그리고 물론 자기혐오자들도 있다. '이스라엘은 악하다.'라고 외치는 무리들. 자기 자신

---

* Thought for the Day: 영국 BBC 4 라디오 방송 프로그램. 월요일부터 토요일까지 아침에 2분 45초간 종교계 인사를 초청하여 짧은 강론을 내보낸다. 강론의 교리나 초청 인사는 주로 기독교에 속해 있으나 종종 유대교, 이슬람교, 불교, 시크교, 자이나교 등의 배경을 가진 종교인들도 초빙된다.

에 대한 혐오는 어쨌든, 누구에게나 균등한 기회가 돌아가야 한다고 믿는 고용주와 같은 것이다. 하지만 유대인적인 것에 대해 계속 말하고, 쓰고, 생각하고 싶어 하는 그런 사람들이 사는 나라에서의 문화적이고 지적인 삶처럼 열렬한 지지와 참여를 얻지는 못한다. 그들은 심지어 유대인이 아닌 사람들까지도, 자기들이 하는 말에 관심을 보여 주리라는 걸 자신감 있게 확신한다. 그들은 유대인이 쓰는 단어들을 사용하거나 유대인들의 명절이나 관습을 언급하는 것도 두려워하지 않는데, 그들의 독자라면 그런 말쯤 당연히 다 이해했으리라고 믿어 의심하지 않기 때문이다. 여기 영국에서는 그런 식으로 드러내는 태도를 보이지 않는다. 마치 이 나라의 유대인들은 공통적으로 침묵에 *투자*를 한 것 같다. 눈에 띄는 것을 꺼려 하는 유대인들의 두려움과 영국 사회 특유의 과묵함이 서로 맞물려서 일종의 악순환이 반복되는 셈이다. 그 두 측면이 서로를 섭취하므로 영국에 사는 유대인들은 목소리를 높여 말을 할 수 없고, 눈에 띄지도 않으며, 그 어떤 가치보다도 *절대적인 비가시성*을 가장 높게 치는 것이다. 이건 좀 나를 성가시게 하는데, 정통파 유대교도가 되는 것은 나 스스로 포기할 수 있는 부분이지만, 내가 유대인 자체인 것을 그만둘 수는 없기 때문이다. 그건 내가 평생 떼어 낼 수 없는 거니까.

이걸 생각하다 보니 아빠의 회당에 속해 있는 몇몇 남성 구성원들이 떠올랐다. 의사, 변호사, 회계사 등 대부분 전문직에 종사하는 남자들이다. 그들이 직장에서 마주치는 비유대인 동료들에 대해 말하던 방식을 기억했다. 그들 중 일부에 해당하는 얘기긴 하지만. 그들은 이렇게 말하곤 했다. '걔네는 안식일을 제대로 이해하지도 못해, 그 고임*들은.' 혹은

---

* goyim: 유대인들이 비유대인을 칭하는 말.

'그들은 우리가 코셔를 먹는다는 걸, 그냥 베이컨 안 먹는 것쯤으로 생각한다니까.' 혹은 '새로 온 비서가 글쎄, 내가 대머리를 감추느라 키파를 쓰는 거냐고 묻지 뭐야!' 그들은 남들의 이런 실수를 이야기하며 웃음을 터뜨렸지만, 절대로 그 실수를 바로잡아 주려고 시도하는 법은 없었다. 그들은 이렇게 말했다. '그들을 이해시킬 수 없어, 설명을 해 줄 수가 없으니까. 그들에겐 이걸 받아들일 만한 능력이 없는걸.' 마치 어린아이들이나 정신 장애가 있는 사람들에 대해 이야기하는 것처럼, 그렇게 일축해 버리고 말았다.

그들은 보다 폭넓은 주제로 얘기하기도 했다. 이러이러한 사람은 '유대인에게 나쁘다.'라는 이야기. 왜냐하면 그녀는 미크바에 대해서 부정적인 관점으로 읽히는 글을 썼으니까. 혹은 이러이러한 사람은 '유대인에게 좋다.' 들어 보면, 그가 일요일 아침 BBC 텔레비전 프로그램에 나와서 '유대인적인 이상'에 대해 별 특징도 없는 얘기를 늘어놓았다는 게 그 이유였다. 그들은 한 톨의 의문도 제기하지 않고 그렇게 믿었다. 유대인들과 관련된 문제에 대해 나서서 논의를 하는 것은 나쁜 일이고, 잡음 없이 그저 순수한 관점에서 나오는 찬사를 듣는 정도라면 그럭저럭 좋은 일이지만, 가장 나은 것은 아무 말도 하지 않는 침묵이라고. 나는 그들을 견딜 수가 없었다. 내가 이런 사람들에게로 돌아왔다는 사실을 깜박 잊었구나 싶었다. 이 풍경들, 햇빛을 받지 못해 꼬일 대로 꼬인, 좁아터진 갑갑한 마음들로 가득한 회당으로.

그리고 이런 생각을 하며, 통풍이라곤 잘 되지 않던 회당 내부를 내 머릿속에 그려 보다가 나는 창밖을 넘겨다보고 그 건물의 모습을 찾았다. 담장 뒤쪽에 가려져 있지만 그래도 눈으로 볼 수 있다. 내 아버지의 회당. 꼭 내가 내 마음속으로 생각하던 그 건물을 실제로 소환해 낸 것만 같았다. 한쪽 벽면으로 이어진 양쪽 내부를 둥글게 파내고, 풀로 붙인 듯 나란히 이어 놓은 두 채의 연립 주택. 나는 왜 이런 식으로 회당을 지었는지 결코 이해할 수가 없었다. 뭔가 새로운 건물을 지어 올리는 것보다는 싸게 드니 그랬겠지, 아마도. 하지만 헨던의 부동산 가격을 고려해 보면, 그래 봤자 많은 금액도 아닐 것이다. 나는 뭔가 믿음과 관계되어 있으리라는 느낌을 받는다. 우리는 여기 오래 있지 않을 것이며, 메시아가 언제라도 곧 이곳에 임할 테니, 오랜 기간 번듯하게 지속되는 건물을 지어서는 안 된다는 셈이다. 나는 그들이 처음 이 집을 샀던 때를 기억한다. 공사의 첫 삽을 뜨기도 전에 하토그가 우리를 데리고 미리 이 집터를 구경시켜 줬다. 그는 내 앞에 쭈그리고 앉아서, 내 얼굴에 헐떡거리는 숨을 내뿜으며 이렇게 말했었다. '이게 네 아빠의 새로운 회당이 될 거란다.' 나는 상상도 할 수 없었다. 이건 그냥 평범한 집 두 채인걸. 침실 하나에는 로켓과 달이 그려진 벽지가 발라져 있었다. 바닥과 천장 반절이 뜯겨 나가고, 벽이 하얗게 칠해지고, 그 자리에 여자들이 앉는 좌석 회랑이 만들어지고 나서도, 나는 여전히 로켓들과 달 무늬가 그 주변 어딘가에 있었던 광경을 상상했다. 새롭게 발린 벽지와 페인트 가장자리를 종종 뜯어보면서 그 아래 숨겨진 무늬가 나오면 좋겠다고 생각했었다.

택시가 모서리에서 한 번 돌고, 다시 한 번 돌자, 갑자기 터무니없을 만큼 눈에 익은 집들을 지났다. 그리고 바로 그 집 앞에 도착했다. 한쪽 벽면은 옆집과 붙어 있고, 창백한 노란색의 현관문이 달린 집. 창문틀에선 마른 페인트 조각이 너덜거리며 떨어져 내리고, 키 큰 잡초가 정원 가득 우거진 그 집. 창문 가장자리에는 응결된 결로가 맺혀 있고, 지붕 아래 물받이 홈통 하나가 제자리에서 빗겨 나온 채 부러진 팔처럼 달랑거리는 그 집 말이다. 나는 초인종을 눌렀다.

도비드는 눈 깜짝할 사이에, 너무 빠르다 싶을 정도로 대답했다. 그는 피곤하고 지쳐 보였고, 그의 나이가 서른여덟 살이라는 걸 알았음에도 내 눈에는 쉰 살은 먹은 듯이 보였다. 그는 예시바 학생들처럼 검은색 바지와 흰 셔츠를 입고 있었지만, 그의 피부는 누렇고 칙칙한 데다 면도도 좀 해야 할 것 같았다. 그는 미소를 지었다가 즉시 눈을 깜박이며 시선을 아래로 떨구었다. 나는 내가 입은 치마에 슬릿이 들어가 있는 걸 그가 알아채서 그런 건지 궁금했다.

그는 말했다. '로닛, 이렇게 봐서 반갑구나.'

나도 말했다. '잘 있었어, 도비드?' 그리고 인사차 그의 뺨에 키스를 하려고 앞으로 다가갔다. 그는 한 발짝 뒤로 물러나면서 살짝 고개를 저었다. 내가 깜박 잊은 것이다. 이것은 금지된 행위였다. 아내가 아닌 여자와 신체 접촉을 하는 것. 악수를 하는 것조차 허락되지 않았다. 나는 내 입술 위로 막 떠오른 미안하다는 말을 다시 짓씹어서 내려보냈다. 왜냐하면 내가 더 이상 그들과 같지 않다는 점을 사과하기 시작하는 건 나로선 절대 하고 싶지 않은 일이었기 때문이다.

그는 나를 앞쪽 거실로 안내하고, 말을 조금씩 더듬으며, 마실 거나 아니면 간단히 먹을 거라도 들겠느냐고 물었다. 그리고 나는 말했다. 그래, 그러면 난 콜라 한 잔만 줘. 그는 반쯤 뛰어가듯이 급하게 주방으로 사라졌다. 나는 거실을 둘러봤다. 가능한 가장 밋밋한 색깔로만 꾸며진 곳이다. 창백한 노란색 벽들과 베이지색 카펫. 별다른 그림이나 사진도 없다, 한쪽 벽에 걸린 거대한 미즈라흐*와 벽난로 장식대 위의 결혼사진을 제

---

* Mizrach: 유대인들이 집이나 회당 실내에 거는 장식 그림으로, 기도할 때 올바

외하면. 맞아, 결혼사진. 좋아, 어디 아내가 어떻게 생겼는지 좀 볼까.

나는 묵직한 은제 액자에 담긴 사진을 들어 올렸다. 별로 예상하지 못한 점은 없다. 모자를 쓰고 정장을 입은, 지금보다 더 젊고 행복해 보이는 도비드가 하얀 드레스 차림을 한 미소 짓고 있는 여자의 어깨 위에 손을 얹고 있다. 그리고 나는 생각했다. 도비드의 아내는 에스티랑 정말 닮았잖아. 좀 소름 끼치는데. 거의 농담처럼, 어쩌면 도비드가 에스티의 언니들 중 하나랑 결혼한 것인지도 모른다는 생각이 스치듯 들었다. 더 소름 끼치는걸. 그리고 나는 좀 더 자세히 사진을 들여다봤다. 그러고 나서 나는 알았다. 내게 줄 마실 것을 들고 도비드가 부산스럽게 다시 돌아왔다. 그는 내가 사진을 쳐다보는 모습을 보고 그 자리에 멈췄다. 그는 말했다. '로닛, 너⋯⋯.' 그리고 말문이 막혔다.

어색한 침묵이 흘렀다. 보통 이럴 때는 내가 대화의 빈 공간을 메꿔 나가곤 한다. 하지만 지금은 어떤 말을 해야 할지 단 한 마디도 생각나지 않았다.

른 방위를 잡는 용도로 활용된다.

4

다 같이:

복되도다, 우리 주 하나님, 온 우주의 왕이신 분께서, 나를 노예로 만들지 않으셨도다.

남자들:

복되도다, 우리 주 하나님, 온 우주의 왕이신 분께서, 나를 여자로 만들지 않으셨도다.

여자들:

복되도다, 우리 주 하나님, 온 우주의 왕이신 분께서, 나를 그분 뜻대로 만드셨도다.

──아침 기도문 샤카리트 중에서

우리 현자들이 말씀하셨던 이야기가 하나 있지요. 하셈이 네 번째 날에 해와 달을 창조하셨을 때, 그는 그들을 동일한 크기로 만드셨다고 합니다. (우리가 배운바, 남자와 여자가 완벽히 동등하게 첫 창조된 것처럼 말입니다.) 왜냐하면 말씀에는 '그리고 하나님께서 두 개의 큰 빛을 만드셨다.'라고 적혀 있거든요. 하지만 달은 여기에 불만을 토로했지요. '통치자 둘이서 왕관 하나를 쓰지는 못합니다.'라고 말하면서요. 그리고 하셈은 답하셨습니다. '알겠다, 하나는 더 작은 존재가 되고 하나는 더 위대한 존재가 되기를 네가 요청하였으니, 네 크기는 줄어들 것이며, 해의 크기가 커질 것이다. 너의 빛은 네가 지니고 있던 이전 힘의 60분의 1로 낮아질 것이다.' 달은 그녀가 빠진 곤경에 대해 다시 호소했고, 그래서 다행히 아무런 위안도 없이 완전히 홀로 남겨지지는 않았습니다. 하솀은 그녀 곁에서 함께 있어 줄 동지들을 주셨지요, 별들 말입니다. 이제 우리 현자들이 말씀해 주시는 바는 이것입니다. 모든 것들이 제자리에 놓이게 될, 이 세상의 끝에 이르면, 달은 한 번 더 해와 동일해질 것이라고요. 그녀가 겪은 강등은 오직 일시적인 것입니다. 시간이 차면 그녀의 온전한 영광도 다시 회복될 겁니다.

그리고 우리는 여기에서 무엇을 배울 수 있을까요? 우선, 우리는 달의 지적이 옳았다는 것을 배우게 됩니다. 그랬기에 하솀이 그녀의 말에 귀를 기울이셨죠. 이 불완전한 세상에서 통치자 둘이 한 왕관을 나눠 쓸 수는 없습니다. 한쪽은 언제나 다른 쪽보다 작아야 하고, 한쪽이 다른 쪽보다 더 커야만 하죠. 남자와 여자 사이도 이러한 것입니다. 그래서 모든 것들이 다시 완전해지는 시간이 올 때까지는, 우리의 온전한 믿음으로 그날이 곧 우리 생전에 오리라는 것을 알지만, 그때까지는 계속 이러할 것입니다. 그런데 우리는 또한 하솀이 자비로우시다는 것도 배웁니다. 그분은 둘 중에서 더 못해진 쪽의 역경을 눈여겨봐 주십니다. 그러므로 위안이 필요한 자들에게는 위안을 내려 주신다는 겁니다. 마치 별들이, 달에게 주신 그분의 선물이라는 것을 우리가 배웠듯이 말입니다.

* * *

사라 리프카 하토그 메모리얼 통학 학교의 수업이 끝났다. 여자 학생들은 쿵쿵 소리를 내며 계단을 내려가 버스 정류장이나 지하철 역으로 빠져나갔다. 계단 쪽에서 그들이 내던 부산스러운 소리가 멈쳤다. 왜 그들은 다들 그렇게 무거운 구두를 신는 걸까? 에스티는 궁금하게 여겼다. 왜 가볍고 조심스럽게 발을 내딛지 않고, 쾅쾅거리며 조심성 없이 다니는 걸까? 학교의 교장 만하임 선생님*이 종종 훈화 시간에 학생들에게, 시끄러운 소리를 줄이면서 제발 좀 부드럽게 걸어 다니라고 언급하던 이야기였다. 에스티는 교장 선생님의 이 지속적인 애원을 스스로 어떻게 생각하는지 확신하지 못했다. 그녀는 조용한 것을 좋아했지만, 학생들이 내는 시끄러운 소음에서 무엇인가 생생한 활력을 느끼기도 했기 때문이다.

어쨌든, 학교는 이제 고요했다. 더 이상 거기 머무를 이유가 없었다. 그녀는 집으로 가야 했다. 하지만 그녀는 그러지 않았다.

에스티는 오늘 그녀가 했던 수업에서 뭔가가 부족했다는 걸 인지하고 있었다. 교실 분위기를 반듯하게 꾸려 가긴 했지만, 실제로 자신이 학생들에게 그 무엇이든 토라의 지식을 잘 전달해 주었는지에 대해서는 의구심이 들었다. 물론 이것은 이해받을 만한 일이긴 했다. 그녀는 상중에 있었으니까. 만하임 선생님은 일찍이 에스티의 집으로 전화를 걸어 이번 주 전체를 쉬어도 된다고, 만약 원한다면 다음 주까지 안 나와도 된다고 강조했다. 그럼에도 오늘, 그녀는 바로 다시 출근하기로 마음먹었던 것이다. 이상한 기분이라고 그녀는 생각했다. 집에 남아 있지 않고, 오늘 일하러 나온 것. 그리고 지금도 집에 돌아가는 대신에, 교실 책상에 앉아서 채점을 하고 있는 것. 모든 것들을 잘못된 시간에 하고 있다. 하지만 그녀는 이런 현상들의 의미를 파악할 수 없었고, 그저 멀찌감치 떨어져서 이들을 관망

---

* Mrs. Mannheim: 기혼 여성의 호칭으로 불리고 있다.

하는 것으로 만족했다.

　일은 또 다른 흥미로운 국면을 맞았다. 그녀는 채점을 마쳤지만 여전히 책상 앞에 앉아 있었다. 이제 그녀가 해야 할 일은 아무것도 없었다. 정말 집에 가야 할 시간이다. 그런데도 아직 이렇게 학교 안에 앉아 있다니 이상하지. 그녀는 가방을 챙기고 책상 서랍 안에 채점 교본을 넣고 잠갔다. 그래. 이건 적절하고, 이성적인 태도야. 그녀는 가방을 집어 들었다. 그리고 매우 천천히, 복도를 따라 걷기 시작했다. 그녀는 자신이 벽에 걸린 작품들을 하나하나 꼼꼼히 감상하면서 가고 있다는 사실을 깨달았다. 어떤 여자 학생이 안식일 식탁을 그린 작품이 전시되어 있다. 열일곱 명분으로 각각 준비된 할라빵*, 포도주, 촛대와 고블릿 잔이 그려져 있다. 더 고학년인 학생들의 작품으로, 하스몬 왕가 시대를 묘사해 놓은 유대인 역사화도 걸려 있다. 수학을 주제로 한 어떤 전시물에는 완벽하게 구성된 벤 다이어그램 스물세 개가 그려져 있다. 하키를 좋아하는 여자아이들은 몇 명이고, 네트볼을 좋아하는 여자아이들은 몇 명이고, 둘 다 좋아하는 여자아이들은 몇 명인지. 에스티는 벤 다이어그램을 특히 주의 깊게 살펴보았다. 그녀는 벤 다이어그램이 주는 단순함과 질서 정연함이 좋았다. 어쩌면 사람들이 갖고 있는 성격의 모든 부면이 이런 식으로 분석될 수 있으리라. 그러면 우리는 인간의 본성이라는 걸 완벽하게 이해할 수 있게 될 텐데. 사람들은 그들이 뭘 좋아하는지에 따라 분류될 수 있겠지. 어떤 사람들은 네트볼을, 어떤 사람들은 하키

---

* challot: challah의 복수형. hallah라고도 표기하는, 유대인이 안식일 등의 축일에 먹는 흰 빵.

를, 어떤 사람들은 둘 다 좋아한다고.

그녀는 계속해서 복도를 따라 걸었다. 어떤 이유에서인지, 그녀는 자신이 지나치는 모든 교실마다 그 내부를 들여다보고 벽에 걸린 그림에 감탄하거나 학생들이 아무렇게나 떨어뜨린 채 두고 가 버린 책이나 스카프나 필통이나 열쇠가 달린 고무줄 같은 것을 발견하고 고개를 절레절레 흔들어 보지 않고는 도무지 직성이 풀리지 않는 상태로 걷고 있다는 점을 알게 되었다. 만약 이런 식으로 지나치는 모든 교실을 자세히 살펴보아야만 한다면, 집에 돌아가기까지 매우 긴 시간이 들 것이라는 사실도 알고 있었다. 그 생각은 별로 언짢게 느껴지지 않았다. 그녀는 자기가 지금 학교에 남아 있는 유일한 사람이리라 생각하면서, 계속 그런 식으로 나아갔다. 그렇게 복도에 있는 몇 개의 교실을 지나고 나서, 뜻밖에 아직도 교실에 남아 일을 하는 교사 한 사람을 발견했을 때 그녀는 깜짝 놀랐다.

지리 교사 슈니츨러 선생님*이 교실 뒷면에다 전시용 자료 몇 점과 검은색의 원형 지도처럼 보이는 것을 스테이플러로 찍어 붙이고 있었다. 그녀는 일에 집중하느라 에스티가 문 앞으로 다가오는 소리도 듣지 못했다. 에스티는 그 모습을 관찰하느라 문간에서 잠시 멈춰 섰다. 슈니츨러는 젊은 사람이었다.─스물네 살밖에 되지 않았으니까.─그리고 아름다운 외모를 지녔다. 붉은색 머리가 길고 구불구불했으며, 피부는 매우 하얗고 속눈썹은 거의 반투명하게 빛나는 색깔이었다. 학생들은 그래서 이 선생님을 좋아했다. 대체로 아이들은 종종 예쁜 사람을 좋아한다. 만약 그런 사람이 조금 상냥하기

---

* Miss Schnitzler: 미혼 여성의 호칭으로 불리고 있다.

라도 하면 특히나 더. 에스티는 슈니츨러 선생님과 몇 번 대화를 나눠 본 적이 있었지만, 그녀에 대해 자세히 알지는 못했다. 올해 말에 결혼하기로 되어 있는, 누군가와 약혼 상태라는 말을 들어 봤을 뿐이다. 그러고 나면 물론 가르치는 일은 하지 않겠지. 최소 몇 년 동안은 아이를 가지고 키우느라 바빠서 교사 일을 그만두게 되리라. 에스티는 이런 과정을 전에도 본 적이 있었다. 젊은 여자가 도착해서, 서너 해 정도 근무를 하다가, 결혼을 하고 떠나 버리는 것.

에스티는 슈니츨러 선생님이 압정이 든 작은 상자 쪽으로 몸을 굽히고, 손안에 몇 개를 쥔 뒤에, 둥그렇고 어두운 원형 지도가 그려진 포스터를 똑바르게 고정시키려고 애쓰는 모습을 지켜봤다. 그녀는 한쪽 손으로 핀을 꽂으면서 다른 손으로는 포스터가 기울지 않도록 잡고 있으려고 했으나 그건 생각처럼 쉽지 않았다. 손을 어떻게 짚고 있든 차트의 한쪽 모서리가 자꾸만 뒤집어져서, 종이가 수평으로 되었는지 아닌지를 제대로 확인할 수가 없었던 것이다.

에스티는 말했다. '제가 도와 드릴까요?'

깜짝 놀란 슈니츨러의 몸이 흠칫하며 빙그르르 한 바퀴 돌았다. 하지만 한쪽 손으로는 여전히 포스터를 붙들고 있었기 때문에, 그녀의 몸이 회전하면서 그만 포스터의 중간 부분까지 북 찢어지고 말았다.

두 여자는 거의 동시에 말했다. '어머나!' 슈니츨러는 손에 들린 종잇조각을 바라보고, 그러고 나서 에스티를 쳐다봤다. 그녀는 미소를 지었다.

'괜찮아요, 같이 다시 붙여 보죠.'

에스티는 집에 가야 한다는 걸 알았다. 이미 시간이 지체되었다. 도비드가 걱정할지도 모른다. 그녀는 자신이 집에 갈 기미조차 보이지 않다는 점을, 사실상 슈니츨러 선생님이 접착테이프를 가져오는 동안, 그 교실 안에 서서 그다음 상황을 기다리고 있다는 것을 재미있게 관찰했다. 에스티는 슈니츨러가 테이프를 각각 짧은 길이로 잘라서 그녀 손목 안쪽에 꼭꼭 눌러 붙였다가 떼어 내는 동작을 몇 번 반복하면서, 하얀 피부에 잔주름이 잡히게 했다가 이내 부드럽게 펴내는 모습을 흥미로운 눈빛으로 지켜보았다. 그녀는 이렇게 접착력이 약해진 테이프들을 포스터 앞쪽의 찢어진 부분에 붙였고, 그동안 에스티가 포스터를 어긋남 없이 제대로 들고 있도록 고정시켜 주었다. 그러고 나서 그들은 조심스럽게 포스터를 뒤집었고, 찢어진 부분을 따라 슈니츨러가 새 테이프로 뒷면을 단단히 붙였다. 에스티는 함께 작업을 하면서, 슈니츨러가 부드럽고 조용한 태도로 주어진 일에 집중하는 모습을 즐겁게 바라보았다. 테이프 한 조각을 단단히 붙일 때마다 그녀의 눈가에 지곤 하는 깊은 이랑을 자세히 살펴보면서. 마침내 그들은 다시 포스터를 뒤집었고, 슈니츨러는 앞면에 살짝 붙어 있던 접착력이 약한 테이프들을 모두 제거했다. 에스티가 벽면에 포스터를 찰싹 붙인 채로 고정시키는 동안, 슈니츨러가 바른 자리를 찾아 압정을 꽂았다.

에스티는 작업이 마무리된 모습을 바라보았다. 찢긴 자국은 거의 눈에 띄지 않았다. 그녀가 그 자국을 육안으로 감지할 수 있는 것은, 단지 그 자리가 찢겼다는 걸 이미 알았기 때문이었다. 뒤로 물러서면서 에스티는 포스터의 그림 전체를 맛보았다. 여전히 처음 봤을 때와 마찬가지로, 그녀로서는 이해가 되지 않는 그림이었다. 지도는 둥글고, 어두운 색의 원형이었고 그 위에 하얀 점들이 표기되어 있었다. 마치 검정 배경에 아무렇게나 흩뿌려진 밀가루 한 줌처럼 보였다. 몇몇 점들은 크고 다른 것들은 조그맣다.

'이게 뭐예요?' 그녀가 말했다. '이게 뭘 보여 주는 거죠?'

슈니츨러 선생님이 그녀 쪽으로 한 걸음 발을 옮기며 미소 지었다. '그건 별자리 지도예요. 우리 은하계에 있는 모든 별들의 위치를 보여 주죠.'

'아름답네요.'

'네, 하셈이 만드신 거니까요. 그 이야기 기억하세요? 그분이 달에게 별들을 선물로 주셨다는 거요, 달이 함께 지낼 수 있는 자매와 동반자가 되도록.'

에스티는 고개를 끄덕였다. 그녀는 천천히 숨을 들이쉬었다.

'이것들은…….' 슈니츨러가 말했다. '우리가 있는 곳에서 밤에 볼 수 있는 별들이에요. 별들 모두는 다 이름이 있답니다.'

슈니츨러가 그녀 뒤쪽에 바짝 다가와 섰다. 에스티는 그녀가 별들의 이름을 하나하나 나열할 때, 자신의 목에 그 여자의 약한 숨결이 와닿는 것을 느낄 수 있었다. '이건.' 그녀가 말했다. '시리우스예요. 하늘의 개라는 뜻으로 천랑성이라고도 부르죠.'

에스티는 고개를 끄덕였다. 감히 몸을 움직이거나 대답조차 할 수 없었다.

'그리고 이건 켄타우로스 별자리에 있는 프록시마성. 지구와 거리상으로 가장 가까이 있는 별이죠. 물론 태양은 제외하고요.'

에스티가 속삭였다. '해도 별인가요?'

'네, 맞아요. 우리와 너무 친숙하니까, 실체보다 더 뭔가 특별한 게 있는 대상처럼 느껴지지만. 사실은 해도, 달에게 주어진 많은 자매들 중 하나인 거죠. 심지어 가장 밝은 별인 것도 아니에요. 여기 있는 북

극성이 훨씬 더 밝죠.'

슈니츨러 선생님은 별의 위치를 가리키기 위해 팔을 움직이며 에스티의 소매를 가볍게 쓸었다. 그녀의 팔이 에스티의 얼굴 바로 앞에 놓인 채, 지도 중심에 있는 어느 별을 가리켰다. 그녀의 손톱은 환한 흰색이었고, 깔끔한 큐티클 라인에서부터 쭉 연장된, 그야말로 완벽한 초승달 모양을 하고 있었다. 에스티는 갑자기 예상치 못한 온갖 욕구가 자기 내부에서부터 치밀어 오르는 것을 느꼈다. 그녀는 슈니츨러의 팔을 입술로 빨아들이며 그녀 피부에 난 잔털이 오소소 솟아오르는 모습을 보고 싶었다. 혹은 그녀 손목 안쪽을 자신의 혀끝으로 핥아 보든가. 에스티는 슈니츨러 선생님의 팔을 움켜잡고, 그녀를 자신에게로 바짝 끌어당겨서 귓가에 속삭이고 싶었다. '이렇게 하지 않아도 돼요, 알죠. 당신은 결혼을 할 필요 없어요. 학교를 떠나지 않아도 돼요. 당신이 그저 계속 싫다고 말하기만 해도, 아무도 당신을 억지로 몰아붙이지는 않을 거예요.'

잠시 시간이 멈춘 듯했다. 에스티는 슈니츨러 선생님의 피부에서 나는 향기를 맡을 수 있었다. 흙모래처럼 건조하고, 바다 소금 냄새가 감도는.

에스티는 급히 한 발짝 옆으로 물러났다.

'전 가 봐야겠어요.' 그녀가 말했다. '너무 늦은 것 같아서. 죄송해요, 이만 가 볼게요.'

그녀는 자기 책들을 챙겨서 품속에 꼭 끌어안은 채 그 자리를 떠났다. 그녀는 시선을 아래에 고정시켰다. 절대로 슈니츨러에게 시선을 두지 않은 채로.

에스티는 걸어서 집으로 왔다. 그녀의 집은 학교에서 반 마일* 정도 떨어져 있었고 산책길은 쾌적했다. 계절이 어느덧 거의 막바지임에도 불구하고, 이런 날을 그저 흘려보내는 것이 아쉬울 정도로 따뜻한 날씨였다. 에스티는 입고 있던 카디건을 벗고 싶었지만, 미처 그렇게 하기도 전에 반팔 블라우스를 받쳐 입었다는 사실을 다행히 기억해 냈다. 안 될 말이다. 그렇게 말도 안 되는 옷을 애초에 왜 샀는지도 모를 일이었다. 만약 카디건을 벗는다면, 거리를 걷는 동안 팔꿈치가 노출될 것이고, 그 누구든 그녀의 모습을 보고 입방아를 찧을 터였다. 그럼에도 날씨는 너무 따뜻했고 그녀의 걸음걸이는 너무 빨랐다. 그녀는 왜 자기가 그렇게 빨리 걷는지도, 왜 그보다 더 천천히 걸어야 마땅하다는 듯 느꼈는지도 몰랐다. 그 어느 쪽 생각이든 너무 깊이 빠져들지 않도록 그녀는 스스로를 다잡았다.

자신이 집에 너무 빨리 도착했다고 그녀는 느꼈다. 천천히 집을 향해 걸으면서, 그녀는 깨진 돌들로 덮인 포장도로 위를 한 발자국씩 내딛는 자신의 발걸음을 인식했다. 발뒤꿈치에서 발가락 끝까지, 땅 위에 맞닿았다 떨어지는 뒤꿈치와 발끝. 그녀는 자신이 신고 있는 구두를 관찰했다. 수수하고 실용적인 갈색 가죽으로 된, 끈으로 여미는 구두다. 한쪽 발끝에는 작은 흠이 나 있다. 닦아야겠지. 그리고 돌을 깐 도로 자체도 너무나 신기하다. 돌들 틈새에서 자라나는 선명한 녹색 이끼와 풀잎을 마지막으로 살펴봤던 게 언제였지? 돌들 중 몇 개는 다른 것들과 구별되는 색깔이라는 걸 이전에 눈치챈 적이 있었던가? 그녀는 이제 자신의 집 앞에 서서, 의심스러운 눈초리

---

* 약 800미터.

로 집을 바라봤다. 뭔가 달라진 게 있는 건가? 아침에 학교로 출근한 이후 집이 남몰래 자세를 바꾼 게 아닐까? 그야 아무도 보지 않는 동안, 집도 어깨를 좀 털고 새로운 형태를 취했을 수 있겠지. 하지만 그건 가장 날카롭고 익숙한 눈이 아니고서는 그 어떤 측량으로도 미처 알아차리지 못할 변화였다. 이걸 확실히 알려면, 동네 한 바퀴를 더 돌고 와서 집이 아직 예상하지 못하고 있을 때 갑작스럽게 그 현장을 덮쳐 봐야 하리라.

그녀는 다시 걷기 시작했다. 그리고 멈췄다. 그녀는 주변을 둘러보았다. 누군가 그녀를 관찰하고 있는 건가? 이웃 중 하나, 혹은 그녀 자신의 집 안에 있는 누군가가? 그녀는 다시 집을 마주 보고 서는 자리까지 몇 걸음 더 뒤돌아 갔다. 그리고 다시 멈췄다. 갑자기 그 집으로부터 멀리 달아나고 싶은 충동을 느꼈다. 집이 그녀를 통째로 집어삼켜 버릴 것만 같은 느낌이 들어서. 그녀는 꼭 감은 눈 속에 붉은색과 초록색의 페이즐리 무늬가 떠오를 때까지, 주먹을 쥔 손등의 관절들로 눈을 꼭 문질렀다.

'난 네가 지긋지긋해.' 그녀는 자기 자신에게 말하고, 집의 대문을 밀어 열고 현관문까지 걸어갔다.

아, 그녀는 깜박 잊었었다. 현관 앞에 아무렇게나 뒤섞여 있는 짐들—운동 가방, 정장 보관 가방, 우비, 슈트 케이스, 더플백과 터져 나갈 듯 내용물로 가득 차서 옆면이 거의 벌어질 지경인 수화물용 여행 가방들 세 개를 보기까지, 그녀는 사물들이 로닛과 함께 딸려 온다는 것을 잊고 있었다. 제각기 나름의 의미와 삶을 지닌 수많은 물건들이었다. 각 물건들마다 로닛은 거기에 얽힌 이야기 혹은 본인의 의견을 갖고 있었고, 그것들은 모두 다채롭고 강렬한 말들이었다. 에스티는 현관 앞에 서서, 그녀 주변의 모든 사물들에서 뿜어져 나오는 로닛다움을 만끽하며 미소를 지었다. 그녀는 가방들에서 삐죽 튀어 나온 잡지들, 겉옷들, 책들, 연필들을 보면서 그 모든 개별적인 물건들을 각각 구분해 가며 살펴보고 기억하려고 노력했다. 그 모든 순간을 주의 깊게 인식하는 것이 그녀에게는 중요한 일처럼 느껴졌다.

거실에서 인기척이 들려왔다. 유리잔을 바닥에 내려놓는 소리와 조용한 웃음소리. 테이블 쪽으로 의자를 다시 밀어 당기는 소리. 지금은 아직 너무 일러. 그녀는 준비되지 않은 상태였다. 이제라도 도망칠 여유가 있을까? 그건 아니었다. 거실 문이 열리고 만 것이다.

그리고 로닛이 나타났다. 그녀는 에스티가 기억했던 모습 그대로였고, 그보다도 더 나아 보였다. 한 번의 눈길만으로도, 그녀가 더 이상 여기에 속한 사람이 아니라는 점을 누구든 알 수 있으리라. 그녀는 마치 길가에 팬 돌 사이에서 아무도 예상치 못하게 돋아나고 싹을 틔운, 이국적인 꽃 한 송이 같았다. 만개한 장밋빛처럼 밝고 화려한 모습이었고, 잡지나 포스터에 실린 여자처럼 옷을 입고 있었다. 붉은 셔츠의 단추로 힘겹게 조인 풍만한 가슴과 긴 검정 치마로 강조된 동그란 배와 엉덩이의 굴곡이 눈길을 끌었다. 에스티는 그녀의 모습을 그저 통째로 흡수하듯이, 한 가지 요소에서 그다음으로 차근차근 넘어가며 집중해서 그녀를 바라보았다. 그래, 이게 로닛이야. 까만 눈동자, 까만 단발머리, 거무스름한 피부, 짙게 칠한 빨간 립스틱과 무엇인가 언짢은 기색이 있는 듯한 미소.

'에스티.' 그녀가 말했다. '이렇게 보니까 반갑네.'

에스티는 이 엄청난 경험이 주는 감각에 갑자기 압도되는 기분이었다. 그녀가 이곳에 있다. 그토록 오랜 시간이 지난 후에 지금 여기에. 뭔가 짓누르는 듯한 압박감이 그녀의 이마와 정수리 부분에 느껴지면서, 전기 장치에서 오는 자극처럼 찌릿한 느낌이 들었다. 로닛은 앞서 도비드를 만났고 그녀가 결혼을 했다는 걸 알았으니, 그에 대해 무엇인가 어떤 설명이라도 들었을 터다. 에스티는 자꾸 정신이 흐트러졌다. 로닛이 그녀를 바라보았다. 로닛이 이렇게 지금 여기서 그녀를 바라보는데, 그녀는 마치 피부에 돋아난 성가신 가려움증을 털어 버리기라도 하려는 듯 연신 이마를 찌푸리고 어깨를 떨고 있을 뿐이라는 것을 깨달았다. 이제 정말 무슨 말이라도 건네야 하는 시점이었다. 그녀의 인생 전체가 설명되어야 했다. 지난 팔 년간 있었던 일들의 이유를 털어놓아야 했다. 이 모든 것을 설명할 수 있는 그 어떤 말을 그녀가 찾을 수 있을까? 마침내, 그녀는 말 한마디를 꺼냈다.

'로닛.' 그녀가 말했다. '미안해, 정말 미안해.' 진땀이 나는 피부를 흠뻑 적시는 후회, 수많은 물집처럼 벌겋게 부풀어 오르는 비참함.

로닛이 말했다. '뭐?'

그녀를 곤경에서 구해 준 것은 도비드였다. 그녀는 그의 존재를 완전히 잊고 있었다. 그는 다 같이 저녁을 먹으면 어떻겠느냐고 제안했다. 뭔가 적당히 데워 먹을 만한 게 있지 않을까? 그녀는 갑자기 그 말이 어처구니없다고 생각했다. 호화로운 연회를 베풀어야지, 마땅히. 서른 개의 요리가 순서대로 나오는 정식 만찬, 식탁을 화려하게 장식한 화환들, 손가락 끝을 씻도록 마련된 물그릇들, 요리와 요리 사이에 준비되어 미각을 깨끗이 씻어 내는 셔벗, 스무 가지 종류의 닭고기 요리와 마흔 가지 종류의 생선 요리들이 있어야지. 그녀는 냉장고에서 꺼낸 비프스튜를 다시 데우고 간단한 채소와 밥을 곁들여 내왔다.

'미안해.' 그녀는 다시 말했다.

'에스티.' 로닛이 입속 가득 음식을 넣은 채 말했다. '미안하다는 말 좀 그만하고, 앉아서 먹지 않을래? 이거 맛있다.'

그녀는 황망해졌다. 미안하다는 말 말고는, 그 어떤 말을 해야 할지 아무런 생각도 나지 않았다. 그녀는 물병이 비어 있는 것을 깨닫고 주방으로 가지고 들어갔다.

'네가 우리 식사 시중을 들어 줄 필요는 없어, 알지!' 로닛이 자리에 앉아 있는 채로 그녀에게 외쳤다.

로닛과 도비드는 회당에 대해서, 앞으로의 계획에 대해서 이야기했다.

'지금 한 말을 듣고 나니까 말이야, 도비드, 우리끼리만 하는 얘기지만.' 로닛이 스튜를 더 뜨면서 말했다. '그들은 오빠가 새로운 라브가 되기를 원하는 거네, 안 그래?' 그녀는 입꼬리를 올리며 미소를 지었다. '그래, 어디 말씀 좀 해 보시죠, 도비드, 사람들을 이끄는 회당의 수장이 되고 싶으신지?'

'뭐?' 도비드는 깜짝 놀란 것처럼 보였다. '아니, 아니야. 그건 아니야. 내 말은, 그러지 않을 거라는 거지. 내 말은……' 그는 거칠게 고개를 저었다. '그 역할에 더 적합하다고 기대되는 다른 누군가를 장로님들이 찾을 거야. 우리는 그럴 만한 재목이 못 되잖아, 안 그래, 에스티?'

에스티는 아무 말도 하지 않은 채 가만히 있었다.

로닛은 미소를 지었다. '내 말 잘 들어 봐, 도비드. 오빠가 가장 유력한 후보일 거라고.'

에스티는 접시 위에 놓인 음식을 이리저리 굴리며 깨작거렸다. 그녀는 조금도 먹을 수가 없었지만, 같이 있는 다른 사람들이 이것을 눈치채지 않기를 바랐다. 그녀는 자기가 무엇인가 말을 해야 한다는 것을 알았다. 무슨 이야기를 꺼낼지, 마음속에서 주제를 정해 보았다가 이내 접어 버리곤 했다. 음식에 대해서 이야기를 해 볼 수 있을까? 아니, 로닛은 집안일에는 별로 흥미가 없을 것이다. 그럼 회당 일에 대해서? 그쪽으로는 도비드가 그녀보다 더 전문가였다. 학교 선생님들에 대해서? 아니. 아니, 그건 안 될 말이지. 하지만 학교 자체에 대해선?

도비드가 말했다. '게이츠헤드에 있다는 젊은 남자 얘기가 나한테 하나 들리던데, 아주 유능한 청년으로…….'

에스티가 말을 끊고 끼어들었다. '로닛, 학교에 있던 예전 과학실 기억나니?'

로닛과 도비드가 그녀를 쳐다보았다.

로닛이 말했다. '어……, 기억나.'

에스티가 말했다. '그 건물 공사하느라 다 무너뜨렸거든. 내가 하고 싶었던 말은 그게 다인데, 그냥 그 건물이 다 없어졌다고. 하토그 박사님이 기금을 모아서 길 건너에 새로운 부지를 확보했어. 웃기지 않아? 학생들은 이제 과학 수업 받을 때마다 길을 건너가야 돼.'

로닛과 도비드는 그녀를 좀 더 빤히 쳐다보았다.

에스티는 의자를 바닥에 거의 넘어뜨릴 뻔하다가 급하게 자리에서 일어났다. 그녀는 자신의 접시를 치우고 로닛의 접시도 받으려고 손을 내밀었다.

'나 아직 다 안 먹었는데.'

에스티는 눈을 깜박이고 손을 뻗어 자신의 이마를 짚었다.

'아, 그렇지. 당연히.'

그녀는 자기 접시를 들고 주방으로 들어갔다. 눈으로 보지는 않으면서, 그녀는 로닛과 도비드 간에 중얼중얼 오가는 대화를 들었다. 그녀는 육류 요리를 위한 왼쪽 싱크대에 접시를 넣고 뜨거운 물을 받으며, 기름기 있는 잔여물이 접시에서 떨어져 나가는 광경을 관찰했다. 오른손을 물속에 집어넣었다. 물은 지나치게 뜨거웠지만 그녀는 잠시 동안 그렇게 내버려 두었다. 얼마간의 시간이 지난 뒤, 그녀는 식당으로 돌아와서 후식을 대접했다.

*

도비드와 에스티는 한동안 같은 침대를 쓰지 않았었다. 그들 방에 있는 싱글베드 두 개는 수개월 동안이나 서로 거리를 두고 떨어져 있었다. 비록 그 사이에 하나둘씩 쌓여 가는 물건들 따윈 아무것도 없었지만 말이다. 도비드는 어쨌거나 최근 몇 달 동안은, 혹시 밤사이에 나이 드신 분이 거동하는 걸 도와 드려야 할지도 몰라서 라브 집에 머무르곤 했다. 그들은 이런 이야기를 서로 하지 않았다.

에스티는 종종 수면 장애를 겪었다. 꽤나 자주 그녀는 잠들지 못한 채 그저 누워서, 이따금씩 전조등을 켠 자동차들이 집 옆을 지나갈 때마다 벽지 무늬를 따라 형태 잡히며 침실 천장에 그려지는 불빛의 모양들을 멍하니 바라보곤 했다. 오늘 밤에는 아예 잠을 이룰 수가 없었다. 그녀는 그들이 있는 이 방에서, 단지 벽 하나를 사이에 둔 채로 자고 있는 로닛을 생각했다. 그녀는 로닛의 지금 모습이 어떤지, 자신이 기억하는 모습보다 얼마나 더 멋지고 아름다운지, 자신이 쪼그라드는 사이 로닛은 얼마나 화사하게 무르익었는지를 계속해서 생각하고 또 생각했다. 그녀는 그러는 동안 숨을 가쁘게 몰아쉬는 자신을 발견했다. 그녀는 도대체 자신이 울려는 건지 아니면 웃음을 터뜨리려는 건지, 아니면 또 다른 일, 전혀 예상치 못한 일을 지금 할 생각인지 아닌지도 알지 못했다. 그녀는 로닛이 바로 옆방에 있다는 사실에 대해서 계속 생각했다. 그리고 자신이 가질 수 없는 어떤 것들을 갈망하고 있다는 점을 그녀 마음속으로 깨달았다.

그녀는 천천히 침대에서 일어나 앉았고 다리를 휘둘러 방바닥을 짚고 일어섰다. 그녀는 방을 가로질러 갔다. 그녀는 도비드의 이름을 속삭여 불렀다. 그리고 그녀가 도비드의 이불을 들어 올리고 그의 옆자리로 들어가서 그를 찾았을 때, 그 역시 그녀를 찾는 것으로 화답했다.

자러 가면서 나는 그럭저럭 스스로에게 축하를 해 줘도 될 것 같은 기분이었다. 급작스러운 움직임을 *내* 쪽에서 보이진 않았으니까, 당연히. 공황 상태에 빠져서 허둥지둥하지도 않았고, 괴상한 침묵에 빠지지도 않았고, '에스티! 세상에, 결혼했구나! 남자랑!'이라고 소리 지르지도 않았고. 그렇다고 내가 전혀 충격받지 않았다는 말은 아니지만. 그냥 서로 한 방씩 주고받은 게 아닌가 싶었다. 옆에 트임이 있는 치마를 입고 나타난 내가 그들의 모골을 송연하게 했으니까, 그들 역시도 나를 깜짝 놀라게 해 준 거지.

나는 일찍 잠들었다. 시원한 이불 사이로 팔다리를 쭉 뻗으면서, 남아 있는 이 세상이 행복을 만끽하도록 내버려 두고, 비행 시차로 기진맥진해져 꿈 같은 단잠에 빠져들었다. 무엇인가 밝고 희미하게 빛나는 것에 대한 꿈을 꾸었다. 닫힌 상자들, 잠긴 문들, 뒤틀린 열쇠들, 스크루드라이버, 도끼, 자물쇠를 따는 뾰족한 장치와 관련 있는 내용이었다. 수십년 동안 부식된, 녹이 다 떨어져 내리는 경첩들과 밀치고 당겨지느라 온통 삐걱대는 걸쇠들이 꿈에 나왔다. 그게 무슨 내용이었는지는 거의 이해할 수가 없었다. 그저 혼란스러운 인상들의 중첩일 뿐.

지나치게 무더운 느낌이 들어서 숨을 몰아쉬며 잠에서 깼다. 손목시계는 내게 지금 시각이 새벽 3시라고 알려 줬지만, 내 신체상으로는 밤 10시인 것처럼 느껴졌고, 내 뇌는 도대체 지금 내가 어디에 와 있는 건지 의아해했다. 나는 불을 켜고 주변을 둘러보았다. 자러 가기 전에는 아무것도 그다지 살펴보지 않았었다. 그저 나를 반겨 주는 침대의 존재만을 알아보고 그곳에 푹 잠겨 버렸을 뿐. 지금 보니 모든 것들이 낡고 누추하고 서로 어울리지도 않는 것들끼리 대충 짜 맞춰진 모습이다. 벽지는 1970년대풍의 갈색과 오렌지색의 소용돌이 문양, 옷장은 갈색 멜라민 재질이다. 내가 잠들어 있던 싱글 침대의 푹 꺼진 매트리스를 뒤덮은 이불은 색 바랜 「마법의 회전목마」* 캐릭터 침구였는데, 분명히 우리 둘 다 어린아이였을 때 에스티의 침대에서 본 기억이 나는 바로 그것이라고 장담할 수 있었다. 방바닥의 대부분은 내 슈트 케이스들이 차지해 버린 덕분에, 바닥에 깔린 카펫은 다행히 거의 보이지 않았다. 회색 배경에 녹색과 파란색 얼룩무늬가 있는 흉측한 물건이다. 사실 이런 것들에 대해 내가 별로 상관할 필요는 없지. 내가 이런 데에 신경을 써서는 안 된다는 것을 알았지만, 그래도 신경이 쓰인다.

---

* Magic Roundabout: 1960~1990년대 프랑스, 영국, 미국에서 방영된 TV 어린이 프로그램. 이후 2006년부터 2010년까지 새로운 시리즈가 방영되기도 했다.

그리고 적막 속에 앉아 있는데, 문득 어떤 소리가 귓가에 들려왔다. 바로 옆방에서 들려오는, 매우 뚜렷한 소리다. 내 앞에 있는 벽 바로 맞은편에서, 한 침대가 가냘프지만 율동적이게 *삐걱, 삐걱, 삐걱*대는 소리를 내고 있다. 계속, 계속.

'하나님 맙소사.' 나는 그 방을 향해 기함을 하며 말했다.

'*삐걱, 삐걱, 삐걱.*' 옆방의 오래되고 녹슨 침대 스프링이 말했다.

나는 이 방에서 나가야 했다. 이 집에서, 그리고 가능하다면 이 나라 전체를 떠나야 했다. 그것보다도 우선, 나는 담배를 피워야 했다.

옷을 대충 걸치고, 가방을 집어 들고 나는 집을 빠져나와 등 뒤에서 문을 닫았다. 집 안의 텁텁한 온기에 대비되는 차갑고 맑은 밤공기가 청량하게 느껴졌다. 거리는 완벽하게 고요했다. 이따금 한두 블록 너머 도로를 쌩하고 지나치는 자동차 소리만이 들려올 뿐이었다. 나는 가방의 밑바닥을 뒤져서 구겨진 담배 한 갑을 꺼냈다. 담배 한 개비를 입술에 물고 라이터를 찾아 이리저리 몸을 뒤지다가 나는 내 몸이 마구 흔들리고 있다는 사실을 깨달았다. 몸서리를 치는 정도가 아니라, 눈에 보일 정도로 확연히 덜덜 떨고 있는 것이다. 그래서 나는 생각했다. 젠장, 예상했던 것보다 더 힘들어지려나 봐. 나는 담배에 불을 붙이고 깊은 숨을 들이마셨다.

사실 나는 골초가 아니다. 파티에 갔을 때만, 누군가의 담배를 슬쩍 가로채서 피우거나 하지. 그리고 가방에 몇 개비 갖고 다니기도 한다. 거리를 걸으면서 뉴욕 느낌을 만끽해 보고 싶을 때, 굽이 높은 부츠를 신고 담배를 피우는 그런 여자들 중 하나가 되고 싶을 때를 대비해서. 그래, 흡연은 옷에서 나쁜 냄새를 풍기고, 돈도 많이 드는 습관이며, 그리고 또, 맞아, 건강을 해치고 죽음에 이르게도 하지. 하지만 제기랄, 나는 정통파 유대교 가정에서 자라났고 가끔씩 내게는 가시적인 반항의 상징이 절실하게 필요할 때가 있다. 나트륨 등불의 빛으로 밝힌 헨던의 밤사이로 담배 연기가 스며드는 것을 바라보고 있노라니 기분이 조금 나아졌다. 나는 생각했다. 이게 지금의 나인 거야. 바지를 입고, 담배를 피우는 여자. 좋은데.

그래서 나는 독립적인 여자답게 계속 걸어갔다. 그리고 아마도 시원한 밤공기를 쐬어서, 혹은 산책을 해서, 혹은 담배를 피운 덕분에 나는 다시금 스스로에 대한 생각으로 돌아왔다. 나는 처음부터 이 사람들이 제정신일 거라고 기대해서는 안 되었다. 그들은 더 이상 나와 같은 사람들이 아니다. 또 나는 내가 이 세상의 그 누구보다도 에스티를 잘 안다고 생각했지만, 그것도 분명히 내가 틀렸던 모양이다. 그래야 정확히 말이 되는 거지. 나는 첫 담배를 끄고 그다음 담배에 다시 불을 붙였다. 나는 미소를 지었다. 지금까지 수년 동안 내내 여기가 얼마나 미친 곳인지, 이 사람들이 얼마나 비정상적으로 행동하는지를 내가 얼마나 말해 왔는데, 이것 봐, 내 말이 맞았잖아. 파인골드 박사는 심지어 에스티를 두고도 설명을 해 낼 수 있을 것이다. 사회 관습이 주는 압박이 어쩌고저쩌고, 기존 규범에서 오는 기대가 어쩌고 등……. 하지만 그건 내가 알 바가 아니었다. 에스티는 성인 여성이고, 누구랑 같이 잘 것인지는 그녀 스스로 알아서 할 문제였다. 내가 여기 온 목적은 아주 단순했고, 그것을 복잡하게 할 필요는 없었다. 내가 여기 와서 벌이는 일이란 그저 잘 지내던 사람들의 삶을 휘젓는 것뿐이다. 어쩌면 에스티에게도, 그녀가 차라리 잊어버리고 싶어 하는 것들을 생각나게 하는지도 몰랐다. 사실 나는 지난밤에 그녀가 보인 이상한 태도가 바로 그런 이유에서였으리라고 예상한다. 차라리 잊어버리고 싶어지는 일을, 과거에 한두 개 정도 저지르지 않은 사람이 과연 누가 있을까? 저 집에 들어갔다가 그대로 나와서, 곧장 뉴욕으로 돌아가는 것, 그렇게 해야 되었던 거야.

우스운 건, 그렇게 생각에 잠긴 채 담배를 피우면서 앞으로 쭉쭉 나아가다 보니, 그 집을 의식하지도 못한 채 거의 그냥 스쳐 지나갈 뻔했다는 점이다. 나무뿌리 하나가 천천히 그리고 꾸준하게, 마치 개가 몸에 묻은 물기를 털어 내듯 땅속에 파묻힌 돌들을 흔들며 솟아 나와서 울퉁불퉁해진 포장도로의 한 지점을 보고 나는 갑자기 멈춰 섰다. 콘크리트 사이로 녹색과 갈색의 뿌리가 뒤틀린 채로 드러나 있는 곳. 그냥 아무 흔한 나무뿌리가 아니라, 내가 절대로 잊을 수 없는, 나의 일부이기도 한 바로 그 뿌리. 내가 열세 살 때 나는 여기에 발이 걸려서 크게 넘어졌는데, 이 자리에서 빙글 돌면서 이 뿌리에다 팔꿈치를 제대로 갈아 부쉈다. 그때 내가 흘린 피가 이 나무뿌리를 흠뻑 적셨다. 그때 다쳤던 피부 아래에는 지금도 여전히 저 나무 표피 한 조각이 작고 어두운 점처럼 박혀 있는데, 스콧이 한번 그게 뭔지 물어봤던 적이 있다. 나는 바로 그 뿌리를 보느라 멈춰 섰고, 그리고 내가 와 있는 곳이 어디인지를 기억해 냈다.

나는 거기 서서 왼쪽으로 시선을 돌렸고, 그리고 바로 거기에, 내가 자란 그 집이 있었다. 나는 잘 모르겠지만 뭐랄까, 지금 내가 느끼는 것보다는 감회가 크지 않을까 상상했었는데, 실제 와 보니 무슨 부동산 중개인처럼 냉정하고 무심한 눈길로 그 장소를 차근차근 뜯어보는 자신을 발견했다. 집은 그다지 잘 보수되지 않은 상태였다. 위쪽에 있는 창문 선반의 페인트가 말라 벗겨졌고, 현관문의 창유리 중 하나는 깨져 있다. 주변의 다른 집들이 지닌 분위기에 비해서 특히나 더 한산하고, 외지고, 텅 빈 것처럼 느껴졌다. 나는 그런 느낌이 그저 내 의식을 투사한 탓이라고 생각했는데, 그러다 결정적인 차이가 뭔지 깨달았다. 오직 이 집만, 모든 창의 커튼이 활짝 열려 있었던 것이다. 속이 텅 비고 움푹 꺼진 눈처럼 보이는 창문들이 거리를 응시하고 있다. 나는 내 손에 들고 나온 열쇠 꾸러미를 쳐다보고 생각했다. 그래, 오늘 밤이 바로 그 밤이네. 너랑 나랑 한번 제대로 맞장 떠 보는 거야.

나는 대문을 밀어서 열었다. 녹과 페인트 가루가 바스러지며 내 손에 묻어 나왔고, 눅눅한 곰팡이 냄새가 나는 건물 옆의 샛길을 지나 뒤뜰로 들어갔다. 거리에서 흘러나오는 불빛에 의지해, 어두운 뜰 안의 모습을 대충 파악해 보았다. 훌쩍 자라 제멋대로 엉킨 잔디는 아마 한두 해 정도는 깎은 적 없이 방치된 듯싶었다. 하지만 사과나무들은 여전히 내가 기억하는 곳에 그대로 있었고, 수국 덤불도 그대로였는데 이제는 너무 크게 자라서 울타리를 거의 뒤덮을 지경이었다. 그때 아주 어렴풋하게 뭔가 느껴졌다. 내 마음 깊은 곳에서 쿡 찌르는 듯한 감각, 결코 변하지 않고 그대로일 웅성임 같은 것이. 나는 몸을 웅크려서 덤불 쪽을 바라봤다. 늦은 여름, 흐드러지게 피어난 수국의 달콤하고 싱그러운 향기가 생생하게 느껴지다 못해 거의 입안에서 다시 감도는 것 같았다. 나는 다시 집 쪽으로 몸을 돌렸다.

주방의 전등 스위치가 어디에 있었는지 난 알지도 못했는데, 그걸 기억해 내기도 전에 내 손이 저절로 스위치 쪽으로 다가갔다. 불이 깜박이며 켜지자 뜰은 다시 어둠 속으로, 눈에 보이지도 않고 알 수도 없는 상태로 녹아 사라졌다. 무방비하고 척박한 주방 상태를 보니 얼굴에 미소가 번졌다. 조리대는 텅 비어 있었다. 죽은 국화들이 꽂힌, 굵힌 자국투성이의 플라스틱 꽃병 하나와 레몬즙 짜는 기구를 제외하면 바깥쪽에 나와 있는 건 아무것도 없었다. 개가식 선반 위에 놓인 식기와 그릇 한두 개가 눈에 들어왔다. 파란색은 우유, 빨간색은 고기를 담는 그릇이지, 물론. 이 보잘것없는 장소로 다시 돌아와 보는 걸 지금까지 그렇게 두려워했었다니. 나는 크게 심호흡을 하고 나서 혹시 지금 내가 나의 유년기를 돌이켜 보며, 그동안 미처 깨닫지 못했던 심오한 계시 같은 것을 경험하고 있는 건지 파악해 보려고 했다. 별로 그런 것 같진 않았다.

식당에 가 보는 것도 전혀 도움이 되지 않았다. 식탁과 의자들, 은제 식기류를 보관하는 찬장이 있다. (촛대는 없었다, 내가 확인해 본바.) 거실 역시 거의 텅 비어 있는 듯 보였고, 소파에는 담요와 이불이 깔려 있어서 그동안 침대로 사용되었던 것처럼 보였다. 어린 시절에는 봤던 기억이 없는 조그만 서랍장이 하나 놓여 있었는데, 그 안에는 정갈하게 개켜진 아버지의 옷가지들이 가득 들어 있었다. 방 한쪽 구석에는 플라스틱 튜브와 필요한 장치들이 딸린 산소통이 하나 있었다. 계단을 오르기 힘겨울 만큼 체력이 약해진 이후에 아버지는 쭉 여기에서 잤던 게 틀림없었다. 그 외에는, 아버지가 '세속적인 책들'이라고 부르던 책꽂이가 하나 있다. 물론 그중에도 소설책은 아예 없지만 지도책들, 사전들, 그리고 자연에 대한 책들이 몇 권 있다. 나는 희미한 실망감이 차오르는 것을 느꼈다. 막상 여기까지 왔는데, 생각보다 감정이 북받쳐 오르는 그런 느낌은 전혀 없네. 그냥 따분하고 텅 빈 집일 뿐이야. 만약 집 전체가 이렇게 말끔히 정리되어 있다면, 당장 오늘 밤에라도 은촛대를 찾아낼 수 있으리라. 예의상 안식일까지는 머물러 있다가, 다음 주에 바로 뉴욕으로 돌아가야지.

나는 복도를 건너서 맞은편 문을 밀어 열었다. 그 자리에 서서 눈앞을 봤다. 이건 내가 잊었던 거네. 주방이나 식당이나 거실의 풍경은 잊어버리지 않았지만, 책들에 대해서는 잊었었다. 바닥에서 천장까지, 사방의 모든 벽을 따라 책들이 층층이 꽂혀 있다. 심지어 창문까지도 가려 버려서, 진홍색 커튼이 책장들 사이로 반절씩 매달린 모습만 간신히 보일 뿐이다. 끝없이 무수하게 늘어선 책들은 가죽 장정이 된 검은색, 암녹색, 갈색 또는 진청색이고, 책등마다 금박으로 쓰인 히브리어 제목들과 과일, 관엽, 왕관, 종들로 이루어진 다양한 문양으로 꾸며져 있다. 나는 대다수의 책 제목들이 기억 속에서 되살아나는 것을 느꼈다. 그 책들은 토라의 해설본이자 그 해설본들을 다시 해설한 책들이었고, 그리고 그 해설에 각주를 단 책들과 그 각주를 두고 벌어진 논의를 정리한 책들이었고, 그 논의에 대한 비평서들이었고, 그리고 또다시 그 비평에 대한 새로운 토의를 다룬 내용의 책이었다. 이런 식으로 계속 이어지는 셈이다.

서재의 나머지 공간은 내가 기억하는 것보다 더 어지럽혀진 모습이었다. 테이블과 바닥에는 종이들과 뒤섞인 반쯤 마시다 만 커피 잔, 펜, 미처 답장을 보내지 못한 서신, 접시와 식기 도구 같은 것들이 불안정하게 쌓여 있거나 아니면 일부가 무너져 버린 상태로 있었다. 하지만 책들만큼은 순서대로 완벽하게 정리되어 있었다. 각자 정확히 속한 장소에서, 방 전체를 둘러싸고 나무랄 데 없는 알파벳 순서로 꽂혀 있으면서 서로 이웃한 책들끼리 뭔가 만족스럽게 중얼거리고 있는 듯한 느낌이다. 아, 나는 생각했다. 이걸 보니까 내 인생의 기묘함이 대체 어디서 유래했는지 알겠군. 이 증거를 찾아낸 것이 꽤 만족스러웠다. 이 집에는 놀이방이라는 게 없었어. 어린이 방도 없고, 가족이 모이는 방도 없고, 그저 두 방사이의 칸막이를 뚫어 만든 거대한 서재만 있을 뿐. 여기 있는 책이 몇 권이나 되지? 나는 한쪽 선반에 꽂힌 책의 권수를 세고 그걸 전체 선반의 수로 곱해서 예상치를 암산해 보았다. 5922권. 얼마간의 차이는 있겠지만. 나는 내 일생 동안 읽은 책들이 통틀어 5922권이나 되는지 궁금했다. 하지만 넌 우리를 읽어야 하는 사람이 아니잖아. 조용한 책들이 중얼거렸다. 넌 결혼을 하고, 아이들을 가지도록 되어 있는 거지. 이 집에 손주들을 데려와야 하는 게 네 역할이었어. 너는 과연 그 임무를 이행했니, 불순종하고 반항하는 딸이여? 조용히 해, 나는 말했다. 그만 얘기하라고.

이게 바로 정통파 유대교 가정에서 자라난 사람의 문제점이다. 서로를 상대로 논쟁을 펼치는 토라 두루마리에 관한 옛날이야기들, 혹은 인격체처럼 취급받는 알파벳 글자들, 혹은 불평을 토로하며 설전을 벌이는 해와 달에 대한 이야기들을 들으면서 자라다 보니, 그런 모든 의인화를 결국 나도 모르게 자연스레 받아들이고 마는 것이다. 책들이 내게 말을 걸 수 있다고 믿는 부분은 여전히 내 안에 존재하며, 실제 그들이 그렇게 말을 시작하는 데에 별로 놀랄 것도 없게 된다. 그리고 당연히, 아버지 집에 있는 책들은 특히나 더욱 혹독하게 비판적이다. 나는 그 방 안에서, 책들이 서로에게 속삭이는 말을 들을 수 있었다. 손주들이 없대. 그들은 말했다. 심지어 남편조차 없잖아. 이방인인 애굽 여자들이나 하는 짓거리지. 인생에 토라를 두지 않으니, 선한 게 아무것도 없지. 그에 항변하여 나 자신을 변호할 말이 떠오르지 않았다. 우스꽝스러운 기분이 들었다.

그래서 나는 내가 취할 수 있는 유일한 노선을 택했다. 왜냐하면 나는 담배나 피우고, 바지를 입는 뉴욕 여자니까. 주방에는 라디오 한 대가 있었다. 아버지는 저녁 6시 정각마다 조심스럽게 그 라디오를 켜서 뉴스를 듣곤 했는데, 정확히 6시 30분이 되면 바로 전원을 끄고 코드를 뽑아서 다시 집어넣었다. 나는 뉴욕에 와서야 대다수 라디오 방송국이 사실상 하루 24시간 내내 방송을 한다는 것을, 그리고 심지어 가끔은 프로그램 도중에 음악을 틀기도 한다는 것을 알게 되었다. 나는 그 라디오가 정확히 어느 서랍에 들어 있는지 알았다. 그걸 꺼내서 코드를 꽂고, 전원을 누르고 팝 음악이 나오는 채널을 찾을 때까지 다이얼을 돌렸다. 내가 찾는 건 브리트니, 마돈나, 크리스티나, 카일리처럼 외설적인 내용의 가사를 거침없이 불러 대는 여성 가수였다. 나는 라디오 볼륨을 최대한 높였고, 벽을 둘러싸고 꽂힌 수천 권의 책들이 나름대로 방음 역할을 해 주겠거니 기대했다.

나는 다시 서재로 돌아갔다. 이제 책들은 아무 말 없이 고요했고, 나는 일을 시작했다.

아침 7시 30분쯤에, 나는 서재 중앙의 테이블을 몽땅 정리했고 그동안 영국 인기 차트 20위까지의 노래들을 최소한 세 번 연달아 들었다. 그 쓰레기 더미 속에서 결국 촛대는 나오지 않았지만, 최소한 어떤 형태의 질서가 임하기 시작했다. 나는 내가 하는 작업을 즐겼다. 거기서 정리되거나 아니면 버려지거나 하는 물건들 모두가, 내가 아버지에게서 되찾아 오는 작은 파편들이었다. 초인종이 울렸다.

독실해 보이는 여자 하나가 문 앞에 서 있었다. 이제 나는 더 이상 그들의 신앙을 갖고 있지 않지만, 그런 느낌이 나는 사람을 어렵지 않게 알아볼 수 있었다. 긴 금발 샤이텔을 쓰고, 오렌지 계열의 붉은 립스틱을 바르고, 마스카라는 아주 살짝만 칠한 모습이다. 정숙하면서도 멋스럽게 유행에 맞춘, 보라색과 검은색이 섞인 블라우스를 입고 검정 긴 치마를 입었다. 나는 그 여자를 훑어보면서 참, 나도 바로 저런 옷을 입었어야 하는데, 라고 생각하는 자신을 발견했다.

그들이 보통 그러듯이 그녀는 매우 빠른 속도로 말을 했고 나는 그녀가 하는 말을 거의 알아들을 수가 없었다. 뭔가 청소에 관한 내용과 하토그만이 내가 이해한 전부였다.

나는 말했다. '뭐라고요?'

그녀는 좀 더 천천히 말했다. '이렇게 일찍 오셔서 일을 시작해 주시다 니 참 좋네요. 그쪽이 치워 주셔야 하는 게 뭐고, 저희가 직접 할 게 뭔지 하토그 박사님께서 구분해서 말씀해 주시던가요?'

나는 말했다. '음, 전 청소부가 아닌데요.'

그녀는 어리둥절해하면서 말을 멈췄다.

나는 말했다. '전 라브의 딸이에요. 로닛이요.'

그녀는 나를 유심히 쳐다보았다.

'로닛? 로닛 크루슈카?'

나는 고개를 끄덕였다.

'나야! 힌다 로셀!'

나는 눈을 깜박였다. 설마? 학창 시절, 정말 힌다 로셀이라는 애가 있 었던 게 기억났다.

'힌다 로셀 스타인메츠?'

그녀는 활짝 웃으면서 반지를 낀 왼손을 내 앞에 흔들었다.

'이제 힌다 로셀 버디처야. 네가 알지 모르겠네…….' 그녀는 어떤 모 의를 작당하는 듯 짐짓 목소리를 낮춰 말했다. '너 이렇게 바지를 입고, 머리를 짧게 잘라 놓으니 내가 알아보질 못했잖아!'

그녀의 목소리는 살짝 날이 선 듯 느껴졌다. 어쩌면 비난일 수도 있고, 어쩌면 그저 순수한 경탄일 수도 있다.

'그래.' 나는 말했다. '난 이제 달라졌어.'

그녀는 그다음 말이 이어지기를 기다렸다. 그녀가 그런 짤막한 말 이 상의 것을 기대한다는 걸 나도 알았지만, 글쎄, 나한테서 듣게 되지는 않 을 거야. 잠시 후, 그녀는 다시 환한 미소를 지었다.

'어쨌든, 이렇게 널 봐서 *너무너무 반갑다.*'

그녀는 나를 포옹했다. 담백한 포옹이었지만, 그녀 손바닥이 내 등 중앙을 꼭 누르면서 따스함이 느껴지긴 했다. 그녀는 한 걸음 물러나더니 한쪽으로 고개를 기울였다.

'고인을 이렇게 보내 드리게 되어 정말 유감이야. 유가족께서는 부디 장수를 누리시기를.'*

나는 그 말에 어떻게 대답하면 좋을지 제대로 알았던 적이 없었다. 오래전 어머니가 죽었을 때도 그 말을 들었던 것을 기억하지만, 그 당시에도 어떻게 대답해야 할지 전혀 몰랐다.

'정리를 하고 있었어.' 나는 짐짓 눈을 굴려 보였다. '이 집 전체에 *버릴 것들*이 어쩌나 많은지 도무지 말로 표현할 수가 없네. 서재만 치우는 데도 2~3일은 걸릴 거야. 그래도……' 나는 허리께에 손을 얹었다. '오늘 저녁 내내 계속 쉬지 않고 일한다면 그럭저럭 많이 정리될 것 같아.'

힌다 로셀이 입술을 모으고 비죽거리자 거기 발린 립스틱이 경련하듯 떨렸다.

'저녁엔 안 되지.' 그녀가 말했다. '안식일이라서. 오늘 밤이 안식일이잖아. 아니면 혹시……, 너는 이제……, 안 지키나?'

나는 그래, 난 이제 그런 거 안 지킨다고 말할 수도 있었으리라. 안식일이라니, 무슨 말도 안 되는, 신이 널 괴롭히도록 내맡기는 그 얼마나 이상한 관습인지. 일주일에 한 번씩 네가 할 수 있는 행동들을 가장 졸렬한 가능성의 영역 안에 머물도록 제한한다는 게 얼마나 괴상한지 지적할 수도 있었을 것이다.

---

* I wish you a long life: 유가족에게 하는 의례적인 인사말.

그 대신 나는 손을 내 이마에 갖다 대고 조금 부끄럽다는 듯이 웃었다.

나는 말했다. '참, 금요일이구나. 미안해, 시차 적응이 덜 돼서. 오늘이 무슨 요일인지도 잊었지 뭐야. 오늘 밤이 안식일이었네, 그러고 보니.'

내가 왜 그랬는지 나도 모르겠다.

5

복되도다, 하솀, 우리 하나님이시며 온 우주의 왕이신 분,
은밀한 일들에 지혜로우시다.

─수많은 유대인이 한자리에 회동할 때 하는 축성

비밀이란 모두 옳지 못한 것이라고 믿는 사람들이 있습니다. 그
들은 이렇게 선언하죠. 진실이라는 것이 흠 없이 정결하다면 그것을
만천하에 드러내지 못할 이유가 무엇인가? 그들 말에 따르면 비밀은
그 존재만으로 악의와 부정을 함축한다는 것입니다. 모든 것들은 개
방되고 노출되어야 한다는 식이지요.

하지만 만약 그렇다면, 왜 하나님께서는 진실의 하나님이실 뿐만
아니라, 비밀의 하나님이시기도 한 것입니까? 왜 그분에 대해 쓰인
말씀에서는 그분이 친히 당신의 얼굴을 감추셔야 했다고 하는 것일
까요? 이 세계는 가면이고, 그 가면이 가리는 것은 얼굴인데, 그 얼
굴이란 곧 비밀이며 전지전능하신 분의 용안을 의미하는 것입니다.
다가올 심판의 날이 되어서야 우리는 그분의 얼굴을 알게 되며, 바
로 그때 그분께서 우리한테 자신을 드러내 보여 주실 것입니다. 만
일 주님께서 그분의 진실 중 극히 일부분만을 우리에게 스치듯 보여
주시기 위해, 지금 쓰고 계신 베일의 아주 작은 한 귀퉁이만을 들어
올리셔도, 우리는 그 불가해한 진실이 주는 또렷한 밝기와 색채 그

리고 고통으로 눈이 멀어 버리고 말 것입니다.

이것으로 우리는, 모든 것들이 그저 무방비 상태로 알려지고 드러내져야 한다는 믿음이 얼마나 안이한 생각인지 배우게 됩니다. 우리 자신의 삶에서도 이러한 경우들을 찾아볼 수 있지요. '나는 오직 진실만을 이야기한다.'라고 선언하는 이들로부터 상처를 입는 경우가 얼마나 많습니까? 진실한 생각이라고 해서 모든 것이 입 밖에 내어져야 하는 것은 아닙니다. 자신이 느끼는 감정, 경험, 그리고 심지어 본인 신체에 있는 신성한 장소들에 대해 거리낌 없이 이야기하며, 스스로의 품위를 깎아내리는 경우를 우리가 얼마나 자주 봅니까? 이런 종류의 것들은 누구나 빤히 쳐다볼 수 있도록 드러낼 만한 것들이 아닌데도 말입니다. 존재하는 모든 것들이 다 우리 눈에 보여야만 하는 것은 아닙니다.

어떤 힘이 강렬할수록, 어떤 장소가 거룩할수록, 어떤 지혜가 함축하고 있는 것이 진실할수록, 이들은 내밀하고, 깊은 곳에 침잠하여 오직 그것들을 획득하기 위해 노력한 사람들만 거기에 가까이 다가갈 수 있습니다. 그러므로 카발라* 경전들에는 미처 바로잡지 않은 오류와 실수까지도 포함되어 있어서, 충분히 단련된 지식을 가진 이들만이 그 가려진 수수께끼들을 관통해 볼 수 있는 것입니다. 또한 그러므로 여자는 자신이 미크바에 드나드는 일정을 가장 친한 친구에게조차 알리지 않으며, 그녀 안의 내밀한 조수(潮水)와 시기는 오로지 본인만의 사적인 비밀로 남겨 두는 것입니다. 또한 그러므로 신성한 토라 두루마리는 두터운 벨벳으로 가려지는 것입니다.

---

* Kabbalah: 유대교의 신비주의적 교파.

우리는 고요한 장소들에 빛을 들이기 위해 갑자기 문을 확 열어젖히며 서둘러서는 안 됩니다. 은밀하고 장엄한 신비를 본 자들은 그 진실의 아름다움뿐 아니라, 그것이 야기하는 고통까지도 말해 줍니다. 그리고 어떤 것들은 그저 보이지 않은 상태로 남겨지는 편이 더 나으며, 어떤 말들은 말해지지 않은 상태로 남겨지는 것이 더 낫습니다.

* * *

'당연히, 이제 슬슬 생각을 해 볼 차례로군.' 하토그가 말했다. '추도 연설* 말이야.' 그는 설교단을 둘러싼 목재 난간 위에 한쪽 팔을 기대고, 가쁜 숨을 쉬면서 텅 빈 회당 안을 둘러보았다. 가지런하게 열을 맞춰서 놓은 의자들과 단정한 서가들은 조금 후에 열릴 금요일 저녁 예배를 앞두고 준비를 마친 상태였다.

도비드는 심장이 두세 번 뛰는 동안 잠시 눈을 감았다가 두통을 느끼면서 다시 눈을 떴다. 그는 종종 이런 두통을 경험했다. 심각한 체력 손실을 야기하지는 않았지만, 그럼에도 어떤 약도 듣지 않는 통증이었다. 그리고 이런 두통이 올 때면 도저히 떨쳐 낼 수 없을 만큼 강렬한 색채감이 그에게 인지되었다. 이번 두통은 격렬한 불꽃 같은 푸른색이었다. 얼음처럼 차가운 촉수들이 서로 단단히 결합된 본체로부터 스멀스멀 기어 나와, 그의 얼굴을 가로질러 왼쪽 관자놀이로 이동했다. 그들은 끔찍하리만치 섬세하고 부드러운 동작으로

---

* hesped: 유대인 장례식에서 하는 추도 연설.

그의 뺨을 어루만지고, 촉수 하나가 사랑스럽기 그지없다는 듯 다정하게 그의 귓속을 탐색하며 파고들었다. 첫 통증은 날카로웠지만 내부로 깊이 들어갈수록 점점 무뎌졌다. 그는 아무렇지 않은 척 평온을 유지했다. 불편함을 드러낸다면 오직 그들을 고무하는 결과밖에 가져오지 않을 터였다.

눈을 뜨면서 그는 하토그가 자신의 반응을 기다리고 있다는 사실을 깨달았다. 그가 얘기하고 있었던 게……. 추도 연설이던가? 여린 푸른색의 얇은 막이 도비드의 왼쪽 눈을 빠르게 스쳐 가며, 쩡하게 또렷한 고음으로 울렸다. 그는 간신히 입을 열어 말을 꺼냈다. 그 푸른 얇은 막이 고무처럼 탄력 있게 당겨지는 것이 느껴졌다.

'추도 연설이요? 네, 당연히 해야죠. 제가 미처 생각을 못 했네요…….'

하토그가 옳았다. 장례식은 긴밀하고 조촐한 행사였고, 그만큼 적절하게 치러지기도 했다. 영혼이 육신을 떠남에 따라 뼈와 피는 다시 땅으로 돌아가는 것이므로. 하지만 라브 같은 지도자의 경우엔, 삼십 일 동안의 애도 기간이 끝나는 날, 추도 연설이 있어야 마땅할 것이다. 동료들이나 신도들 중에 그분을 잘 알던 사람들이 모여서, 고인을 추모하고 그가 남겨 준 기억들에 찬사를 돌리는 기회가 있어야 한다.

'제가 초대장을 만들어 돌릴까요?' 도비드가 물었다. 그는 난간 뒤쪽으로 보이는 의자들에 시선을 두었다. 그는 자리에 좀 앉아서 대화를 나누는 게 좋겠다고 말하고 싶었지만, 고인이 되신 라브에 대한 이야기를 하는 도중에 자기가 그런 제안을 한다는 게 하토그의 관점에서는 불경하게 비춰질지도 모른다고 생각했다. 얼음장 같은 손가락들은 이제 그를 더 강하게 짓눌러 왔다. 그의 왼쪽 안구는 이미 꽁꽁 얼어 버린 것 같았다. 눈을 깜박일 때마다 그의 얼굴 전체로 경련이 전해졌다. 하토그가 무슨 말을 하는지 집중해서 듣기가 어려웠다.

'나에게 맡겨 두게, 도비드. 나한테 맡겨 두라고.' 하토그가 미소를 지었다. '그런 자잘한 준비 과정에 자네가 마음 쓸 필요는 없어. 자네가 할 일이 딱 하나 있긴 하지.'

하토그는 잠시 말을 멈췄다. 파란 촉수의 끝이 도비드의 왼쪽 동공을 넘어 그의 얼어붙은 눈을 톡톡 칠 때마다 희미하게 망막이 긁혀 나가는 소리가 난다. 끼익, 끼익, 끼익. 조용하지만 현기증을 일으키는 소리였다. 하토그는 이를 전혀 눈치채지 못한 듯 보였다.

'그러니까, 도비드.' 그는 말을 이었다. '자네가 연설을 해야지.' 도비드가 묵묵부답이었기에, 하토그는 다시 말했다. '추도식에서 말이야, 도비드. 자네가 그 연설을 하는 거야.'

하토그는 고개를 한쪽에서 다른 쪽으로 돌리면서 스트레칭을 하느라 몸을 쭉 뻗었다. 성한 한쪽 눈으로 이를 보던 도비드는 자신의 안색이 점점 황토빛으로 질리는 모습을 본 것 같았다.

'저는 잘……,' 도비드는 말했다. '제가 해서는 안 될 텐데요. 제가 충분히 연장자인 입장도 아니니까 말입니다. 초대를 받고 오신 내빈들께서 연설을 하는 게 낫지 않을까요?'

'그 말도 틀리진 않지. 하지만 그럼에도, 자네 본인도 스스로 잘 알고 있잖은가. 연설은 자네가 해야만 해.'

도비드는 설교단 난간을 꼭 그러쥐었다. 차가운 탐침이 그의 눈 속으로 더욱 집요하게 진동하며 파고들었다. 점점 더 강도를 더해

가며. 이다음 순간에라도 언제든지 내부로 침투하고 말 것만 같다. 눈의 표면은 살얼음이 끼어 곧 깨어질 것처럼 위태로웠다. 그는 빠르게 말했다.

'아니요. 제 생각은 그렇지 않습니다. 다른 분들이 많이 계시고……'

'자네처럼 그분을 잘 알았던 사람은 아무도 없어, 도비드.' 하토그가 미소 지었다.

도비드는 어지러움을 느꼈다. 그는 깊은 숨을 두 번 천천히 들이쉬었다 내쉬고 그의 발아래 깔린 진한 붉은색의 카펫에 시선을 고정한 채 빤히 그것을 응시했다. 이 동작을 취한 덕에 그의 눈 안에서 점점 거세지는 압박감을 다소 덜어 낼 수 있었고, 그는 고통이 약간 경감하는 것을 느꼈다. 그래서 그는 계속 아래쪽을 바라보면서 말했다. '저는 라브가 아닙니다. 회중 사람들이 어떻게 생각할지……'

하토그가 그의 말을 끊으며 말했다. '사람들은 지속되는 걸 원해.' 하토그는 입을 오므리고 도비드 쪽으로 반걸음 정도 다가섰다. '이처럼 간단한 요청이 왜 자네에게 그렇게 어려운 문제를 안겨 주는 것처럼 보이는지 나는 도무지 이해할 수가 없네. 라브께서는, 삼가 고인의 명복을 비네만, 이제 우리와 함께 계시지 않아. 회중한테는 이 사실이 충격적으로 다가올지도 모르겠으나 자네와 나는 벌써 몇 개월간 예정된 일이었다는 걸 알았잖아. 이러한 임무들이 이제 자네의 몫으로 요구될 것을, 설마 자네가 진정으로 예상치 못했다고 말할 수는 없겠지? 자네 어깨 위에 짐 지워진 책무들을 받아들여야 하는 시기가 온 거야. 라브 없이 회중을 이끌 수는 없네.'

도비드는 위를 올려다보느라 목을 홱 꺾었다. 꽁꽁 어는 고통이 다시 그의 눈으로, 관자놀이로, 그의 뺨으로, 목으로 번졌다. 그는 뭔가 우지끈 깨지는 소리를 들었고 촉수가 그의 안으로 관통해 들어왔다. 그는 눈알이 산산이 부서지는 것을 느꼈다. 십자 형태의 하얀 선들이 그의 시야에 아무렇게나 그어졌다. 짙은 코발트 색상의 푸른 덩굴손이 그의 얼굴을 투과하며 찔러 대고, 부드럽게 한쪽에서 다른 쪽으로 물결치며, 그렇게 쓸고 지나갈 때마다 그의 근육과 신경 조직들을 매번 더 잘고 미세하게 썰어 냈다.

하토그가 하는 말은 점점 더 느리게 들려왔고, 그가 단어들을 뱉어 낼 때마다 그의 모습은 기묘하게 뒤틀리며 미처 구체적인 형태를 취하지 못한 상태에 머물렀다. 아, 도비드는 생각했다. 그 현상들 중 하나로군. 그가 지켜보는 동안, 번쩍이는 노랑 물감 같은 덩어리가 하토그의 얼굴을 비틀면서 바깥쪽으로 잡아당겼다. 색채는 더욱 강렬하고 밝아지며, 그의 얼굴과 함께 온통 뒤섞여 버렸고 독처럼 치명적인 노랑 물질이 일렁이는 성난 파도 사이에 남아 있는 것이라곤 까맣게 빛나는 그의 눈동자뿐이었다. 도비드는 그 노란색이 자신의 귓가에다 대고 현을 튕기는 듯한 소리를 들었다. 그것은 마치 서서히 불길하게 퍼지는 전기 기타의 저음 같았다.

도비드는 전에도 그런 순간들을 경험해 본 적이 있었다. 그건 그가 바르미츠바* 의식을 치른 열세 살이던 해에 시작되었다. 평소에

---

* barmitzvah: 유대교에서 남자아이들이 열세 살이 되면 치르는 성년식. 여자아이들의 경우 정통파 교리에서는 열두 살, 개혁파 교리에서는 열세 살이 되면 '바르미츠바'라고 부르는 성년식을 치른다. 성년식 전까지 아이들이 하는 모든 행동은 부모의 책임으로 귀속되나 성년식을 통해 '미츠바'가 된 이후부터는 부모와 구별되는 한 개인의 자격을 가지고 모든 유대교 의식에 참여하게 된다.

언제나 그의 머리 표면 아래 감돌고 있다고 느껴 오던 두통이 하나
하나 두개골을 가로지르며 외부로 움터 나오기 시작했고, 이어서 현
기증이 날 만큼 밝은 채도의 색깔들이 한꺼번에 울려 퍼지는 감각을
그에게 안겨 주었던 것이다.

라브는 맨체스터에서 열린 도비드의 바르미츠바에 참석했었다.
그를 따로 불러 한 시간 정도 이야기를 하면서, 그가 하는 공부에 대
해 묻고 그의 이해력을 시험해 보기도 했다. 그리고 여름이 되어 학
기가 다 끝나자 라브는 도비드의 부모에게 혹시 그 아이가 런던의
자기 집에 놀러 와 시간을 보내면서 자신의 가르침을 받으면 어떻겠
느냐고 제안했다. 도비드는 그 말이 무슨 의미인지 이해했다. 라브에
겐 도비드 말고도 일곱 명의 남자 조카들이 있었고, 그는 그들의 바
르미츠바마다 빠짐없이 참석했지만, 여름 방학 동안 런던에 와 있지
않겠느냐고 직접 초대한 조카는 도비드를 제외하면 아무도 없었다.
라브는 아들이 없었고 외동딸 하나뿐이었다. 그는 토라의 권위자였
다. 그의 가르침을 전수할 수 있는 후계자를 양성해야 하는 것은 매
우 중요한 문제였다.

도비드는 그가 선택되어 훈련받게 되었다는 사실을 이해했다. 이
렇게 선택받은 입장이 특별한 영예라는 것과 재능의 모든 척도가
주어진 일을 얼마나 능숙한 구변으로 처리하는지에 달려 있다는 점
도 알았다. 그는 열심히 공부했다. 아침마다, 도비드는 라브의 서재
에 있는 길쭉하고 어두운 색의 목재 책상에 앉아서 네댓 시간 동안
라브와 함께 게마라*를 학습했다. 라브가 낮고 조용한 목소리로 그

---

* Gemarah: 탈무드의 2부에 해당하는 유대교 랍비의 신학서.

가 이해하기 어려운 단어들이나 문장 구조를 설명해 주는 동안, 서재에 가득한 향나무와 낡은 책 냄새가 도비드의 콧속을 간지럽혔다. 오후 시간에 그는 자신의 방 안에서 그다음 날 배우게 될 분량을 예습했다. 도비드는 크고 무거운 자두 통조림을 하나 주방에서 찾아내어, 그 두꺼운 책을 고정해서 받치는 지지대로 사용했다. 그는 통조림을 그렇게 쓴다는 데에 걱정이 들기도 했다. 그런 세속적이고 하찮은 물건이 위대한 게마라에 직접 닿는다는 게 혹시 너무 신성 모독적인 일은 아닐지? 하지만 아무런 지지대 없이 책을 그냥 혼자 세워 두었다가 땅바닥에 떨어지게 하는 것보다는 그게 더 나은 게 아닐까? 그는 라브가 예고 없이 자기 방에 들어왔다가 그 자두 통조림 독서대를 발견하게 될까 봐 계속 신경을 썼고, 급기야 두려움마저 갖고 있었다. 그래서 그는 문 앞에 다가서는 발소리에 귀를 기울이곤 했다. 대개 그 발소리의 주인공은 라브가 아니라 로닛이었다.

그녀는 당시 여덟 살이었고, 라브 집의 적막과는 어울리지 않게 과도한 활기와 생동감으로 넘치는 아이였다. 그 집은 명상과 사색을 위한 곳이었으며, 그래, 또한 토라의 구절 해석을 두고 성난 토의가 일어나는 곳이기도 했다. 로닛은 서로 언성을 높이거나 격렬한 논쟁을 벌이는 것은 오직 토라에 관해서만 예외적이며, 다른 경우의 대화에서는 부적절한 태도라는 점을 잘 이해하지 못하는 것 같았다. 그녀는 언제나 마음속에 떠오르는 모든 생각들을 큰 소리로 외쳐 말하는 것처럼 보였다. '나 배고파!' 혹은 '나 피곤해!' 혹은 '나 심심해!' 마지막에 한 말이 셋 중에서 가장 흔한 경우였다. 그녀는 혼자서도 알아서 잘 노는 방법을 모르는 듯 보였고, 도비드가 자

신의 놀이에 함께 참여해 준다는 것을 깨닫자, 이제 자신은 그 없이
는 절대로 놀 수 없다고 주장했다. 그녀는 각자 다양한 역할을 맡아
흉내 내며 노는 놀이와 그에 따른 상세한 줄거리를 지어냈고, 그 이
야기 속에서 자신은 언제나 남자 주인공이었고 도비드는 악당이거
나 혹은 조수 역할을 맡았다. 그녀는 도비드를 이삭으로 정하고 스
스로는 아브라함으로 분해서, 신나게 제단을 쌓아 올리고 주님의
천사가 나타나 그녀의 손을 막기 직전까지, 희생의 단검을 찔러 넣
을 뻔한 극적인 순간을 재연했다.* 혹은 도비드는 아론이 되어 로닛
의 뒤를 졸졸 따라다니면서 모세 역할의 그녀가 지팡이로 바위를
치는 것을, 그러고 나서도 바위에서 물이 나오지 않아 인상을 찌푸
리는 모습을 보기도 했다.** 혹은 그는 골리앗이 되어, 어린 목자 소
년 다윗이 손수건에 싼 조약돌을 들고 자신의 주위를 빙빙 도는 동
안 거친 포효를 터뜨리기도 했다.*** 그러고 나서 어느 정도 시간이
흐른 뒤에, 그녀에게 골리앗도 매력적인 역할로 느껴졌던 모양이
다. 그래서 그녀는 양쪽 역할을 다 했는데, 처음에는 골리앗이 되어
자신의 엄청난 힘으로 이스라엘인들을 조롱하고, 이어서 그들의 담
대한 승리자가 되어 등장하는 식이었다. 오후 내내 자기 방에서 공
부를 하면서 도비드는 그녀가 혼자 외쳐 대는 소리를 들었다. '너희

---

* 창세기 22장에서 하나님이 아브라함을 시험하기 위해 외아들 이삭을 번제로 바
치라고 명령한 일. 아브라함이 이에 순종하여 제단을 쌓고 이삭을 묶어 칼로 찌르
려 했으나 천사가 나타나 이를 막았다.
** 출애굽기 17장에서 이스라엘 백성들이 마실 물이 없다고 원망하자, 모세가 광
야의 바위를 쳐서 물이 나오게 한 기적. 아론은 모세의 형이며 그를 보좌하는 선지
자다.
*** 사무엘상 17장에 나오는 목동 다윗과 블레셋 장수 골리앗의 대결.

들은 절대 나를 무찌를 수 없다, 나는 거인이니까!' 그리고 다시 스스로 대답하는 목소리. '아니다, 골리앗. 내가 널 쳐서 무너뜨리고 네 머리를 자를 것이다!'

도비드가 처음으로 그 이상한 경험에 전신이 침투되는 느낌을 받았던 것은 바로 이런 놀이를 하던 도중이었다. 아침부터 그는 윙윙대는 두통이 머리 안쪽을 맴돌며 어디엔가 자리 잡으려고 하는 것을 감지했다. 그는 커튼으로 빛을 차단하고 조용한 시간을 가지며 그 고통을 떨쳐 버리려 했었다. 침대에 꼼짝하지 않고 누워서, 여러 잔의 물을 천천히 마시면서. 하지만 로닛이 햇빛이 찬란하게 비치는 오후의 뜰로 그를 이끌어 냈다. 그녀는 기드온*이 될 것이고, 도비드는 최후의 전투를 앞두고 그를 버린 불충한 군인들 중 하나였다. 그가 일어서서 그녀의 명령을 기다리는데, 머릿속 통증이 점점 어깨로 내려오더니 잉크가 흡묵지에 스며들듯이 그의 목에 흠뻑 배어들고, 얼굴뼈들과 두개골 안쪽까지 침투하는 것을 느낄 수 있었다. 그의 머리는 점점 따뜻해지고, 밝아지고, 그날 해가 내리쬐던 모든 열기를 응축한 채, 하얗고 뜨겁게 타오르는 엄지 지문처럼 환하게 빛나는 한 줄기 광선이 되어 그의 왼쪽 눈 위에 내리꽂혔다. 부드럽고 묵직한 그의 두개골이 잘게 해체되기 시작했다. 그는 자기 주변을 둘러보았는데 거기 있던 잔디와 사과나무들과 수국들을 인지하는 감각이 고통스러울 정도로 생생하고 강렬하게 느껴졌으며, 극단적으로 과포화 상태에 이른 색채들은 그를 어지럽고 울렁거리게 했다. 그는 로닛을 보았고, 그녀는 갑자기 금속의 비린 맛이 느껴지는, 반짝이는

---

* 사사기 6~8장에 언급되는 이스라엘의 사사.

보라색 불꽃들에 휩싸여 있었다. 눈부신 하늘 속으로 쏟아진 잉걸불처럼, 그녀는 공중을 훨훨 날고 있었다. 그는 숨이 턱 막히면서 그 자리에 쓰러졌다.

사람들은 그를 염려했다. 로닛은 달려가 도움을 요청했다. 가정부가 그를 부축해서 침대에 눕혔다. 베개의 시원한 느낌은 차가운 아이스크림이 주는 평온함처럼 그를 휩쌌다. 그는 그것을 핥거나 끌어안고 싶었지만, 움직일 수가 없었다.

그다음 날 아침 그가 깨어났을 때, 도비드는 라브가 자신의 머리맡에 앉아 있는 것을 발견했다. 그는 비좁은 침실 안에 놓인 등받이가 없는 작은 의자에 불편한 자세로 걸터앉아 있었고, 그가 벗어 둔 검정 코트가 그의 발아래 아무렇게나 놓여 있었다. 지금 돌이켜 보면, 도비드는 라브가 자신의 건강을 걱정했으리라는 걸 이해할 수 있었다. 그가 그토록 오랜 시간을 앉아서 자신이 깨어나길 기다렸다는 사실은, 당시에는 미처 지각하지 못했던 생각과 다른 관점을 보여 줬다. 아직 아이였기에, 당시 도비드는 삼촌이 자신의 곁을 지켰다는 것이, 자기 체력이 약하다는 걸 보여 주는 일 같아서 단지 부끄럽기만 했을 뿐이었다. 그날 아침에도 그의 마음은 갈피를 잡지 못하고 오락가락했다. 자두 통조림은 한쪽 면으로 치워져 있었고, 게마라 책은 덮여 있었다. 도비드는 누가 그렇게 해 놓았는지 궁금했지만, 생각을 다잡을 수가 없었다. 그의 주의력은 사소한 세부 사항들에도 산만하게 풀어지고 마는 것 같았다. 도비드는 라브가 책을 잡을 때 그의 손과 손목에 도드라진 정맥이 놀라울 정도로 짙푸른색으로 보이는 것과 창문 한구석에 구름처럼 자욱이 피어나는 작은 반원형의 거미줄과 라브의 바지 왼쪽 무릎에 난 하얀 얼룩 같은 것들에 주목했다. 그날 아침은 딱 한 시간밖에 학습을 하지 않았다. 라브는 평소보다 더 천천히 진행했고, 도비드가 제대로 이해했는지 부드럽게 물으며, 그가 답을 할 때까지 기다렸다.

한 시간이 끝나갈 무렵, 라브는 책을 덮었다. 도비드는 그가 방을 떠나리라고 생각했지만, 그는 그러지 않았다. 그는 정적 속에 몇 분간 그저 앉아 있을 뿐이었다. 그러다 그는 안경을 벗고 엄지와 검지로 콧잔등을 꾹 눌렀다. 마침내 그가 말했다. '어제 일어난 일이 어떤 것이었는지 말해 주렴. 가능한 한 정확하게, 상세한 내용까지 모두 말해 준다면 좋겠구나.'

도비드는 설명하려고 노력했다. 두통, 열기 그리고 보라색. 라브는 앞쪽으로 몸을 기대고, 그의 손가락을 자꾸 바라보면서, 그가 로닛 주변에서 어떤 광경이 일어났는지 본 것을 천천히 되풀이해 주기를 부탁했다. 그는 생각할 시간을 충분히 가지면서 자세히 말했다. 그 색깔이 로닛에게서 솟아나는 것처럼 보였는가, 아니면 그저 그녀 주변에 만연하게 뒤덮여 있었는가? 그가 어떤 소리를 듣지 않았던가, 어쩌면 목소리 같은 것을? 그 맛은 어떤 느낌이었나? 얼마나 생생했고? 그가 그것을 머릿속으로 상상하거나 아니면 백일몽을 꾼 것이 아니라는 게 확실한가?

도비드는 마음속에서 다시 그 장면을 생생히 보듯 떠올렸다. 보라색의 덩어리와 날카로운 금속성의 톡 쏘는 맛.

'아니요, 전 그걸 제 눈으로 봤어요. 꿈을 꾼 건 아니에요.' 그는 잠시 멈췄다가 말했다. '전 무서웠어요.' 그는 자신이 무엇인가 잘못한 것은 아닌지 의아했다. 그는 물 한 잔을 달라고 부탁했다. 라브는 침대 머리맡에 있는 물병에서 물을 한 잔 따라 건네주고, 도비드가 그것을 꿀꺽꿀꺽 들이켜는 모습을 지켜봤다. 도비드는 그의 턱으로 물 방울이 조금 흐르는 것을 느꼈다. 그는 라브 앞에서 이렇게 칠칠맞 은 모습을 보였다는 게 부끄러웠다. 하지만 그가 올려다봤을 때, 삼 촌이 눈을 감고 있다는 걸 알게 되었다.

결국, 긴 침묵이 흐르고 나서야 라브는 눈을 뜨고, 그의 창백한 입 술을 움직여 말을 시작했다.

'도비드.' 라브가 말했다. '이건 인간 영혼이 겪을 수 있는 매우 섬 세한 경험이야. 하지만 네가 겁을 낼 필요는 없다. 토라와 우리 현자 들도 이런 비슷한 경험에 대해서 얘기한 경우가 있거든.'

도비드는 매우 조용했다.

'우리는 시나이산에서 우리 조상들이 토라를 받았을 때, 하나님께 서 그들에게 면대면으로 직접 이야기하셨다는 걸 배웠지.'

그는 갑자기 크게 미소를 지었다. 그의 얼굴에 환한 웃음꽃이 만 발했다.

'상상이나 할 수 있겠니? 코데시 보루크 후*께서 직접 말을 걸어 주신다는 것을! 하하민**은 그 경험이 압도적이라고 우리에게 가르쳐 주었단다. 하나의 감각이 다른 감각과 뒤섞이는 경험이야. 이스라엘 의 백성들은 말들을 눈으로 보았어. 그들은 그 단어들을 맛보고, 그 단어들의 냄새를 맡았지. 그들은 색깔을 듣고 소리를 보았다. 인간의

---

* Kodesh Boruch Hu: 히브리어 원어 ה־דורב שודקה를 가리키는 말. HaKadosh Baruch Hu라고도 음차하며, "거룩한 존재, 축복을 받으소서."라는 의미로 하나님 을 지칭한다.
** chachamim: 유대교의 법률과 토라에 정통한 학자에게 주어지는 영예로운 직 함. 토라 속에 나오는 '현자', 경전 저술가를 지칭하는 말로 쓰일 수도 있다.

한계를 뛰어넘는 이 짐을 마주하고 나서, 그들은 혼절하고 말았지. 람밤*도 영혼, 즉 네샤마**를 볼 수 있는 사람들에 대해 이야기한 적이 있어. 네샤마는 하나님으로부터 오며, 그분의 빛과 그분의 영광의 일부란다. 그러므로, 만약 그게 보일 수 있는 거라면, 그것은 곧 빛이거나 색이 될 거란다. 사실 둘은 같은 거니까. 네가 본 게 아마 그것일지도 모르겠구나, 도비드.'

고요한 방의 정적 속에서 부드럽고 율동적으로 들려오는 자신의 숨소리가 도비드의 귓가에 들려왔다. 라브는 무릎에 놓인 책을 덮고 표지에 입을 맞췄다. 그의 납작하고 창백한 손가락 하나가 금박으로 부각한 표제의 글씨 외곽을 따라 짚었다. 도비드는 누렇게 굴곡진 손톱이 '베이' 두 개의 열린 집을 지나*** 한쪽이 깨어져 나간 '헤이'**** 주변을 맴돌면서, 책 표면에 적힌 한 글자에서 다른 글자로 움직여 나가는 모습을 지켜보았다.

라브는 길게 숨을 고르고 나서 조용히 말했다. '이런 경험을 누군가에게 이야기할지는 신중하게 생각해야 한다, 도비드. 아무나 들을 수 있는 놀이터에서 함부로 외칠 만한 이야기는 아니야. 내가 네 부모님께 전화해서 어떤 일이 생겼는지 설명하마.' 그는 책을 들고 자리에서 일어났다. 그러고는 고개를 끄덕거렸다. '그래, 그게 최선일 것 같구나.'

---

* Rambam: 12세기의 유대교 랍비이자 토라 연구가, 과학자였던 모세 벤 마이몬. 유럽식 표기법인 마이모니데스로도 알려져 있으며, 유대인들은 '우리의 랍비 모세 벤 마이몬'의 히브리어 약자를 따서 '람밤'이라는 호칭으로 부른다.
** neshama: '영혼', '정신'을 의미하는 히브리어 단어.
*** 히브리어 알파벳 'ב'의 앞이 트인 모양 때문에 '열린 집'으로 표현하고 있다.
**** 히브리어 알파벳 'ח'의 모양을 두고 한쪽이 깨어져 나갔다고 표현하고 있다.

침대에 계속 누운 채로, 너무 어지러워서 당장은 일어날 수 없는 상태라는 걸 느끼면서 도비드는 보다 새로운 시각으로 자기 자신에 대해 생각해 보았다. 그에게는 이런 경험이 그다지 특별한 재능이거나 축복인 것처럼 느껴지지 않았다. 그러기엔 고통이 너무나 컸던 것이다. 그는 집에 있는 형 넷을 생각하면서, 이런 종류의 일을 그들이 알지 못하게끔 얼마나 오랫동안 비밀에 부칠 수 있을지 떠올려 봤다. 그는 형들 앞에서, 혹은 학교에서, 아니면 회당에서 다른 소년들과 함께 있을 때 자기가 기절하게 될 경우를 상상했다. 그는 언제나 조용한 편이었고, 복도를 내달리거나 소란스럽게 싸움을 하는 부류의 아이는 아니었지만, 이것은 그런 일들과도 훨씬 다른 것이었다. 난생처음으로 도비드는 다른 사람들을 만나 보거나 그들과 함께 있는 상황이 두려워졌다.

하루 정도 지나 그가 밖에 나와 앉아 있을 수 있을 만큼 회복되었을 때, 로닛은 무슨 일이 일어났던 건지 말해 달라고 졸랐다. 그는 망설였지만 그녀가 워낙 집요했기에, 라브의 딸에게 사실을 말해 주더라도 별로 해로울 일은 없으리라고 생각했다. 그는 자신이 겪었던 두통, 아픔과 현기증, 감각들이 갑자기 폭발적으로 분출했던 일을 묘사했다. 혹시 로닛이 무서워하거나 속상해하지 않을까 염려되어 상세한 설명은 일부러 피했다. 그녀가 눈을 크게 뜨고 그를 쳐다보았을 때, 그는 그녀가 울음을 터뜨릴까 봐 걱정되었다. 하지만 잠시 후에, 그녀는 소리 높여 외쳤다. '오빠는 마법사네!' 그녀의 얼굴에 소리 없이 활짝 웃는 미소가 번져 나갔다. '그리고 *나*는 보라색이야!' 그녀는 햇살에 누렇게 마른 잔디밭 위를 춤추며 뛰어나갔다.

그다음 휴가에 도비드가 다시 돌아왔을 때, 그리고 그 이후 휴가에도, 로닛은 종종 다른 사람들은 무슨 색깔인지 말해 달라고 성가시게 졸랐다. 그는 몇 개월이 지나가는 동안 이미 자신의 비밀을 감쪽같이 숨기는 방법에 능통해졌고, 기절할 것 같은 조짐을 미리 느끼면 적당한 핑계를 둘러대고 자리를 피하는 데도 능숙해져 가고 있었다. 그는 온갖 종류의 구실, 해명 그리고 사실을 부인하는 말을 자세하게 꾸며 냈다. 그럼에도 로닛은 그를 자세히 살펴보면서 이따금씩 그가 이 순간 무엇인가를 보고 있다는 사실을 알아챘다. 그런 압도적인 시야가 지나가고 난 후면, 그는 곧이어 로닛이 자신의 소매에 매달리며 이렇게 묻고 있는 모습을 발견하곤 했다. '뭐가 보여, 도비드? 뭘 본 거야?'

도비드는 눈을 깜박였다. 그는 자신이 설교단 난간에 기대고 있다는 것을 깨달았다. 하토그가 당혹스러운 기색으로 그를 바라보았다. 얼음으로 된 촉수들은 사라졌다. 그의 눈은 멀쩡했다. 노란색의 윙윙거림도 멈췄다. 그의 머리가 쿵쿵 어지럽게 울리며, 혈관 속을 고동치는 피가 어둡게 들끓는 듯했지만 그 밖에는 아무런 이상한 현상도 없었다.

'괜찮나, 도비드? 안색이 창백한데.' 하토그의 어조는 나무라는 듯 날카롭게 들렸다.

이제야 기억이 난다. 그래, 하토그는 무엇인가에 대해…… 화를 내고 있었지. 그는 어떤 일이 있었던 건지 본인 기억력에 확신이 서지 않았다. 하지만 이걸 어떻게 숨겨야 하는지는 익숙하게 배워 알고 있다.

'네. 네, 아무것도 아닙니다. 그냥 두통이 좀 와서요.'

하토그의 목소리가 부드러워졌다. '물론. 이 일에 대해 오늘 끝장을 봐야 하는 건 아니지. 그저 깊이 생각을 해 보라는 뜻이네.'

도비드는 고개를 끄덕였다. 만약 그가 이렇다 할 반응을 보이지 않고 너무 오래 기다렸다면, 하토그는 다시 그를 대화로 끌어들이며 자신의 말을 알아들은 건지 다시 몇 번이고 반복할 테니까.

'우리 회중 모임 내에서 더 활동적인 역할을 맡게 되는 걸 두고 자네가 딱히 염려할 필요는 없지 않나.' 하토그가 말했다. '라브는 자네에게 거는 기대가 컸어. 자네가 우리의 중심이 되길 바란 건 그분의 뜻이야.'

아, 그래. 이제야 명확히 기억난다. 추도식. 하토그는 그가 연설하길 원하고 있었지. 자신이 '중심'이 되는 게 라브의 바람이라서. 도비드는 하토그가 어떻게 이런 관점을 품게 되었는지 의아하게 여겼다. 자신의 관점은 일단 제쳐 두고, 그는 일단 하토그의 투철한 확신에 무엇보다 강한 인상을 받았다.

'그건 그렇고, 오늘 저녁에 에스티랑 같이 우리 집에 식사하러 오지 않겠어? 이런 시기일수록 서로 뭉쳐야지, 외따로 있어서 좋을 게 없잖아. 편안한 사람들과 즐거운 시간을 보내야지.'

도비드는 그 말에 속으로 웃었다. 편안한 사람들이라니.

'그건 저희 사정상 불가능할 것 같습니다.' 그는 재빠르게 말했다. '집에 손님이 와 있어서요.'

'아, 그럼 손님도 같이 모셔 오면 되지!' 하토그가 미소 지었다. '우리 아내가 원체 손이 크지 않은가. 음식 한번 할 때마다 넘쳐 난다니까. 자네도 어떤지 알겠지만.'

도비드는 천천히 말했다. '그게 적절한 일일 것 같지가 않아서요, 하토그 박사님. 그게, 그 손님은…… 라브의 가까운 친척으로…….'

하토그의 눈이 밝게 빛났다. 그는 더욱 큰 웃음을 띠우면서 두 손을 함께 모아 손뼉을 쳤다.

'그런 경우라면, 무슨 일이 있어도 그분을 더 모셔 와야지!* 우리에게도 영광인데.'

도비드는 다시 말을 하려고 숨을 들이마셨지만, 그의 마음 뒤편에서부터 연기 자욱한 노란색의 생각이 스믈스믈 피어올랐다. 그는 말했다. '알겠습니다. 그럼 감사히 찾아뵙겠습니다.'

집으로 걸어 돌아오는 길에, 도비드의 두개골에 아직도 틀어박혀 전보를 치듯 정기적인 신호를 보내오던 날카로운 통증은 점차 그 강도를 잃었고 그저 단순한 형태의 피로감 정도로 경감되었다. 그는 집에서 요리를 하고 있을 에스티를 떠올렸다. 안식일이 점점 다가옴에 따라 그녀 머릿속에서 바삐 돌아가고 있을 시계 초침 소리가 더욱 커지고 있을 터였다. 그는 또 로닛과 그녀의 여행 가방 속에 들어 있는 온갖 괴상한 물건들에 대해 생각했다. 달리기용 운동화, 고무줄이 달린 바지들, 휴대 전화기와 전자 다이어리. 그는 그들 모두가 같은 자리에 있다는 게 얼마나 터무니없는 일처럼 느껴지는지 생각했다. 그리고 또 다른 한편으로는, 전혀 터무니없는 일이 아니라는 것도.

그는 그들이 함께 어떤 일을 하자고 이야기하며 계획을 세우곤 했던 것을 기억했다. 예전 그 시절, 그들 셋은 항상 무엇인가 계획을 짰

---

* 라브의 친척이라는 도비드의 말을 him이라는 남성 명사로 받고 있다.

다. 로닛은 종종 그들을 하나로 뭉치게 하는 선언을 하곤 했었다. '우리 다 같이 가거나 아니면 다 같이 남는 거야.' 그녀는 이렇게 말했다.

그녀는 그 선언을 따라 하게끔 종용하기도 했다. 그 말 안에는 어떤 맹렬함이 있었다. 어떤 종류의 확고함이. '우린 다 같이 가거나 아니면 다 같이 남는 거야.'

그리고 마침내, 그녀는 떠났고 그들을 배신자라고 힐난했다.

아버지 집에 틀어박혀 하등 쓸모없는 소지품들을 종류별로 솎아 내고 다시 솎아 내면서, 로닛은 그날 아침에 꿨던 꿈은 이미 잊었다. (그러나 꿈은 60분의 1 정도 되는 예언이라고들 한다.) 그녀는 아직 이해하지 못했지만 도비드는 그녀가 이해하게 될 것임을 미리 보았다.

저녁이 되고 아침이 되니 여섯째 날이었다.* 해가 지고 나자, 안식일이 시작되었다. 완전히 잊어버리고 깜박 지나칠 뻔했다. 도비드가 날 찾으러 아버지의 집에 들렀다. 나는 방 전체를 가로지르며 천천히 쌓여 가는 검정 쓰레기봉투들과 다른 한편에 가지런히 정리된 물건 무더기들 사이에서 정신없이 들뜬 상태였다. 힌다 로셀이 상기시켜 줬는데도 시간이 흘러가는 사이 일몰의 의미를 완전히 잊고 말았던 것이다.

문간에 나타난 도비드가 그의 손목시계를 톡톡 두들기고, 웃으면서 지평선 아래 낮게 가라앉은 해를 가리켰다.

'시간 됐어.' 그는 말했고, 그가 무슨 의미로 한 말인지 알았지만 일말의 거부감도 들지 않았다. 왠지 모르겠지만 그는 달라 보였다. 나는 우리가 어린 시절에 같이 놀던 때, 사람들은 각자 다른 색깔을 가지고 있다고

---

* 창세기 1:31.

그가 장난삼아 꾸며 냈던 이야기를 떠올렸다. 그럼 나는 무슨 색깔이냐고 그에게 물어보고 싶은 충동을 느꼈다.

도비드의 집까지 함께 걸어가면서, 그는 내게 자신이 무슨 짓을 했는지 말해 주었고 나는 그것조차 별로 거슬리지 않았다. 사실, 거의 놀라지도 않았다. 어차피 한 번은 치르고 말아야 할 일 같았기 때문이다. 언젠가 한 번은 열어야 할 녹슨 자물쇠나 왁스로 밀봉한 궤짝 같은 느낌으로. 돌아왔네, 돌아왔어, 즐거운 고향 집에. 아무것도 모르는 하토그 부부는 그야말로 깜짝 놀랄 테지. 나는 그 선풍적인 느낌을 다시 한 번 즐겁게 만끽했다. 여기서 나는 바로 이런 사람이 되는 것이다. 예상치 못한 화려한 손님, 주변 사람들을 놀래고 당황하게 하는 그런 존재.

안식일맞이를 위해 옷을 갈아입으며 나는 하토그 부부에 대한 기억을 곰곰이 떠올렸다. 내가 꽤 어렸을 때조차, 나는 그들을 좋아했던 적이 없었다. 남편에게선 항상 이상한 냄새가 났고, 그 아내가 입고 다니던 진짜 모피로 된 코트 때문에 재채기가 나곤 했다. 머리가 크고 그들이 이 지역 사회 내에서 어떤 영향력을 가지는지 지켜보면서, 그 반감은 어엿한 혐오로 무르익어 갔다. 그들은 돈이 많았다. 물론 그게 범죄인 건 아니지. 하지만 런던 북서부 지역 정통파 유대교도들의 사회라는 인간성의 온상에서, 돈이란 곧 권력을 의미하는 것일 수 있었다. 그들은 그 돈으로 지역 내 학교의 교과 과정을 마음대로 지정하거나 회중의 랍비를 선택하거나 식료품 가게들 중 특별히 한 군데를 밀어줘서 그만큼 인하되는 가격을 맞추지 못한 다른 가게를 결국 파산하게 할 수 있었다. 또한 번쩍거리는 고급 용지로 인쇄한 안내 책자에 그런 사실이 쓰여 있지 않더라도, 결국 여자들에게는 게마라 공부를 허가하지 않는 교육 프로그램에만 돈을 대 줄 수도 있었다. 게다가 뉴욕 거리에 서서 전단을 나누어 주며 길거리 전도를 하던 그 남자 같은 사람들을 위한 기금을 마련해 줄 수도 있었다. 하토그는 이런 일들 모두, 그리고 그 이상의 많은 것들도 했다.

하토그의 아내인 프루마의 경우에는, 나는 그녀를 특히나 더 싫어했는데, 구조적인 문제라기보다는 개인적인 이유에서였다. 나에겐 매주 일요일마다 그들 집에서 시간을 보내야 했던 시기가 잠깐 있었다. 아버지는 베스 딘*에서 저녁때까지 사건들을 판결해야 하고, 가정부는 일요일에 쉬었기 때문에 나는 그 집으로 건너가서 그들이 소유한 호화로운 사치품들 가운데 숙제를 해야 했다. 프루마가 점심을 차려 주었는데, 별로 그럴듯한 식단을 만들어 주진 않았다. 정성을 들인 점심 같은 건 그녀의 장기가 아니었다. 그녀는 또각또각 소리가 나는 굽 높은 구두를 신고 집 안 전체를 돌아다녔고, 심지어 요리를 할 때도 그런 신발을 신고 있었다. 그리고 언제나 내 외모가 예뻐 보이는지 아닌지를 이야기했고, 대체로는 아니라고 말하는 편이었다.

그렇지만 내가 그중에서도 제일 싫어했던 건, 그녀가 자꾸만 돌아가신 어머니를 끌어들이며 말하는 방식이었다. 예를 들자면, '로닛, 네 어머니는 네가 그렇게 먹는 걸 좋아하지 않으셨을 거다.' 혹은 '로닛, 네가 그렇게 크게 소리 지르는 걸 네 어머니는 원하지 않으셨을 거다.' 심지어 그때도 이미 나는 그녀가 그렇게 하는 말을 믿지 않았고, 그에 대해서 아무런 죄책감도 느끼지 않았다.

그러니까, 그쪽에서 초대한 적도 없고 예상하지도 못한 손님이 되어, 하토그 부부와 함께하는 저녁 식사라는 거지. 나는 몸에 쫙 달라붙는 데

---

* Beth Din: 유대인들의 법정.

다 옆에는 길게 슬릿이 들어간 파란색 치마를 골랐고, 아주 긍정적으로 쾌활해지는 기분을 느꼈다.

에스티와 도비드의 집에서 맞는 안식일은, 굉장히 사소하거나 나도 깜박 잊어버린 세부적인 의례들이 계속해서 엄청난 양으로 밀어닥치는 경험이었다. 중간중간 가스가 완전히 꺼졌는지, 혹은 오븐이 제대로 켜져 있는지, 주전자의 전선은 연결되어 있는지, 열판은 제대로 정리되어 있는지 확인하느라 부리나케 오가는 일이 빈번했다. 나는 그 일에 참여하지 않았고, 에스티와 도비드만 내 주변에서 이리저리 바쁘게 움직였는데, 그 모습을 보고 있으니 이상하게도 꼭 부모님이 안 계실 때 자기들이 어른이 된 양 소꿉놀이하는 어린이들 같다는 생각이 들었다. 나는 그 경험에 기묘하게 매료되었다. 이런 특정한 강박 행동에 누군가가 이렇게 열심히 빠져들어 있는 모습을 본 것도 정말 오랜만이었다. 모든 것들이, 안식일 전에 모든 것들이 완벽하게 준비되어 있어야만 한다. 그 어떤 것도 미완성인 상태로 안식일을 넘기게끔 남겨져서는 안 되는 것이다. 에스티는 그녀 자신의 초 옆에 나도 직접 불을 붙일 수 있도록 초 한 쌍을 마련해 주었다. 그녀는 수줍은 듯 시선을 내리깔며 조심스럽게 내게 성냥갑을 건넸고, 나는 뭐, 못 할 게 뭐냐는 심정으로 초에 불을 붙였다. 어머니의 은촛대 생각이 났다, 관엽 무늬로 꾸며지고, 반짝반짝 영롱하게 빛나던 그 표면이. 그리고 아주 약간이지만 오래전의 그 기분이 내게 다시 느껴졌다. 안식일의 평화로운 순간.

*

우리는 하토그의 집까지 걸어갔다. 나는 어느 집인지 완벽하게 기억했다. 큰 집들이 모인 골목에서도 특히 거대하고, 도로에서부터 멀찌감치 떨어진 명당자리를 차지하고, 한 겹의 장막처럼 심긴 나무들 뒤에 가려진 집이다. 그 집의 모든 것들은 약간씩 지나치게 컸다. 현관문은 누군가를 맞아들이는 데 필요한 크기보다 훨씬 더 높았고, 문 양쪽에 나란히 둔 식물 항아리들도 특대형인 데다, 사자 머리 장식으로 꾸민 노커는 보통 사람 주먹의 두 배 정도 되는 크기였다.

나는 하토그 부부가 도대체 무엇이 아쉬워서 이렇게 '크기'에 집착하는 건지 알 듯도 하다는 생각을 했다. 그래서 문 앞으로 다가온 하토그가 웃는 낯으로, 아내는 아직도 주방에 붙들려 있다며 수선스럽게 현관문을 열었을 때 나는 내 얼굴에 떠오른 능글맞고 짓궂은 미소를 여전히 감추지 못한 채였다. 그는 짙은 색의 정장 슈트와 조끼를 입었는데, 허리 부분에 솟아오른 군살을 감추기 위해 값비싸게 맞춤 재단한 상품처럼 보였다. 머리에 쓴 짙은 색 키파로도 그 밑단 아래로 조금씩 퍼져 나오는 대머리를 완전히 감추진 못했다. 그에게선 굉장히 고급스러운 애프터셰이브 향기가 났는데, 지나칠 정도로 많이 났다.

놀랍게도, 그는 처음에 나를 알아보지 못한 것처럼 보였다. 그는 잠시 동안 마치 자신이 원래 나를 알아야 한다는 사실을 본인도 아는 듯이 내 얼굴을 뚫어지게 쳐다보았다. 혹은 어쩌면 내가 어떤 유명한 랍비가 아니라 그냥 한 여자일 뿐이라는, 본인 입장에서는 실망스럽기 그지없는 첫인상을 확인해 보기 위해서였는지도 모른다. 그는 말했다. '평화로운 안식일입니다, 도비드, 레베친* 쿠퍼만.'

파인골드 박사는 그의 이러한 태도를 '인식 거부'라고 진단했을 터다. 편하지 않은 진실로부터 자신의 마음을 보호하는 대응 기제.

그래서 나는 내 손을 내밀면서 말했다. '하토그 박사님. 아마 절 기억 못 하시나 봐요. 저 로닛이에요, 라브의 딸이요!'

마치 우리가 이전에 무슨 격식 없는 칵테일파티에서 만난 적이 있는 사이인 것처럼 말이다. 세상에 맙소사. 지금까지 내가 살아온 삼십이 년 이라는 세월을, 바로 그 순간을 경험하기 위해 처음부터 다시 시작해야 한다고 해도 나는 그만한 가치가 있으리라고 생각한다. 그는 말 그대로 그 자리에서 펄쩍 튀어 올랐다. 마치 내 손에서 그의 손으로 찌릿한 전기 자극이라도 전달된 것처럼. 공중에서 전기가 탁탁 튀기는 소리가 내 귓 가에 실제로 들려오는 듯했고, 실제로 불에 그슬린 누군가의 머리 냄새 를 맡고 있는 것 같았다. 그의 얼굴은 희한한 누런색으로 변했다. 그는 말문을 열지도 못한 채 뻐끔대며 입을 벌렸다 닫았다 했고, 그의 텁수룩 한 눈썹은 이마에서 떨어져 나올 기세로 격렬하게 꿈틀거렸다.

그는 말했다. '론⋯⋯. 아, 론⋯⋯. 아, 크루, 크루슈카 양. 나는, 나는, 나는 몰랐, 내가 몰랐던 게, 그러니까, 도비드가 말을 해 주지 않아서, 내 말은⋯⋯.'

그리고 그는 말을 멈췄다. 그는 나를 보고, 도비드를 보았다. 그리고 맹세코, 정말 장담할 수 있는데, 주방에서는 아무런 소리도 들려오지 않 았지만 그는 갑자기 목청을 높이며 말했다. '어, 지금 가요, 여보!'

그리고 우리를 현관 앞에 그대로 세워 둔 채로 내뺐다.

잠시 매우 고요한 순간이 찾아왔다. 우리 세 사람은 현관문을 지나 바

---

* Rebbetsin: 랍비의 아내를 부르는 칭호.

로 앞에 펼쳐진 거대한 아치 모양의 홀 안으로 방황하듯 주춤주춤 들어왔고, 코트도 여전히 벗지 못한 상태였다. 주방에서 말소리를 낮춘 대화소리가 조그맣게 들려왔다.

도비드는 극심한 가책을 느끼는 표정이었다.

에스티가 속삭였다. '우리 그냥 가야 되나?'

나는 말했다. '난 이제 시작인 것 같은데, 안 그래?'

우리 얼굴에는 모두 웃음기가 돌았다. 정말 기분이 좋아서 활짝 입이 벌어지는 그런 미소 말이다. 우리는 각자 알아서 코트를 벗고, 녹색 대리석으로 된 협탁 옆에 있는 벨벳 벤치 위에 나란히 두었다. 그리고 홀을 건너 응접실로 들어와 자리에 앉아서 기다렸다. 그곳은 내가 기억하는 그대로였다. 방 전체는 붉은색 기조를 띠고 있다. 자주색 카펫에, 금빛 무늬가 반복되는 밝은 다홍색 벽지, 어두운 진홍색의 커튼. 하지만 그 과시적인 사치스러움이, 지나치다 못해 세련미가 떨어지는 수준이라는 것까지는 기억하지 못했다. 거대한 거울들이 대리석 벽난로의 양면에 설치되어 있었는데, 벽난로는 황금빛 소용돌이 모양으로 장식되어 있었다. 또 벽난로 선반과 창틀에는 거대한 크리스털 항아리들이 놓여 있고, 벽면 전체는 거의 한 뼘의 여유도 없이 베르사유 양식의 유화들로 뒤덮여 있었다. 물론 나체의 여자들이 아니라 모두 과일이나 꽃을 그린 정물화들이었지만, 아무래도 이런 인테리어 스타일을 보아하니 하토그 부인은 자기 스스로를 마리 앙투아네트 같은 인물로 상상하길 즐기는 것 같았다.

나는 무늬가 들어간 벨벳 안락의자를 하나 골라 편안히 등을 기대고 앉아서, 앞에 놓인 커피 탁자에 두 발을 올린 채로 기다렸다.

마침내 하토그와 프루마가 우리와 합류하기 위해 주방에서 모습을 드러냈다. 귀신이라도 본 듯 공포의 비명을 지르며 야반도주하듯 꽁무니를 뺀 것은 아닌가 보았다. 하토그는 아무리 봐도 자기 치아가 얼마나 큰지 자랑하는 듯한 어색하고 작위적인 미소를 지었고, 프루마는 그에 비해 입술을 좀 더 앙다문 채 크기를 좀 줄인 형태로 웃고 있었다.

그녀는 말했다. '로닛, 이렇게 널 다시 봐서 얼마나 멋진지 모르겠다. 다시는 널 보게 될 일이 없을 줄 알았거든.'

다시는 보게 될 일 없길 바랐지, 나는 생각하면서 한쪽 눈썹을 추켜올려 보았다.

하토그가 끼어들었다. '그래, 이렇게 만나야 정말 메카야*지, 로닛. 깜짝 놀랐어.'

곧이어 그들은 각자 문장 끝을 서로 마무리해 주면서 부창부수의 이중창을 시작했다.

'도비드는 네가 다시 런던에 왔다는 말을 꺼낸 적이 없었는데…….'

'맞아, 그런 적 없죠, 도비드. 우린 아무 말도 들은 게 없었어요…….'

'그리고 너무 오랜만이잖니, 그렇지만 물론 우린 이해한다…….'

'때가 때이니만큼 고향에 돌아와 보고 싶었겠지. 가족들도 보고…….'

'그리고 우리처럼 옛 친구들도 다시 만나고. 참 좋은 거야.'

'그래, 너무 멋지지, 우리가 미리 몰라서 그랬던 것뿐이지.'

'그렇지만 물론 알았어도 우리가 불편해하거나 하진 않았을 거야.'

'하지만 그게 말이다, 우리가 다른 분들도 오시라고 초대를 했거든.'

'그러니까 우리가……, 알기 전에 초대를 했던 거야.'

'우리 생각에는 도비드가 그들을 만나서 인사나 하면 좋을 것 같아서.'

---

* mechaya: '기쁨, 즐거움'이라는 의미의 이디시어.

'네 아버지하고도 잘 알고 지냈던 분들이었으니까.'

'다얀이랑, 레베친 골드파브가 오시기로 했어.'

프루마는 거기서 멈췄고, 기어드는 하토그의 목소리만 외롭고 조그맣게 남겨졌다. 나는 그에게 거의 연민의 감정마저 들었다. 그는 말했다. '아무런 문제도 일어날 리 없겠지, 그렇지?'

나는 말했다. '문제라니요, 하토그, 대체 무슨 말씀하시는 거예요?'

긴 침묵이 뒤따랐다. 이윽고 프루마가 초조함 가득한 미소를 지으며 우리에게 마실 거리를 권했다. 멀리 떨어진 곳에서, 나는 공중에 피비린 내가 도는 것을 맡을 수 있었다. 혹은 그건 어떤 오래된 자물쇠를 돌리는 열쇠에서 나는, 녹슨 철의 냄새였는지도 모른다.

안절부절못하는 기다림의 시간은 특히나 즐거웠다. 하토그는 그답지 않은 침묵 속으로 빠져들었고, 반면 프루마는 과장되게 수다스러워지고 갈피를 못 잡는 모습이었다. 그녀는 쉴 새 없이 홀, 주방 그리고 응접실을 오가며 이리저리 방황했다. 마침내 현관문을 두드리는 소리가 났을 때, 두 사람은 동시에 펄쩍 몸을 튕기듯 일어나서 손님들을 맞이하러 달려 나갔다. 현관 앞 홀에서 속삭이는 목소리로 오가는 대화가 우리 귓가에도 전해졌다. 하토그의 항변과 말을 도중에 끊으며 다그치는 듯한 프루마의 짤막한 외마디 비명 같은 것이.

나는 도비드에게 작게 중얼거렸다. '지금 무슨 일이 일어나고 있는지 판단이 돼?'

그는 얼굴을 찡그렸고 고개를 저었다.

'계승 말이야, 도비드. 왕위가 계승되는 중이라고.'

에스티와 도비드는 서로 시선을 교환했다.

도비드가 말했다. '우리 생각엔 그렇지 않아. 오늘 아침에도 이야기했는걸. 나는 그럴 만한 능력이 안 된다고.'

나는 답답하다는 듯 눈을 굴렸다. '지금 여기서 벌어지는 상황을 좀 봐, 골드파브 랍비 부부랑 오빠가 한자리에 초대받았다는 게 순수한 우연이라고 생각해?'

도비드는 멍한 얼굴이 되었다.

'다얀 골드파브는 네 아버지와 절친한 사이셨어. 우리 회중에도 도움을 주셨고.'

나는 한숨을 쉬었다.

'도비드, 다얀 골드파브는 영국에서 가장 영향력 있는 랍비들 중 하나고 바로 그렇기 때문에 오늘 밤 그가 여기 온 거야. 만약 하토그가 오빠를 라브로 만들고 싶은 거라면, 다얀 골드파브는 오빠를 지원해 주기에 완벽한 인물이 되는 거지. 그가 뒤에 있다면, 권력을 넘겨받는 게 수월해지는 거잖아. 다얀이 뒷배를 봐주는데 거기다 대고 누가 반박하려 들겠어. 어디 잘 두고 봐. 하토그가 그를 앞에 두고 오빠가 얼마나 많이 배운 청년인지, 얼마나 겸손해서 여태껏 나서지 않고 있었던 건지, 여기 회중 사람들이 오빠한테 거는 기대가 얼마나 큰지 계속 이야기할 거야. 아마 오늘 저녁 시간이 끝날 때쯤에는 그에게 충분한 인상을 남기게 될 테니까.'

도비드는 눈을 깜박였다. 문이 열리고 골드파브 부부가 방으로 들어왔다.

내 말이 맞았다. 당연하지. 저녁을 먹으면서, 하토그는 몇 번이나 도비드의 업적과 장점에 관한 이야기로 대화의 물꼬를 돌리고자 시도했다. 하지만 물론 다얀과 레베친 골드파브는 지난 몇 년 동안 *내가* 뭘 하면서 지냈는지를 듣는 데에 훨씬 더 흥미를 보였다. 사실 그 누구의 잘못도 아니었다. 그저 화제가 그런 방향으로 흘러갈 수밖에 없는 상황이었다. 골드파브 부부는 7~8년 동안 나를 보지 못했고, 악의적인 뒷소문을 챙겨 듣는 부류의 사람들도 아니었으니, 나에 대해 몰랐던 걸 알아가면서 나의 소소한 뉴욕 생활 이야기를 듣는 일 자체에 순수하게 관심을 두었다.

다섯 개의 코스로 이루어진 정식을 내오면서 프루마는 점점 더 신경질을 부렸다. 그들은 분명히 전문 요리사를 두고 있는 게 분명했다. 프루마의 옹졸한 요리 솜씨에 비해선 음식이 지나치게 잘 차려져 있었으니까. 게필테 생선 요리*가 식탁에 도착했다. 부드러운 크림이 풍부하게 들어간 납작한 저나마다, 원형으로 깎은 당근 고명으로 얹어 잔뜩 멋을 부린 요리 앞에서 다얀 골드파브는 내가 학사 학위를 받았던 스턴 컬리지**가 어땠는지 물었다. 게필테 생선 접시가 떠났고 풍미 좋게 끓인 골든 치킨 수프가 도착했다. 우리는 뉴욕에서의 직장 전망이 어떤지에 대해 이야기했다. 골드파브 부부의 남자 조카 하나도 금융가에서 일한다고 했다. 수프를 담았던 그릇들이 말없이 모아져 치워졌고 구운 닭 두 마리가 등장했다. 아래쪽에 깔린 구운 감자 위로 맛깔스러운 기름기가 번지르르하게 떨어지고, 풍성하고 다채로운 채소들이 함께 곁들여져 있다. 레베친 골드파브는 자신의 여덟 자녀들과 서른일곱 명의 손주들을 하나하나 호명하며 꼽아 보느라 여념이 없었다. 그들은 런던, 맨체스터, 리즈, 게

---

* gefilte: 송어나 잉어를 다지고 양파와 계란을 같이 섞어 경단이나 돈저냐로 만들어 끓이는 유대식 요리.
** Stern College for Women: 뉴욕에 위치한 정통 유대교 계열 사립 종합 대학인 예시바 대학교(Yeshiva University)의 세 학부 과정 중 하나에 해당하는 스턴 여자 대학.

이츠헤드, 뉴욕, 시카고, 토론토, 예루살렘, 브네이브라크, 앤트워프, 스트라스부르 그리고 두 명은 심지어, 그녀는 잠시 숨을 고르고 나서 말하기를, 멜버른에 살고 있다. 상상해 보세요, 대단하죠. 접시들이 치워지고 중앙에 디저트가 놓였다. 오렌지 케이크였는데, 술이 첨가된 걸쭉한 시럽에 듬뿍 적신 생오렌지들을 중앙에 얹고 모든 원형 머랭들 위쪽을 딸기로 장식한 것이었다. 하토그는 계속 도비드의 장래에 대해 이야기하려고 안간힘을 썼으나 그 시도는 수포로 돌아갔고, 골드파브 부부는 내가 쌓은 경력 분야에서 앞으로 어떤 전망이 보이는지 궁금해했다. 우리는 케이크를 먹었다. 레베친 골드파브가 케이크를 몇 입 먹고 나서 감탄의 소리를 냈다.

그녀는 말했다. '*이거 너무 맛있네요, 프루마. 정말 훌륭해요.* 저한테도 조리법을 좀 알려 주셔야 되겠는데요.'

프루마의 입이 딱 벌어졌다.

'그럼요.' 그녀는 말했다. '그래요, 하지만 당연히 안식일에는 안 되겠죠.'

그녀의 안색이 흙빛으로 질렸다. 나는 고소하게 웃었다. 나는 프루마한테 몸을 기울여 속삭이고 싶었다. '당신이 이걸 만들었던 게 전혀 아니잖아요, 안 그래요, 프루마?' 하지만 레베친 골드파브가 이어서 다른 질문을 던졌고, 그 어조가 너무 친밀하고 다정해서 대답을 하지 않으면 안 될 것 같은 느낌이었다.

그녀는 말했다. '그래서, 로닛, 만나는 남자 친구는 없고?'

그녀는 예의 부드러운 미소를 얼굴에 띠고 물었다. 너도 이제 슬슬 결혼할 때가 되었다, 라는 사실을 알려 주고 싶을 때 나이 든 사람들이 언제나 사용하는 바로 그 미소 말이다.

자, 솔직히 말하면 그래. 나도 그녀가 듣고 싶어 하는 걸 말해 주고 싶었다. 정말로. 바로 그 순간에는, 그렇게 즐거운 저녁 식사와 대화를 함께하고 나서, 나는 내가 이렇게 말할 수 있기를 바랐다. 아, 하나 있죠. 의사예요. 그 사람도 유대인이니? 어휴, 당연하죠. 저희는 내년에 결혼할 예정이에요. 맨해튼에서 살게 될 거고요. 나는 이렇게 대답하고 나면 장차 얼마나 행복한 대화가 이어질지 눈에 보이는 듯 생생하게 그려 볼 수 있었다. 우리의 결혼 계획과 미래에 대해서 어떤 이야기를 나누게 될지. 나는 나 자신도 진심으로 간절히 그런 대화를 열망하고 있다는 걸 느꼈다.

내가 말하고 싶었던 건 그거였는데, 나는 그런 말을 하길 원하는 나 자신을 깨달았고 그게 진실이었으면 좋겠다고 바라는 나 자신의 일부가 싫었다. 나는 먼 곳에서 희미하게 전해져 오는 날카로운 쇳소리를 들었고, 내 손바닥 위에 묵직하게 가라앉은 어떤 자물쇠와 오래되고 녹슨 열쇠 하나에 대해 골몰하는 나 자신을 생각했다. 이게 바로 이어서 내가 왜 그런 행동을 했는지에 대해, 스스로 내놓을 수 있는 설명의 전부다. 솔직히 우리가 어떤 행동을 할 때 도대체 어떤 이유에서 그렇게 하는지 진정으로 이해하면서 하는 사람이 누가 있겠는가?

나는 말했다. '사실, 레베친 골드파브, 저는 레즈비언이에요. 지금도 뉴욕에서 제 파트너와 함께 동거하고 있죠. 제 파트너 이름은 미리엄이고요. 건축가예요.'

그건 사실이 아니다. 전혀 사실인 적도 없었다. 아주 오래전에 미리엄이라는 사람이 있긴 했지만 같이 살았던 적은 없었다. 그리고 건축가였던 사람은 아예 다른 여자였고. 그리고 까놓고 말해서, 현재 나는 유부남이랑 함께 잠을 자는 사이니까, *그걸* 대신 말했더라도 충분히 비슷한 강도의 충격을 그들에게 안겨 줄 수 있었으리라. 아니면 뭐, 조금 덜 충격적이었을지도 모르지만.

나는 프루마를 쳐다보았다. 그녀의 피부 전체에 납빛 그림자가 드리워져 있다. 그녀는 눈도 깜빡 못 하고 끔찍한 공포에 질린 얼굴로, 내가 아닌 골드파브 부부를 빤히 쳐다보았다. 앞으로 계속 전진, 나는 생각했다. 정면 돌파만이 유일한 방법이다.

'네, 저희는 내년에 언약식을 할 예정이에요. 그리고 애들 갖는 얘기도 좀 해 봤는데, 어쩌면 정자 은행을 이용할 수도 있고요. 그런데 우리가 알고 지내는 게이 커플이, 어쩌면 자기네가 아버지가 되면 좋겠다는 얘기도 하긴 해요. 하지만 게이들이 어떤지 아시죠.' 나는 몸을 앞으로 굽히며 음모를 꾸미듯 익살스러운 태도로 말했다. 하지만 같은 몸짓을 보여 주는 사람이 하나도 없다는 것에 주목했다. '말로는 애들이 있었으면 좋겠다고 하면서, 밤만 되면 여전히 밖으로 싸돌아다니고 싶어 하는 것들이라서요. 그래도 둘이 벌어 키우는 것보다는 넷이 벌어 키우는 게 더 낫긴 할 거고, 서류 작업도 훨씬 간소화될 테니까요.' 나는 친한 친구의 파티에서 어떤 재미있는 일화를 말하는 듯이 미소를 지었다. '어쨌든, 칠면조에다 육즙 치는 스포이트는 딱 추수 감사절 때만 쓰고 마는 물건이잖아요, 안 그래요?'*

나는 두 손을 포개어 무릎에다 놓고 느긋하게 등을 기대어 앉으며 만

---

* turkey baster: 칠면조 요리에 육즙이 배어들도록 뿌리는 스포이트 형태의 조리 도구. 약간의 편리성이 있지만 다른 도구로도 얼마든지 대체할 수 있으며, 칠면조 요리를 하는 경우도 일반적인 가정에서 자주 있는 행사가 아니기에, 굳이 마련하지 않아도 되지만 어쩌다 사게 되는 쓸모없는 도구의 대표적인 예로 인식되는 경향이 있다. 정자를 제공할 남성을 빗대어 말하는 표현이며, 스포이트 형태의 도구이기 때문에 정자를 추출해 난자와 결합시키는 인공 수정 시술의 맥락도 함께 포함한다.

신창이가 된 상황을 감상할 준비를 했다.

하토그 부부가 최고였다. 그들의 처참한 꼴을 구경하는 건 매우 만족스러운 일이었다. 아내 쪽은 쩍 벌어진 입을 다물지 못한 채 썩은 생선같이 초점 잃은 눈으로 다얀 골드파브와 레베친의 얼굴을 번갈아 보며 황망한 시선을 던졌다. 남편 쪽은 관자놀이 양쪽을 두 손가락으로 꾹 누른 채, 한쪽에서 다른 쪽으로 절레절레 머리를 천천히 내저으며, 눈길은 아래로 내리깔고 하염없이 식탁을 바라보았다.

도비드는 미소를 지었다. 그는 손으로 입을 반쯤 가린 채 천장을 바라보며, 아무 소리도 내지 않고 실실 웃어 대었다. 내 바로 옆에 앉은 에스티는 거의 당장이라도 울음을 터뜨릴 것 같은 표정이었는데, 그걸 보고 나니까 나는 그 애에게 소리라도 꽥 지르고 싶어졌다. 젠장, 에스티 본인도 이미 아는 그 사실을 내가 말하지 않기를 기대하기라도 했던 거야? 아니면 설마 그동안 내내 오직 자기만이 내 유일한 사람으로 남아 있으리라고 생각했나? 보다시피 이 시간 내내 그녀가 그래 왔던 것처럼 나역시 자기처럼 경직되고 마비된 듯 살았어야 했다고?

그리고 골드파브 부부를 보자 조금 후회가 들었다. 이럴 줄 미리 알았어야 했는데. 나도 알고는 있었지만, 그들이 어떻게 느낄 것까지는 생각하지 않았다. 혹은 그런 생각이 들었지만 신경 쓰지 않았던 것일 수도 있고. 바로 조금 전까지만 해도 나는 정말 굉장히 신경 썼으면서. 다얀 골드파브는 조용히 무표정하게 자신의 두 손을 쳐다보았다. 그의 입술은 달싹거렸지만 아무런 말소리도 흘러나오지 않았다. 그리고 레베친, 그녀는 고개를 돌리거나 그 자리에 있는 다른 사람의 반응을 살펴보려는 행동조차 하지 않았다. 그저 나를 바라보고 있을 뿐이었다. 슬픔에 가득 찬표정으로.

나는 내가 옳다고 믿는 가치에 대해 온갖 종류의 결정을 이미 내렸다고 생각했었다. 어떤 것들은 말하지 않고 남겨 두는 것보다 터뜨리고 넘어가는 게 낫다는 것, 그에 대해 나는 부끄러움을 느낄 게 없다는 것. 누군가 충격을 받는다면 그건 그렇게 편협한 인생을 사는 사람들 탓이며, 다름 아닌 그런 본인들 스스로를 나무라야 할 일이라는 것. 하지만 이렇게 되어 보니, 저런 원칙들도 나의 뇌 모든 측면에서, 스콧이 '매입 1순위'라고 부르는 식으로 결코 매력적이게 팔려 나가진 않는 모양이었다. 나는 파인골드 박사에게 전화해서, 이만큼 시간을 보내고 나서도 아무것도 해결된 게 없더라는 걸 알려 줘야겠다고 생각했다.

왜냐면 내 마음속으로 그게 느껴졌기 때문이다. 부끄러움. 그들은 심성이 나쁜 사람들이 아니었다. 그들 중 아무도 그렇지 않았다. 뭐, 어쩌면 하토그 부부는 좀 그럴 수도 있지만. 하지만 골드파브 부부는 전혀 아니었다. 그들은 잔인하거나 불쾌하거나 악의적인 성품을 가진 사람들이 아니었다. 이렇게 평화로운 금요일 저녁의 만찬 식탁이 몽땅 뒤엎어지는 만행을 겪어 마땅한 사람들이 아니었다. 그들의 삶 면전에 내 인생을 곧장 들이밀며 박살내 버린 나라는 존재를, 그들이 응당 겪어야 했던 것은 아니었다. 내가 그런 짓을 한 건 절대 옳다고만은 할 수 없는 일이었다. 그리고 만약 내가 그런 짓을 하지 않고 넘어갔다면? 그래, 그것 역시 옳다고 할 수는 없었을 터다.

6

하나님께서 달에게 이르시기를 매달 새로이 되라고 하셨도
다. 그것은 여자의 태를 타고나는* 이들에게 화려한 면류관이
될 것이니, 그들 또한 달처럼 새로워질 운명이기 때문이다.

— 매월 달의 주기 세 번째 날이 지나고, 보름달이 뜨기 전
암송되는 키두쉬 레바나** 기도문 중에서

시간의 형태는 어떤 것입니까?

가끔, 우리는 시간이 순환적이라고 느낄지 모릅니다. 매년 똑같이
계절들은 다가왔다 멀어지고, 낮이 지나면 밤이 지나고 밤이 지나면
낮이 지나죠. 축제와 명절 들은 차례대로 돌아가면서 제 시기에 찾아
옵니다. 그리고 매달, 자궁과 달은 함께 자라며 두텁고 비옥해졌다가
출혈과 함께 이지러지고, 그러고 나서 다시 한 번 자라나게 됩니다.
시간이 우리를 빙글빙글 도는 원형의 길 위에 서게 해서, 우리가 시

---

* who are borne from the womb: 동사 born이 아닌 borne을 사용하여, 자궁으
로부터 탄생하는 사람들이 아니라 자궁을 운반하는 사람들, 즉 여성들을 가리키는
의미로 쓰였다. 이 부분에 해당하는 키두쉬 레바나의 원문(יסוּמְעַל תְרָאפַת תרסטעַ
בטַ)은 이외에도 '자궁을 싣고 있는 자들(womb-laden)'과 '자궁 안에 들여진 자
들(those carried in the womb)' 등으로 영역된다. 한국어 번역의 '타고 난다.'라
는 말은 동사의 유사성 여부를 감안하여 중의적으로 읽힐 수 있도록 했으나 실제
저자의 의도는 여성의 몸에서 태어난 자녀들이 아니라 여성들을 가리키고 있음을
짐작할 수 있다.
** kidush levana: 새로운 달이 뜨는 것을 찬미하여 암송하는 유대교 기도문. 밤
에 야외에서 암송한다.

작했던 지점으로 다시 돌아가도록 우리를 이끄는 것처럼 보이지요.

또 다른 관점에서 보면, 우리는 시간을 쭉 뻗은 무한의 직선 형태로 보게 될지도 모릅니다. 그 끝없음이 우리를 어지럽게 하죠. 우리는 탄생에서 죽음까지, 과거에서 미래까지 여행을 하는 것이고, 째깍째깍 흘러가는 매초는 바로 그다음 순간 영원히 사라지는 겁니다. 우리는 시간 관리를 한다고 얘기하지만, 사실은 시간이 우리를 관리하는 거죠. 우리가 더 머무르기를 바라는 그 지점에서부터 우리를 서둘러 몰아내고 재촉하면서요. 달이 밤하늘을 가로지르는 여행을 단 한 순간도 멈출 수 없듯이 우리도 결코 시간을 멈출 수 없습니다.

대체로 그렇듯이, 이 두 개의 양립할 수 없어 보이는 관점들이 함께 결합하여 진실의 형상을 이룹니다. 시간은 곧 나선형 구조를 지녔거든요.

시간을 통과하는 우리의 여행은, 둥근 모양의 탑 주변을 돌아가며 위쪽으로 상승하는 오르막길에 비유해서 말할 수 있을 것입니다. 우리는 인생이라는 여행을 합니다, 그것은 사실이죠, 그리고 이미 떠난 장소들로는 다시 돌아갈 수 없어요. 그러나 모든 공전들은 우리를 첫 출발지보다 더 높이 그리고 더 멀리 떨어진 곳에 데려감과 동시에, 우리가 이미 본 적 있는 똑같은 풍경이 펼쳐진 곳으로 우리를 데려가기도 합니다.

모든 안식일은 그 전의 안식일과 다르지요. 그럼에도 모든 안식일은 안식일입니다. 매일같이 저녁과 아침이 찾아오지만, 그 어떤 하루도 반복되지는 않을 것입니다. 창조주 하나님의 섭리에 따라서 가득 차올랐다가 다시 기우는 달이 우리에게 주어진 하나의 예시입니다. 언제나 변화하고 있되, 언제나 한결같아야 한다는 것이지요.

우리는 이것을 기억해야 합니다. 가끔은 시간이 우리를, 우리가 출발한 근원에서 너무나 멀리 떨어진 곳으로 데려가 버린 것처럼 보일지 모릅니다. 하지만 몇 걸음만 더 걸어 보면, 우리는 모퉁이를 돌아 익숙한 공간을 마주하게 되지요. 그리고 가끔은 우리가 그 오랜 여행을 했음에도 맨 처음 시작했던 곳으로 다시 돌아온 것처럼 보이기도 합니다. 하지만 그 풍경이 비슷해 보일지라도, 그것은 예전에 본 것과 동일한 것일 수가 없지요. 다시 돌아옴이란 있을 수 없다는 점을 우리는 기억해야 할 것입니다.

* * *

에스티는 눈을 감았다. 그녀의 숨결은 부드럽고 규칙적이었다. 그녀는 자신을 둘러싼 회당에서 일어나는 여러 소리를 들었다. 낮게 재잘대는 수다 소리, 종이 페이지가 넘어가는 소리, 아이들을 조용히 시키느라 중얼대는 소리가 여자들의 좌석이 마련된 회랑 안을 메웠다. 아래층에 있는 남성들의 공간에서는 한 남자가 토라의 일부분을 서두름 없는 느긋한 속도로, 각 단어마다 정확한 억양과 음조로 발음하며 읽고 있었다. 도비드는 그녀에게 토라에 적힌 각 단어들에는 타아밈*이라 부르는 작은 점과 선들이 함께 표기되어 있어서, 각 단어의 음조가 상승해야 하는지 아니면 하강해야 하는지, 혹은 어떤 음절에 강세를 두어 발음해야 하는지 일러 준다는 사실을 알려 줬었

---

* ta'amim: 유대교에서 경전 낭독 시에 따라야 하는 전통 음조와 억양을 표시한 영창 부호들. 경전의 구문 구조를 밝혀 주는 역할도 하기 때문에 음악적인 요소에 방점을 둔 해석으로 받아들이기도 한다.

다. 그 부호들이 경전 내용에는 통일된 균등성을 부과하되, 그 글을 읽는 사람의 낭독에는 개성적인 특징을 부여해 준다고 그는 말했었다. 바로 이 때문에 토라를 읽는 것은 언제나 동일하면서도, 언제나 색다른 경험이 된다. 이번 낭독자의 목소리는 그윽하고 부드러웠다. 그녀는 마음속으로 자신이 알아들을 수 있는 한두 개의 히브리어 단어들이 귓가에 스쳐 갈 때마다 그들을 붙잡아서 번역하고, 풍성하게 맛보고, 그리고 다시 놓아주곤 했다. 기분을 조용하고 차분하게 가라앉히는 이 활동이 계속 그녀 주변에 머물러 있었다. 숙녀석이 있는 회랑 근처 어딘가에서 누군가 속삭이고 있었다. 어떤 아이가 지나치게 크다 싶은 소리로 이야기를 했고, 문이 열리더니 쾅 소리를 내며 닫혔다. 가 버려, 그냥 다 가 버리게 놔두자.

에스티는 자신의 마음이 회당 전체에 이르도록 넓고 더 넓게 펼치면서, 그녀가 천천히 숨을 내쉴 때마다 회당 모든 공간 속에 자기가 들어차는 듯 느껴질 때까지 그렇게 했다. 그녀의 존재는 잔주름 가득 잡힌 천장의 회반죽과 닳아빠진 푸른 카펫 안에, 창문을 뒤덮은 창살 모양의 안전망 속에, 의자를 마감한 빨간 비닐 천에, 벽 속에 들어 있는 전선들과 모든 남자와 여자의 목구멍 속에서 뛰는 맥박에도 깃들어 있었다. 호흡을 할 때마다 회당 전체가 그녀와 함께 숨을 들이마시고 내쉬는 것처럼 느껴졌다.

회당에 모인 사람들의 내면을 누비면서, 그녀는 생각과 감정들이 뒤섞인 익숙한 덩어리들을 감지했다. 분노, 쓰디쓴 증오, 공포와 지루함과 억울함과 죄책감과 슬픔을. 그녀는 외부에서 보는 시선으로 자신을 바라보았다. 내가 정말 이래? 그녀는 생각했다. 다른 사람들한테 이렇게 이상하게 보이는 사람이 바로 나라고? 그녀는 타인들이 지닌 수십 쌍의 눈으로 자신을 살펴보았는데, 각자는 그녀의 기묘함을 공포나 역겨움 혹은 혼란스러운 감정으로 받아들였다. 그녀는 사람들을 스쳐 지나가면서 그들에게 미소를 지었다. 아, 그래요! 당신은 나를 이상하게 생각하는군. 하지만 난 당신들이 모르는 뭔가를 알고 있어.

그녀는 느릿한 포물선 형태를 그으며 회당 내부를 미끄러지듯 휩쓸어 가면서 아래층 남자들의 공간에서 천천히 숙녀석 회랑으로 솟아올랐다. 이름처럼, 거기는 언제나 숙녀들을 위해 마련된 자리임에 틀림이 없지, 그냥 여자들을 위한 곳이 아니라. 그녀는 천장 모서리 근처에 거의 맞닿은 형태로 매달려 있다시피 한 그곳 난간을 따라 움직였다. 의자 세 줄이 아무렇게나 떠밀리듯 놓여 있고, 몇 다발로 묶인 망사 재질의 커튼이 시야를 한 겹 가리고 있는 곳. 그녀는 천천히 주변을 조사하듯 살폈다. 그녀는 자신이 무엇을 찾고 있는지 알았다. 그녀는 진실한 기도들과 또 진실하지 못한 기도들 사이에서, 걱정과 후회와 전념과 지루함과 혼란과 여자들의 못마땅한 반감 사이에서, 자신이 여유롭게 시간을 들여 그것을 찾아내도록 내버려 뒀다. 그녀는 스스로 깜짝 놀라는 척을 했다. 아니, 이게 도대체 뭐지? 새로운 생각의 관점? 새로운 마음? 정말 예상치도 못했던 건데. 도대체 이 주인공은 누구지?

그녀는 대답하는 데 시간을 들였다. 그 설레는 긴장감을 즐기면서, 자신의 질문이 그저 공중에 걸려 있도록 내버려 두었다. 그녀는 미소를 지었다. 그녀 자신에게, 오직 자기만이 알 수 있도록. 그건 로닛이야, 그녀는 말했다. 나는 로닛 바로 옆에 앉아 있고, 그 애의 따스한 몸이 내 곁에 있어, 언제나 그래 왔던 것처럼. 시간이, 우리를 언제나 시작점으로 되돌려 주는 그 원형의 시간이, 그 애를 다시 내게 되돌려 줬어.

에스티는 생각했다. 나는 행복해. 이게 행복이라는 거야. 이제야 그걸 기억해 냈어.

열두 살이나 열세 살일 때—아직 어리지만, 더 이상 어린 나이는 아니게 되었을 때—에스티는 회당 밖에서 서 있던 두 여자가 나누던 대화 한 조각을 훔쳐 들었던 적이 있었다. 그녀는 사람들의 눈에 띄지 않는 데에 능숙했다. 사람들을 때로 그녀의 존재를 인식하지 못하곤 했었고, 그 때문에 종종 그녀가 듣기에 부적절한 이야기들도 엿들을 수 있었다. 그녀의 부모조차도 때때로 회당 홀 안에서 그녀를 미처 발견하지 못하고 지나쳐 가곤 했다. 심지어 그녀가 어디 있는지 찾던 중에도 말이다. 에스티는 이 능력을 자신의 재능으로 받아들였다.

'오늘 예배당에서 라브의 딸 보셨어요?' 둘 중 한 여자가 말했다.

두 번째 여자가 고개를 끄덕였다.

첫 번째 여자가 눈썹을 추켜올리며 큰 소리로 숨을 들이쉬었다. '도대체 눈을 어디에 둬야 할지 모르겠더라고요. 그 애가 그런 행동거지를 하며 다닌다는 걸 라브는 아시는 걸까요?'

두 번째 여자는 좀 더 나이가 많고 친절한 사람이었는데, 이렇게 말했다. '그러다 차차 마음잡겠죠. 아직 어린 데다, 어머니도 없는 그 집에 살잖아요, 가엾은 것 같으니.'

에스티는 더 많은 얘기를 들어 보려고 했지만, 로닛이 공처럼 통통거리며 뛰어 나타났고 더 이상 눈에 띄지 않고 남아 있는 것이 불가능해졌다. 두 여자들은 잽싸게 화제를 바꾸어 다가오는 결혼식에 대한 이야기를 시작했다.

잠시 동안 에스티는 로닛에게 행동을 좀 더 얌전하게 하라거나 이제부터는 다르게 굴라고 말해 주어야 할지 고민했다. 그녀는 그 여자들이 했던 말의 의도를 과연 로닛이 알아듣기나 할지 궁금했다. 에스티는 알았다. ─ 그녀는 언제나 말의 본질을 깨닫는 것에 예리한 감각을 지니고 있었다. 그녀는 자신이 그런 말을 꺼낸다면 과연 로닛이 어떻게 반응할지 상상해 보려고 애썼고, 결국 로닛과 그런 대화는 할 수 없다는 사실을 깨달았다. 그녀는 마음속으로 말을 시작해 보았지만 필요한 이야기를 첫 줄 이상으로 늘어놓을 수조차 없었던 것이다. 그녀는 벌써 로닛을 사랑하기 시작했다. 그녀가 나중에 정말로 그랬던 방식과는 좀 다르지만, 말하자면 그런 대화를 괜히 꺼냈다가 로닛과의 우정이 파기되거나 산산조각 날 가능성을 떠올리자마자, 차라리 아예 언급하지 말자고 못 박는 방식으로 말이다. 로닛을 사랑한다는 건, 이미 에스티에게 어느 정도 자기 부정을 요구하는 일처럼 보였다. 아니면 혹시나, 그녀는 나중에 돌이켜 생각했다. 모든 사랑이 그것을 요구하는지도.

어쨌든, 그녀는 로닛에게 자신이 들었던 얘기를 말해 줄 수 없었다. 그들은 그냥 그들이 하던 대로 계속 행동했다. 가끔, 그들은 숙녀석 회랑 난간에 같이 매달려서, 절박하고 우스꽝스럽게, 아래층에 있는 도비드의 주의를 끌려고 노력하곤 했다. 어쩌다 그가 그들이 있는 쪽으로 몸을 돌릴 때까지 참을성 있게 기다렸다가, 그가 그렇게 하는 순간 로닛은 신나게 손을 흔들거나 뺨을 불룩하게 불리거나, 혹은 메롱 혀를 내밀기 시작했다. 에스티는 웃음을 터뜨리고 부끄러워하며 자제하다가 결국 같이하고 말았는데, 그래야 로닛이 계속 그녀의 팔을 잡아당기거나 우스운 표정을 짓는 것을 그만두기 때문이었다. 그리고 도비드는, 당시 열여섯 살 아니면 열일곱 살이었는데, 보통 그들을 무시하려고 애썼다. 예상하지 못한 움직임에 반응한 두 눈으로 깜박 올려다봤다가, 신이 나 어쩔 줄 모르는 두 소녀를 보자마자 황급히 다시 깜박이며 시선을 아래로 떨구곤 했다. 대체로 그의 표정은 심각했고 두 눈을 기도서에 고정하고 있었다. 하지만 가끔씩 그는 싱긋 웃기도 했다. 그리고 가끔씩은 그들을 올려다보고, 아무도 자신을 보고 있지 않다는 확신이 들면 그도 메롱 하고 혀를 내보이곤 했다. 그게 바로 최고의 순간이었다. 그들이 기다려 온 바로 그 순간, 하필 잘못된 순간에 어머니가 고개를 들어 에스티의 행동을 알아채는 위험을 알면서도 기꺼이 감수해 낼 의지를 품었던 그 순간. 에스티는 한두 번 어머니에게 들키기도 했다. 어머니는 회당 예배가 끝난 뒤 조용히 에스티를 불러 여자아이가 가져야 할 적절한 태도에 대해 이야기했다. 에스티가 예상했던 대로, 그런 말은 한동안 차분한 침묵이 이어진 뒤에야 어머니의 입에서 나오곤 했다. 그럴 때면 에스티는 어머니의 말에 귀를 기울이며 고개를 끄덕였지만, 마음속으로는 다시 그 말에 불복종하게 되리라는 것을 알고 있었다.

에스티와 로닛은 다른 일들도 같이했다. 그들이 열두 살이 되기 전에, 남자들의 공간에 들어가는 게 아직은 허락되던 시기에, 로닛은 한번 에스티를 설득해서 모든 탈릿*의 끝부분을 함께 묶어 하나의 긴 줄처럼 만들어 놓는 장난을 벌였다. 그러면 남자들이 기도하느라

---

* tallit: 유대교에서 아침 기도를 할 때 남자 신도들이 어깨에 두르는 숄.

다 같이 일어설 때, 그들 모두가 한 줄의 탈릿에 엉켜서 어리둥절해지겠지. 로닛은 예배 도중에도 지루한 부분이 닥치면 에스티를 끌고 나가 예배 본당 밖의 복도에서 자기가 만들어 낸 복잡한 달리기, 점프하기, 깡충거리기, 팔짝 뛰기 놀이들을 함께하자고 꾀곤 했다. 그들은 '말괄량이들'이라는 평판을 얻었으며 이 문제로 종종 에스티의 부모는 살짝 걱정을 하거나 혀를 차거나 한숨을 쉬기도 했다. 로닛은 종종 이렇게 말했다. '우린 *뭐라도* 해야 돼. 예배는 너무 *지겨워 죽겠단 말이야*.' 그러면서 그녀는 눈을 드르륵 굴렸다.

에스티는 언제나 로닛이 이런 식으로 말할 때마다 충격과 특별한 인상을 동시에 받았다. 한편 그녀의 일부는 로닛한테 학교에서 함께 배웠던 것들을 상기시켜 주고 싶어 했다. 하나님과 기도에 대해서, 회당에서 마땅히 가져야 할 예의와 존중에 대해서, 그리고 그걸 지겹다고 하는 것이 얼마큼 잘못된 것인지, 정말 얼마나 무지막지하게 잘못된 짓인지에 대해서. 하지만 그런 말을 입 밖으로 내기도 전에, 에스티가 말하려던 단어들은 목구멍에 바싹 말라붙어 그녀를 숨 막히게 했다.

그녀는 가끔 로닛이 어떻게 이 모든 생각들을 길러 내는지 궁금했다. 혹시 그것들은 로닛의 어두운 머릿속에서, '어머니 없는 환경'이라는 조건 아래 자라난 버섯들처럼 피어나는 것인지도. 어떤 식물들은 온실이나 특정한 토양을 필요로 하듯이 말이다. 그녀는 만약 자기 머리를 로닛의 머리에 굉장히 가까이 갖다 대 보면, 로닛 머릿속에 있는 포자 홀씨들이 자신에게로 둥둥 날아올지도 모르겠다고 생각했다. 그녀는 로닛의 생각들이 가볍고 솜털 보송보송한 모양을 하고 자신의 뇌까지 자리 잡으러 와서, 탐구적인 첫 뿌리를 살포시 내

보내고 곧이어 그다음 뿌리를 내리고, 스펀지 같은 뇌 조직 사이에 깊숙이 가라앉아 스며들고, 그녀 뇌 속에 질퍽질퍽하게 엉겨 붙는 모습을 상상했다. 에스티 자신도 처음에는 미처 알지 못했을 터다. 하지만 그들이 차차 성장함에 따라 그녀 두개골 안에서도 새로운 생각들이 버섯처럼 퐁퐁 돋아나게 되면 에스티도 그제야 자신이, 예고도 없이, 완전히 달라졌다는 점을 깨닫게 될 테고, 그녀는 로닛에게 속한 존재가 될 것이다. 그들의 생각들은 하나가 되리라. 에스티는 이런 발상이 자신을 기쁘게 하는지 아니면 두렵게 하는지조차 알지 못했다.

회당에서 로닛 곁에 앉아 있으면서, 에스티는 그곳이 변하지 않았다는 것을 깨닫고 깜짝 놀랐다. 그녀는 왠지 몇 년 사이에 건물 자체가, 그 안에 고정된 가구들과 부품들이, 달라졌을 수밖에 없다고 생각했었다. 하지만 지금 로닛이 여기 와 있으니, 그녀는 전혀 그렇지 않다는 사실을 바로 볼 수 있었다. 이 장소는 이십 년 전의 그곳과 전혀 다를 바 없었다. 그래서 에스티는 로닛이 펄쩍펄쩍 뛰어오르거나 정신없이 달리며 돌아다니거나 익살스러운 표정을 짓지 않고 있다는 점에 적잖게 놀랄 뻔했다. 로닛은 나무랄 데 없이 예의 바르게 행동했다. 두 손을 포갠 채, 자기 앞에 놓인 츄마쉬* 낭독을 눈으로 따라갔다. 에스티 자신은 그렇게 올바르게 행동하고 있지 못하다는 사실을 스스로 인지했다. 그녀는 페이지를 놓치고, 실수로 책을 떨어

---

* Chumash: 유대교에서 말하는 모세 5경. 두루마리에 적힌 것이 아니라 대중적인 인쇄본을 말한다.

뜨리고, 그렇게 떨어진 책을 바닥에서 주워 키스를 해야 했다. 주변의 모든 사람들이 이미 자리에 앉아 있는데 여전히 멀뚱하게 서 있기도 했다. 집중을 할 수가 없었다. 그녀는 무엇인가를 기다리고 있었다.

그녀는 무엇이 올 것인지 알았다. 전날 그것을 깨달았을 때 손가락 끝이 저릿저릿한 황홀감을 느꼈다. 그녀는 어쩌면 로닛도 오늘 어떤 부분을 읽는 날인지 기억하였으리라고 생각했지만, 아마 그렇지는 않을 것이라고 결론을 내렸다. 에스티는 그녀에게 미리 귀띔해 주지 않았다. '내일이 무슨 날인지 알아?'라는 말을 하지도 않았다. 그녀는 그 사실을 자기 내면에 품고 그 순간이 오기를 기다렸다.

토라 낭독이 끝났다. 신중하게 고려된 음조도 끝이 났다. 이제 낭독 순서가 남은 것은, 예언자들이 쓴 책들 중 일부를 발췌한 하프타라*뿐이다. 신도들이 다 같이 페이지를 넘기자 종이들이 부드럽게 바스락대는 속삭임 소리가 예배당 안에 우아하게 감돌았다. 남자들은 자리를 바꾸었다. 설교단에 있던 사람은 그 자리를 떠나 회당 맞은편에 있는 자신의 자리로 돌아갔다. 그의 옆자리에 앉아 있던 사람들이 손을 잡고 악수를 했다. 하토그는 송곳처럼 날카로운 눈길을 들어 주변을 둘러보았다.

'내일은…….' 그는 선언했다. '우리가 모두 알고 있듯이, 헤슈완의 로쉬 코데쉬**, 즉 헤슈완월의 첫날입니다. 그러므로 우리가 원래 읽

---

* Haftarah: 구약 성경의 예언서 일부를 모아 놓은 유대교 경전. 안식일과 유대 절기마다 토라에 이어서 읽는다.
** Rosh Chodesh Cheshvan: 로쉬 코데쉬는 '달의 시작'이라는 뜻으로, 유대교 달력에서 매달 첫날을 부르는 말이다. 헤슈완은 마르헤슈완(Marcheshvan)이라고

던 하프타라 대신에, 로쉬 코데쉬 전날을 위해 마련된 부분을 읽도록 하겠습니다.' 그는 다양한 판본의 츄마쉬에 따른 페이지 숫자를 공표해 주었다.

에스티의 미소가 그녀 내면에서부터 외부에까지 번져 나왔다. 그녀는 입가에 그 미소가 걸리는 것을 느꼈다. 그녀는 낭독이 시작될 때까지 로닛 쪽을 쳐다보지 않겠다고 스스로 다짐했다. 최소한, 열 줄은 읽을 때까지는.

그녀는 기다렸다. 그런데 혹시·로닛도 기다리는지 궁금했다. 혹시 그녀도 내내 알았던 것인지. 낭독자가 읽기 시작했다. 조금 전과 비슷한 양식의 음조지만, 토라의 말들과 예언자들의 말을 구분하기 위해 완전히 동일하게 읽지는 않는다. 하프타라의 어조는 토라의 낭독 때보다 선율이 더 두드러졌다. 아무래도 불충실과 배신, 이스라엘 백성들이 어떻게 그들의 하나님을 사랑하는 데에 실패했는지를 자주 이야기하는 만큼 더 통렬한 감정을 담고 있다. 하지만 오늘은 아니다. 에스티는 책 속에 영어로 된 풀이를 눈으로 따라갔다.

'요나단은 그에게 말했다. "내일은 새로운 달이 뜨는 초하루고, 네 자리가 비어 있을 테니 네가 어디에 갔는지 그리워 찾게 될 것이다……."'*

그것은 최고의 부분이 아니었다. 에스티의 눈은, 이미 여러 번 들어 익숙한 이 이야기를 휙휙 넘기며 앞쪽으로 미리 내달렸다. 요나

부르기도 하며, 유대교 달력에서 한 해의 여덟 번째 달에 해당하는 절기이자, 티슈리월에 이은 신년(civil year)의 두 번째 달이다. 그레고리언 달력으로는 10~11월 경에 해당한다.

* 사무엘상 20:17.

단은 사울 왕의 아들이었다. 다윗은 요나단의 가장 친한 친구였고, 사울 왕이 가장 아끼는 음악가이기도 했다. 사울 왕은 다윗에게 화가 나 있는 상태였고, 따라서 다윗은 그가 정말로 자신을 해칠 의도를 가졌는지 확실히 알아야만 했다. 그래서 요나단과 다윗은 함께 계획을 세웠다. 다윗은 근처에 있는 들판에 숨어 있고, 새로운 달의 초하루를 기념하는 연회에 참석하지 않을 참이었다. 요나단은 사울이 어떤 반응을 보이는지 기다렸다 살펴볼 것이었다. 만약 모든 게 잘 풀린다면 다윗이 돌아와도 된다는 전갈을 보낼 생각이었다. 하지만 다윗이 불참했다는 사실을 알자 사울은 분개했다. 요나단은 그의 아버지를 진정시키려고 노력했지만, 사울은 그가 다윗을 보호하려고 한다는 것을 알아챘다. 그의 화가 불길처럼 치솟았고 그는 말했다. '네가 그 다윗, 이새의 아들을 택한 것을 내가 모를 줄 아느냐? 너 자신의 수치요 그리고 네 어머니의 벌거벗은 수치로다!'

하프타라의 낭독자는 재능이 있었다. 노래하는 듯한 음조를 따라 그는 사울 왕의 거칠고, 비통에 찬 목소리를 꽤 훌륭히 표현해 냈다. 지금이다. 그녀는 충분히 오래 기다렸다. 에스티는 로닛의 팔을 아주 살짝 건드렸다.

'기억나?' 그녀는 속삭였다.

로닛은 그녀를 쳐다보고 눈을 깜박였다.

'미안, 뭐?'

'오늘이 마카 코데쉬*야. 내일이 로쉬 코데쉬, 새 달이 뜨는 날이고. 이 날에 대해서 언젠가 네가 나한테 얘기해 줬던 거 기억나?'

---

* Machar Chodesh: 로쉬 코데쉬 전날과 안식일이 겹친 것.

로닛은 얼굴을 찌푸렸다. 에스티는 기다렸다. 낭독자의 목소리는 낮고 음악처럼 다채로운 음조로 다윗과 요나단이 도심 밖의 들판에서 만난 것을, 랍비들의 기록에 따르자면 이 세상에 알려진 것들 중 가장 위대한 사랑 이야기를 전해 주었다. 음률은 단계별로 떨리듯 올라갔다가 낮아지고, 눈물처럼 떨어졌다가 활시위를 떠난 화살처럼 솟아올랐다.

'마카 코데쉬. 우리가 다윗과 요나단의 이야기를 읽었던 날이잖아?' 에스티는 속삭였다.

로닛의 얼굴이 해맑아졌다.

'아! 맞아. 그래. 그래, 오늘이 그날이구나.'

에스티는 미소를 지었다. 그녀는 다시 자신의 책으로 돌아왔다. 오늘이야, 그녀는 생각했다. 오늘이 그날이야.

낭독자는 읽어야 할 분량의 막바지에 접어들었다. 요나단은 다윗의 은신처로 갔고 그에게 도망치라고 말했다. 사울 왕은 정말로 그를 죽일 생각이었으므로.

'그리고 두 남자는 서로에게 입을 맞추고 함께 흐느껴 울었으며, 다윗이 한도를 넘어설 때까지 그렇게 했다. 그리고 요나단은 다윗에게 말했다. "평화롭게 가거라. 우리 둘이 하나님의 이름으로 맹세한 것은 영원토록 남을 것이다."*

안식일의 끝자락에 그들이 식사를 하고 나서, 로닛이 자기 아버지의 집에 갔다가 다시 돌아오고 나서, 안식일 동안 생겨난 쓰레기를

---

* 사무엘상 20:42.

버리고 나서, 도비드는 맨체스터로 출발했다. 그 전부터 계속 갈 계획을 세우고 있었다. 가서 어머니를 뵙고, 형제와 사별한 어머니의 슬픔을 위로하고 싶은 마음에서였다. 밖에는 자동차가 대기하고 있었다. 그는 에스티의 손을 잡고, 그녀의 뺨에 키스를 하고 나서 이내 떠났다.

에스티와 로닛은 텅 빈 현관 앞에 나란히 섰다. 로닛은 어색하게 이리저리 발을 움직이다가 말했다. '그러면 나는 이만⋯⋯.'

에스티가 말했다. '밖으로 나가자. 산책할 겸. 커피도 마시고.'

그녀의 태도가 워낙 거침없어서 로닛은 그러자는 말밖에는 마땅히 대꾸할 말이 떠오르지 않았다.

로닛이 옷을 갈아입는 동안, 에스티는 제대로 손질하지 않아서 제멋대로 무성해진 앞쪽 정원으로 걸어 나왔다. 그녀는 기다리며 위를 올려다봤다. 하늘은 푸르고 검고 보라색이었는데, 나뭇가지의 껍질처럼 깊고 다채로워서 딱 한 가지 색이라고 말하기 어려웠다. 달은 비어 있었다. 어둡고 텅 빈 동그라미는 곧 그곳을 채울 존재가 나타날 조짐을 보여 주는 동시에, 필연적인 귀환의 자리를 마련하고 있었다. 내일은 새로운 달이 뜰 거야, 그녀는 스스로에게 말했다. 내일은 새로운 달이 돌아오는 거야, 로닛이 나에게 돌아온 것처럼. 에스티는 밤공기를 들이마시며 기다렸다.

그들은 나란히 걸었다. 고요한 교외 거리를 따라, 헨던에서도 손꼽히게 커다란 개방형 공원을 지나, 브렌트 스트리트와 골더스 그린 로드를 향해 걸었다. 길 주변에는 잡초와 풀이 무성하게 자라 있었는데, 키 크고 여윈 나뭇가지들이 머리 위에서부터 이리저리 늘어져 있었다. 저녁 기온은 따뜻했지만, 거센 바람이 불어서 마른 잎들 몇 개가 경쾌한 소리를 내며 타맥으로 포장한 놀이터와 오솔길을 지나 굴러갔다. 공원은 인적이라곤 없이 텅 비어 있었다. 헨던 사람들은 안식일 동안, 어쩌면 좀 과식에 가까울 정도로 풍족히 먹은 만큼, 각자 만족스러운 상태로 쉬고 있었다. 조금 지나면 베이글을 사거나 영화나 보고 오려는 사람들이 슬슬 걸어 나올지도 모르겠지만, 지금은 집에 남아 있는 것만으로 충분히 흡족해했다.

에스티는 걸으면서 로닛의 팔짱을 꼈다. 로닛은 자신의 팔과 뒤얽힌 에스티의 팔을 보았지만, 그걸 풀어 버리려고는 하지 않았다.

'기억나니?' 에스티가 말했다. '학교 끝나고 우리 여기 자주 왔잖아. 저쪽에…….' 에스티는 어둠 속 탁 트인 공간으로 오른쪽 팔을 뻗었다. '……그네들 있고. 너 기억나? 겨울에 금요일이면 가끔씩 학교 끝나고 여기 왔었던 거. 수업 일찍 마쳤을 때. 특별한 장소였지.'

로닛은 그들 오른쪽에 놓인 어둠 속을 응시했다. 그녀는 그렇게 하느라 에스티 쪽으로 더 가까이 몸을 기울여서 에스티의 팔과 몸에 더 달라붙게 되었다. 그녀는 혼란스러운 기분으로 입술을 모으고 앞으로 쭉 내밀었다.

'그게 여기였어?' 그녀는 말했다. '잘 안 보여. 역 주변에 있었던 거 아니야? 역 주변 그네들은 기억나는 것 같은데.'

에스티가 미소 지었다.

'그건 나중이었고. 우리가 더 나이 먹었을 때. 그건 우리가 저녁에 몰래 빠져나와서 만나던 그네들이었잖아. 각자 부모님한테는 서로의 집에서 공부한다고 말하고. 기억나?'

잠시 침묵이 있었다. 그들은 지금까지보다 더 천천히 걸어갔다.

'아, 맞아.' 로닛이 말했다. '그건 까먹었었어. 넌 진짜 모든 걸 다

기억하는구나.'

그래, 에스티는 생각했다. 모든 걸 다 기억하지. 그녀는 별들을 올려다봤다. 거리 불빛에서 멀어진 이곳에서 보는 별들은 더욱 밝게 빛났다. 검고 푸른 배경 위에 길고 가느다란 구름 한 줄기가 스쳐 가며 번진 것만 빼면, 하늘은 거의 구름 없이 청명했다. 천국들 아래, 그녀는 생각했다. 이게 우리가 있는 곳이야. 언제나, 하지만 특히 이곳에, 천국의 시선이 우리를 바라보는 곳에. 그녀는 침묵 속에서 별들에게 말을 걸었다. 그녀는 말했다. '내가 했던 일 이후에도, 여전히 날 사랑할 수 있어요?' 별들은 고요했지만, 그들은 계속해서 반짝임을 멈추지 않았다. 그녀는 이것을 긍정적인 암시로 받아들였다. 그녀는 말했다. '당신들의 자매가 없어졌네요.' 별들은 잠시 생각했다. 그들은 말했다. '우리 자매는 다시 돌아올 거야.' 에스티는 말했다. '내 자매가 돌아온 것처럼?' 별들은 한쪽 눈을 감아 윙크했고 미소를 지었다.

로닛이 말했다. '어……. 에스티, 혼자서 뭐라고 중얼거리는 거야?'

에스티가 말했다. '우리 나무들 사이로 걸어가자.'

그녀는 로닛의 팔을 당겨서, 길옆의 나무들이 무리 지어 자라는 덤불 쪽으로 부드럽게 이끌었다. 그들은 관목 숲 가운데 멈춰 섰다. 잎과 가지 들이 우거져, 하늘을 볼 수 있는 시야가 아주 조금 가려진 곳이었다.

로닛은 말했다. '이쪽으로 가는 길이 아닌 것 같아. 언덕 쪽으로 올라가야 하지 않아?'

에스티는 로닛의 팔을 잡았다.

로닛이 말했다. '에스티, 너 괜찮아?'

그래, 에스티는 말하고 싶었다. 내가 알던 나 자신의 모습보다 훨씬 더 나아. 그녀는 잠시 동안 아무런 말도 하지 않았다. 그녀는 별들을 보며, 그리고 속삭이는 나무들의 팔들 아래에서 편안함을 느꼈다. 갑자기 그녀에게 어떤 생각이 떠올랐다. 그녀는 말했다. '혹시 네가 별들이라는 생각 안 들어? 그리고 내가 달이고? 난 네가 달인 줄 알았거든. 하지만 나 역시 자리를 비웠었잖아. 이 시간 내내 나는 자리를 비웠던 것 같아.'

로닛은 그녀를 쳐다봤다.

침묵 속에서, 밤에 우는 새 한 마리가 동족을 부르는 소리가 났다. 천국이 굽어보는 아래, 나무들 밑에서, 에스티는 얼굴에 손을 뻗어, 자기 머리 주변을 단정히 감싸고 있던 스카프 바깥으로 빠져나온 머리카락 한 줌을 다시 집어넣었다. 그녀는 자신을 좀 더 명확하게 설명해야 하는지 생각했다. 그녀는 자신을 전혀 설명할 수 없었다. 그녀가 말하고 싶던 것을 설명하는 데 필요한 그 어떤 말도, 허락된 말도 없었다. 그것을 묘사하고 전달하고 소통할 수 있었던 모든 단어들이 그녀 입에서뿐만 아니라 마음에서부터 금지되었다. 그녀에게 졸아들어 남겨진 것은 그저 행동뿐이었고, 행동이란 언제나 말보다 넘치면서도 동시에 부족한 것이었다.

로닛은 한 걸음 뒤로 물러나며 말했다. '진짜로, 저쪽으로 가는 길이 맞는 것 같아, 에스티.'

지금이 바로 그때였다. 그녀가 그걸 할 거라면, 그 일은 지금 행해져야 했다.

'아니야.' 그녀는 말했다. '아냐, 이쪽으로 와.'

로닛의 눈이 매우 커졌다.

'에스티.' 그녀는 말했다. '너 무슨 연쇄 살인범처럼 굴잖아. 그만 커피나 마시러 가자, 제발.'

에스티는 자신이 이걸 잘못 시작했다는 것을 느꼈다. 다른 단어들을 선택하거나 어쩌면 다른 장소에서 시도했어야 했다. 하지만 이제 그런 결정들을 내리기엔 너무 늦었다. 그녀는 나뭇가지 사이로 텅 빈 달과 강철 같은 하늘을 올려다봤다. 그녀는 미소 지으며 로닛의 손을 잡았고, 로닛의 몸이 조금 떨리는 것을 봤다. 그러자 그녀는 로닛도 같은 걸 느꼈다는 사실을 알았다. 그녀는 로닛을 자신에게로 끌어당겼다. 로닛은 약간 저항하다가 이내 포기하고 그녀 품에 안겨 왔다. 그들은 팔처럼 뻗은 나뭇가지 아래 굉장히 가까이 붙은 채 서 있었다. 에스티는 로닛의 미국산 세제에서 나는 달짝지근한 우유 향기와 희미하게 풍기는 그녀의 땀 냄새를 맡을 수 있었다.

로닛이 말했다. '정말, 에스티, 나 지금 너무 당황스러운데.'

에스티가 말했다. '쉿.' 그녀는 까치발로 선 채 몸을 기대어, 그녀 입술을 매우 부드럽게, 자기가 사랑하는 사람의 입술에 마주 포갰다.

제기랄.

모든 게 다 잘되어 간다 싶을 바로 그때.

젠장 씨발.

이럴 줄 알았어야 했어. 진짜로. 하토그네 집에 갔을 때 그 애가 나를 쳐다보던 눈길에서 짐작했어야 해. 아니면 그것보다 더 일찍. 그 애가 도비드랑 결혼한 걸 내가 알게 되었을 때. 아니면 나를 봐서 그렇게 긴장한 모습이었을 때.

어쩌면 나도 한편으로는 이런 일이 생길 걸 미리 알았는지도 몰라. 회당에서 그녀는 정말 이상하게 굴었지. 다윗과 요나단에 대해 말하면서, 마치 그들이 어떻게든 *의미 있는* 요소인 것처럼. 그냥 책에 나오는 이야기 이상의 무엇이라도 되는 것처럼. 그리고 집에 와서 점심 먹을 때도, 내가 지어낸 가상의 건축가 애인인 미리엄에 대해 물어보면서 정말 이상한 표정을 지었잖아. 행복과 질투와 경멸과 실망과 그리움이 모두 다 합쳐진 듯한 표정이었지. 아니면 솔직히 말해서, 내가 그걸 회상하면서 내 입맛대로 그렇게 보였다고 착각하는 건지도 모르지만. 어쨌든 지금 돌이켜 보면 차라리 그러지 말걸 그랬나 싶긴 한데, 나는 그때 미리엄이라는 사람이 사실은 존재하지 않는다고 인정했었지. 전날 밤 하토그 부부에게 충격을 안겨 주고, 골드파브 부부가 얼마나 세심해질 수 있는지를 시험해 보고 싶은 마음에 그냥 아무렇게나 지어낸 인물이라고.

도비드는 웃음을 터뜨렸고 나는 그 반응에 깜짝 놀랐다. 그는 웃으면서 말했다. '그러면, 넌 지금 사귀는 사람 없는 거야?'

그리고 나는 말했다. '그래.'

왜냐하면 이렇게 적나라하게 말하고 싶진 않았기 때문이다. '그래, 원래는 유부남 하나를 만나고 있었는데 그는 몇 주 전에 자기 아내를 속이는 데에 죄책감을 느껴서 나를 차 버렸지. 하지만 지난주에 우린 같이 자기는 했어, 왜냐면 내 기분이 너무 울적했거든.' 어쨌든, 솔직함에도 정도가 있어야 하니까.

그리고 도비드가 말했다. '하토그 부부를 골려 주고 싶어서 미리엄을 만들었다는 거네? 멋진데.'

나는 웃었다. 도비드도 함께 웃었다. 그리고 에스티는 나를 *의미심장하게 쳐다보았다*. 그녀가 한 건 그게 다였다. 그녀는 그저 나를 쳐다보았을 뿐인데 나는 그 눈길에 대해, 그리고 과거와 미래에 대해, 내 마음속

깊숙한 어딘가를 불편하게 쿡쿡 찌르는 듯한 느낌을 받기 시작했고 그 느낌이 너무 강해져서 점심을 먹고 나서는 다시 아버지 집에 가 있기로 결심했다. 가서 촛대나 다시 찾아볼 생각이었다, 그들에게 그 사실을 말하지는 않았지만. 나는 아버지가 그 촛대를 집에 남겨 둬서 나중에 내가 찾아 가져가느니 차라리 일찌감치 내다 버린 게 아닌가 하는 일말의 의심을 품기 시작했었다. 나는 말했다. '정리할 게 한가득이니, 가 보는 게 낫겠어.' 물론 뭐가 됐든 정리를 한다는 것 자체가, 안식일에는 금지되어 있는 행위라는 걸 기억하면서 말이다. 라디오를 켜고 샤니아 트웨인* 의 음악에 맞춰서 신나게 춤을 추는 것까지는 언급할 필요도 없겠지. 하지만 왠지는 몰라도 나는 그 집에서 충분히 잽싸게 빠져나오지 못했다. 아버지 집에서 느껴지는 숨 막힐 듯한 압박감과 못마땅하게 비난하는 눈초리를 가진 수많은 책들에도 불구하고, 에스티와 도비드랑 함께 머물러 있는 것보다는 차라리 그 집이 훨씬 나은 곳처럼 보였다. 그러니까, 어떻게든, 나도 이런 일이 닥치리라는 짐작을 했던 게 틀림없다. 제기랄.

하지만 또 다른 관점에서 생각해 보면, 나는 전혀 알 수 없었을 것이다. 여기에 있다는 것은 그런 생각 자체를 금지해 버린다. 이 장소가 문제인 거야. 여기 와서 보면, 다들 자그마한 한 쌍의 커플이 되어 다들 똑같아 보이는 집 안에 들어앉아 다들 똑같아 보이는 애들이나 만들고 있으니까. 회당에서 보는 모습도 그렇다. 말끔하고 단정한 안식일 정장을 입고 완벽한 한 벌로 맞춰진 모자를 쓴 여자들, 그리고 각각의 여자들은 한 남자와 완벽하게 한 쌍을 이루며, 게다가 팔에 매달린 아이까지 하나 있다면 그야말로 더할 나위 없는 상태인 것이다. 그들은 그냥 그렇게 완

---

* Shania Twain: 캐나다 출신의 컨트리 가수.

벽한 세트로 꼭 들어맞는다. 마치 정통파 유대교도 바비 인형 세트처럼. 정통파 유대교도 켄, 조그마한 아이 둘, 집, 자동차 그리고 코셔 식품 세트까지 모으면 완성입니다! 그런 사회의 사람들은 당신 눈에 보이는 것이 진실이라고 믿게 한다. 사람들이 서로 대응되는 짝을 만나 한 쌍을 이루는 게 당연하게 여겨지고, 그 아래에 있는 게 무엇이든 별로 들여다볼 생각도 들지 않게 하고, 결국 궁금해하거나 의아해하는 것을 그만두게 될 때까지. 왜냐하면 겉으로 드러나 있는 모든 것이 더없이 정돈되고 깔끔해 보이니까.

그리고 나도 그렇게 믿기를 *원했다*. 그게 핵심이다. 내 뇌의 일부분에서는, 정말로 같이 잠자리를 하곤 했던 여자아이들조차 언젠가 눈을 질끈 감고 충분히 간절하게 소망하기만 한다면, 결국엔 누군가와 행복하게 결혼하여 살아가는 헨던의 꿈같은 인생을 이룰 수 있으리라고 믿고 싶었다. 나는 그런 생각이 여전히 내 뇌 한구석에 달라붙어 있을 거라고는 생각하지 않았다. 왜냐하면 내가 받은 치료와 분노를 통해 그런 생각을 살살이 털어 버린 줄로만 알았기 때문이다. 하지만 아니, 그 생각은 아직 거기 있었다. 나는 여기서는 모든 것들이 다 완벽하게 정상이며, 아마도 에스티 역시 부족함이라곤 없이 행복한 상태이리라고 나 자신을 점점 더 깊이 설득하였던 것이다. 그녀가 내게 키스해 오기 바로 전까지.

나는 그녀가 얼마나 가냘팠는지를 잊고 있었다. 첫 순간에는, 그게 내가 생각할 수 있는 전부였다. 그 애가 내게 기댄다는 것, 내 팔과 가슴에 몸을 밀착해 쉰다는 것, 그런데도 그녀가 너무 가벼워서 무게라는 게 거의 느껴지지도 않았다는 것. 그리고 나는 그 애의 냄새도 잊고 있었다. 몇 년 사이에 조금은 변했지만. 그 애에게선 언제나 깨끗한 냄새가 났다.

라벤더, 비누 그리고 어쩌면 제비꽃 같은 향기가. 나는 우리 사이에서 벌어진 일들을 잊고 있었다. 하지만 그녀는 잊지 않았다는 게 지금 내 눈에도 보였다. 아주 잠깐 동안, 그녀는 나도 그걸 기억하게 했다. 그 짧은, 찰나의 시간 동안, 한밤중 헨던의 들판에 서서, 별들이 총총히 뜬 그리고 달 없는 하늘 아래 나는 예전 그 애에게서 어떤 맛이 났었는지 기억했다. 어딘가에 접속되어 연결되는 것처럼, 과거와 현재의 시간을 갑작스럽고 예상치 못하게 이어 주는 어떤 완벽한 회로에 들어간 듯한 경험이었다. 그 순간만큼은, 내가 지금 어디에 있는지는 알아도 지금이 언제인지는 가늠할 수 없었다.

나는 그녀를 부드럽게 밀쳐 내고 말했다. '아니.'

그녀는 어리둥절해 보였다. 그녀는 잠시 물러났다가 다시 내게로 다가왔다.

나는 좀 더 단호하게 말했다. '아니야.'

그녀는 한 걸음 뒤로 물러섰다. 그녀의 얼굴은 그림자 속에 반쯤 가려져 있었다. 우리를 둘러싼 나무들이 웅성거리며 나지막한 속삭임이 흘러가는 소리를 냈다. 그녀는 말했다. '너 이제 여자들이랑……. 안 해? 그만두게 된 거야? 이제?'

그녀 마음속에 가장 먼저 떠오른 게 이거라니, 그것참 얼마나 이상한지. 이게 바로 그녀가 생각할 수 있는 유일한 관점인 것처럼 말이다. 그녀 눈에는 두려운 희망 같은 것이 떠올라 있었다. 어떻게 그만둘 수 있는지를 배우고 싶기라도 한 듯.

'아니, 난 그만둔 적 없어.'

'그리고 너 지금 아무하고도 사귀고 있지 않다며?'

나는 그 말에 웃음을 터뜨리고 싶었다. 나는 기가 막힌다는 듯 그녀 옆

구리를 쿡 찌르면서 이렇게 말하고 싶었다. 그래, 내가 지금 사귀는 사람은 없다고 했지, 그런데 그 말이 너랑 사귀고 싶다는 뜻은 아니잖아. 왜냐하면 에스티, 우리 사이는 한참 전에 끝났으니까. 그건 예전 일이라고. 굉장히 오래전에 있었던 일이야, 안 그래? 나는 이렇게 말하고 싶었다. 에스티, 너라면 손님한테 케케묵은 음식을 권하겠니? 그런 음식을 먹으려면 꽤나 허기진 상태여야 할 텐데, 그렇지 않아?

'아니야, 봐 봐, 그건 그냥……' 나는 손으로 이마를 짚었다. 그냥 한 가지 이유에서만은 아니었다. 수백 가지의, 수천 가지의 이유들이 있지. '그냥, 이제 넌 결혼했잖아, 에스티.'

나는 그녀가 어둠 속에서 한숨 쉬는 것을 들었다. 그녀는 어깨를 조금 들썩이며 내게로 다가섰다. 그녀는 자기 손으로 내 손을 잡고 찬찬히 살펴보려는 것처럼 그것을 들어 올렸다. 너무 어두워서 실제로 그렇게 살펴볼 수는 없었겠지만. 그녀는 손가락 끝으로 내 손바닥의 손금을 따라 그었다. 몇 초가 지나고 나서 그녀는 천천히 말하기 시작했다.

'그래, 난 결혼했어. 하지만 그건 나와 도비드 사이의 문제야, 알겠니? 그리고 네가 거기에 끼칠 수 있는 해악이 무엇이든, 그건 이미 영향을 주고 있어. 더 이상 남은 것도 없다고. 내가 그에게 줄 수 있는 고통이 어떤 것이든, 난 이미 그에게 그만큼 줘 버렸어. 난 그걸 알아. 그리고 하나님이 날 어떻게 생각하시든, 그분도 이미 예전부터 그렇게 생각하고 계셔.'

또 다른 긴 침묵이 뒤따랐다. 바람은 점점 줄어들어 이제 끊겼다. 우리 위로 비행기 한 대가 밤을 가로질러 반짝이며 날아갔다. 텅 빈 하늘을 스쳐 가는 인공의 별.

그녀는 말했다. '가끔 나는 하나님이 날 벌주시는 거라고 생각해. 우리가 같이했던 것 때문에. 가끔 나는 내게 주어진 삶이, 내 욕망 때문에 받는 벌이라고 생각해. 그리고 내 욕망이라는 것 자체도, 결국엔 처벌인 거지. 하지만 내 생각은 이래. 만약 하나님이 날 벌주시고 싶다면 그러시라고 해, 그게 그분의 권리니까. 하지만 거기 불복종하는 것도 내 권리야.'

그녀는 스콧이 내게 보여 줬던 그 어떤 모습보다도 더 명료하고 확고하게 말했다. 인정해 줄 만해.

그녀는 말했다. '나는 지금까지 계속 너를 기다려 왔어. 네가 여기 계속 있을 수 없다는 건 알았지. 그때는 그럴 수 없었으니까. 하지만 이제 네 아버지도 안 계시고, 그동안 일어났던 그 모든 일을 생각하면, 이제 넌 머물 수 있잖아, 안 그래? 이제 우리는 항상 그랬었던 것처럼 함께할 수 있어.'

이것은 말도 안 되는 얘기 같았다. 정말 진심이야? 그녀는 정말 내가 지금껏 헨던으로 돌아오고 싶어 했으리라고 생각하는 건가? 내가 아버지와 크게 다퉜던 것, 오직 그 이유 때문에 그동안 여기서 추방당했던 거라고? 나는 그녀의 팔을 잡고, 오렌지색 나트륨 등불이 조금이나마 조명을 비춰 주는 길 쪽으로 그녀를 끌고 나갔다.

나는 말했다. '에스티, 너 지금 무슨 생각을 하는 건데? 나는 뉴욕에 살아. 이제 삼 주 내로 그곳에 다시 돌아갈 거라고. 나는 그냥 아버지 물건들 정리하러 여기 온 거야. 지금 이건 그런 게 아니라……. 봐, 이건 한참 전에 끝난 일이야. 너하고 나. 그건 오래전 일이야.'

에스티는 다시 미소를 지었고, 솔직히 말해서 여러 가지 측면에서 그녀는 나를 정말 섬뜩하게 만들기 시작했다. 얘가 원래부터 이런 애는 아니었는데, 라고 나는 생각하였다. 그러니까, 항상 조용하고 조금 별난 구석이 있긴 해도 *이런* 느낌은 결코 아니었다. 이건 평소에 내가 늘 고찰하던 것을 증명하는 셈이다. 헨던에서 오래 살다 보면 결국 미친 사람이 되고 만다. 도대체 이 동네 지하에는 무슨 특별한 가스라도 분출하는 광물이 묻혀 있는 걸까, 하고 생각하던 찰나에, 하긴 그 와중에 그런 생각을 한다는 건 나 역시 제정신이 아니라는 거지만, 그녀가 내게 빌어먹을 키스를 또 해 버리고 말았다.

나는 그녀를 내 몸에서 밀쳐 내고, 내 팔이 미치는 범위에 그녀를 꽉 붙잡아 두었다. 나는 항상 그 애보다 힘이 셌기에 별로 어려운 일도 아니었다.

나는 말했다. '아니야! 이거 봐, 에스티, 지금 너 *이러는 거 그만해야* 돼. 이러면 안 되는⋯⋯. 내 말은, 그냥 그만두라고. 알았어?'

그녀는 얼굴을 찡그리고 어색하게 몸을 틀어서 내가 잡고 있던 손에서 빠져나갔다. 그녀는 한 발자국 정도 떨어져 서서 나를 바라봤다.

나는 더 차분하게 말했다. '그건 오래전 일이야, 에스티. 우리가 그랬었던 건 나도 알지만, 이제 난 더 이상 그러고 싶지 않아.'

또 다른 긴 침묵이 흘렀다. 나는 공원 내부를 휙 둘러봤지만 너무 어두워서, 바람이 휘젓는 방향대로 용솟음치는 나무들이 이리저리 흔들리는 모양 말고는 아무것도 보이지 않았다.

에스티는 입을 열었고 그녀의 목소리가 내 왼쪽 귀 바로 앞에서, 내가 바라던 거리보다 훨씬 더 가까운 지점에서 달싹거렸다. 그녀는 말했다. '하지만 너뿐이었는데⋯⋯.'

그녀는 말문이 막혔다. 나는 머리를 돌려서 그 애가 우는 모습을 봤다. 말없이 흐르는 눈물들이 그녀 얼굴 위로 반짝거리는 길을 내며 빛나는 모습은 중세의 성모 마리아 초상 같았다. 내가 뭘 할 수 있담? 지금 그녀에게 필요한 건 내가 아닌데. 그녀한테 필요한 것은 그녀를 밖으로 데리고 나가서 마가리타 칵테일을 사 주면서 내가 나쁜 년이라고 욕해 줄 친구들 한 무리였다. 뉴욕에서 내가 영위하는 그런 삶이 그녀에게도 필요했다. 아버지가 죽었던 밤에 내게 필요했던 것이, 헨던에서 그녀가 영위하는 그런 삶이었던 것처럼. 이런 일들에 뾰족한 해결책이란 없다.

나는 그녀의 손을 잡고 말했다. '괜찮아질 거야.' 물론 이건 거짓말이었다. 나는 뭔가 '바닷속 물고기가 어디 나 하나뿐이겠냐?' 아니면 '넌 이겨 낼 수 있어.' 같은 말을 덧붙여서 할 생각이었던 것 같다. 그렇게 짤막하고 뭔가 함축적인 그런 말 같은 것. 하지만 그럴 기회를 얻지 못했다.

아, 헨던에서의 삶이 주는 이 끝없는 즐거움이란. 캄캄한 어둠 속에서 목소리가 하나 들려왔다. 그 목소리가 말했다. '에스티! 로닛! 샤바 토브!* 안식일 잘 보냈어?'

우리는 몸을 돌려 그쪽을 봤다. 아, 반가워 죽을 것 같은 힌다 로셸 버디처. 가발을 쓰고, 멋진 갈색 정장 투피스와 색을 맞춘 정장 구두를 신고, 키가 크고 수염 난 남자의 팔짱을 끼고 있다. 힌다 로셸의 얼굴에는 밝은 미소가 가득했다.

'이쪽은 우리 남편, 레브야.' 그녀가 말했다. '레브, 이쪽은 *로닛*이에요. 라브의 딸이지. 기억하죠, 내가 얘기했던 거?'

분명히 얘기하고도 남았겠지.

레브는 심각한 얼굴로 나를 향해 고개를 끄덕이고 말했다. '삼가 애도를 표합니다. 부디 장수 누리시기를.'

나는 감사를 표하는 와중에도 내내 저들이 얼마나 많이, 어디까지 보았던 걸까, 생각했다. 어둠 속에서 우리 쪽으로 다가오면서, 가로등 아래

---

* Shavua tov: 토요일 밤과 일요일에 하는 히브리어 인사. '안식일 이후의 좋은 한 주를 보내세요.'라는 의미다.

나란히 서 있던 우리가 뭘 하는 것까지? 그게 *내* 삶에는 별다른 해를 끼치지야 않겠지만, 하지만 에스티의 삶은……. 글쎄, 결코 좋을 일은 없을 터였다.

우리는 몇 마디 말을 나눴다. 그들과 대충 헤어지는 것은 거의 불가능한 일처럼 보였다. 힌다 로셸은 우리를 봐서 너무나 반갑다고 했다. 만난 김에 뭐라도 함께 마시러 갈까? 아니. 나중에 우리 시간이 좀 날려나? 아니면 내일? 도비드도 함께? 아 맞다, 맨체스터에 갔다고 했지? 힌다 로셸과 레브는 의미심장한 시선을 교환했다. 어쩌면 다음 주 안식일에 볼까? 힌다는 우리의 연락을 꼭 기다리겠다고 신신당부했다. 그래, 연락할게. 우리는 약속했다. 그렇다기보다는, 내가 약속을 했다. 에스티는 꽤나 단답식으로만 대답했고, 말수가 없었다. 그리고 우리가 지금 어딜 가는 중이라고? 커피 마시러? 아차, 그렇다면 자기네가 우리를 이렇게 잡아 둬서는 안 되겠지. 부부는 또다시 시선을 교환했고 미소를 지었다. 그들은 우리에게서 멀어졌고, 가로등 불빛이 비추는 둥그런 원형의 공간 밖으로 사라져 갔다. 에스티와 나만 침묵에, 그 가로등 불빛 아래 멀뚱하게 서 있도록 남겨 둔 채.

나는 말했다. '에스티, 그냥 지금 있었던 일은 잊어버리자, 알겠지? 산책하다가 문득 분위기를 탄 탓이거나 달빛 탓이거나, 아니면, 어……. 달빛이 없는 탓이거나, 그런 걸 거야. 어쨌든 아무것도 아니야. 이제 커피나 마시러 가자.'

하지만 구조되기엔 너무 늦었다. 그녀는 나에게서 뒷걸음치며 멀어졌고, 처음에는 천천히 그러다 몸을 돌려서 뛰어가 버리기 시작했다. 그녀는 다시 자신의 집 쪽으로 향한 채 비틀거리며 언덕을 꾸역꾸역 올라갔다. 나는 그녀를 뒤쫓아 가야 하는지 잠시 고민했다. 혼자서 돌아간다는 게 위험할지도 모르니까. 하지만 다시 생각해 보면, 헨던은 뉴욕이 아니었고 여기도 센트럴 파크가 아니지 않은가. 아마 별일 없을 터다. 나는 몸을 돌려서 골더스 그린 쪽으로 걸어갔다.

파인골드 박사라면, 사람들은 오직 자기 자신만을 자유롭게 해 줄 수 있다고 말할 것이다. 우리는 모두 각자 타고난 운명의 주인이며, 어떤 사람을 도울 수 있는 유일한 사람은 그 사람 자신뿐이라고. 그녀는 티 없이 하얀 벽들 앞에서, 그녀의 하얀 의자에 등을 기댄 채 말할 것이다. '로닛, 당신이 나서서 이 상황을 해결할 수 있다고 생각하는 이유가 뭔가요? 뭐 때문에 그걸 당신 책임이라고 생각하는 거죠?' 한편으로는 그녀 말이 맞다. 다른 사람의 인생을 내가 대신 해결해 줄 수는 없으니까. 하지만 다른 한편으로는, 누군가 무거운 짐 때문에 힘겹게 허덕이는 것을 봤는데도, 그걸 도와주지 않고 그냥 지나치는 것 또한 잘못 아닌가?

나는 다시 에스티의 삶에 대해서 생각했다. 그리고 내가 아는 것들에 대해 생각했다. 많은 건 아니지만 중요할지도 모르는 부분들. 나는 하나님에 대해서 생각했다. 한동안 생각하지 않았던 존재지만, 나는 신의 목소리를 기억했다. 내가 무엇을 하든 상관없이, 일단 그 목소리를 듣고 난 이후부터는 내 귓가에 얼마나 끊임없이, 그분의 형언할 수 없는 확실성과 용납되지 않는 정당성이 어찌 주문처럼 계속 이어져 오는지를 생각했다.

나는 골더스 그린 로드를 통과하며 줄줄이 늘어선 유대인 상점들 앞을 걸어갔다. 우리 유대인들이 여기 지어 놓은 작은 세상. 코셔 정육점은 나를 향해 안타깝다는 듯 얼굴을 찌푸렸다. 왜 아직도 그들이 자랑하는 으깬 간 요리를 맛보지 않았는지? 지금 1쿼터당 2.25파운드밖에 하지 않는데. 취업 알선 사무실은 함박웃음을 지으면서, 안식일을 지키는 회사에 지원해 보라고 권유했다. 겨울 동안 금요일은 반나절만 근무한대요. 모이셰의 미용실은 내 머리 모양을 보고 눈썹을 치켜뜨며 물었다. 좀 더, 뭐랄까, 다른 사람들이랑 비슷한 스타일을 하시는 게 어때요?

나는 하나님이, 그에 대한 믿음이, 이 하나님에 대한 믿음이 이 사람들에게 어떻게 *폭력*을 행사했는지에 대해 생각했다. 그들을 뒤틀고 구부려서, 그들 스스로 이제 더 이상 자기들이 욕망을 *갖고 있는지/조차* 인식하지 못하게 했다. 그 욕망들에 어떻게 반응해야 하는지 배우는 것은, 심지어 그다음 단계의 문제였고.

나는 계속 골더스 그린 로드를 걸어가면서, 여러 무리의 십 대들이 고함을 치고 웃고 떠드는 베이글 가게를 지나, 식료품 가게들과 우리가 하도 자주 왔던 탓에 메뉴를 통째로 외워 버렸던 작은 코셔 카페들을 지났다. 아직 영업 중인 가게는 많지 않았지만 골더스 그린 역까지 왔을 때, 나는 아직 폐점할 때까지 시간이 어느 정도 남은 작은 케이크 가게를 보았다. 코셔 상점은 아니었다. 가게 내부는 거의 비어 있었다. 나는 이 가게가 여기 있다는 걸 에스티도 발견한 적이 있는지 궁금했다. 그녀 집에서 걸어서 이십 분 정도 거리에 있는, 다른 삶의 한 조각.

나는 자리에 앉아서 피곤해 보이는 웨이트리스에게 초콜릿 케이크를 크게 한 조각 주문했다. 주문한 것이 나왔을 때, 나는 이 안에 첨가되었을지 모를, 코셔가 아닌 온갖 재료들에 대해 생각했다. 케이크 속을 유지하는 젤라틴은 돼지 뼈를 끓인 걸로 만들었을 테고, 색소는 죽은 곤충을 이용했을 수 있고, 케이크를 굽기 전에 철로 된 틀 안에 쇠기름을 발랐다거나 밀가루를 더 부드럽고 차지게 하기 위해 조개류에서 추출한 가루를 넣어 섞었다거나……. 나는 죽어 있고 부패한, 부정한 것들로 가득한 접시를 보았다.

랍비들이 우리에게 말하는 것들은 우리의 심장을 굳게 하며, 우리가 하나님의 목소리를 듣는 데에 점점 더 둔감해지게 한다.

나는 접시의 케이크를 한입 잘라 먹었다. 케이크 표면은 말라서 건조했고, 속에 든 크림은 느끼했다. 어쨌든 나는 그걸 다 먹었다. 한 입 그리고 또 한 입.

7

현자들께서 말하셨다. 여자와 지나칠 만큼 많이 대화하는 자는 그 자신에게 악행을 저지르는 것이며, 토라의 학습을 등한시하는 것이고, 종래에는 게히놈*을 상속받을 것이다.

―피어케이 아보트** 1:5, 유월절과 신년 사이 안식일 오후에 연구

우리 현자들께서는 종종 우리에게 험담의 위험성을 경고합니다. 라숀 하라***, 문자 그대로의 의미는 '사악한 혀'라는 뜻이지요. 물론, 거짓된 이야기를 퍼뜨리는 것부터가 금지되어 있습니다. 거짓된 증인을 내세우지 말라는 것은, 시나이산에서 받은 십계명에도 엄격히 금지된 행위가 아니었던가요? 그리고 거짓된 이야기를 말하는 것이 금지되어 있는 만큼, 그런 이야기에 귀를 기울이는 것도 마찬가지로 금지되어 있습니다. 그러므로 말하는 자와 듣는 자 모두가 주님의 이름 앞에 죄를 짓는 것입니다. 그리고 나아가서, 심지어 그게 진실

---

* Gehinnom: 유대교의 내세 중 하나. 속죄하지 못한 영혼들이 사후 신 앞에 나가기 전에 그들의 부정함을 닦아 정결히 하는 곳. 기독교에서 묘사하는 연옥과 비슷한 개념이다.

** Pirkei Avot: '아버지들의 책'이라는 의미로 번역되며, 훈령과 교육의 목적으로 유대교 랍비들에게 전해져 내려오는 윤리 경전.

*** lashon hara: 유대교 율법에서 언어적, 문자적, 신체적, 어떤 형태의 언어로든, 다른 사람에게 감정적이거나 재정적이거나 물리적인 피해를 야기할 수 있는 소통 형태. 이 책의 강론에서는 크게 '험담하기, 비방하기'라는 의미로 설명한다.

한 이야기라고 하더라도, 어떤 이에 대한 호감을 한결 낮추어 보게 하는 이야기를 하거나 듣는 것도 금지되어 있습니다. 사실상 다른 사람에 대해 이야기하는 일을 아예 피하는 것이 가급적이면 더 낫습니다. 비록 그게 좋은 소식을 퍼뜨리는 것일지라도 말입니다.

그럼에도, 라숀 하라의 유혹은 저항하기 어렵습니다. 하나님의 존재가 우리 세계로부터 그리 많이 가려져 있지 않던 시기에, 차라트*, 악성 나병이라 묘사할 수 있는 이것이 라숀 하라를 행했던 자들 위에 임했었다고 토라는 우리에게 말해 줍니다. 모세의 누나인 미리암이 올케를 비방했을 때, 그녀는 이 질병에 걸렸습니다.** 우리가 끊임없는 비통함으로 애도하는 바이지만 예루살렘 대성전이 파괴되었던 것도, 이스라엘 백성들의 거듭된 라숀 하라로 인해 야기된 바라고 쓰여 있습니다. 라숀 하라는 금지된 행위들 중 가장 유혹적인 것입니다. 쉽고, 즐거우며, 그 재료도 무궁무진하지요. 그럼에도 우리는 그것을 멀리하라는 명을 받았습니다.

현자 한 분이 험담하는 여자 하나를 질책하신 적이 있습니다. 그

---

* tzara'at: 구약 시대 이스라엘 사람들에게 나타난 악성 피부병과 곰팡이. 하나님이 내린 부정한 죗값으로 여겨지는 재앙이며, 이에 대한 처리 방식이 레위기 13~14장에 묘사되어 있다.
** 민수기 12장에 언급되는 사건. 모세의 친형과 친누이자 이스라엘 백성들을 이끄는 사사였던 아론과 미리암이 모세를 질투하여 비방하면서 자신들에게도 모세만큼의 능력이 있다고 이야기하자, 하나님께서 이들을 처벌하기 위해 미리암에게 나병을 앓게 했다. 두 남매 중 미리암은 나병의 고통과 함께 칠 일간 진 바깥에 격리되는 수치를 겪은 반면, 하나님의 진노를 함께 사서 두려워했다는 것 이외에 아론이 실질적으로 받은 처벌에 대한 언급은 없다. 이것을 두고 미리암은 비방의 말, 즉 '라숀 하라'를 직접 한 사람이고 아론은 들은 사람이라 처벌 강도에 차이가 난다고 해석하기도 한다.

는 그녀에게 베개 하나를 주며 마을에서 가장 높은 건물 옥상으로 그것을 가지고 가서 사방에서 불어오는 바람에 그 깃털들을 날려 보내라고 했지요. 여자는 그 말을 따랐습니다. 그러고 나서 현자는 그녀에게 말하길, '이제 가서 당신이 흩뿌린 깃털들을 모두 주워 와 보십시오.'라고 했습니다. 여자는 그건 불가능한 일이라고 외쳤습니다. '그렇군요.'라고 현자는 말했습니다. '하지만 당신이 퍼뜨린 이야기들을 다시 주워 오는 것보다는 얼마나 더 쉬운 일이겠습니까.' 사악한 이야기들이 우리 입술의 감시를 일단 빠져나가 버리면, 그것을 되찾아 오는 것보다 양이 산비탈을 오르듯 거꾸로 산을 올라 넘는 쪽이 더 쉬운 일일 것입니다.

* * *

헨던은 마을이다. 물론 그곳은 세계에서 가장 위대하게 발달한 도시들 중 하나인 런던 안에 존재한다. 헨던은 이 도시와 연결점을 가지며, 사람들은 그 두 장소 사이를 자유롭게 오간다. 하지만 어쨌든 헨던 자체는 조그만 동네다. 헨던 사람들은 서로 무슨 일을 하는지 안다. 헨던에서는, 한 여자가 중심가 대로 이쪽 끝에서 저쪽 끝까지 걸어가는 동안 단 한 번도 아는 사람과 우연히 마주치지 않는다거나 정육점, 빵집, 식료품점 사이마다 멈춰 수다를 떨지 않는다는 건 있을 수 없는 일이다. 헨던의 슈퍼마켓에서 팔려 나가는 것이라곤 오직 냉동 채소와 세탁 세제뿐이었다. 나머지는 모두 소매점에서 샀는데, 가게 주인들이 고객들의 이름을 모두 알고, 그들이 가장 좋아하는 물건들이 뭔지도 다 알아서 갖다 놓는 식이었다. 더 넓은 세계가 존재했지만, 헨던에서만 해도 그들에게 필요한 모든 것들이 다 제공되었다. 토라 교육에 충실한 학교들과 코셔 상점들과 회당들과 미크바들과 안식일이면 문을 닫는 가게들과 중매쟁이들과 장례 이사회들까지. 우리는 오래전에, 그 외에는 다른 방법이 없던 시절부터 이런 방식의 삶을 잘 습득하였다. 우리는 그런 삶에 매우 능숙하다. 거북이처럼, 우리는 등딱지 위에 우리의 작은 집을 이고 다닌다. 우리는 곧 다른 해변을 향해 떠나야 할 입장에 처해 있다고 믿는다. 자급자족이 가능하다는 것 역시 그런 상황에서는 괜찮은 일이다.

헤슈완월의 첫날인 일요일에 달이 그 창백한 살갗 한 조각을 힐끗 드러냈고, 라브 크루슈카의 애도 주간은 공식적으로 끝났다. 북서부 런던 전역에 걸쳐 이 사건은 소소한 규모로만 전해졌다. 《주이시 크로니클(The Jewish Chronicle)》은 라브의 인생에서 벌어진 주요 사건들을 기록한 부고 기사를 반면에 걸쳐 냈다. 그 기사의 어조는 살짝 과도할 정도로 열정적이었으며, 세부적인 묘사는 조금 흐릿한 편이었다. 보다 투철한 신념을 드러내는 간행물 《주이시 트리뷴(The Jewish Tribune)》은 라브 장년기에 찍힌 대형 사진과 함께 그가 이룬 업적에 대해 호사스럽게 극찬하는 기사를 실었다. 라브의 죽음은, 그들에 따르자면, 영국 유대인들의 심장을 산산이 부서뜨린 망치의 일격과도 같았다. 그의 죽음이 가져온 상실은 결코 채워질 수 없는 공백을 남겼다. 라브는 자기 시대에 우뚝 선 거인이었으며, 의심의 여지없이 장차 다가올 세계에서 의인들과 식탁에 함께 앉아 만찬을 즐기리라고 《트리뷴》은 결론지었다. 과연 이 진술이, 라브 슐하에 아무 자녀도 없다고 간결하게 정리한 《크로니클》의 좀 더 담백한 진술보다 더 정확한지 아닌지를 판단하는 것은, 천국이 아닌 이 땅에 거주하는 우리에게 주어진 몫이 아니다.

헨던의 다른 회당과 모임 신도들에게 이 애도 주간의 마지막 날은 거의 별다른 감상 없이 지나갔다. 소규모 슈티벨*들, 빈 가정집이나 사용되지 않는 사무실에 자리 잡고 들어간, 그 조그맣게 숨겨진 회당들 사이에서 라브의 죽음은 아주 약간의 파장을 일으켰다. 이러한 공동체를 이끄는 라브들은, 주간 설교 도중에 고인의 생애와 업적에 대해 가볍게 언급했다. 그들은 그를 소년 시절부터, 혹은 청년일 때부터 알고 지냈었다. 그는 지도자였고, 교사였고, 친구였다. 그들의 신도들은 침통한 태도로 설교를 들었지만, 이후 예배가 끝난 뒤 점심 식사를 잘 챙겨 먹고, 안식일 송가를 부르고 잠을 푹 자고 일어나니 그런 애석함은 널리 잊히고 말았다. 좀 더 큰 규모 회당들, 즉 안락한 교외 지역의 골목 가장 안쪽에 자리하면서 안정적인 거리를 유지한 채, 그 주변을 둘러싼 집들도 모두 내부 설비를 잘 갖춘, 그런 동네 회당에 다니면서 하나님 역시 유복한 사람들을 선호하실 거라고 단단히 확신하는 신도들의 경우에는, 아마 《크로니클》의 기사를 읽고 나서 어깨를 으쓱하거나 한숨을 쉬거나 그저 다음 페이지로 넘어갔을 터다. 그리고 외풍이 불어 드는 누추한 공간에 모여 '대안적인' 예배에 참석하는 젊은 남자들과 여자들, 열정적인 토론으로 단결하고, 매달 정기적으로 채식주의 식사를 함께하는 그런 이들의 경우에는? 그들이 이 소식에 반색하며 기뻐했다고 하기는 지나친 감이 있으리

---

* shtiebel: 보통 유대교 회당(synagogue)보다 작은 규모의 기도실이며 구성원들의 수가 많지 않은 소규모 회당으로 사용되는 경우도 있다.

라. 그들도 라브의 존재를 알긴 했으므로, 그냥 그다지 진보적이지도 현대적이지도 않은 구시대적 요소, 그러므로 그들에게는 별다른 가치가 없다고 판단되는 존재가 자연스럽게 철폐되었다는 사실이 그들에게 어렴풋한 안도감을 느끼게 해 줬을 뿐이라고 해 두자.

하지만 라브 본인의 공동체 내부에서 그를 잃은 사건은 보다 깊은 상처를 남겼다. 애도 주간에 일부 가정들에서는 현실을 부정하는 곡해와 불가해한 감정들이 터져 나오기도 했다. 헤슈완월의 첫날이 다가오자, 앞서의 불편했던 긴장감은 다소 풀어졌다. 애도 주간은 끝났다. 라브는 죽은 것이다. 이 딱딱한 사실 자체에는 일말의 자비도 포함되어 있지 않았지만, 이제 새로운 생각이 조금씩 싹트기 시작했다. 그는, 어쨌든, 나이가 많은 분이었으니까. 새로운 세계가 강림하는 것을 보지 못한 채 그가 세상을 하직한 것은 어쩌면 당연할 수밖에 없는 일이었다. 각자 마음속에 이 생각이 뿌리내리도록 놔두자, 사람들은 일이 이렇게 되고 말 것을 스스로 언제나 알았음을 깨달았다. 지금 벌어진 상황은 비극이 아니었다. 심지어 별로 놀랄 만한 일도 아니었다. 그리고 한결 마음이 편안해진 라브 크루슈카의 회중 구성원들은 하나둘씩 입을 열고 이야기를 하기 시작했다.

그것은 헤슈완월 첫날 아침, 르빈네 정육점에서 시작되었다. 가게 안은 사람들로 붐볐고 살짝 더웠다. 르빈 씨는, 나이 많은 예전 르빈 씨의 아들, 계산대 뒤에 서서 손님들을 맞이하느라 바빴는데, 갈아 놓은 고기와 으깬 간 요리를 나눠 담으면서, 그의 아들인 어린 르빈에게 닭다리를 더 가져오라고 고함치고 있었다. 르빈 부인은 계산대 뒤쪽에 앉아서 먹지가 들어간 장부 위에 연필을 꾹꾹 눌러 가며 영수증을 써 주고 있었다. 자른 소혓바닥 한 봉지를 꺼내려고 냉장고 너머 몸을 구부리는 콘 부인의 모습이 블룸 부인의 눈에 띄었던 것은 바로 이 르빈네서였다. 블룸 부인과 콘 부인은 예전 나이 드신 르빈 씨가 이곳의 주인이었을 때부터 르빈네 정육점의 단골이었다. 그 당시만 해도 르빈 씨는 코셔 처리를 하지 않은 값싼 닭고기를 팔았기에, 집에 가서 따로 소금을 적시고 말리는 과정을 거쳐야 했었다. 이제 그의 아들은 '바비큐에 안성맞춤인' 끈적끈적한 오렌지 시럽으로 양념한 양갈비를 도입했고, 닭고기 슈니첼이라 하던 것들은 '껍질을 제거한 저지방 닭가슴살'이라고 불린다. 하지만 특제 송아지 족 젤리는 여전히 마늘 향이 잘 배어 먹을 만했고, 미트볼용 그레이비소스도 걸쭉하게 잘 나왔다. 르빈네 정육점에서 만나 수다를 떠는 건 딱히 해로울 것도 없는 쉽고 간단한 일이었다.

두 여자의 대화는 서로의 가족과 친구들에 대한 안부 인사에서 자연스럽게 라브한테로 넘어갔고, 지금 슬픔과 상심을 겪고 있을 게 분명한 가엾은 그의 유가족에게로, 그리고 물론, 전날 아침 회당에서 에스티 옆자리에 앉아 있던 그 낯선 여자에게로 이어졌다. 거기서 그들은 잠시 멈췄다. 둘 중 아무도 자신이 생각하는 것을 직접 입 밖에 꺼내고 싶지 않았기 때문이다. 하지만 가게 안의 시끄러운 소음에 용기를 얻어 그들은 말을 이어 갔다. 설마 그게 그 애였을 수 있을까? 둘 다 다가가서 직접 확인해 볼 생각은 들지 않았었다. 왜냐하면 예전 모습과는 한참 달라 보였으니까, 그런데 라브가 돌아가셨으니, 하지만 그게 그녀일 수 있나? 머리는 당연히 짧게 잘라 낸 것 같고 몸은 예전보다 더 말랐고 더 딱딱해진 인상이긴 했는데, 그렇지만 그 애 말고 다른 사람일 수가 없잖아. 그동안 뭘 하고 지냈을까? 아마 맨체스터에 있는 걔네 친척들과 같이 살았을지도? 아니야. 그 치마 옆이 훌쩍 터진 슬릿 봤잖아요. 맨체스터 회당들의 도덕 기준이 극적으로 땅에 처박혀 버린 게 아니라면 ─ 두 여자들은 이 가능성 역시 전혀 불가능한 것으로 취급하진 않았다. ─그럴 것 같지는 않아. 그러면 그 애가 맞았던 건가? 라브의 딸 말이에요, 그때 그…… . 글쎄, 당시에 이상한 소문들이 돌긴 했죠. 아버지랑 크게 싸웠고, 절연을 했다던가. 정확히 알 수야 없었지. 대화는 점점 끊어져 침묵 속으로 표류했고, 찜찜한 기분을 떠안은 채로 두 여자는 각자 갈 길을 갔다.

그러나 그들이 나누던 대화는, 거대한 사육조류 냉동 찬장 뒤쪽에 서 있느라 본의 아니게 눈에 띄지 않았던 치과 교정사 스톤 씨의 아내 스톤 부인의 귀에도 들어갔다. 치과 교정사인 스톤 부부는 라브 회당에 참석한 지 아직 이 년밖에 되지 않았다. 스톤 부인은 신참이다 보니, 예배당에서 에스티 쿠퍼만 옆자리에 앉아 있던, 놀라울 정도로 현대적인 분위기의 젊은 여자가 누군지 알아보지 못했다. 하지만 공교롭게도 그 안식일은, 그녀가 키뒤시* 준비를 하는 프루마 하토그를 도울 차례였던 날이었다. 예배 이후에 사람들이 먹을 비스킷, 바삭한 베이컨, 어육 완자, 다진 청어 요리, 피클 그리고 달콤한 적포도주를 작은 잔에 따라 두는 것이 그들의 임무였다. 이렇게 함께 짝을 이루어 음식 준비를 하는 동안 결코 다정하고 쾌활하게 군적이 없는 프루마이기도 했지만, 스톤 부인은 그날따라 그녀가 특히나 더 두드러지게 말수가 적다는 점을 감지했다. 스톤 부인으로 말할 것 같으면, 그녀는 그저 흠잡을 데 없이 가지런한 자신의 치아를

---

* kiddush: 안식일이나 축제일 밤에 포도주와 빵을 먹는 의식.

드러내기만 해도 좋아할 정도로 입 여는 일 자체를 즐기는 사람이었기에, 무뚝뚝한 프루마의 반응에도 결단코 굴복하지 않을 참이었다. 그들이 도일리 종이를 깐 접시들 위에 동심원 모양으로 크래커를 예쁘게 진열하고, 각 게필테 완자들마다 꼬치가 하나씩 제대로 꽂혔는지 꼼꼼히 확인하던 중에, 스톤 부인은 다시 한 번 시도를 꾀했다.

'참, 그래요, 프루마, 어제 저녁 식사엔 손님이라도 와 계셨나요?'

프루마의 손이 떨리면서 작은 포도주 잔들이 담긴 접시가 불안하게 달그락거렸다. 그녀는 입술을 얇게 다물고 대답했다. '에스티와 도비드 쿠퍼만이 오셨었죠. 그쪽이 상관할 바도 아니고요.'

스톤 부인은 활짝 드러낸 이 위로 천천히 입술을 덮었다. 어쩌면 프루마도, 저 뒤틀린 오른쪽 송곳니를 교정하면 더 자주 미소 짓고 싶어질지도 모른다고 생각하면서. 하지만 이제, 사육조류 냉동 찬장 뒤쪽에 서 있는 스톤 부인은 프루마의 성난 기분이 과연 전적으로 치과 교정상의 문제일 뿐인지 의심하기 시작했다.

*

스톤 부인은 그날 아침, 좀 이따 빵집에서 갓 나와 부드럽고 따뜻한 양파 플라첼*과 향기로운 곡물빵을 사면서, 우연히 친하게 지내는 에이브러햄 부인 그리고 버디쳐 부인과 마주쳤을 때 조금 전 마음속에 생겨난 의심을 털어놓았다. 다른 사람들이 계산대를 향해 간신히 빠져 지나갈 수 있도록, 그들이 한쪽 면으로 살짝 비켜서는 동안 가

---

* platzel: 양파를 넣어 만든 유대식 롤빵.

게 안에 진동하는 갓 구운 빵의 산뜻한 냄새가 그들을 가득 에워쌌다. 스톤 부인은 목소리를 낮춰 말하려고 했지만, '호밀빵 두 덩어리요, 얇게 썰어 주세요!'라거나 '롤빵 스물네 개짜리요, 큰 걸로요, 작은 거 말고!'라고 외쳐 대는 주문들 사이에서 그녀 머릿속에 떠오른 걱정스러운 생각들을 보다 우렁찬 목소리로 얘기하는 것밖에는 별다른 도리가 없었다. 그녀의 말을 들으며 다른 두 여자는 고개를 끄덕였다. 라브 딸의 귀환, 프루마 하토그가 부렸던 의문의 심통, 그녀의 안식일 저녁 식탁에 왔던 손님들 중 로닛을 굳이 언급하지 않았던 것. 이 모든 것들이 어떤 의미를 지니는 것 같았다. 하지만 그게 뭘까?

버디쳐 부인이 숨을 훅 들이쉬었다. 그녀가 무엇인가를 알지도 모른다. 그냥 사소한 내용이긴 한데. 여자들이 가까이 다가서는 동안 빵을 자르는 기계가 덜컥덜컥 소리를 냈고, 빗살 같은 칼날이 아래위로 번득였다. 뭔데? 버디쳐 부인이 아는 게 뭐냐고? 버디쳐 부인은 고개를 저었다. 그런 일들을 입에 올리는 것은 옳지 않은 행동일 수 있다. 그녀와 버디쳐 씨가 전날 저녁에, 안식일이 끝나고 나서 집으로 걸어가는 길에 뭔가를 본 듯도 했던 것이다. 하지만 그들이 확실히 본 것은 아니었다. 어두웠고, 그들은 꽤 멀리 떨어져 있었으니까. 그들의 눈이 착각했던 것인지도 모르지. 하지만 딱 보기에도 로닛은 너무 달라 보이니까, 머리카락을 그렇게 짧게 깎고, 태도는 그렇게 과격하고, 또 서른두 살인데도 여전히 결혼을 안 했다니까, 뭐, 그런 느낌이 없지 않아 있기는 하잖아요. 하지만 뭔데? 뭐가 보였다는 거야? 빵 자르는 기계가 다시 부활의 포효를 내질렀고, 머리가 축 처져 납작하게 달라붙은 점원이 그 옆에 서서 네 덩어리의 거대한 사각형 흰 빵을 기계 속에 집어넣었다. 버디쳐 부인은 머뭇거리며 이의를 제기했다. 그런 말을 한다는 것은 라숀 하라일 테고, 그리고 그들이 수년 전에 배웠듯이 라숀 하라는 사악한 짓이니까. 스톤 부인과 에이브러햄 부인은 비록 먼 곳에서긴 하지만, 이쯤에서 그만두라는 어떤 희미하고 침착한 목소리를 들었다. 이만하고 넘어가, 그 목소리가 말했다. 사려던 것들이나 사고 이만 가라고. 베이글과 키쳴*과 루겔라크**를 사서 나가. 하지만 더 가까운 곳에서 확실하게, 그들은 양쪽 관자놀이에서 점점 빠르게 뛰는 맥박을 느꼈다. 계속해, 그들이 압박했다, 계속해 봐. 버디쳐 부인은 망설였고, 낮은 목소리로, 계속 말을 이어 갔다.

수치스러운 의심이 펼쳐지면서, 그들은 고요히 그리고 굳건히 단결했다. 각자 다른 두 사람이 방금 언급된 말의 의미를 완전히 이해했는지 확인하기 위해 서로를 쳐다봤다. 그들은 주변을 살폈다. 치즈케이크 반 파운드와 짭짤한 롤빵을 요구하는 손님들의 떠들썩한 외침은 조금도 수그러들지 않고 계속되었다. 셋 중 누구도 쉽게 입을 열지 못했다. 누구든 먼저 섣불리 말을 꺼내서, 아마도 스스로의 무지함과 안일함을 드러내고 마는 걸 원하지 않았기 때문에.

'설마, 그게 사실일 리는 없겠지.' 에이브러햄 부인이 마침내 말했다.

버디쳐 부인은, 그 조용한 목소리가 끊임없이 잔소리를 하듯 그녀 스스로도 확신할 수 없다는 점을 꾸준히 상기시켜 주었음에도, 자신

---

* kichel: 계란과 설탕으로 만든 네모난 모양의 쿠키.
** rogelach: 크림치즈, 초콜릿, 시나몬 등을 넣은 페이스트리.

은 확신한다고 선언했다. 절대 그렇고말고. 로닛은 어린 소녀던 시절에조차 언제나 발칙하고 제멋대로였다. 그 당시에도 이미 그녀에 대한 소문이 돌았었다는 것을 에이브러햄 부인도 분명히 인정하였으리라. 에이브러햄 부인은 생각에 잠겨 고개를 끄덕였다.

'실제 계율상으로는* 그런 일을 어떻게 말하지?' 그녀는 물었다.

잠시 침묵의 순간이 흘렀다.

'물론 금지된 거겠지요.' 버디쳐 부인이 말했다.

여자들은 고개를 끄덕였다.

'토라에는 없어.' 에이브러햄 부인이 말했다. '거기엔 오직 남자가 다른 남자와 동침하는 것에 대해서만 나와 있는걸.'

'내 생각에는 랍비들이 금지하셨던 것 같아.' 스톤 부인이 말했다. '"이방의 애굽 여인들이 하는 짓"이라고 불리는 거. 게마라에 나오는 것 같은데요.'

그러자 아마도 셋 중에서는, 마음속의 작고 평온한 목소리를 가장 명확하게 들었던 사람이라 할 수 있는 에이브러햄 부인이 말했다. '금지된 걸 좀 하면 또 어쩔 건데? 힌다 로셸, 자기 아주버님네 아이들은 코셔에서 벗어난 고기를 먹고, 안식일도 지키지 않잖아. 그렇지만 자기는 여전히 그들을 초대해서 같이 시간을 보내지. 그거랑 뭐가 달라?'

버디쳐 부인은 처음엔 수치스러워하다가 나중엔 화가 난 것처럼 보였다. 그녀는 입을 열었다가, 다시 닫더니, 결심한 듯 다시 열었다. '이건 완전히 다른 거죠. 아시잖아요. 특히 누군가에게 억지로 *자기*

---

* halachic status: 유대인의 율법인 할라카(halacha)와 관련된 사항.

자신의 그런 걸 강요하는 건 말이에요.'

'자기가 봤던 게 그거라는 건 확실한 거야?' 에이브러햄 부인이 물었다.

순간적인 침묵이 다시 한 번 지나갔다. 빵을 자르는 기계가 내는 나지막한 소리가 이어졌다.

'네.' 버디쳐 부인이 말했다. '제가 말씀드렸잖아요. 로닛이 그녀를 끌어안았어요. 그녀는 빠져나오려고 애쓰며 몸을 뒤틀었다고요. 그녀는 울고 있었어요. 그건 확실해요.'

그녀는 흐트러진 머리카락이 빠져나와 자신의 시야를 가리지 않고 있음을 다시 확인하면서, 쓰고 있던 모자를 거듭 매만졌다.

가게 점원은 마지막 남은 검은 빵 세 덩어리를 기계 안으로 집어넣다가, 칼날이 그녀의 손가락을 베었음을 느끼고 따끔함에 놀라서 겁에 질린 모습이었다. 그녀의 가운뎃손가락 끝에서 빨간 구슬처럼 핏방울이 차올랐다.

에이브러햄 부인은 선언했다. '만일 이게 사실이라면, 우리가 가만히 있을 순 없어. 에스티가 위험에 처한 상태일지 몰라. 우리는 무슨 행동이든 취해야 해.'

세 여자들은 동시에 눈을 깜박였다. 조금 전까지만 해도 그저 순수한 흥미로만 가득했던 이 이야기는, 이제 곤란함으로 가득 차 있었다. 어떤 행동이 필요해진 상황이 되었는데, 하지만 뭘 어떻게 한담? 다른 때였다면, 그들 중 하나는 이 난제를 두고 라브와 의논하러 갔을 터다. 하지만 이제 누구를 찾아가야 한단 말인가?

'우리들 중 누가 도비드에게 얘기를 해 봐야 해요.' 버디쳐 부인이 말했다.

또 다른 적막이 따랐다.

'아니면 에스티한테?' 스톤 부인이 물었다.

다른 두 여자들은 고개를 저었다. 에스티 쿠퍼만은 그런 방법으로, 혹은 그런 문제에 대해서 이야기할 만한 상대가 아니라는 게 그들의 중론이었다.

'어쩌면……' 에이브러햄 부인이 말했다. '어쩌면 내가 핀커스한테 의견을 물어볼 수 있지 않을까? 그건 라숀 하라가 아닐 거야, 설마. 내 남편한테 어떻게 생각하는지 묻는 것은?'

여자들은 고개를 끄덕이고 미소를 지었다. 아주 훌륭한 해결책이다. 핀커스 에이브러햄은 남자 신학 대학에서 이 년의 공부를 마쳤고, 일주일에 닷새는 토라 공부를 하니까. 그러면 답을 알겠지.

이 대화가 이처럼 정의롭고 영예로운 방식으로 종결되었다는 것을 고려하면, 에이브러햄 부인이 남편에게 이야기를 꺼낼 때쯤 이미 그들이 내비쳤던 의심의 씨앗들이 바람을 타고 휩쓸려 날아가 헨던의 온 땅에 떨어지기 시작한 일을, 온전히 이 세 여인들의 잘못으로 받아들이긴 어려우리라. 일요일 아침의 빵집이란, 내밀한 대화로만 남길 바라는 논의를 하기엔 결코 적절한 장소가 아니었던 것이다. 다양한 반쪽짜리 생각들과 조금씩 겉으로 드러나는 태도의 변화들이 한 사람에게서 다른 사람에게로 퍼져 나가는 동안, 그 와중에도 몇몇 남자들과 여자들은 정말로 얼굴을 돌리면서, '아니, 이건 라숀 하라야.'라고 말하며 더 이상 대화에 끼어들기를 거부했다는 사실을, 우리는 높이 사야 한다. 그러한 사람들은 우리의 감탄과 존경을 받아 마땅한데, 내부의 모든 욕구들이 엉뚱한 방향으로 가기를 갈망하고 있을 때조차 주님 명령에 순종한다는 것은 한없이 어려운 일이기 때문이다. 그런 영혼들을 위한 포상은 실로 아낌없이 풍족하리라.

하지만 대부분의 헨던 사람들은 그들 영혼 안에 그만큼의 강인한 신념을 소유하지 못했다. 모세의 누나 미리암처럼, 그들은 직접 이야기를 풀어내거나 아니면 모세의 형 아론처럼, 그들은 그 이야기에 귀를 기울였다. 그리고 모든 예언이 그렇듯, 차라트라 불리는 나병이 이 땅에서 사라지고 난 시기에는, 주님께서 그들에게 어떤 처벌을 마련하셨는지 아는 것은 우리에게 주어진 몫이 아니다. 어쨌든 어떤 벌을 받게 되든지 간에, 그들의 부지런한 활약 덕분에 핀커스 에이브러햄이 자기 친구들인 호로비츠, 멘치와 이 문제를 논의할 시점에는(우리 현자들의 견해와는 다르게도, 라숀 하라의 위험성은 여자들에게만 국한된 것이 아니다.) 헨던 주변 여러 집들 사이에서 이 문제는 이미 공공연하거나 혹은 최소한 그렇다고 추정되는 사항이었다. 그리고 도비드와 함께 게마라를 학습했던 멘치가 맨체스터에 있는 도비드 본가에 전화를 걸어 보기로 결심했던 순간에는, 무수한 혓바닥들이 자기 할 일을 이미 끝낸 상태였다. 그리고 이 일은, 우리가 이미 봤던 것처럼, 결코 돌이킬 수 없는 것이었다.

특별히 분명한 이유는 없지만, 헨던에는 *갈매기*들이 있다. 뭐, 갈매기들이 없어야 하는 특별한 이유가 있는 것도 아니긴 하지만——해변이랑 가깝다면 가까울 수도 있는 거리니까. 그래도 브렌트 스트리트의 코셔 상점들과 탈무드 트로브 책방을 지나치면서, 갈매기들이 머리 위 하늘을 빙그르르 돌거나 땅에 버려진 베이글 조각을 주워 먹으려고 아래로 급강하하는 모습을 보는 것은, 뭔가 어울리지 않는 느낌이다. 너무도 넓게 펼쳐지는 그들의 날개는 회색과 흰색이 뒤섞여 있으며, 그들의 부리는 생각보다 훨씬 크고 포악하다. 나는 토요일 밤 헨던을 가로질러 걸어가면서, 그들이 심지어 자정을 넘긴 시각에도 여전히 하늘을 맴돌거나 그러다 문득 아래로 덮치듯 내려오는 광경을 보고 깜짝 놀랐다.

나는 그 토요일 밤 매우 늦은 시각에야 에스티의 집으로 돌아왔다. 그녀는 이미 잠들었는지 집은 온통 깜깜했고 그러는 편이 최선인 것처럼 보였다. 나는 내 침실에 앉아서 스스로 선택할 수 있는 것들을 하나하나 고려했다. 나는 당장 집으로 갈 수도 있었다. 점점 더 소름 끼치는, 폐소공포증을 야기하는 이 환경을 박차고 나가 버리는 것이다. 내 옛 친구이자 연인이었던 에스티와 그녀의 쓸모없는 남편이라는 난제와 소통하는 데에는 완전히 실패하면서. 그리고 확실히 해 두기 위해서 말하자면, 그 선택지에는 충분히 끌리는 부분들이 있었다. 하지만 또한 조금 과잉 반응처럼 보이기도 했다. 나는 도비드와 대화하고, 에스티와 대화하고, 우리 셋이 마주 앉아서 '함께 대화로 해결해 보자.'라고 할 수도 있겠지. 나는 어쨌든 이제, 어느 정도는 미국인이니까. 그게 바로 믿음직한 미국식 치료 방식 아니겠어? 난 도저히 그럴 수 없어, 라고 느꼈다면 그건 아마 내가 겁쟁이라는 뜻일까? 둘 중 아무하고도 그런 종류의 대화를 나누고 *싶지 않다면?*

그러면 내가 선택할 수 있는 건? 아, 그래. 영국에 있을 때는 영국의 법을 따라야지. 입술을 꾹 닫고 내색하지 않는다. 억압. 숨결 아래 조용히 입속으로만 중얼거리며 묵묵히 하던 일을 그대로 밀고 나아가는 것. 끝까지 참아 내는 것. 다른 말로 하자면, 주어진 문제를 그냥 무시해 버리기. 나는 새벽 6시에 알람을 맞추고 잠들었다. 그날 밤 내 꿈에는 헨던의 갈매기들이 나왔는데, 그들의 부리와 구부러진 발톱은 극단적으로 날카로워 보였다. 한쪽으로 머리를 기울인 채, 무슨 생각을 하는지 도무지 알 수 없어 보이는 유리구슬 같은 눈 하나로 나를 *빤히 바라보는* 그 모습이 생생했다. 어딘가 갈매기 떼의 공격에서 도망치는 티피 헤드런*이 생각나는 꿈이었다. 하지만 내 꿈에 나온 새들은 아무 짓도 *하지* 않았다는 점이 다르다. 그들은 날 공격하거나 굴뚝 아래로 타고 내려오거나 유리창을 깨거나 하지 않았다. 그저 *바라보고만* 있을 뿐이었다.

나는 제시간에 일어나서 옷을 걸쳐 입고, 에스티에게 말을 붙이거나 혹은 그녀가 깨어났는지 확인하느라 머뭇거리는 일도 없이 곧장 그 집에서 나와 아버지의 집으로 걸어갔다. 나에겐 주어진 임무가 있었다. 내가 그것을 해낼 수만 있다면, 뉴욕 집으로 향하면서 이 여행이 완전한 시간 낭비만은 아니었다고 장담할 수 있으리라. 나는 현관문을 잡아당겨 열었다. 이 집은 이제 더 이상 내게 두려운 곳이 아니었다, 내가 라디오를 켜는 요령을 깨우치고 난 이후부터는. 나는 지금까지 내가 한 작업들을 검토했다. 서재 중앙에 있는 테이블과 바닥은 이제 깨끗이 치워져 있었다. 나는 검은 비닐봉지에 한가득 채운 쓰레기를 다섯 개나 버렸고, 쓸모 있어 보이는 종이들은 그 옆 사이드 테이블 중 하나에다 쌓아 놓았다. 나는 찬장을 정리하면서 두어 시간 정도를 더 보냈다. 잡지들. 지난 삼십년간 쌓인 과월호가 되어 버린 다양한 유대인 간행물들. 몇 가지 물건을 발견하면서, 이러다가 곧 촛대도 찾을 수 있겠다는 낙관적인 느낌이 들기도 했다. 안감에 벨벳을 덧댄 작은 상자에서, 나는 내가 어렸을 때 썼던 게 기억나는 작은 은제 키뒤시 컵을 발견했다. 이디시어로 된 책들 한

---

* Tippi Hedren(1930~): 미국의 배우. 앨프리드 히치콕 감독의 영화 「새(The Birds)」에서 공포를 자아내는 수많은 새 떼에게 쫓기는 주인공으로 출연했다.

무더기 뒤쪽에 갇힌 채로, 선반 한쪽 구석에 끼어 있던 유리그릇도 나왔다. 어머니가 금요일 밤마다 피클을 담아 내주곤 하던 그릇이다. 삼각형 모양으로, 바깥은 뾰족한 질감이었지만 안쪽은 완만한 곡선으로 파여 있고, 빨갛고 노란 꽃들로 이루어진 무늬가 옆면에 전사되어 있다. 내 삶에서 지나가 버린 그 시기의 기억이 너무도 생생하게 되돌아오는 느낌이어서, 그 그릇을 들고 안쪽의 매끄러운 표면을 손가락으로 쓸어 보는 것만으로, 새콤한 딜 냄새가 거의 내 *코끝을 스치*는 듯했고, 오이 피클과 구운 닭고기가 서로 조화롭게 산뜻한 대조를 이루던 그 맛이 느껴지는 것 같았다.

이런 생각을 하다 보니 화가 치밀어 올랐다. 아버지에게 무슨 *권리*가 있어서, 그는 나의 유년기를 이렇게 숨겨 두었던 것일까? 이 엉망진창인 상태, 이 혼란은 내가 원하는 것을 찾지 못하도록 방해하려는 목적으로 고안되어 있는 것만 같았다. 나는 일어나서 방을 찬찬히 살펴봤다. 촛대들은 여기 없다. 나는 여기 있는 모든 찬장들과 모든 선반들을 샅샅이 뒤졌다. 책장들을 다 끌어내서 그 뒤편까지 들여다볼 수도 있겠지만, 그건 좀 터무니없는 짓 같았다. 아니야. 나는 내 마음속에 그 촛대에 대한 확고한 인상을 가지고 있었다. 나는 어머니가 그것을 사용하던 방식대로, 그리고 나중에는 내가 금요일 밤마다 거기에 불을 밝히던 대로 그 촛대들을 기억했다. 그들의 아름답고 정교한 형태를 머릿속에 그리듯이 떠올렸다. 각자 내 팔뚝만큼 긴 촛대들은 찬란한 은으로 되어 있다. 넓은 갈고리 모양의 받침, 호리호리한 줄기는 은제 나뭇잎들로 뒤덮인 거대한 구근으로 불어나 있고, 그리고 나서는 더 크기가 작고 모양이 비슷한 구근으로, 그리고 또 다른 구근으로, 촛대 자체가 끝나기 전까지 이어져 있다. 촛대는 충분히 커서 필요하다면 하루 종일 타들어 갈 만큼 큰 초를 꽂을 수 있을 정도다. 마음속에서 나는 그들을 내 손으로 쥔 것처럼 생생히 느꼈다. 촛대 오른쪽으로 항상 살짝 틀어진 잎사귀 하나가 약간 거칠거칠하게 와닿던 그 느낌마저 그대로였다. 아버지가 그것을 아무에게나 줘 버리진 않았을 터다. 나를 빼면 가족 중 누구도 그걸 달라고 할 사람이 없었다. 이 집 어딘가에 있는 게 틀림없을 텐데. 아버지가 어딘가 안전한 곳에 갖다 뒀을 것이다. 눈에 잘 띄는 곳 말고. 그것은 소중한, 우리 가족만의 물건이었으니까. 그렇다면 그것은……. 위층에 있을 것이다.

나는 위층으로 올라갔다. 왜 진작 그러지 않았는지 모를 일이었다. 이제 여기에 내가 두려워할 것은 아무것도 없잖아. 그가 아직도 여기 살아 있다거나 텅 빈 침실들에서 나를 기다리는 것도 아닌데. 이 생각은 조금 섬뜩한 전율감을 내 안으로 흘려보냈다. 마치 계단을 올라가면서 내가 수년간의 시간을 훌쩍 뛰어넘어 다시 그 *시/점*으로, 똑같은 장소에서 똑같은 대화를 하던 나 자신으로 되돌아가 버리기라도 할 것처럼.

하지만 아니지. 그는 이곳에 없는걸. 아버지 침실에는, 대충 둘러본 거지만, 원고 지면들과 낡은 신문에서 오려 낸 기사들로 가득 찬 커다란 판지 상자들만이 침대 위와 바닥에 층층이 쌓여 있었다. 누렇게 빛바랜 종이들 몇 장이 바닥에 떨어져 있다. 1960년대부터 쭉 이어져 온, 코셔 식품 인증 표식에 관한 기사들과 에루브*를 두고 오가는 끝없는 논의들. 옷장은 어느 한 순간을 기점으로 약탈당하고 만 듯한 모습이다. 문들은 활짝 열린 채였고 옷들 중 일부는 사라져 있었는데, 아마도 내가 아래층에

---

* eruv: 유대인들이 공동체 내에 짓는 성역. 이 안에서는 안식일이나 욤 키푸르 도중에도 특정한 물건들을 지참할 수 있어서, 공식적으로 안식일에는 외부로 운반하는 것이 금지되어 있으나 실제로는 반드시 필요한 물건들을 사용할 수 있게 해 준다.

서 본 깔끔한 서랍장으로 옮겨진 모양이었다. 서랍도 부분적으로 열려 있었고, 넥타이 하나가 축 늘어진 푸른 혓바닥처럼 서랍 한 모서리에서 삐져나와 있었다. 누군가 이 방에서 급히 옷가지 몇 벌을 뒤져 가져갔다가──아마도 아버지가 처음으로 쓰러져 병원에 실려 갔을 때겠지.──그 이후에 전혀 정리하지 않고 그대로 내버려 둔 것만 같다.

예비용 침실이 훨씬 더 정돈되어 있다. 아마 도비드가 여기서 잤던 게 틀림없다고, 나는 추측했다. 그가 어릴 때도 여기서 지냈던 것처럼, 혹시나 아버지가 밤에 도움을 청할 경우에 대비해서였겠지. 싱글 침대 하나가 말끔한 상태로 놓여 있다. 나는 침대를 덮고 있는 파란색 손뜨개 침대보를 알아보았다. 내 아버지의 어머니가 수년 전에 직접 만든 물건이다. 책상 위에는 책 서너 권이 깔끔하게 포개져 있다. 나는 가장 위쪽 서랍을 열어서 A4 용지 두 묶음과 연필들 몇 자루를 발견했다. 모두 뾰족하게 깎인 채로, 한쪽으로 가지런히 놓여 있다. 도비드답군. 두 번째 서랍 안에는, 이유는 모르겠지만, 낡은 상표가 다 벗겨져 나간 대형 자두 통조림 하나밖에 든 것이 없다. 창문 바깥으로 담장 밑의 수국 덤불이 눈에 들어왔지만 나는 그걸 쳐다보진 않았다. 나는 침대에 앉아서 부드러운 양모 침대보를 손으로 쓸면서 생각에 잠겼다. 내가 그러고 싶기만 하다면 이 집에서 밤을 보낼 수도 있겠다는 생각이 들었다. 어쨌든 여긴 내가 어린 시절을 보낸 집이니까. 집 자체는 회당에 속한 거지만, 내부에 있는 집기들이나 기타 소지품들은 만약 내가 요구한다면 내 것이라 할 수 있을 테고, 그리고 내가 아버지 집에서 며칠 밤 잔다고 한들 그들이 딱히 못마땅해할 이유도 없을 것이다. 그래, 그러면 에스티랑 도비드와 얽힌 문제도 매우 자연스럽게 해결될 수 있겠다. 내가 예전에 쓰던 내 방에서 잘 수도 있겠는데. 나는 복도를 지나 문을 밀어 열었다.

나는 마음 어느 한구석에서 조그맣게나마, 내 예전 침실이 나를 기리는 일종의 성지처럼 그대로 보존되어 있으면 좋겠다고 바랐던 모양이다. 내가 떠나던 날과 다를 바 없이, 모든 것들이 정확히 그 자리에 기념되어 있기를. 사적인 슬픔을 남몰래 표현한 어떤 의례적인 증거라도 남아 있을지 모른다고. 매주 한 번씩 애정 어린 손길로 먼지를 닦고 말끔하게 윤기를 낸 흔적이 보이는 하키 스틱이라든가, 벽면에 내 거대한 사진이 걸려 있고 그 양쪽 모서리마다 놓인 화병 안에는 시든 장미꽃들이 꽂혀 있다든가. 물론 이런 것들은 전혀 없었지만, 그 방에 원래부터 있던 몇 가지 측면들은 내가 남겨 둔 그대로 여전히 남아 있었다. 나의 학교 사진은 똑같이 벽에 붙어 있었고, 내가 받아 온 네트볼 메달도——내가 팀 주장으로 뽑히자마자 다른 여자아이를 울려 버려서 다시 강등당하기 전까지 아주 짧은 기간 동안 성취한 소산이었다.——그 아래 살짝 비뚤게 매달려 있었다. 하지만 이런 것들은 방 전체에 걸쳐 굉장히 무질서하게 쌓아 올린 상자들, 슈트 케이스 그리고 어마어마한 검은색 쓰레기봉투 무더기에 가려져 제대로 보이지도 않았다. 이 쓰레기 더미는 내 허리 위쪽을 웃도는 높이까지 쌓여 있었고, 바닥 공간 전체에 발 디딜 곳 없이 펼쳐져 있었다. 출입구는 열릴 수 있도록 문 뒤쪽의 좁은 공간은 말끔히 비워져 있었지만, 그곳을 제외하고는 한 사람이 들어설 공간조차 없었다. 나는 가장 가까운 봉투를 열어 보았고, 그 안에 든 남자 구두 한 켤레를 꺼냈다. 한쪽 밑창이 발끝 부분에서 벗겨져 달랑거렸다. 손잡이가 떨어져 나간 엷은 푸른색 머그컵 하나도 발견했다. 구두에서는 살짝 악취가 났다. 잠시 후에, 나는 악취가 방 안 다른 곳 어딘가에서 흘러나온다는 느낌을 받기 시작했다. 아마도 이 모든 가방과 상자와 케이스와 대형 여행 가방들 밑에, 생쥐나 시궁쥐의 소굴이 있는지도 몰랐다. 가만히 귀를 기울이자 희미하게 바스락거리는 소리가 들려오는 것도 같았다. 얼마나 오랫동안 선 채 그 모습을 보았는지 모르겠다. 파인골드 박사라면 이 광경을 어떻게 분석할지도 궁금했다. 분명히 짜증 날 정도로 정확한 뭔가를 말했겠지. 내가 존재했었다는 것 자체를 잊기 위한 수단일까? 분노의 표출? 상실에서 오는 공허감을 채우기 위한 시도? 앞으로는 그 어떤 것도 내다 버리지 않으려는 병적인 결심? 오직 아버지만이 그 진실을 내게 말해 줄 수 있었을 텐데. 글쎄, 이제 그는 더 이상 내가 질문해 볼 수 있을 만큼 가까이에 있지 않았다.

그 방을 보면서, 내게는 두 가지가 꽤 확실해졌다. 첫 번째는 내가 이 집에서 밤을 보낼 수 있을 리 없다는 거였다. 도비드의 방에서 잘 수는 없지. 두 번째는 내가 울음을 터뜨릴 거라는 점이었다. 진실하고, 적절하고, 거대하며, 위장을 온통 뒤집어 놓는 느낌으로, 뺨 위를 타고 흘러넘치는, 대답할 수 없는 눈물들이 왈칵 쏟아졌다. 나는 이제 막 우는 게 아니라 토하려는 사람처럼 다급하게 반쯤 뛰듯이 욕실로 들어가서, 뚜껑 덮인 변기 위에 앉아 스스로에게도 설명할 수 없을 만큼 엉엉 울고 또 울었다. 나는 욕실 거울에 비친 내 모습을 바라봤고, 눈물로 얼룩져 붉게 충혈된 눈을 한 내 모습을 바라보며 무엇인가를 기억해 냈다. 그냥 그런 거, 지금과 같았던 순간, 지금과 같았던 시간. 이 거울로 나 자신을 바라봤던 것. 이렇게 울었던 것. 나는 내가 뭘 기억하고 있는지 알았다.

그리고 초인종이 울렸다.

나는 꼼짝도 하지 않고 앉아 있었다. 어쩌면 그들은 그냥 가 버리겠지. 초인종이 다시, 빠르게 연속으로 두 번 울렸다. 그리고 우편함 구멍 사이로, 여자 목소리가 들렸다.

'안녕하세요……. 로닛……. 안에 있니? 나야, 힌다 로셸…….'

그리고 또 한 번 경쾌하게 울리는 초인종.

나는 딸꾹질을 하며 계단을 내려와 문을 열었다.

과연 현관 앞에 서 있는 것은 힌다 로셸 버디쳐였다. 다른 여자들 둘도 함께 데려왔는데, 나는 그들을 거의 알아볼 수가 없었다. 하나는 금발에 키가 크고, 다른 하나는 그보다 키가 작고 머리 색깔도 더 짙다.

힌다 로셸이 활짝 웃으며 말했다. '데버라 기억하지? 네카마 토바는?'

나는 미간을 찌푸렸다.

'데버라…… 립시츠?'

금발 여자가 미소를 지었다.

'그리고…… 네카마 토바……' 나는 눈을 가늘게 떴다. '미안해, 나 기억이 잘……'

키가 작은 여자도 미소를 지었다.

'네카마 토바 와인버그야. 예전엔 네카마 토바 번스톡이었지. 너보다 한 학년 아래였어.'

마을의 세 부인 대표들이 가정 방문을 하신 거군. 당연하지만 다들, 이름을 바꾼 여자들이.

'집에 불이 켜진 걸 봤거든.' 힌다 로셸이 말했다. '와서 안부 인사나 할까 했지.'

그리고 나는 생각했다. *불이 켜진 걸* 봤다고? 너희 셋 모두가 한꺼번에? 오후가 한참 지나는 지금 이 시간에, 그저 누구네 집에 불이 켜졌는지 보려고 다 같이 어슬렁거리며 길 위를 돌아다닌다는 거야? 나는 상황이 잘 이해가 되지 않았다. 내가 정말 어리석었던 거지. 나는 그게 얼마나 기묘하고 이상한 경우인지에 대해서만 생각했었다. 헨던이 정말 좁은 동네라는 걸 어떻게 내가 잊을 수 있던 거지. 누군가 내내 집을 지켜보면서 내가 언제 들어왔다 나가는지 파악했으리라고 깨달았어야 하는데, 거기까지는 미처 생각이 미치지 못했었다.

그들은 집 안으로 들어왔다. 헨던의 동방 박사 세 여사들은 응접실에 자리를 잡고, 스스로 자기들의 차를 준비했다. 티백들을 어디에 보관하며 우유를 담는 찻잔들이 어디에 있는지 그들이 나보다 더 잘 알고 능숙하게 처리했다. 힌다 로셀은 자신들이 가끔 여기에 와서 라브를, 부디 고인께서 평안히 쉬시기를, 도우며 간병하기도 했다고 설명했다. 나는 그녀에게 그들이 베푼 친절에 감사한다고 말했고, 그녀는 웃으며 자기들은 그저 선행의 계율*을 지켰을 뿐이라고 말했다. 그들은 내가 집을 정리한 것을 보고 감탄했다. 나는 뉴욕 집으로 가져갈 우리 가족의 물건 한두 개를 찾고 있었노라 설명했고, 그들은 동정 어린 태도로 고개를 끄덕였다.

차가 다 준비되고 나자 방은 침묵 속으로 빠져들었다. 나는 그들을 쳐다보았고, 그들은 눈이 마주칠 때마다 활짝 미소를 지었다. 나는 언제나 말이 없는 분위기를 견딜 수가 없었다.

나는 말했다. '그래, 다들 뭐 하고 지내?'

그리고 그들은 내게 말해 주었다, 각자 나름대로의 관점에서.

네카마 토바는 자신의 남편과 네 아이들에 대해 말해 주었다. 데버라는 자신의 남편과 그들의 *다섯* 아이들에 대해 말해 주었다. 나는 그녀의 목소리에 조용한 자부심이 깃들어 있음을 감지했다. 힌다 로셀은 일주일에 이틀 정도 오전에만 하토그 박사를 돕는 업무를 하며 아이는 오직 둘뿐이었다. 하지만 그녀는 별로 위축되어 보이진 않았다. 그녀는 내게 미소를 지었고, 립스틱이 묻은 입술이 말려 올라가며 치아에 남긴 엷은 빨

---

* mitzvah: 성경에서 말하는 선행의 계율.

간색 막을 내보이면서 말했다. '너는 어때, 로닛? 결혼은 했니?'

그녀는 이미 답을 알면서도 그렇게 말했다.

나는 그녀를 돌아보며 말했다. '아니, 아니. 난 안 했어.'

세 여자들이 그 사실을 받아들이느라 잠깐의 침묵이 흘렀다. 네카마 토바는 작게 한숨을 내쉬었다. 이제 나는 때를 놓치고 말았다고, 늦어도 너무 늦어 버렸다고, 그런 생각들이 이 여자들의 눈동자에 숨김없이 떠올랐다. 단순히 내가 절대로 결혼을 하지 않으리라는 문제가 아니었다. 그렇게 결혼을 하지 않음으로써 나는 결코 온전한 어른이 되지 못할 것이다. 이를테면 나 자신의 성장을 이루지도 못할 것이며, 포도밭에서 나이만 들어가는 포도처럼 남아, 수확되지도 못한 채 말라비틀어진다는 뜻이다. 이들 사회에서 결혼이란 그저 종교적인 행위 또는 법적인 구속에 그치는 것이 아니며, 그냥 누군가를 좋아해서 그 상대와 함께 있고 싶으니까 하는 것도 아니다. 이른바 유년기에서 성년으로 진입하는 통과 의례인 것이었다. 이 절차를 밟지 않은 사람들은 어엿한 성인으로 성장하지 못했다고 간주된다. 그러니까 내가 결혼하지 않았다고 말하는 것은, 내가 온전한 인간 존재가 된 적이 없다고 말하는 것과 다름없는 의미인 것이다.

네카마 토바는 눈썹을 찡그리고 말했다. '아, 그거 유감이네.'

데버라도 동정 어린 미소를 지었다.

정말이지, 지금 진정한 사별의 고통은 내 아버지의 죽음에서 오는 게 아니라, 마치 바로 그 *사실*에서 온다는 것처럼 말이다.

그리고 나는 그녀를 쳐다봤다. 다정하고 조용했던 데버라. 언제나 수학 점수가 월등히 뛰어났고, 심지어──하나님 맙소사!──*A 레벨 시험들*까지 쳤던 그녀가 아닌가. 글쎄, 최소한 한 과목은 확실히 쳤지. 나는 말했다. '넌 뭐 하면서 사니, 데버라?'

그녀는 나를 향해 눈을 깜박였다. 그리고 말했다. '방금 내가 한 말 그 대로야. 츠비하고 나는 애가 다섯이고······.'

나는 말했다. '그럼 일은 안 한다는 거네?'

그녀는 다시 눈을 깜박이고 입술을 일그러뜨렸다. '나는 애들을 키우 고, 나는······.'

'하지만 너 학교 다닐 때 공부를 그렇게 잘했었잖아, 굉장히 학구적이 고! 무슨 일이 생긴 거야?'

이건 못된 짓이었다. 사실 그녀가 이런 꼴을 당해 마땅한 것은 아니다. 물론 그와는 별개로 그들 모두가 이래도 싸다는 것만 빼면.

그녀는 말을 더듬기 시작했다. '음, 나도 항상 생각은 했지, 그, 그 게······. 츠비랑 내가 항상 그런 얘기는 했어. 나중에라도 애들이 좀 크고 나면······.'

힌다 로셀이 끼어들었다. '왜? *너는* 무슨 일을 하는데, 로닛?'

내가 주워섬기는 그 어떤 대답도, 그녀에게 썩 만족스럽지 못하리라 는 예감이 그 어투에 자명하게 묻어 나왔다는 점만을 밝혀 두겠다.

그래도 나는 내가 무슨 일을 하는지 그들에게 말해 줬다. 나 자신은 어 느 정도 만족스러웠다. 나는 뉴욕에 살고, 내 아파트가 있고, 나는 금융 투자 분석가다. 나는 자랑스러워할 권리가 있다. 내 회사 이름을 대자 데 버라는 조금 놀랐다. 알고 보니 그녀 남편이 다니는 회사도 우리 회사랑 곧잘 협업하는 모양이다. 나는 내가 작업했던 엄청난 물량의 금융 거래 에 대해 설명했다. 정통파 유대교도 집안에서도 이름만 들으면 쉬이 아

---

* A-Levels: 영국 대학 진학에 필요한 시험. 대학에서 전공할 분야를 미리 선택해 서 이 년간 공부한 내용으로 시험을 치른다. 대학 진학을 위해서는 보통 네다섯 과 목을 준비하며, 보통 영국 내에서도 명문 대학 입시에 필요한 과정이다.

는 유명한 집안들에 대해서. 그들의 눈이 휘둥그레졌다.

내가 말을 끝마쳤을 때 그들은 모두 고요해졌다.

마침내, 힌다 로셀이 고개를 한쪽으로 홱 기울이더니 오직 걱정스럽다는 모습으로 말했다. '하지만 그게 널 *행복하게* 하니, 로닛? 그게 너한테는 *온전한 성취*가 되어 주는 거야?'

나는 그녀를 차분하게 바라보며 말했다. '힌다 로셀, 너는 과학 점수로 반에서 1등을 하곤 했지. 그랬던 너는 애들 기저귀 빨고 점심을 차리면서 정말로 행복하고 온전한 성취감을 느끼니?'

그들은 그 이후 곧 떠났다.

저녁이 되고 바깥이 점점 어두워지는 동안 나는 집에서 기다렸다. 라디오를 켜 두고, 신문에 나온 십자말풀이를 하며 에스티가 자러 갈 때까지 얼마나 더 기다려야 하는지 가늠했다. 영원히 이런 식으로 피할 수만은 없다는 걸 나도 알았다. 하지만 아마 오늘이랑 내일까지는 이런 식이겠지. 아마 그 정도면 충분할지도 몰랐다. 그러고 나서, 외로움 탓이었는지 아니면 그냥 피곤해서 그랬는지, 아니면 내가 아는 사람들과 멀리 떨어진 상태라 그랬는지, 나는 응접실로 가서 전화기를 들었다. 우리 집에 항상 있던 그 전화기다. 크림색 베이클라이트 플라스틱 재질로 된, 회전식 번호판이 붙어 있는 것. 나는 귀에다 수화기를 갖다 대고 뚜 하는 발신음을 들었다. 이래야 할 이유를 정말로 숙고해 보기도 전에, 이미 나는 번호 하나를 돌리고 있었다.

멀리서, 아주 먼 곳에 있는, 엷은 색깔 목재 책상 위 날렵하게 반짝이는 검은 전화기가 울렸다, 나 때문에.

'여보세요?'

'스콧? 당신이야?'

'로닛?' 그의 목소리에는 잔잔한 미소가 감돌았다. 마치 내 목소리를 들어서 진심으로 기쁜 것처럼. '즐겁고 해묵은 영국* 상황은 좀 어때?'

아, 그래. 또 이 표현이군. 미국에서 오랜 시간을 보내다 보니 이런 말을 듣는 괴로움도 점차 잦아들었는데, 갑자기 들으니까 또 짜증 나기 시작한다.

'해묵긴 했지만 즐겁진 않아.' 나는 말했다.

'그래?' 그는 말했다. 수화기 저편에서 종잇장을 휘리릭 넘기는 소리가 들리는 것만 같았다. '가족들은 어떻고?'

'음……. 이상해. 들어 봐, 스콧. 당신한테 잠깐만 진지한 얘기 좀 할 수 있을까?'

그는 잠시 멈췄다.

그리고 말했다. '그래, 물론이지. 잠시만 기다려.'

3500마일** 떨어진 곳에서 들려오는, 그가 책상 위에 수화기를 내려놓고 사무실을 가로질러 가서 문을 닫고 다시 돌아와 앉는 소리. 그건 마치 내가 전화선을 통해 그 거리를 들을 수 있는 것처럼 느껴졌다. 스콧이 뉴욕 땅바닥을 뚜벅뚜벅 걷는 소리가 가느다란 전선으로 이어진 수천 마일을 지나 메아리친다. 정말 괴상한 느낌이야.

'좋아. 말해 봐.'

'내가 에스티에 대해서 말한 거 기억나? 나랑 같은 학교에 있었던?'

또 다른 미소가 목소리에 번졌다. '그럼, 자기랑 둘이서 학교 단짝이었

---

* jolly old England: 한창때의 영국을 가리키는 표현.
** 약 5632킬로미터.

다고 하지 않았어? 그러고 나서 각자 갈 길을 가게 된 거고?'

'그래, 근데……. 어, 그 애는 아무 데로도 가지 않았던 것 같아. 아직도 여기 있거든. 결혼도 했어. 내 사촌이랑.'

스콧은 웃음을 터뜨렸다. 나는 그걸 예상하지 못했다. 나는 그게 웃긴 일인지 깨닫지 못했던 것이다.

'결혼했다고? 야, 참. 그럴 수도 있나 보네. 아마 자기 때문에 여자한테는 정이 떨어졌나 봐.'

'아니야.' 나는 말했다. '그렇지는 않은 걸로 드러났어. 어젯밤에 그 애가 나한테 키스를 해 왔거든.'

스콧은 다시 소리 내서 웃었고 나는 말하고 싶었다. 아니, 웃지 마. 전혀 웃긴 얘기가 아니거든. 지금 이 일에서 웃음이 날 만큼 재미있는 부분은 *아무것도 없어.*

'자기는 받아 줄 거야?'

'아니.' 나는 말했다. '내 말은 그게 아니라…….'

'글쎄, 뭐, 자기한테 달린 거겠지.'

나는 수많은 것들에 대해 쏟아 내듯 말해 볼 생각이었다. 이 장소에 대해서, 이곳의 가늘고 끈적거리는 실타래 가닥들이 어떻게 한 사람을 온통 휘감고 에워싸서 집어삼켜 버리는지. 이곳에 남겨진 채 편협하기 그지없는 삶을 살아가야 하는 공포와 절망에 대해서, 삶이 다시 내 목덜미 주변에 몰려들어 숨통을 조이려는 것을 내가 어떻게 감지할 수 있었는지에 대해서. 하지만 그 대신 나는 그냥 이만 끊어야겠다고, 조만간 다시 전화하겠다고, 그리고 맥키넌 분석은 여전히 완료되기 전이라는 사실을 잊어버리지 말라고만 말했다. 그리고 나는 수화기를 내려놓고, 빈집에 앉아서, 기다렸다.

8

창대한 기쁨으로 이 소중한 한 쌍을 기뻐하게 하소서, 태초의 에덴동산에 있는 창조물들에게 당신께서 기쁨을 안겨 주셨듯이.

—결혼 피로연에서 부르는 셰바 브라코트* 중에서

우리가 결혼에 대해 탐구할수록, 그것은 더 부조리해 보입니다. 결혼은 둘 사이에 공통점이 별로 없는 관계일 때에만 허가됩니다. 우리는 가까운 친척과 결혼하지 못합니다. 우리는 같은 성별의 사람과 결혼하지 못합니다. 하늘과 땅을 창조하신 하나님이신데, 남매가 결혼할 수 있도록 하거나 두 여자가 만나 후손을 생산할 수 있도록 하는 일도 전혀 어렵지 않게 마련해 주실 수 있었을 것입니다. 가장 가까운 존재들끼리 짝을 지을 수 있도록 그분께서 이 세상에 명령하셨을 수도 있었습니다. 그랬더라면 그분은 창조물인 우리에게 보다 더 큰 위안과 편리함을 주실 수 있었겠지요. 그러므로 왜, 그분은 그러지 않으셨던 것입니까?

이 질문에 답하기 위해서, 우리는 먼저 이 세계는 우리에게 가르침을 주기 위해 존재한다는 점을 이해해야만 합니다. 물론 우리에게

---

* sheva brachot: '일곱 개의 축복'이라는 의미로 유대인의 결혼에서 신랑 신부를 위해 낭송하는 축복의 말

즐거움을 주기 위해 존재하는 것도 사실이지요, 그러나 연구되고 자세히 탐독되기 위해서 존재하기도 합니다. 토라처럼 말입니다. 그리고 토라 또한 그 자체로 하나의 세상이기도 하지요. 토라에 적힌 글씨를 이루는 모든 작은 획들이 무한대로 퍼져 나가는 의미를 품고 있듯이, 창조물의 모든 측면들도 그러합니다. 임의적인 것은 아무것도 없으며, 그 무엇도 우연에만 맡겨지지 않습니다. 모든 것은 이미 예견되었고 의도대로 행해진 것입니다.

그러면 결혼이 우리에게 가르쳐 주는 것은 무엇입니까? 바로 우리에게 서로가 서로와 가까운 존재가 되기 위해 애쓰라는 것입니다. 친밀함이란 노력 없이 얻어지거나 유지될 수 없다는 말입니다. 이렇듯 결혼은 우리의 세속적인 삶에 속한 행사지만, 이것에 비유될 수 있는 영적 유사체는 무엇입니까? 이를테면 우리의 영이 성령의 근원으로 충만해지는 것이며, 주님께서 우리를 위해 타오르셨다는 것입니다. 결혼이 그 자체로 종착이며, 이후 행복한 만족을 보증해 준다고 믿는 사람들은 어리석은 자들입니다. 결혼은 어렵습니다. 그것은 고통스러운 일입니다. 그리고 원래부터 그렇게 설계되어 있습니다. 우리 자신과 너무도 다른 인간 존재에게 보다 가까이 다가가 보려는 노력을 통해, 우리는 우리 앞에 놓인 과업, 즉 전능하신 하나님께 다가가는 과정을 이해하기 시작합니다. 이것이 이 땅에 남겨진 우리가 해야 할 일이며, 결혼이라는 일은 우리가 그걸 더 잘할 수 있도록 준비하게 합니다. 그리고 미처 예상하지 못했던 방법으로 천천히, 우리에게 큰 기쁨과 만족감을 안겨 주는 결혼이 있을 수도 있으나, 그런 종류의 것은 결코 미리 약속되거나 보장되지 않습니다.

우리는 이 진실을 받아들이지 않고 폐기할 수도 있습니다. 하지만 만약 그렇게 한다면 우리는 모든 것을 다 내버려야 할 것입니다. 우리는 결혼이 오직 두 사람의 감정, 정신 그리고 육신의 욕망을 상징할 뿐이라고 선언할 수도 있습니다. 우리는 창조주께서 우리를 불편함 속에 살도록 의도하셨을 리 없다고 주장할 수도 있습니다. 우리는, 만약 우리가 그러고 싶다면, 나지막한 흙더미 위에 올라가 서서 우리 스스로 창조의 주체라고 선언할 수도 있습니다. 하지만 그러면 우리는 만물의 근원이신 주님을 향한 사랑이 더 이상 우리 내면에서 불타지 않는 것에, 그리고 우리를 향한 그분의 사랑이 더 이상 온기를 가지지 못하게 된 데에도 놀라지 말아야 할 것입니다.

* * *

도비드는 맨체스터에서 6박 5일을 보냈다. 이 기간을 마치고 그는 아내와 함께 안식일을 보내러 집으로 돌아왔다. 그리고 이 기간 중에, 전화가 한 통 걸려 왔다.

수월한 방문은 아니었다. 친형제와 사별한 그의 어머니는, 도비드가 감정을 절제하고 전화 통화를 했을 때 예상했던 것보다 훨씬 더 많이 비통에 잠겨 있었다. 그녀는 제대로 쉬지도 않고, 잡아 둔 일정이 변경되었다거나 예상치 못했던 전화가 걸려 온다거나 하는 사소한 일에도 계속해서 눈물을 쏟으며 동요하곤 했다. 도비드의 아버지는 자기 아내의 그런 행동에 어떻게 반응해야 할지 몰라서, 급한 서류 작업을 해야 한다는 핑계로 툭하면 진료실에 나가 있곤 했다. 월요일 밤에는 도비드의 동생 비뇨민이 신혼의 아내와 함께 저녁 식사를 하러 왔다. 니나는 벌써 임신을 한 상태였고, 말로는 더할 나위 없이 기분이 좋다고 주장하긴 했지만 겉모습은 피곤하고 지쳐 보였다. 그들은 둘 다 도비드에게 이상하리만치 공손하게 대했는데, 어색하게 고정된 미소를 띤 채 그의 안부를 물었다. 도비드는 혹시 그들이 아직도, 자신이 이 공동체를 이끄는 다음 라브가 될 거라고 생각하는지 의아했다. 그럴 리는 없겠지.

그날 밤, 도비드와 그의 어머니는 거실에 단둘이서만 앉아 있었다. 그녀는 비뇨민과 니나가 떠나자 곧바로 울기 시작했고, 쿠퍼만 박사는 진료실에 잔업이 밀려 있고 내일 아침 응급 환자 예약이 잡힐지도 모른다고 웅얼거리며 즉시 방을 떠났다. 도비드는 어머니 곁에 앉아서 그녀가 우는 모습을 지켜보면서, 자기도 아버지처럼 도망갈 수 있다고 느꼈다면 좋았을 거라고 생각했다. 그는 어머니에게 휴지를 건넸고, 그녀는 그의 손을 잡고 두들기며, 연신 그에게 고맙다는 말과 사과의 말을 했다. 그는 어머니가 사과하지 않기를 바랐다. 몇 분이 지나고 그녀는 눈물을 멈췄다. 그러고는 새 마른 휴지로 눈시울을 찍어 내고 물을 몇 모금 들이켰다. 그녀는 입술을 납작하게 펴며 미소 지어 보였다.

'그 애들은 행복해 보이더라. 비뇨민과 니나 말이야.'

도비드는 고개를 끄덕였다.

'한때는 그럴 줄 몰랐지. 서로를 상대로 결정하는 데 시간이 너무 오래 걸렸으니까. 하지만 이제 둘은 행복해 보여.'

도비드는 한 번 더 고개를 끄덕였다.

'그 애는 2월이 예정일이란다. 아직 결혼한 지 일 년밖에 안 됐는데 벌써 애가 들어선 거야.'

이건 단순한 진술이지, 도비드는 생각했다. 그냥 입술로만 위안을 삼기 위한, 부드러운 말들일 뿐인 거야.

'너희들은 아직……?' 그의 어머니가 말끝을 흐렸다.

여기선 아니야, 지금 여기선. 어머니가 저 말을 입에 올리지 않았으면 좋겠어, 지금은 아니야. 침묵이 있을지어다.

그녀는 앞쪽으로 몸을 기울이고 그에게 말했다. '도비드, 너 행복하니?'

'뭐라고요?'

'에스티랑 말이야. 너랑 에스티가 행복하냐고?'

'네.' 그는 말했다. '죄송한데, 저 지금 너무 피곤하네요. 정말 이만 자러 가야겠어요.'

도비드는 공동체 내의 몇몇 사람들이 자신을 멍청하게 여긴다는 사실을 알았다. 그가 예시바 과정을 마치고 랍비가 되었음에도, 그들에게 도비드는 이 거친 격동의 시간이 빚어내는 시름을 덜어 줄 만한 영적 계승자가 아니었다. 예시바에서 공부를 하는 와중에도, 그가 우수한 토라 학자였던 적은 없었다. 그는 위대한 학자들 특유의 재빠른 이해력, 새로운 대상을 한눈에 쉽게 파악하는 능력, 혹은 복잡한 논의 단계를 마음속에 각각 따로 담아 두었다가 필요할 때 함께 조합하고 다시 정리해 보는 능력을 갖고 있지 않았다. 그가 얻어 낸 지식은 날마다 단단한 바위를 애써 깎아 낸 조각들 같았으며 그나마 지속적으로 복습하고 다듬지 않으면 그저 무용한 모래와 돌멩이가 되어 바스러졌다. 그의 태도에는 둔중한 느릿함이 있었는데, 가끔은 이 때문에 그가 대화 중 어떤 말을 완전히 알아듣지 못했거나 혹은 자기가 무슨 질문을 받고 있는지 이해하지 못하는 듯한 인상을 주었다.

그리고 사람들이 그를 바보스럽게 여기는 이유는 또 하나 더 있었다. 이는 그에게 랍비다운 위상이 부족하다는 것과는 무관한 이유였다. 도비드는 남들 앞에서 자신이 에스티를 어떻게 대하는지, 그리고 에스티는 어떻게 처신하는지 눈여겨보는 사람들이 있다는 사실을 불쾌할 정도로 매우 잘 알았다. 그들은 에스티의 기묘할 정도의 차분함과 침묵이 갖는 강인함에 주목했다. 에스티는 공동체 내의 여자들에게 별로 인기가 없었다. 그녀는 그들의 수다스럽고 공사다망하게 돌아가는 바쁜 삶에 참여하지 않았던 것이다. 그는 회당의 한두 사람들이 조용히, 하지만 고집스럽게 에스티가 이곳을 떠나는 것이 최선이 아니겠느냐고 라브에게 따로 문의했을 만큼 지나친 행동을 취했다는 것도 알았다. 그들은 라브의 차기 계승자로 거의 손꼽히는 도비드 같은 인물에게, 그녀가 과연 적합한 아내인지 의문을 제기했던 것이다.

라브는 모든 인간관계가 쉽지만은 않다는 것을 이해했고, 또한 그 쉬움이라는 가치가 반드시 다른 무엇보다 먼저 포상받아야 할 것도 아니라는 점을 이해했던 사람이었기에, 도비드를 불러 이런 의견들이 나온 바 있다고 말해 주었다. 필요하다면 그가 이에 대처할 준비를 미리 해 두라는 의미에서. 도비드는 그 소식을 에스티에게 전하지 않았다. 그는 자신의 품행을 바꾸려고 하거나 그녀가 처신을 다르게 하도록 영향을 주려고 하지도 않았다. 그가 그녀를 대하는 태도는 언제나 그래 왔던 것처럼 변함없었고, 그는 회당이나 거리에서 계속 마주치는 사람들의 시선, 상황을 다 안다는 듯한 표정, 그리고 뒷전에서 속삭이는 말들을 감내했다.

당신을 사랑해 줄 수 없다는 걸 아는 누군가를 사랑한다는 것은 지독하고 비참한 일이다. 물론 그보다 더 끔찍한 일들도 있고, 그보다 더 극심한 인간 존재의 고통도 많다. 그러나 여전히, 그런 사랑을 한다는 것은 지독하면서 동시에 비참한 일이다. 다른 많은 것들처럼, 그것은 결코 해결될 수 없는 종류의 일이다.

나머지 날들은 조금 더 쉽게 지나갔다. 그의 어머니는 어느 정도 차분한 상태를 되찾은 듯 보였다. 수요일에는 도비드의 형 루벤이 아이들 둘을 데리고 찾아왔다. 두 살짜리 남자아이와 네 살짜리 여자아이다. 도비드의 어머니는 그들을 주방으로 데려가서 컵케이크 위에 초콜릿 시럽으로 얼굴을 그리는 걸 보여 주었다.

'기억나니.' 그녀는 쟁반을 들고 오며 말했다. '너희 둘도 얼마나 이걸 좋아했는지? 도비드, 넌 항상 이 케이크를 맨 아래에서부터 먹곤 했잖니, 초콜릿 얼굴을 마지막까지 아껴 놓으려고. 기억나지?'

어머니 얼굴에 근심이 비치기 시작했다. 마치 그가 삶에 필수적으로 중요한 무엇인가를 그만 놓쳐 버린 건 아닌지 두렵다는 듯이, 어쩌면 혹시 이 기억 자체가 자기 머릿속에서 부지불식간에 만들어졌고 그래서 아들이 그 진실성을 따져 물을까 걱정된다는 듯이. 하지만 도비드는 기억하고 있었다. 그들은 그날 행복한 오후 시간을 보냈다.

*

목요일에, 하토그 박사가 런던에서 전화를 걸어 왔다. 우리 계획들이 어떻게 진행되고 있는지 도비드 자네에게 이야기해 주려고, 그는 말했다. 계획들이요? 추도식 말이야, 당연히. 하토그는 자신의 계획들이 잘 진척되고 있다는 것을 자랑스러워했다. 추도식에는 널리 존경받고 박식한 랍비들이 여러 명 참석할 예정이었다. 그리고 영국 유대계 사회 내의 거물들도—유명세를 떨치거나 얼굴이 잘 알려진 그런 사람들은 아니지만, 하토그 본인처럼, 돈줄을 대는 사람들, 영향력을 끼치는 사람들, 매우 핵심적으로 중요한 형태의 지원을 제공하는 그런 종류의 사람들도 올 것이었다. 하토그는 도비드를 연설자로 내정하고, 그에게 영예가 될 자리를 마련해 주었다.

'자네 연설할 거지, 도비드?' 그가 말했다.

도비드는 아무 말이 없었다.

'우리 공동체에게 기쁨이 될 텐데.' 하토그는 계속 말을 이어 갔다. '자네가 라브에 대해서 얼마간 개인적인 말을 몇 마디 해 준다면 말이야. 그분이 어떤 사람이었는지 있는 그대로 말해 주는 것. 인간적인 측면 있잖아. 그분은 우리 모두에게 아버지 같은 존재셨지만, 그 누구보다도 자네에게 더 그러셨지.'

도비드는 계속 침묵을 지켰다.

'자네가 할 수 있는 말을 내가 몇 가지 준비했는데, 도비드. 자네가 돌아와서 한번 훑어봐. 그냥 제안 몇 마디지.'

'생각해 보겠습니다.' 도비드가 말했다.

도비드는 열여덟 살 때 이스라엘에 가서 랍비 공부를 시작했다. 유학길에 오르기 일주일 전, 라브는 런던에 들러 자신을 보러 오기를 부탁했다. 도비드는 라브가 여행이나 공부를 두고 축복해 주려나 보다고 생각했다. 모든 축복의 말들에는 힘이 있었지만, 전능하신 하나님은 현명하고 성스러운 자들의 축복에 특히나 귀를 기울이신다. 그는 라브가 자신의 머리에 두 손을 얹고, 공부가 깊어지고 유익한 결실을 맺도록 주님에게 비는 것을 상상했다. 그건 옳은 일이었다. 라브와 공동체 사람들 모두 그들이 언젠가는 도비드의 배움으로부터 혜택을 보는 날이 오기를 고대했다. 그리고 정말로 라브에게도 도비드한테 해 줄 그런 축복의 말들이 있긴 했다. 하지만 그들이 라브의 서재에 단둘이 그리고 조용히 자리를 잡고 앉았을 때, 그들을 둘러싼 서가의 책들이 오래된 곰팡이 냄새를 풍기는 숨결을 부드럽게 호흡하는 가운데, 라브는 좀 다른 문제에 대해서 이야기했다.

'얘기할 게 있다.' 그가 말했다. '네 결혼에 대해서야.'

도비드는 눈을 깜박이면서, 피식 웃어 버리지 않으려고 노력했다. 이 대화는 좀 너무 이른 것 같은데? 여자들이라면 열일곱 살에 결혼할 수도 있겠지만, 남자는 최소한 스무 살이 될 때까지 기다려야 한다. 왜 지금 이 얘기를 꺼내시는 거지?

라브는 잠시 도비드의 반응을 보려고 멈췄다가 건조하고 절제된 어조로 말을 이어 갔다. '대다수의 다른 사람들에 비해서, 도비드, 너에게 맞는 아내를 찾는 것은 더 어려울 것이다. 네 아내는 친절하고, 겸손하고, 순종적인 사람 이상이어야 한다. 물론 이런 특징들도 중요하지만 말이야. 네 아내가 될 사람은…… 음……. 공감력 있는 사람이어야 해. 네가 가진 재능을 이해해 주고, 네가 너만의 충분한 시간과 고요함을 가지도록 허락해 줄 사람을, 우리는 찾아봐야 한단다. 너무 시끄러운 사람은 안 돼, 수다쟁이는 말고. 누군가……' 라브는 살짝 한숨을 쉬었다. '……사물의 본질을 보는 사람, 이 세상에 스며든 하셈의 목소리를 듣는 사람. 침묵할 수 있는 능력을 가진 사람 말

이다.'

그는 안경을 벗어 들고 콧잔등을 문지르다가 도비드를 올려다봤다. '도비드, 너는 걱정할 것 없다. 아직 시간이 되지 않았으니까. 나는 그저 내가 너의 부모님과 이 문제를 두고 의논을 했고, 네 부모님이 적합한 아가씨를 찾아보겠다고 흔쾌히 얘기했다는 걸 너에게 알려 주고 싶었을 뿐이야. 어쩌면 네가 페이사크* 때 집으로 돌아오면 한두 명 정도 너랑 선을 볼 사람이 있을 수도 있고, 어쩌면 아닐 수도 있겠지. 시간은 좀 걸릴지 몰라도, 네게 맞는 사람이 나타나면 우리는 그녀를 알아보게 될 거야.'

라브는 도비드의 한쪽 손을 양손으로 감싸고 쥐어짜듯이 꼭 잡았다.

도비드는 라브와 이런 대화를 나누고 나자 안심이 되면서도 한편으로는 불안해지는 기분이 동시에 들었다. 그는 자신을 둘러싼 바람의 흐름이 자기 머리 한참 위쪽에서 움직인다는 감각을 느꼈다. 그 흐름은 지금에야 그저 그의 머리카락을 휘젓고 이마에 키스를 하는 정도였지만, 언젠가는 그 돌풍이 그의 존재를 획 들어 올려 새롭고 낯선 해변에 가뿐하게 그러나 견고하게 내려놓을 것이었다. 그는 라브가 자신에게 소개할 사람이 누구인지, 그리고 라브가 어떤 기준에 근거해 선택할 것인지 궁금했다. 라브는 그들이 그녀를 알아보게 될 것이라고 했지만, 도비드 자신은, 어떻게 그 사람인지 알아볼 것인가?

금요일 아침에, 맨체스터에 있는 본가에서 도비드는 전화 한 통을

---

* Pesach: 유대교의 유월절.

받았다. 전화를 걸어 온 사람은 매주 화요일과 목요일에 함께 게마라를 연구하는 멘치였다.

처음에 멘치는 다소 주저하면서 말했지만, 자기 입술로 꺼낸 말들에 자신감을 얻기라도 한 듯이 더욱 빠르고 수월해진 어조로 말을 이어 갔다. 도비드는 조용히 듣고만 있었다. 한두 번, 멘치는 그 고요함이 걱정스러웠는지 당혹감 가득한 목소리로 말했다. '여보세요?' 도비드는 말했다. '듣고 있어.' 그리고 계속 아무 말도 하지 않은 채 귀를 기울였다. 멘치는 그가 들은 일들에 대해서 얘기했다. 누군가가 그에게 와서 말해 준 일들. '사람들이⋯⋯.' 그는 말했다. '사람들 사이에 그런 말이 돌고 있는 거야.' 그리고 도비드는 생각했다. 우리가 하는 말들이 우리를 삼킬 거야. 말을 뱉는 것은 우리지만, 결국에는 그들이 우리를 익사시켜 버릴 거야.

멘치가 계속 앞으로 어떤 얘기가 나오게 될지, 그가 아무 말도 하지 않는다면 거기에 대해서도 어떤 말이 나오게 될지 설명을 이어 갔다. 그러자 그가 술술 발전시켜 온 청산유수의 달변은 장광설로 변해 갔다. 그의 말을 들으면서 도비드는 멘치가 더 이상 자신의 말들을 통제하지 못하는 상태에 있다는 느낌을 받았다. 그는 이쯤에서 그를 제지시켜 주는 게, 오히려 그에게 친절을 베푸는 일이 되리라고 느끼기 시작했다.

멘치가 말을 끝내거나 멈추는 것을 기다리지 않고 도비드는 바로 말했다. '고마워.'

갑자기 멘치는 정신없이 말하던 것을 한꺼번에 멈췄다. 도비드는 자신이 맞았다는 걸 알 수 있었다. 말들이 멘치를 장악했었고, 그는 그것들을 떨쳐 버리게 된 데에 분명히 기뻐하고 있었다.

'고마워.' 도비드는 다시 말했다. '전화해 줘서.'

'하지만 자네는 어쩔 생각이……'

말들은 아직 그들이 쥔 고삐를 완전히 놓은 게 아니었다.

'자네가 왜 전화했는지는 나도 알아.' 도비드가 말했다. '친절하게 신경 써 줘서 고마워.'

'글쎄, 나는…….'

'이만 끊어야겠어, 미안하지만. 안녕, 야콥.'

도비드는 수화기를 내려놓았다. 그는 부모님 집 복도에 있는 작은 면직물 벤치에 주저앉았다. 그러다 다시 일어났다. 그는 손으로 수화기의 등을 쓸어내리며 거의 그것을 집어 들 기세였다가 이내 다시 손을 거뒀다. 그는 주머니에 손을 푹 찔러 넣은 채 일어서서 벽에 걸린 사진과 그림 들을 살펴보았다. 그와 형제들이 아직 어린 소년이었을 때부터 그곳에 걸려 있던 것들이다. 예루살렘에 있는 통곡의 벽 사진, 쇼파*를 부는 남자를 그린 그림, 부모님의 케투바**는 석류와 이삭 다발, 통통하게 살찐 몸통의 꿀벌들 그림으로 꾸며져 있다. 액자들이 전부 미세하게 쌓인 한 겹의 먼지로 뒤덮여 있다는 것을 그는 발견한다. 어머니에겐 더 이상 액자들의 먼지를 털고 닦을 만한 기력이나 혹은 아마도, 의욕이 남아 있지 않으리라고 그는 추측했다.

이제 떠나야 할 시간이다. 그는 안식일엔 런던으로 돌아갈 거라고 아내에게 약속했었고, 금요일은 그 어떤 사람이든 기다려 주지 않는다. 그의 어머니는 샌드위치랑 종이 가방에 든 과일 조각들, 종이 팩

---

* shofar: 유대인들의 뿔피리.

** ketubah: 유대교 부부의 혼인 계약서. 남편이 사망했을 때나 이혼을 할 경우 아내의 경제적 상황을 보증해 준다는 협의 내용을 골자로 한다.

에 든 주스 같은 것들을 몇 봉지나 싸 주었다. 그의 아버지는 도비드의 어깨를 꽉 움켜쥐며 여기까지 와 줘서 고맙다고 말했다. 자신이 꼭 왕진하고 돌아가는 의사나 혹은 미처 예기치 못하게 방문한 귀한 손님 대접을 받는 것 같다고 도비드는 생각했다. 그는 갑작스러운 슬픔이 훅 차오르는 것을 느꼈다. 돌멩이로 된 펜던트처럼 그의 목구멍 안에 대롱대롱 걸린 슬픔의 차갑고 미끄러운 덩어리가, 그의 목을 잔뜩 메게 해서 말을 할 수 없게 하는 것 같다. 그는 두세 번 침을 꿀꺽 삼키고, 어머니에게 입 맞추고, 부모님에게 안식일을 잘 보내시라는 인사를 남기고 떠났다.

라브가 말했던 것처럼, 도비드 자신도 그 사람을 알아볼 수 있었던 것으로 밝혀졌다. 예시바의 방학을 맞아 그가 런던에 와 있을 때였다. 로닛이 막 떠나자마자, 바로 그 직후였다. 그 시기에 에스티는 가장 취약하고 가장 외로워 보였다. 그 주말 내내 그는 끊임없이 이어지는 빛의 엷은 장막, 장밋빛 두통, 모퉁이마다 도드라진 무지갯빛 뾰족한 가시 끝에 목욕하듯 풍덩 잠긴 채로 보냈다. 에스티는 로닛이 언제라도 돌아와 있으리라 기대하기라도 하는 듯이 라브의 집에 자주 드나들었다. 마치 자기가 계속 기다리기만 하면 여전히 로닛이 쓰던 방에서 그녀를 발견할 수 있을 것처럼. 마치 로닛이 그들에게 설명해 주지 않은 듯이, 잔뜩 흥분한 채로, 자신은 돌아오지 않을 거라고, 영영 돌아오지 않을 거라고 말한 적이 없었던 것처럼. 에스티는 계속 기다렸다. 그녀는 뭔가를 그저 영원히 기다리고 있을 것만 같은 사람의 얼굴을 하고 있었다.

그리고 도비드는 어느 날 그녀를 단순히 바라보면서 알게 되었다. 물론 전적으로 단순한 것만은 아니었다. 진정한 지식이 고통 없이 얻어지는 경우는 없으니까. 한순간의 직관적인 깨달음과 함께, 내내 이어지던 그의 장밋빛 두통이 그의 입안에 꽃 한 송이를 피워 냈고, 그는 헛구역질을 하며 화장실의 변기 앞으로 뛰쳐 들어가야 했다. 하지만 그 끈적대는 확신의 순간에, 그는 라브가 말했던 것처럼, 그녀가 그 사람이라는 걸 알게 되었다. 그것을 사실로 믿고 싶지 않은 마음에 그는 그녀를 집에서 이만 돌려보냈다. 하지만 다음 날 그녀가 다시 찾아왔을 때, 그는 여전히 알았고, 심지어 그 전날보다 더욱 강하게 그것을 느꼈다. 그리고 그것을 알고 나자, 거기에 따른 슬픔과 부담감까지 함께 딸려 왔지만 그럼에도 그것을 부정할 수는 없었다. 부모님과 라브가 지금은 아직 때가 아니라고, 그는 다시 예시 바로 돌아가야 한다고 말했을 때 도비드는 그 사실을 품에 안고 갔다. 그는 깊은 물로 가득한 수영장 같은 사람이었다. 그 수면은 물 밖에서 거세게 휘몰아치는 폭풍에도 동요하지 않고 잔잔했다.

도비드가 이런 것들에 대해 곰곰이 생각해 보자, 그는 아내를 향한 자신의 마음 한구석이 아려 오듯, 그녀를 보고 싶은 조바심으로 멍드는 것을 느꼈다. 어릴 때 이후 먹어 본 적 없는 음식을 향한 열망이 갑자기 생생하게 떠오르는 것 같았다. 그의 입속에 반짝 돋았다 사라진 맛, 그가 오랫동안 잊어버렸던 어떤 감각을 다시 일깨워 주는 느낌이었다. 그는 간결하고 명료하게, 그녀가 자기 옆에 있어 줬다는 것을 느꼈고, 바로 그다음 순간에 그녀는 사실 거기 없었다는 생각을 하니 견딜 수가 없었다. 그는 런던 방향으로 차를 돌리고 예정된 여정을 시작했다.

몇 년을 보내면서, 나는 파인골드 박사와 함께 침묵에 대해서 많은 대화를 나눴다. 보통은 대강 이렇게 전개된다. 그녀는 내가 뭔가를 숨긴다고 하면서, 나 자신에게 솔직해야 한다, 내가 말하지 않은 게 있다고 말한다. 그럼 나는 이렇게 말한다. 뭐, 전 영국인이니까요, 날씨 빼고는 그 어떤 것에 대해서도 말하는 게 어렵거든요. 그러면 그녀는 이렇게 말할 것이다. 전 그 말 안 믿어요. 그리고 난 말한다. 어쩌면 제가 억압된 것일 수도 있고요. 그리고 그녀는 말한다. 맞아요, 당신은 억압되어 있어요. 그 억압을 좀 줄이는 방법은 나한테 얘기를 하는 거예요. 그리고 나는 말할 것이다. 하지만 침묵해야죠. 있잖아요, 침묵. 의심이 들 때면 일단 침묵하는 거죠. 대부분의 경우에는 침묵이 정답이니까요. 그러면 그녀는 말한다. 아니요, 그렇지 않아요. 침묵은 능력이 아닙니다. 그건 힘이 아니에요. 침묵은 약자가 약한 상태로 남고 강자가 강한 상태로 남게 하는 수단이에요. 침묵은 억압이 행해지는 방식이라고요.

뭐, 박사님이야 그렇게 말씀하셔야겠지. 뉴욕에 있는 사람 전부가 어느 날 갑자기 침묵이 정답이라고 결심한다면 그녀는 직업을 잃고 말 테니까.

뉴욕에서의 삶은, 내 삶은, 소음으로 가득하다. 내가 창문을 열면, 나는 아래쪽에서 사람들이 시끄럽게 떠드는 소리와 다양한 교통수단들이 으르렁대는 소리를 들을 수 있다. 내가 어디에 가든지, 그리스티디나 드웨인 리드에서 쇼핑을 하든지, 지하철을 타든지, 심지어 승강기 앞에 서 있을 때조차, 언제나 배경에는 음악이 흐르거나 아니면 내게 뭔가를 팔아 보려는 누군가가 말을 걸고 있을 것이다. 나는 내가 식사를 할 때나 옷을 입을 때나 독서를 할 때도 텔레비전을 틀어 놓고 그게 혼자서 재잘재잘 떠들도록 내버려 두는 것을 좋아한다. 나는 이제 더 이상 침묵에 익숙하지 않은 것이다. 그래서 아마 도비드가 없었던 하루 이틀간이 정말 이상하게 느껴졌던 건지도 모르겠다.

나는 에스티와 도비드의 집으로 돌아갔다. 매일 밤잠은 그곳에서 잤다. 그리고 첫 밤이 지났을 때, 나는 용기를 내서 에스티가 아직 깨어 있을 시간에 다시 돌아갔다. 하지만 그 애는 나와 이야기를 하려고 들지 않았다. 더군다나, 나와 같은 방에 있으려고도 하지 않았고, 가능하다면 같은 층에 있으려고 하지도 않았다. 내가 아래층으로 내려오면, 그녀는 내가 거실이나 주방으로 들어갈 때까지 기다렸다가 후다닥 위층으로 올라가서 자기 침실에 숨어 버리는 것이다. 만약 내가 위층으로 올라가면, 그녀는 다시 나를 피해 경주하듯이 아래층으로 내려갔다. 한번은 현관 앞마루에서 그녀를 붙잡은 적이 있다. 나는 그녀가 주방에서 나오기만을 거실에서 기다렸다가 현관 앞에서 삐걱대는 마룻바닥 소리가 들리자마자 벌떡 뛰쳐나갔다. 나는 말했다. '에스티, 우리 얘기를 좀 해야⋯⋯.'

그녀는 몇 초간 나를 빤히 바라봤고 나는 생각했다. 어휴, 이제야 대화를 좀 할 수 있게 되겠는데. 그러고 나서 그녀는 바로 마루를 지난 데에 있는 작은 화장실로 뛰어 들어갔다. 그녀는 거기서 사십팔 분 동안 나오지 않았다. 내가 시간을 쟀다니까. 마침내 다시 모습을 드러냈을 때, 그녀는 곧장 주방으로 향하더니 안쪽에서 문을 잠가 버렸다. 나는 문 앞으로 가서 소리를 질러 볼까도 생각했다. 있잖아, 에스티. 다른 사람에게 거절당했다고 해서 이런 식으로 나오는 건 별로 건강하지도 성숙하지도 않은 반응이야. 전문가의 도움을 받아 볼 생각은 해 봤니? 그렇지만 난 실제로 그러지는 않았다.

나는 그다음 주를 아버지 집에서 보냈다. 아침 일찍 그 집에 도착해서, 저녁까지 돌아가지 않고 거기서 있었다. 내가 쓰던 방에는 다시 들어갈 수가 없었다. 그냥 도저히 그럴 수가 없었다. 그렇지만 아버지 침실에 있던 물건들이랑 도비드의 방에 있던 상자들은 대충 살펴봤다. 내가 발견한 것들로 뭘 해야 할지 정확히 알 수가 없었다. 1940년대부터 1990년대 후반에 달하는 유대교 관련 신문 기사들과 간행물을 모아 둔 이 엄청난 양의 자료에 흥미를 보일 무슨 단체 같은 게 혹시 있으려나? 낡은 옷가지, 문고본, 주방 식기들, 다들 너무 오래되어서 사실상 요즘 유행하는 멋진 레트로 상품이 될 수 있는 것들은? 나는 내가 원할지도 모르는 물건들 몇 가지를 더 찾아내서 모아 두었다. 책 몇 권, 사진들 몇 장 더. 하지만 아직도 그 촛대만은 찾지 못했다.

내가 저녁마다 에스티의 집으로 돌아오면, 주방에는 에스티가 날 위해 남겨 둔 음식이 있었다. 나는 그러지 말아 달라고 부탁하려고 생각했다. 내가 알아서 챙겨 먹을 수 있다고. 하지만 그런 쪽지를 남기는 것 자체가 그녀를 동요하게 하는 일이라는 걸 알았고, 사실상 이 문제를 놓고 주거니 받거니 토의를 해 본다는 것도 분명히 불가능한 일이었다. 어쨌든, 음식은 맛있었고 나는 그런 배려가 고마웠다. 그래서 매일 저녁 나는 주방에 남겨진 게 뭐가 됐든 한 접시씩 식사를 했고, 최소한 삶의 흔적이 지속되는 장소에 있다는 데에 감사했다. 비록 연약하고 가냘프긴 하지만.

그리고 목요일 밤, 도비드가 맨체스터에서 돌아오기 바로 전날 밤에 그 집에는 손님이 한 사람 찾아왔다. 보통 때처럼, 에스티는 내가 돌아오기 전에 이미 식사를 마치고 자신의 침실에 가 있었다. 나는 스파게티 볼로네즈 한 접시를 덜어 거실로 가져와서 신문을 이리저리 뒤적이며 끼니를 때우고 있었다. 혼자만의 적막한 식사 시간을 조금이라도 덜 답답하게 해 주는 텔레비전이 여기 없다는 게 아쉬울 따름이었다. 나는 신문지가 넘어가며 펄럭대는 소리, 내 포크가 음식을 집는 소리, 내가 그걸 씹고 삼키는 소리마저도 들을 수 있었다. 벽난로 위쪽에는 크고 장식이 화려한 시계가 큰 소리로 째깍대며 돌아가고 있었다. (명판 위에는 다음과 같이 쓰여 있다. 사라 리프카 하토그 학교 기증, 블룸필드 양의 행복한 결혼을 축하드리며.) 초침이 한 번씩 똑딱일 때마다 이 집의 고요한 정적 속에서 단어 하나가 발화하는 것처럼 보인다. 말로 발화된 어떤 것이 창조되었다가 다시 침묵의 바닷속으로 영영 떨어지고 만다. 나는 시계를 보면서 이 모든 침묵이 내게 나쁜 영향을 주는 것만은 아닐지도 모른다고 생각했다.

날카롭게 찢어지는 소리를 내며 초인종이 울렸다. 나는 내가 있던 곳에 가만히 있었다. 어쨌든 여기는 내 집이 아니었으니까. 몇 초의 시간이 흘렀지만 위층에서는 아무런 인기척도 들려오지 않았다. 어쩌면 에스티는, 내가 초인종에 응대하려다가, 그리고 자기도 누가 왔는지 나와 보려다가, 그렇게 우리가 서로 마주치게 되어 어쩔 수 없이 대화를 하게 되는 상황을 두려워하는 것인지도 몰랐다. 초인종이 다시 울렸다. 나는 갑자기 에스티에게 짜증이 솟구쳤다. 분명히 *내가* 어떤 방문자를 기다리고 있을 리 없지 않은가, 특히나 목요일 밤 9시의 불청객이라니. 그러니까 지금 이 집을 찾아온 사람은 그녀 혹은 도비드의 친구들 중 하나거나 아니면 메츠자*를 메고 다니며 유대인 자선 사업을 모금하는 남자거나 할 텐데, 어느 쪽이든지 그건 사실상 그녀가 알아서 할 문제였다. 문에서는 세 번 날카로운 노크 소리가 들렸다. 밖에 서 있는 사람이 더 이상 초인종을 신뢰하지 못하기라도 하는 것처럼. 여전히 위층에서는 아무런 소리

---

* mezuzah: 신명기 구절이 적힌 두루마리를 작은 케이스에 넣어 소지하거나 실내에 붙여 두는 것. 유대인의 표식이며, 실내 생활 공간의 문설주 위마다 붙이도록 규정하기도 한다.

가 나지 않는다. 나는 신문을 내려놓고 현관으로 갔다.

하토그가 문간에 서 있었다. 말쑥하게 옷을 빼입은 모습이다. 감청색 핀스트라이프 정장, 버건디색 타이, 손에는 검정 가죽 서류철을 들었다. 이제 막 무슨 이사회에 참석하려는 사람처럼 보인다. 그는 말했다. '안녕, 크루슈카 양. 얘기 좀 하기에 너무 늦은 시각은 아니겠지?'

나는 내가 조깅용 짧은 반바지에 '시끄러운 여자(Loud Woman)'라고 적힌 티셔츠를 입고, 앞쪽에는 토마토소스 얼룩을 묻힌 채로 문간에 서 있다는 사실을 깨달았다. 나는 말했다. '아뇨, 아뇨. 괜찮아요. 들어오세요.'

그는 끄덕이고 거실로 걸어 들어가서, 선택 가능한 다양한 자리를 눈여겨본 뒤에 천이 가장 덜 해진 안락의자를 골랐다. 값비싼 맞춤 정장 바지에 감싸인 다리 한쪽을 다른 한쪽 위로 꼬아 앉고는, 그는 검정 가죽 서류철을 옆쪽 커피 탁자 위에 떡하니 올려 두고 그 위에 손을 얹었다. 마치 자기가 이 장소의 주인인 것 같은 태도군, 나는 생각했다. 마치 이곳이 자신의 소유물인 것 같아.

그는 잠시 멈췄고 나는 기다렸다. 우리가 서로를 바라보는 짧은 순간에 어색한 기류가 고요하게 흘러갔다.

'제가 뭐라도 해 드릴 게 있나요, 하토그?'

하토그는 안락의자에 등을 기대 앉고는 목을 스트레칭하며 쭉 뺐다. 그의 머리가 한쪽에서 다른 쪽으로 천천히 회전했다. 그는 느긋이 시간을 끌다가 말했다. '지난주에 널 봐서 우린 깜짝 놀랐다. 너도 알겠지만.' 그는 눈썹을 조금 치켜들었다. '혹시 네가 여기서 환영받지 못한다고 느끼게 한 건 아니길 바란다. 도비드는 네가 여기 있다는 말을 우리한테 하질 않았거든. 물론, 도비드야 워낙……'

그는 말을 끝맺지 않은 채로 팔을 뻗어 허공을 쓸어 내는 시늉을 해 보였다. 마치 내가 내 주변에서 봤던 모든 것들을 한데 그러모아 도비드의 질문에 대한 대답을 듣고 오라고 보냈으니, 이제 너도 이만 이해하라고 권유하기라도 하는 것처럼.

나는 팔짱을 낀 채 자리에 앉았다. 내가 그의 비서나 되는 듯이 그 주변에 어정쩡하게 서서 기다리는 빌어먹을 경우는 있을 수 없으니까. 나는 말했다. '아니요, 하토그. 전 정말 즐거운 시간을 보냈으니 안심하셔도 돼요. 사실 그렇게 재미있는 금요일 저녁 식사를 마지막으로 했던 게 언제였는지 기억이 안 날 정도였어요.'

하토그는 그의 눈을 살짝 가늘게 뜨고 입술을 꾹 다물었다. 무엇인가 말하려고 하다가 그냥 말하지 않는 게 더 좋겠다고 생각하는 것 같았다. 그는 입을 열었다. '그래, 그러면, 일 얘기로 넘어갈까.'

'일이요?'

그는 손을 뻗어서 무릎 위에 올려놓은 서류철을 펼쳤다. 안에 든 내용물들은 굉장히 꼼꼼하게 정리되어 있었다. 투명한 플라스틱 서류철에 담긴 문서들에는 각자 식별할 수 있는 라벨이 붙어 있었다. 두께가 얇은 서류철이라, 아마 30~40장 정도의 종이를 집어넣으면 벌써 가득 찰 터다. 나는 가장 위쪽에 있는 문서를 거꾸로 읽어 보려고 했지만, 그는 내 눈앞에서 금세 그것을 거둬 갔다. 내가 본 것은 '권리 증서'라는 글자뿐이었다.

'네 아버지의 사망에 따라 우리가 정리해야 하는, 순수 집행상의 문제들이 많단다.' 그가 서류철을 훌훌 넘기면서 말했다. '지금 이런 논의를 한다는 게 너한테 너무 감정적으로 힘들지는 않기를 바라면서……'

나는 고개를 저었다.

'좋아, 그러면.' 하토그는 문서 뭉치 중 첫 번째 장을 부드럽게 꺼내서 내게 건네주었다. 그것은 내 아버지의 집에 대한 권리 증서였다. '만약 네가 본 문서 5장에 주목한다면,' 그가 말했다. 그의 어조는 건조하고 사무적이었다. '사택의 등록된 소유주가 회당 이사회라는 것을 알게 될 거야.'

나는 고개를 끄덕였다. 하토그는 그보다 더 두드러지는 반응을 기대하였다는 듯이 나를 쳐다봤다. 아마 그는 이 소식이 나에게 충격으로 다가오리라 생각했는지도 모른다. 나는 충격받지 않았다. 아버지는 벌써 수년 전에 내게 그 사실을 설명해 줬었다. 집은 이사회 소유며, 라브는 그 안에서 하는 거라고. 지극히 상식적인 관례다. 그래서 그들이 이걸로 뭘 하겠다는 거지? 사유지 무단출입으로 나를 고발이라도 하겠다는 건가? 나는 증서를 몇 분간 더 검토한 뒤에 다시 하토그에게 돌려주었다.

'그러면 새로운 라브가 임명되기 전에 이사회 쪽에서 집 안의 물품들을 정리할 건가요?' 나는 말했다.

하토그는 나를 바라봤다.

'걱정하지 않으셔도 돼요.' 나는 말을 이었다. '제가 원하는 물건은 한두 개밖에 없으니까. 이제 곧 정리가 끝날 거예요.'

하토그는 미소를 지었다.

'그 문제를 언급해 줘서 기쁘군, 크루슈카 양.' 그는 서류철 안에 권리 증서를 다시 꽂아 넣고 말을 하면서, 다시 그 종이를 훌훌 넘겼다. '집 안의 내용물은, 물론, 라브의 재산이야. 그분이 소장했던 탈무드 서가는, 대부분 전 세계의 벗들로부터 기증받은 것들이긴 하다만, 특히나 훌륭하지. 하지만 알아 둬야 할 게 있어.'

나는 고개를 끄덕였다.

하토그는 다시 미소 지으며 서류철에서 두 번째 문서를 꺼내, 앞에 놓인 탁자에 내려놓고 내 쪽으로 들이밀었다. 상대방보다 더 높은 패를 보여 주는 포커 선수처럼 득의만만한 기색이었다.

'이건 라브의 유언장이야. 정식으로 서명 날인하고 참관 증인들한테 공증도 받았지. 여기 보듯이, 그분은 집 안의 내용물을, 빠짐없이 전부 다, 회당 앞으로 남겼어.'

그는 나를 쳐다보았다.

'자, 크루슈카 양. 지금까지 작고하신 아버님 댁을 드나들면서 거기서 몇 가지 물품들을 가져갈 의지를 보여 준 걸로 아는데.'

나는 힌다 로셀 버디처를 생각했다. 하토그 밑에서 일하면서, 언제나 앞니에 붉은 립스틱 얼룩을 묻히고 다니는 그녀가, 지난 일요일에 친목 차원에서 나를 방문했던 것을 말이다.

'하기 어려운 말이지만……' 하토그는 여전히 엷게 미소 지으며 말을 이어 갔다. '회당 대표자로서, 그리고 덧붙일 필요도 없이……' 그는 시선을 아래로 깔았다. '나 자신 역시 작고하신 아버님을 열렬히 존경하던 사람으로서, 그분 거주지에 속한 그 어떤 것, 즉 회당의 재산을 마음대로 가져가도록 허락하는 것은, 나의 의무를 유기하는 일일 거야. 미안하지만 그것은 용인할 수 없어.'

그는 나를 똑바로 바라보았다. 사라 리프카 하토그 메모리얼 통학 학교에서 친절하게도 수여해 준 시계가 째깍거렸다. 우리 사이에 놓인 침묵은 점점 더 큰 소리로 울려 퍼져서, 나는 그 소리를 거의 들을 수 있을 정도였다. 느리고 꾸준한 침묵의 심장 소리를.

'나한테 바라는 게 뭔데요, 하토그?'

그는 눈썹을 찡그렸다.

'내가 뭘 바라다니, 크루슈카 양? 나는 회당에서 임명받은 봉사 직으

로서 내 임무를 충실히 수행하는 것밖에는 바라는 게 없지.'

지랄. 나는 말하고 싶었다. 지랄 같은 헛소리하고 자빠졌네. 나는 의자 팔걸이에 손톱이 깊이 박혀 들어갈 정도로 꼭 움켜잡았다. 그리고 기다렸다. 그게 뭐든, 속내를 털어놓고야 말겠지.

하토그는 서류철에 끼운 종이 한두 장의 순서를 다시 바로잡았다. 그의 손길은 꾸준했다. 나는 하토그가 얼마나 부유한 사람인지에 대해 생각했다. 부유함이란 사람을 이렇게 만들어 주는 건가? 부자로 산다는 건, 인간이 다른 인간 존재에게 내키는 대로 아무 말이나 할 수 있는 능력을 주는 건가? 살다 보면 언젠가는 자신도 상대방의 도움을 받는 처지에 놓일 수도 있다는 일말의 염려를 전혀 느끼지 않고? 문서들을 재정비하고 나서, 분명히 그 순서에 흡족함을 느끼는 듯한 하토그가 다시 나를 돌아보았다.

'우리가 얘기해야 하는 문제가 하나 더 있기는 해.' 그는 말했다. '알다시피, 애도 월간이 끝나는 시점에서 추도식을 준비하고 있어. 사실 앞으로 이 주 남았지. 전 세계의 저명하신 여러 랍비께서 우리 추도식에 참석하기 위해 오실 거다. 아버님께서는 많은 존경과 사랑을 받으신 분이니까.'

나는 고개를 끄덕였다. 이런 계획이 있다는 걸 도비드에게서 이미 들었었다.

'우리는, 그 말은 곧 회당 이사회와 나는, 이 추도식이 아버님의 위엄에 적합한 행사가 되기를, 그분이 남겨 주신 종교적이고 영적인 유산을 기리는 행사가 되기를 진심으로 바라 마지않는다. 우리는 불필요한 곤경을 피하고 싶어, 무슨 말인지 알겠지? 이 행사가 무탈하고 순조롭게 진행되기를 원한다고.'

그는 내가 여태까지 자기 말귀를 잘 알아듣고 있는지 파악해 보려는 듯한 차분한 눈으로 나를 보았다. 나는 그를 마주 보았다. 무슨 말이 나올지 대충 짐작이 갔지만, 그가 아닌 내가 그 말을 하지는 않을 것이었다.

'우리가 선호하는 것은, 즉 회당 이사회가 선호하는 것은, 네가 추도식에 참석하지 않을 수만 있다면 더 바람직한 일이 될 것이라는 거야.' 그는 잠시 멈췄다. '그 대신에, 우리는 네가 원하는 대로, 아버님과 기타 다른 것을 추억할 수 있는 개인적 물품 몇 가지를 아버님 댁에서 가져갈 수 있도록 허락할 준비가 되어 있다.'

하토그는 다시 나를 보았다. 그의 얼굴은 침착했고, 그 어떤 걱정이나 불안의 흔적도 찾아볼 수 없었다. 나는 그가 얼마나 오랫동안 내 앞에서 하게 될 이 연설을 준비했는지 궁금해졌다.

'그러니까, 내가 당신 말을 이해한 건지 나 스스로 한번 확인해 볼게요.' 나는 말했다. '당신들은 내가 친아버지를 추모하는 행사에 나타나는 것을 원치 않고, 당신은 지금 나한테 뇌물을 먹이려는 거네요? 어쨌든 권리상으로는 내 것인 물건들을 몇 개 쥐여 주겠다고 생색을 내면서요?'

'뇌물이라는 말은 쓰고 싶지 않은데, 크루슈카 양. 우리 공동체의 공익을 위해서 우리 둘 다 일정 부분 동의할 수 있다고 생각한다만……'

나는 이제 화가 나 있었다.

'뭘요? 내가 추도식에 참석하면 공동체에 무슨 일이 생기는데요?'

'글쎄.' 그는 다시 팔을 넓게 벌리고, 희미하고 거만한 미소를 지으면서 말했다. '우리가 그런 얘기까지 할 필요는 없지 않을까, 안 그래? 어떤 소문이 돌고 있어, 크루슈카 양. 너 자신도 부인하지는 않을 그런 내용의 정보들이지. 물론, 회당 이사회는 라숀 하라에 귀를 기울이지 않지만, 너 스스로 그 문제에 관해서 먼저 인정을 했던 만큼……. 간단히 말하자면 부적절할 거라는 말이다. 그 정도는 알아듣겠지?'

'내가 동성애자라는 걸 당신에게 말했기 때문에 부적절하다는 거예요?'

하토그의 미소가 사라졌다.

'아니, 크루슈카 양. 지난 나흘간, 일곱 명의 다른 사람들이 내게 똑같은 말을 했기 때문이야. 너는 뭐랄까⋯⋯. 악명이 자자한 존재가 되어 가고 있어. 우리는 이 추도식이 라브의 삶을 기리는 조용하면서도 행복한 행사가 되길 원하지, 그런⋯⋯.' 그는 말을 멈췄다. '기상천외한 변태들의 전시장이 되는 건 원치 않아.'

나는 그 말에 매우 침착해졌다. 나는 가만히 그를 바라보며, 하토그가 얼마나 흠씬 두들겨 패 주기 안성맞춤인 얼굴을 가졌는지 생각하기 시작했다. 코가 어쩌면 저렇게 중앙에 딱 자리 잡고 있을까, 콧방울은 정말 둥글고, 완전히 과녁이 따로 없네.

나는 거의 웃음을 터뜨릴 뻔했다.

나는 말했다. '있잖아요, 나를 쫓아 버린다고 해서 이 자체를 없애 버릴 수는 없어요. 나야 어차피 몇 주 안에 가 버릴 사람인데. 하지만 나로 끝나는 게 아니에요, 하토그. 당신들의 진짜 문제는 내가 아니라고요.'

'그래?' 하토그가 말했다. '그러면 정말 이상하네, 네가 이곳에 발을 들여 놓자마자 이 문제도 너와 함께 도착한 것 같거든. 그럼 그걸 우연이라고 불러야겠군. 그렇지 않아, 크루슈카 양?'

우리는 서로를 쳐다봤다. 나는 그에게 모든 것들을 다 말해 주고 싶은 충동이 들었다. 그의 이 완벽한 작은 세계가 결코 완벽해질 수 없다는 것을, 그에게 설명해 주고 싶었다. 단지 눈을 질끈 감고 그런 문제들이 거기 없다고 믿어 버리는 것만으로, 그들의 심경을 어지럽히는 일들마저 영영 없어지게 할 수는 없으리라고. 나는 이곳이 절대로 완벽한 적 없었다고, 조금도 완벽하지 못했다고, 그리고 내게는 그 사실을 증명할 증거가 있다고 말해 주는 상상을 했다. 하지만 솔직히 말해서, 그는 이해하지 못할 것이다. 그도, 힌다 로셀도, 회당 이사회의 임원들도 이해하지 못할 것이다. 파인골드 박사가 말하는 것처럼, 사람은 오직 자기 자신만을 구원할 수 있다.

나는 말했다. '그러면 라브의 가족도 참석하지 않는 추모 행사를 집행하는 것은 "부적절하다."라고 생각하지 않으시나요?'

하토그는 팔을 흔들었다. '도비드가 있을 텐데, 당연히. 그리고 라브의 자매도 올 거고. 예루살렘에 있는 그의 형제도 아마 비행기를 타고 올 것 같고. 가족들이야 참석하게 되지. 그런 괜한 걱정을 네가 할 필요는 없을걸.'

나도 모르게 오른손을 동그랗게 주먹으로 말아 쥐었다.

하토그는 의자에 등을 기댔다. 그는 다시 목을 빼며 스트레칭을 했고, 머리를 한쪽에서 다른 쪽으로 천천히 움직였다.

'우리는 네가 추도식 전에 조용히 떠나기를 원한다. 괜히 시선을 끌거나 일을 크게 만들 필요는 없고. 그냥 네가 직접 봐야 하는 직장 일이 갑자기 생겼다고만 간단히 말해 둬도 되겠지. 물론 여행 계획을 재조정해야 하겠지만. 우리는 이 과정에 추가 비용이 들어갈 수 있다는 점을 이해하고, 그 부분에 대해서는 정산해 줄 의지를 가지고 있어. 네가 겪은 불편함에 대한 보상도 겸해서.'

그는 서류철을 뒤집어서 엄지와 검지 사이로 고정한 채 수표를 한 장 기입했다.

'보다시피, 이 정도면 나름 서운하지 않을 금액이라고 우리는 생각한다.'

그는 내게 수표를 건넸다. 나는 그걸 들여다봤다. 2만 파운드. 대충 3만 3000달러 정도의 금액이다. 뉴욕까지 스무 번은 돌아갈 수 있는 비행기 표를 사고도 남을 액수다. 나는 하토그가 계속 '우리'라고 말하지만, 그 수표가 회당 법인 계좌로 지불되는 게 아니라는 데에 주목했다. 수표는 그의 개인 계좌에서 나온 것이었고, 아래쪽에 넓적하고 견고한 필체로 '하토그 박사'라고 서명되어 있었다. 하토그는 분명히 이 작은 책략에 본인의 자금을 직접 지원하고 있었다. 아무리 그가 겉으로 전체 공동체의 뜻을 대표하는 것처럼 보이고 싶어 하더라도.

나는 내 손 위에서 수표를 뒤집어 봤다.

'이러면서 뇌물이라는 말은 쓰고 싶지 않다고요, 하토그?'

하토그는 입술을 얇게 깨물었다. 그의 얼굴이 보다 창백해졌다는 사실을 나는 알아챘다. '그래, 그 말은 별로 적절하지 않을 것 같네.'

'만약 내가 거절하면 어쩔 건데요? 내가 추도식에 가야겠다고 결정한다면요?'

하토그는 날카롭게 숨을 쉬었다.

'이해가 안 되나?' 그는 말했다. '너는 모두를 수치스럽게 하려는 거야, 아무런 목적도 없이. 여기 있는 아무도 너를 *원하지 않아*. 대부분의 사람들은 널 거의 기억하지도 못하고, 기억하는 사람들에게 너는 부끄러운 존재 그 자체인걸. 에스티와 도비드가 이 집에서 널 맞아 주고 있는 게 얼마나 어려운 일인지 상상이나 할 수 있어? 이런 식으로 사람들의 입방아에 오르내리는 게? 안 보이냐고? 그들은 이 공동체에서 굉장히 존경받는 일원들이야. 그들은 여기서 지켜야 할 평판이 있는 사람들인데, 너는……'. 그는 말을 멈췄다. '어딘가 다른 곳에 분명히 너의 자리가 있겠지.'

그는 자신의 손을 내려다보고, 다시 나에게로 시선을 돌렸다.

'크루슈카 양.' 그는 말했다. '로닛, 나는 우리가, 그러니까 회당 이사회와 내가, 너에게 아주 관대한 제안을 했다고 생각한다. 우리는 그저 우리 공동체를 보호하려는 거야. 네 아버지가 남긴 유산이잖아. 나는 이해를 못 하겠어, 정말이지 이해가 안 된다. 왜 네가 지금 여기까지 와서 우리를 공격하려는 건지. 너 자신을 위한 삶을 뉴욕에 일구었다면서? 너에겐 거기가 훨씬, 훨씬 더 적절한 장소처럼 보여. 우리는 그냥 우리가 익숙한 방식대로 살아가고 싶은 거야. 분명히 너 역시도 그런 것처럼.'

내가 처음으로 느낀 충동은, 물론, 하토그에게 당신과 당신이 써 준 수표까지 모두 지옥에나 떨어져 버리라고 말하는 것이었다. 내가 어디에 갈 수 있는지 없는지, 거기서 나를 원하든 원하지 않든 관계없이, 누군가 내게 이래라저래라 명령하는 대로 움직이지는 않겠다고. 하지만 내가 그를 쳐다보면서, 한 방 먹여 주기 딱 좋은 그의 얼굴과 의기양양하고 오만한 미소를 쭉 바라보면서, 내 마음속에는 아니야, 굳이 그럴 필요도 없다는 생각이 들었다. 이건 내 싸움이 아니다. 그 말만큼은 하토그가 옳았다. 나는 오래전에 바로 이런 종류의 헛소리 때문에 이미 여기를 떠난 사람이다. 이제 와서 다시 그걸 상대할 필요는 없지, 나는 그저 발을 돌려 나갈 수 있었다. 과격한 싸움을 하는 대신에 하토그와 나 둘 다 우아한 문명인인 척 연기하면서, 내가 집에서 가져오길 원하던 것들만 가지고 나와서 그저 비행기에 올라타고 훌쩍 가 버리면 그만이었다. 나는 단지 떠나 버리면 됐다. 어쨌든 예전에도 해 봤던 일이 아닌가. 그리고 하토그의 얼굴에 주먹을 날리는 대신에 나는 나 자신한테 이렇게 말하는 것을 들었다, '생각할 시간을 좀 주시겠어요?'

하토그는 고개를 끄덕였다. 마치 이게 그가 예상했던 결과라는 것처럼. 그리고 서류철을 덮었다.

나는 하토그를 따라 문간까지 가서 그를 배웅했다. 그는 잽싼 걸음으로 멀어졌다. 차분하고 자신감 넘치는 태도로 까만 가죽 서류철을 한 손에 든 채 힘차게 흔들면서. 내가 등을 돌려 집 안으로 들어오는 순간에 뭔가 움직이는 모습이 힐끗 눈에 들어왔고, 계단에서 인기척이 들려왔다. 나는 고개를 들었고 에스티가 계단 꼭대기에, 양팔로 무릎을 마주 안고 앉아서 지금까지의 상황을 쭉 지켜보고 또 듣고 있었다는 사실을 알았다. 그녀의 얼굴은 창백했고 두 눈은 끝없이 깊고 검었다.

9

나와 이스라엘 백성들 사이에, 그것은 영원한 징표가 될 것
이다. 엿새 동안 주님께서 천국과 땅을 만드셨고, 이레째 되
는 날 그분께서 쉬셨도다.

——출애굽기 31:17, 금요일 밤 안식일이 시작될 때 낭독

주님께서 쉬셨다는 말을 하는 것은, 당연히 좀 이상하게 들리지요.
아인 소프*께서 —끝이 없으신 분이 —그분 자신이 행한 노동으로
피곤해지셨다는 말입니까? 그분의 근력이 다 소진되었다고요? 우리
는 그런 말도 안 되는 이야기를 믿는 어린아이들이 아닙니다. 그러
면 도대체 주님께서 일곱째 날에 쉬셨다는 토라의 말씀은 무슨 의미
입니까? 우리 현자들은 주님께서 일곱째 날에 쉬셨다는 게 아니라,
그분이 일곱째 날에 휴식을 창조하신 것에 더 가깝다고 설명합니다.

잠이나 음식이나 혹은 다시 기워 붙기를 기다리는 피로한 근육을
이야기하고 있지 않다는 점을 우리는 명확히 이해해야만 합니다. 이
것들은 단지 노동의 형태죠. 그들은 노동을 수행하기 위해 존재하는
활동들입니다. 우리는 자고, 먹고, 심신을 쉬게 하여 그다음에 행해
질 노동에 적합할 만큼 충분히 영양을 회복하려는 것입니다. 그리고
우리가 하는 모든 게 노동이라면, 우리는 대체 무엇일까요? 우리는

---

* Ein Sof: 카발라에서 말하는 무한하고 불가해한 영적 존재로서의 신.

삼킬 음식을 얻기 위해, 머리를 대고 잠들 베개를 얻기 위해 노동합니다. 그리고 우리는 노동을 하기 위해 음식을 먹고 잠을 자야 하지요. 그렇다면 우리는 끝없는 자가 복제 이상의 일은 하지 못하는 기계에 지나지 않는 것입니다.

하지만 안식일은 우리에게 그렇지 않다는 사실을 알려 줍니다. 안식일은 오락을 즐기는 날도, 여가를 즐기는 날도 아니며, 하루 동안 창조성을 끊어 내는 날입니다. 이 세상에 내딛는 발을 가볍게 하는 날입니다. 그날에 우리는 바퀴가 달리거나 동력 장치가 있는 교통수단을 이용하지 않으며, 돈을 쓰지 않고, 전화 통화를 하거나 다른 전자·기기를 사용하지 않습니다. 우리는 집 밖으로 물건을 가지고 나가지 않습니다. 손수건처럼 작은 물체라도, 심지어 주머니 안에 넣은 채로도 지니고 다니지 않지요. 우리는 요리를 하지 않으며, 땅을 파지 않고, 글을 쓰지 않고, 천을 짜지 않고, 바느질하지 않고, 그림을 그리지도 않습니다. 안식일 동안 우리는 이 세계에 체류하며 남기는 변화를 가능한 최소한으로 줄입니다. 그 대신, 우리는 미리 준비해 놓은 음식을 먹고, 서로와 이야기하고, 잠을 자고, 기도하고, 걷습니다. 단순하고 인간적인 일들을 하지요. 그리고 이러한 행위들을 통해 우리는 이 세계에 끊임없이 간섭하고, 이 세계를 바꾸어 놓고, 마치 우리 욕망들이 가장 중요한 전부이기라도 한 것처럼, 이 세계가 우리 욕망에 좀 더 가까운 것이 되도록 조절하려는 스스로의 충동을 억제합니다. 안식일이란 이 세계를 조종하는 타륜에서 단순히 손을 떼고 그것이 저절로 돌아가도록 내버려 두는 것입니다.

그리고 여기서 우리는 가장 중요한 핵심에 와닿습니다. 우리가 우리 행동과 창조물로 산만해지지 않을 수 있다면 그때야 마침내 우리는 스스로의 존재를 찬찬히 돌아보게 됩니다. 우리, 남자와 여자는 여섯째 날 일몰 직전에 창조되었습니다. 우리는 금요일마다 해가 지는 순간이 우리의 탄생 기념일임을 기억해야 할 것입니다. 안식일은 우리를 우리 자신에게로 다시 이끕니다. 안식일은 우리가 성취해 온 모든 것들을 보여 주지만, 그 이상은 없습니다. 안식일은 조용히, 그러나 끈질기게, 우리가 누구인지를 묻습니다. 그리고 우리가 아무 대답을 하지 못한다면 안식일은 우리를 놓아주지 않을 것입니다.

* * *

금요일은 겁에 질린 곤충처럼 윙윙거리는 소리를 낸다고 에스티는 생각했다. 곤충의 날개가 거세게 파드득대는 소리. 머리 안에 갇힌 채로 한쪽 면에서 다른 쪽으로 휙휙 날아다니며 두개골에 쾅쾅 부딪혀, 시계 초침이 째깍대는 듯한 소음을 낸다. 초침이 한 번씩 째깍일 때마다 이제 안식일까지 몇 분밖에 남지 않았다고 선언한다. 그리고 이제 몇 분, 또 이제 몇 분.

이 윙윙거림, 이 째깍임은 가볍고 단순한 속성을 지녔지만, 사람이 숨을 쉬어야 하는 필수적인 박자 혹은 월경 주기의 시간과 나날이 그렇듯이 거역할 수 없으며 끈질기게 요구되는 것이기도 하다. 금요일은 기약 없이 물러나지는 않을 것이다. 금요일은 연기되지 않는다. 금요일에 필요한 것들이 성취되지 않는다면 그 어떤 자비도 드러나지 않을 것이다. 안식일은 정해진 시각에서 단 삼십 초라도 지체될 수 없기 때문에, 안식일의 도래를 멈추게 할 수 있다고 생각하는 모든 이들은 심각한 위반을 저지르는 것이다.

에스티는 오전 6시를 지나자마자 일어났다. 새벽이 아직 그의 아침 인사를 하늘에 속삭여 불어넣기 전이었지만, 창밖을 쳐다봤을 때 그녀는 보다 엷고 가늘게 떨리는 푸르름 몇 자국이 동쪽으로부터 조금씩 하늘을 부드럽게 어루만져 나가는 광경을 볼 수 있었다. 그녀는 세면대에서 상쾌하게 세수를 했고, 서서히 퍼져 나가는 빛의 손가락들이 하늘로 스며드는 것을 몇 분간 빤히 바라봤다. 오늘은 금요일이고, 금요일은 기다려 주지 않으리라. 오늘은 금요일이고, 지금부터 해가 지는 순간까지 매분 그녀는 지금이 몇 시 몇 분인지를 되새길 것이다. 그녀는 벽에 걸린 인쇄본 달력을 확인했다. 안식일은 오후 6시 18분에 시작한다. 그녀는 재빨리 옷을 입고, 머리를 빗어 느슨하게 틀어 올리고, 납작한 베레모를 쓰고 밖으로 삐져나온 머리카락들을 모자 안으로 집어넣었다. 그녀한테는 해야 할 일들이 있었다. 금요일처럼, 그녀 역시 지체할 수 없었다.

그녀는 머릿속의 목록을 점검했다. 옷을 세탁하고 다림질하기, 식료품을 사고 요리하기, 방을 청소하고 정리하기, 식탁을 차리고, 알람을 맞추고, 단지를 채우고, 열판을 준비하고, 그리고 또 다른 게 뭐가 있었나? 물론. 그 특별한 임무. 시간이 얼마나 걸리려나? 알 수 없었다. 다른 일들을 먼저 끝내야 한다. 그러고 나면 그 이상을 생각해 볼 수 있겠지.

그다음 여덟 시간 동안 그녀는 일을 했다. 매주 같은 일이었다. 같은 음식을 사 와서, 같은 식단을 준비하는 것. 그 과정에는 마음을 차분하게 해 주는 반복되는 양식과 질서가 있었다. 일을 하는 동안에는 걱정도 들지 않는다는 점을 그녀는 발견했다. 빵집에서 그녀는 반들반들 윤기가 나고 따뜻한, 커다랗게 땋은 모양의 할라빵을 세

개 골랐다. 청과물 가게에서 그녀는 신선한 과일과 채소를 샀다. 그녀는 약국을 지날 때 그 앞에서 아주 살짝 멈칫하며 생각에 잠겼다. 회당의 샐먼 부인이 먼 거리 저쪽에서부터 정육점 봉투를 든 채 지나치고 있었다. 샐먼 부인은 에스티를 알아봤고, 미소를 지으며 조금 어렵게 한 손을 들어 보였다. 그렇군. 그 특별한 임무는 여기서 할 수 없겠어. 헨던에서는 안 돼. 에스티는 약국 앞에서 다시 걸음을 재촉했다.

정육점에서 그녀는 닭의 생간을 몇 개 골랐다. 집에 돌아와서 그녀는 그것들을 불꽃에 갖다 대고 정결하게 했다. 피가 뚝뚝 떨어지면서, 머리카락이나 손톱을 그을릴 때처럼 독특한 냄새를 풍겼다. 그녀는 커다란 육수 냄비에 물을 끓여 수프를 만들었다. 냄비 바깥쪽에 물방울이 응결돼 맺혔다. 그녀는 생닭 세 개를 들고 빛에 비춰 보며, 그것들의 핏줄과 장밋빛 근육 섬유들이 이루는 무늬들에 경탄했다. 그 뼈들은 아직 남아 있는 살가죽 아래 달라붙은 채, 섬세한 관절 조직의 움직임을 보여 주며 움직였다. 그녀는 그것들이 지닌 삶의 요소에 대해 생각해 보며 이리저리 돌려 보다가, 갑자기 결단력 있게 그것들을 하나씩 끓는 물속으로 떨어뜨렸다. 닭고기는 끓는 물의 수면 위로 둥둥 떠올랐고, 육질은 생생한 선홍빛에서 하얀색으로 바뀌었으며, 갑작스럽고 날카롭게 피어난 육수 향이 군침을 삼키게 했다. 그렇게 되는 거야, 그녀는 닭들에게 말했다. 삶이란 그렇게 되는 거야. 근육과 뼈에서 육수로 변하는 것. 그렇게 되는 거야. 결국엔, 너희 닭이라는 것도, 도대체 뭐지? 깃털과 꼬꼬댁거리는 울음소리로 이루어진 삶, 그게 도대체 뭐야? 그녀는 시계를 보았다. 오전 10시 7분이다.

아침이 거의 끝나 갈 때쯤 도비드가 전화를 걸어 와서 지금 맨체스터를 막 떠나는 길이라고 말했다. 앞으로 네 시간 반 정도면 집에 도착할 거라고. 또한 어느 순간부터는 로닛이 집에 있지 않다는 사실을 에스티도 알게 되었다. 이 주 초반만 해도 그녀는 로닛이 어디 갔는지 궁금해하거나 그녀의 존재에 대해 잠시 생각에 잠기곤 했었다. 다른 날 같으면 그녀는 언제나 줄곧 느껴 온 것처럼, 위장이 뚝 떨어져 내리는 듯한 절망이나 숨이 턱 막히는 듯한 두려움을 느꼈을지도 모른다. 하지만 오늘은 금요일이다.

마침내 오후 일찍 그녀는 모든 일을 끝냈다. 옷은 깨끗이 세탁했고 안식일에 입을 옷도 다림질했고 집은 모두 정리되었다. 오븐 안에 든 닭고기도 거의 다 익었다. 아직 충분히 갈색으로 구워지지는 않았지만. 수프는 레인지 위에서 활발하게 보글보글 끓었다. 치메스*, 간 요리, 쿠겔**, 케이크, 게필테, 감자, 채소 모두 망침 없이 거의 완성되었다. 아직도 마저 해야 할 작은 일들이 몇 가지 남아 있지만, 그녀가 돌아와서 끝내면 그만이었다. 그녀 몸이 그녀에게 조용하고 끊임없는 목소리로 말했다. 오늘이야. 오늘 그 일을 해야만 해. 그녀는 오븐과 레인지를 끈 뒤 가방을 들고 역으로 향했다.

날씨는 계절에 맞지 않게 더웠고, 걸음을 옮기자마자 땀이 나기 시작했다. 얇고 불쾌한 축축함이 스며든 옷이 피부에 들러붙었다. 팔과 다리에 와닿는 따끔거리는 감각은, 헨던 사람들의 수천 개의 눈이었다. '저이 에스티 쿠퍼만 아니야?', '어딜 저렇게 서둘러 가는 걸까? 그것도 금요일 오후에!' 그 수수께끼에는 오직 하나의 대답만이

---

* tzimmes: 고기와 채소를 넣어 끓인 스튜.
** kugel: 냄비에 재료를 넣어 만드는 찜 요리.

가능할 수 있었다. 안식일을 불과 몇 시간 남겨 둔 시각에, 남편을 둔 여자가 저렇게 잽싸게 향하는 곳이란 어디일까? 그들은 알았다. 그들 모두가 잘 알고 있다. 이건 호의적인 눈길이 아니야, 그녀는 이제 그것을 깨닫는다. 그녀는 그들이 비밀을 지켜 주리라고 믿을 수 없으며, 그들이 다른 생각을 하지 않을 것이라고 믿을 수도 없다. 에스티는 천천히 숨을 쉬려고 노력했다. 자신의 허벅지와 종아리 근육에 좀 쉬엄쉬엄 가도 된다고 조용히 말하면서. 이유는 얼마든지 있을 수 있다고. 내가 뭐 하러 가는지 아무도 추측하지 못할 거야, 그녀는 중얼거렸다. 하지만 다리는 말을 듣지 않고 계속 속도를 낸다. 더 빨리, 더 빨리.

역에 도착한 그녀는 자신이 어디로 가야 하는지 모른다는 것, 대담하고 대답 없는 그 사실과 마주한다. 그녀가 아무도 만나지 않을 곳, 아무도 그녀를 쳐다보고 '에스티 쿠퍼만'이라고 알아볼 일 없을 곳이어야 했다. 하지만 런던 어느 곳에 가야 그걸 확신할 수 있을까? 그녀는 손목에 찬 시계를 봤다. 오후 3시 20분. 오래지 않아 도비드가 집에 도착할 것이다. 안식일은 6시 18분에 시작한다. 이러한 불확정성 때문에 그녀에겐 지체할 시간이 없었다. 머릿속을 울리는 윙윙대는 소리가 더 커지고 더 꾸준해졌다. 또 그녀의 머리통 내부를 두드리는 소리도 더욱 굳세게 울렸다. 째깍째깍, 째깍째깍. 그녀는 노던 라인*의 노선도를 눈으로 훑어 내렸다. 어디로 가야 확실할까? 이렇게 드러나 있는 작은 봉오리들 중에서? 여기, 노선이 교차하는 지점 캠든 타운. 그녀는 인간적인 특성이 배제된 자동판매기에서 표를

---

* Northern Line: 영국 런던의 지하철 노선.

샀다. 어디로 가십니까? 몇 개의 구간을 지나십니까? 그 기계의 단순한 질문이 고맙게 여겨졌다. '거기엔 왜 가십니까?'도 아니고, '가서 뭘 하려고요?'도 아니다.

열차를 타고 이동하면서 그녀는 다시 한 번 숫자를 세어 보았다. 열차가 움직이는 박자감이 숫자를 헤아리기에 좋았다. 그녀는 먼저 이날들을 세었고, 그다음엔 저 날들을 세었고, 그러고 나서 남은 날들을 세었다. 그녀는 계속 수를 세고 또 세었지만 그 합계는 언제나 같은 숫자였고, 언제나 틀린 숫자였다. 그녀는 차가운 유리 칸막이에 머리를 기댄 채 피로감과 약간의 현기증을 느꼈다. 눈을 감고 열차의 덜컹거리는 소리에 귀를 기울였다. 그녀 자신의 머릿속에 있는 째깍 소리와 굉장히 비슷하다. 캠든 타운에 도착했다는 것을 깨달았을 때는 열차의 문이 벌써 열렸다가 닫히기 직전이었다. 그녀는 용수철처럼 벌떡 일어나서 문 사이를 통과했다.

캠든은 땀을 뻘뻘 흘리고 있었다. 소란스러웠고 냄새가 났다. 에스티는 역 바깥에 나와 가방을 자신의 몸에 꽉 붙이고 움켜쥔 채로 주변을 바라보고만 있었다. 호리호리한 젊은 남자 하나가, 가슴에는 '다들 엿이나 먹어라!'라고 적힌 티셔츠를 입고 난간에 기댄 채 플라스틱 통에 담긴 통감자 구이를 먹고 있었다. 그는 마치 감자한테 고통을 주려는 듯이, 한 입씩 떠먹기 전마다 포크로 감자를 쿡쿡 찔러 댔다. 그러다 아무런 예고도 없이 입가를 일그러뜨리더니, 먹고 있던 음식을 뚫어지게 쳐다보고는 그것을 바닥에 내버렸다. 그러고는 바로 자리를 떴다. 녹은 버터가 보도 위로 가늘게 흘러가며 냄새를 풍겼다. 조그만 개 한 마리가, 분홍색 샌들을 신고 휘청대며 걸어가던 여자가 끌고 가던 개였는데, 거기에 멈춰 서서 보도블록을 한두 번

홅았다. 세상이 빙 도는 느낌이었다. 에스티는 자신이 기절하려는 게 아닌가 생각했다. 가게들과 사람들이 왜곡된 형태로 뒤섞이며 귀 안쪽으로 어지럽게 파고들더니 요동치기 시작했다. 모든 것들이 갑자기 거꾸로 곤두박질치며 안팎으로 뒤집혔다. 뒤죽박죽.

캠든은 6시 18분에 멈추지 않을 것이다. 이 거리는 고요해지지도 않고, 사람들은 정지하지도 않을 것이다. 이 사람들은 안식일을 준비하지 않으며, 머리통 안쪽에서 메아리치는 금요일의 소리를 듣지도 않는다. 이 생각은 그녀를 나약하게 했다. 현기증 나는 고통과 연민이 어린 숨결을 토한다. 이래선 안 돼, 그녀는 생각했다. 질서를 되찾아야 해. 계속 숨을 쉬어야만 해. 그녀는 시계를 봤다. 오후 3시 53분. 안식일 전까지 2시간 25분 남아 있다는 생각이 그녀를 약간 진정시켰다. 여전히 난간을 붙잡은 채로 그녀는 주변을 둘러보았다. 지나가는 사람들의 면면을, 각자가 지닌 혼돈에 깊이 골몰하는 그 얼굴들을 힐끗대며 쳐다봤다. 금요일을 들어 본 적도 없고, 안 적도 없는 사람들. 그건 마치 그들이 사랑이라는 것을, 그것의 끔찍하면서도 아름다운 속성을 전혀 알지 못하는 것이나 다름없었다. 그녀는 금요일을 모르는 사람들에 대해 생각해 본 적이 있었다. 로닛은 뉴욕에서 이런 느낌이었던 걸까, 그녀는 생각했다. 선도 경계도 없이, 질서도 감각도 없이, 고정해 주는 닻 없이. 두려워하면서 또 간절히 욕망하게 되는 그런 상태.

그녀는 머리를 들고 조금 더 멀리 내다보며, 적절한 종류의 가게를 찾았다. 약국 말이다. 그녀의 심장이 가슴에서 쿵쿵 뛰었다. 너무 잦은 숨을 쉬지 않으려고 노력했다. 길 맞은편에 하나가 있다. 그녀는 성난 차들 사이에서 경주하듯 뛰며 그쪽으로 몸을 내던져 달렸다. 약국 내부의 공기는 더 시원했고 청명했다. 사람들은 좀 더 천천히 움직였고 더 조용한 목소리로 이야기했다. 에스티는 상품으로 가득한 복도에 둘러싸여 있었지만, 그것들은 제 나름의 열과 행과 질서를 유지하며 줄지어 서 있었고, 각기 정체성을 알아볼 수 있게끔 작은 상표도 붙어 있었다. 그녀는 이 모든 것들이 의도된 설계 아래 있다고 인식하자 기분이 한결 차분해지는 것을 느꼈다. 그녀는 찾아나서기 시작했다.

그녀는 머리를 오른쪽으로 그리고 왼쪽으로 두고 살피면서 각각의 복도를 걸어 다녔다. 걸어가면서 계속 수를 셌다. 벌써 이틀째 그녀는 그렇게 수를 세고 있었다. 숫자를 더하고, 빼고, 계산하고 또 계산해 보면서. 하지만 어쩌면 그녀가 실수를 했던 걸까? 얼마나 바보처럼 느껴질까, 얼마나 말도 안 되는 일인가. 그동안 내내 그저 그녀가 수를 잘못 세었던 거라면? 그녀는 다시 숫자를 헤아렸다. 여전히 같은 숫자가 남아 있다. 침묵하며, 아무런 대답도 하지 못하는 상태로. 그녀는 계속 걸었다. 샴푸와 컨디셔너를 지나, 제모 크림과 발모 수프레이를 지나, 데오도란트와 향수를 지나, 비타민과 미네랄을 지나. 피임약이 배열된 선반 바로 옆에서 그녀는 찾고 있던 것을 발견했다. 그 두 종류의 제품이 서로 나란히 놓여 있는 모습은 인과 관계의 법칙을 여실히 보여 주는 전시 물처럼 보이기도 했다.

그녀는 제품을 손에 집어 들고 뒤집어 보았다. '가장 빠르고, 가장 정확한 결과'라고 스스로 선언하고 있다. '의사들이 추천하는 제품' 그리고 '생리 예정일 첫날부터 사용하세요.' 그녀는 다시 날짜를 셌다. 피를 흘린 날이 며칠인지, 출혈이 멎고 난 이후의 날이 며칠인지, 미크바에 간 날이 며칠인지, 그날로부터 로닛이 도착한 날까지의 날이 며칠인지, 그 이후의 날이 며칠인지. 29일. 그리고 내일이면 30일이 된다. 아무런 신호도 느끼지 못했고, 아직 고통도 경험하지 않았다. 그러므로 내일도 시작되지 않으리라는 것을 그녀는 알고 있다. 그녀는 그걸 손에 든 채로, 혹시 자신을 지켜보는 사람이 없는지 확인하면서 복도를 이리저리 훑어보았다.

눈에 노란 기운이 도는 노인 하나가 칫솔 한 무더기를 꼼꼼히 살피고 있었다. 그것들을 차례대로 조명 아래 비춰 보며, 심오하게 감춰진 흠이라도 찾아내려는 듯이 눈을 가늘게 치켜뜬다. 그녀 가까이에는 어떤 젊은 흑인 여자가, 머리는 콘로 형태로 땋아 내리고 각 끝마다 색색의 구슬을 점점이 붙인 채 보습제 선반 앞에 서 있다. 그녀의 팔은 손목부터 팔꿈치까지 새빨갛게 일어난 각질로 뒤덮여 있다. 고통스러워 보이는 모습이다. 에스티는 또 다른 피로감이 파도처럼 밀어닥치는 것을 느꼈다. 분홍색의 가느다란 선이 잎맥처럼 펼쳐지며 그녀의 머릿속을 휘저었다. 눈의 초점이 흐려지면서 잠시 동안 그녀 눈앞에 있는 여자가 한 사람이 아니라 두 사람처럼 보였다. 둘 다 각자의 콘로 머리를 가볍게 흔들거렸다. 에스티는 선반 한쪽에 쓰러지듯 몸을 기대면서 거기 진열되어 있던 제품 두세 개 정도를 밀어뜨렸고, 상자들이 덜컥대는 소리를 내며 바닥으로 떨어졌다. 젊은 여자가 그녀를 바라보고 자리를 옮겼다. 에스티는 손에 들고 있던 것을 꽉 움켜잡고 거기 적힌 글을 다시 들여다봤다. '일 분 만에 결과 확인'이라고 쓰여 있다. 그녀는 시계를 봤다. 오후 4시 25분. 금요일이 투덜대며 위협적으로 으르렁거렸다. 이제 남은 시간은 두 시간도 채 되지 않는다. 째깍째깍, 째깍째깍, 이렇게 바보같이 굴 시간이 없다.

계산대에는 짤막한 대기 줄이 서 있다. 그녀 앞의 노인이 칫솔 일곱 개를 늘어놓고, 마지막으로 계산하기 전에 각 제품의 가격이 어떻게 되는지를 묻고 있었다. 그녀 뒤에는 인도 여자가 하나 있었는데 볼록 튀어나온 배를 유쾌하게 드러낸 채로, 핸드백을 뒤적거리며 잠금장치를 열었다 풀었다 하며 한숨을 내쉬었다. 노인은 결국 아무 칫솔도 사지 않기로 결정하고 자리를 떴다. 에스티는 그녀가 들고 온 제품을 계산대 직원에게 내밀었다. 인도 여자가 에스티의 어깨 너머로 힐끗 훔쳐보고는 말했다. '오!'

에스티는 몸을 돌렸다. 여자는 활짝 웃는 얼굴이다. 그녀는 에스티의 팔에 부드럽게 손을 얹었다.

'하나님의 축복이에요. 아시겠어요? 하나님이 주신 축복이라고요.' 그녀는 위쪽을 가리키면서 더욱 강조하기 위해 눈을 치켜떴다. 에스티는 고개를 끄덕였다. 혼란에 빠진 그녀는 직원에게 제품 가격보다 훨씬 더 많은 금액의 돈을 건넸다. 세 장이나 건넨 5파운드 지폐 중 일부를 다시 되돌려 받아야 했다. 그녀는 그 자리에서 빠져나오려 했지만 뒤쪽의 여자가 소매를 잡아당겼다.

'기억하세요.' 그녀는 말했다. '하나님으로부터 온 거예요.'

* * *

안식일이 시작되는 시각이 언제인지, 우리 전능하신 하나님께서는 그 어떤 시계보다도 더 정확하게 아실 것입니다. 그분의 무한한 마음속에서 (만일 우리가 그분의 마음에 무엇이 들어 있는지를 감히 말해 본다면 말입니다.) 여섯째 날은 그 어떤 소란이나 수고 없이도 일곱째 날이 되며, 날과 날 사이의 경계는 완벽하게 명확합니다. 하지만 사람의 마음은 그러한 이해의 경지를 받아들이지 못합니다. 안식일은 주님께서 창조하신 것이므로 신성한 사물이지만, 사람은 그저 사람일 뿐이지요. 그러므로 우리 현자들은, 주님의 신성함을 사람의 말로써 풀어내 보는 것이 그들의 주된 관심사였던 만큼, 십팔 분이라는 장치를 도입했습니다. 안식일은 정확히 일몰 순간에 시작되지만, 달력이나 신문에 인쇄된 안식일의 시작 시각은 사실상 해가 지기 전 십팔 분이라는 범주를 허용합니다. 이 지식은 가볍게 받아들이고 활용될 만한 것이 아닙니다. 안식일을 이 인쇄된 시각에 맞춰서 시작하는 것은, 또한 그렇게 함으로써 모든 의구심을 피하는 것은 우리가 택할 수 있는 무한히 유익한 방법입니다. 하지만 이러한 인쇄 자료가 없는 상태라면, 그 범주는 여전히 유효합니다. 우리는 거룩한 날이 시작되기 직전 십팔 분 동안 은혜를 누리는 것입니다.

* * *

에스티가 집에 도착했을 시각에는 안식일이 시작되기 전까지 불과 삼십사 분밖에 남아 있지 않았다. 그녀의 가방 속에 든 작은 봉투는 단 일 분 만에 믿을 수 있는 결과를 확인해 볼 수 있다고 소리쳐 말했다. 하지만 냄비에 든 수프가, 그 표면에 굳어 뜬 기름의 둥근 음절을 차갑게 중얼거렸다. 그리고 자신들의 불완전한 상태를 잘 아는 닭고기들도, 존재하지 않는 깃털을 마구 휘저어 대며 완벽하게 익은 갈색으로 다시 정의해 달라고 요구했다. 도비드와 로닛 둘 다 집에 돌아왔지만, 에스티는 지금 거기에 신경을 쓸 수가 없었다. 그녀는 바쁘게 일했다. 수프를 데우고, 닭고기를 굽고, 감자에 기름을 바르고, 츌런트*를 양념하고, 케이크 위에 아이싱을 입혔다. 금요일은 점점 더 명확하게 매 순간들을 표시해 가며 지워 나갔다. 째깍째깍, 째깍째깍, 째깍째깍. 천천히 그리고 꾸준히, 억울해하지도 초조해하지도 않으며, 그러나 밀물과 썰물처럼 거침없이 계속해서. 째깍째깍. 째깍째깍.

달력에 인쇄된 안식일 시각이 되기 삼 분을 남겨 두고, 마지막 부분 하나까지 준비가 완성되었다. 그녀는 오븐과 조리대를 쉬게 하고, 머리카락 한 뭉치를 모자 속으로 다시 집어넣으며 만족스럽게 주변을 둘러보았다. 두 번의 끼니에 해당하는 식단이 모두 요리되었다. 닭고기와 감자, 기름을 두른 볶음밥, 찜솥에서 맛 좋게 끓어오르는 츌런트, 삶은 채소, 구워지고 장식까지 완료된 케이크, 훌륭하고 진하게 끓여진 수프, 얇게 자른 당근으로 뒤덮은 생선 요리. 도비드는 회당으로 떠났다. 그녀는 그가 문 닫는 소리를 들었다. 그녀의 촛대가 식당에 마련되어 있다. 불을 붙일 시간이었다. 뭐라도 잊은 것이 있으려나? 그녀는 주방, 식당, 복도에 시선을 주며 훑어보았다. 복도에 놓인 그녀의 가방 속에서 작은 목소리가 끽끽 외쳐 대는 소리가 났다. "하루 중 언제라도 시험해 보세요. 정확성을 보장합니다." 째깍, 금요일이 말했다. 째깍. 이제 그녀의 촛불을 밝힐 시간이라고. 안식일이 다가오고 있다고.

째깍.

에스티는 소매 속에 상자를 숨긴 채 위층에 있는 욕실로 뛰어 올

---

* chulent: 유대인들의 안식일 요리. 약한 불에 삶은 고기와 채소.

라갔다. 그녀는 손목시계를 봤다. 십팔 분이 시작되었다. 문을 잠그고, 그녀는 다시 상자를 꼼꼼히 뜯어보았다. 단 일 분 만에 믿을 수 있는 결과. 그만한 시간은 있다. 그녀는 상자를 뜯었다.

째각.

사용 설명서는 그녀가 생각했던 것보다 더 혼란스러웠다. 어떻게 하라는 것인지 완전히 읽고 이해하는 데 몇 분의 시간이 걸렸다. 플라스틱 막대기 끝을 단 오 초만 담근 채로 있어야 했다. 그녀가 직접 초를 헤아리면서 시간을 재야 했고, 그 어떤 오차도 있어서는 안 됐다. 그녀는 안에 들어 있는 플라스틱 포장을 찢어 냈다.

째각.

그녀는 색이 변하기를 기다렸다. 이것은, 정말 이것이야말로 안식일 이후까지 지체될 수는 없는, 불가피한 긴급 사태였다. 그녀는 손목시계를 봤다. 시각은 13분에서 14분으로 넘어가고 있다. 그녀는 촛대에 불붙일 시간을 남겨 두어야 했다. 안내 창에 물기가 천천히 스며 올라온다. 섬유의 미세한 결을 따라, 필요한 시간을 충분히 들이며. 안식일이 시작되고 난 이후에는 이 물건을 바라보는 게 허용되긴 하는 건가? 당연히 이것은 만지는 일조차 금지된 물품일 게 분명하다. 색이 바뀌는 장치, 안식일에 필요한 아무런 목적도 갖지 않는 장치. 그녀는 얼마나 더 오래 기다릴 수 있을까?

째각.

그녀는 욕실 창밖을 내다봤다. 하늘의 푸르름 위로 농밀하게 익어 버린 진한 색채가 떨어져 내렸다. 사과나무의 나뭇잎, 붉은 타일 지붕, 주차된 자동차들, 텅 빈 도로가 모두 가쁜 숨을 내쉬며 말하고 있다. 우리는 이제 끝났어, 이번 주 우리의 일은 모두 완성됐어. 그들은 각자 놓인 땅 위에 자리 잡고, 힘없이 아래로 푹 꺼져 들어가 버렸다. 에스티는 손목시계를 봤다. 16분. 그녀는 하늘을 바라봤다. 푸른색이 더 깊어졌다. 안식일이 시작되고 있다. 그녀는 플라스틱 마술 지팡이에 나 있는 창문을 다시 들여다봤다. 그리고 그 작은 공간에 푸른 선이 그어져 있는 것을 발견했다. 그 선은 한 상태에서 다른 상태로 넘어가는 바로 그 경계였다. 그 푸른색은 그녀에게 또 다른 시작들에 대해서, 그리고 심지어 이보다 더 완벽한 질서가 가져올 변화들에 대해서 이야기했다.

파인골드 박사는 잠재의식엔 과거도 미래도 없다고 말한다. 잠재의식한테는 모든 것들이 지금 당장 일어난다. 네 살 때 경험한 트라우마가 지금도 그때와 똑같이 위협적으로 느껴진다는 말이다. 내가 네 살 때 얻은 트라우마라고 한다면, 가령 어머니의 죽음 같은? 그래요, 그녀는 말한다. 예를 들자면요. 그에 대해 얘기하고 싶은가요?

나는 그녀가 말하는 잠재의식 관념이 내게는 꼭 하나님을 생각나게 한다고 말한다. 그녀는 말한다. '하나님요?' 토라에서, 모세는 하나님께 그의 이름을 말해 달라고 한다. 그래서 하나님은 그에게 단어 하나를 준다. YHVH.* 모음이 없어서 심지어 발음을 하고 싶어도 할 수가 없는 단어다. 동사 활용도 불가능한데, '존재하다.'라는 동사의 분리된 시제 세개를 이 단어 안에 한꺼번에 때려 넣었기 때문이다. 존재해 왔고, 존재하고 있으며, 미래에도 존재할 것이라는 동사가 모두 함께 들어 있다. 우리

---

* 테트라그라마톤(신명사문자)로 불리는 히브리어 네 문자(יהוה). 모음을 넣어 음역하면 '야훼(Yahweh)'라는 발음에 가까워지며, 기독교 성경에서는 이를 영국식으로 표기한 '여호와(Jehovah)'를 널리 차용하고 있다.

는 이 이름을 통해 시간을 떠나 존재하는 하나님의 속성을 배운다. 과거, 현재 그리고 미래가 그에겐 모두 같은 것이다.

파인골드 박사는 이 말을 잠자코 듣는다. 내가 말을 마치자, 그녀는 몇 초간 더 침묵의 공간을 남겨 두고 나서 말을 꺼낸다. '그렇지만 차이점은 있어요. 잠재의식은 과거와 미래에 대해서 잘못 알고 있거든요. 과거에는 위협적으로 느껴졌던 것들이 이제는 그렇게까지 무섭지 않은 거예요. 그게 당신이 말하는 하나님에 대한 생각과 다른 점이네요, 그렇지 않아요?'

나는 말한다. '네, 만약 하나님에 대한 "제 생각"이 맞는 거라면, 잠재의식도 꽤 잘 맞는 거겠지요. 과거는 아무 데도 간 적이 없거든요. 그건 바로 여기 있죠.'

일요일에 나는 아버지의 집에 다시 갔다, 그냥 확인하는 차원에서. 자물쇠는 바뀌어 있었다. 나는 열쇠 하나를 넣어 보고, 그리고 다음 것을 넣어 보고, 그리고 또 다음 것을 넣어 보았다. 열쇠를 하나씩 넣을 때마다 짤랑거리는 소리를 내며 문을 내 쪽으로 잡아당겼다 밀었다를 반복했다. 나는 아무짝에도 소용없게 되어 버린 그 열쇠 꾸러미를 든 채 서서, 낡은 경첩에서 벗겨져 나오는 붉은 페인트를 신발 끝으로 계속 차 냈다. 마치 그것이 내가 계속하려고 마음먹은 일인 것처럼.

나는 집 옆쪽으로 걸어가서 썩어 가는 대문을 밀어 열고 정원 안으로 들어갔다. 무성하게 자란 잔디가 열기에 누레져 있다. 사과나무 중 하나는 이중으로 휘어져서 가지들이 마치 잡초가 우거진 화단을 따라 스쳐 가듯 자라나 있다. 그리고 담장 옆으로 수국 덤불이 있다. 나는 길을 따라 조심스럽게 발을 디디면서 몸을 굽히고 그 덤불을 자세히 살펴봤다. 꽃 몇 송이가 여전히 달려 있고, 꽃잎들은 동그랗게 말리면서 갈변하기 시작한 상태다. 나는 엄지와 검지로 꽃잎 하나를 짓이겨 본다.

내가 기억하는 것은 오직 순간의 파편들이다. 하얗게 드러낸 맨다리, 수국, 그녀의 입안에서 느껴지던 맛. 수국 덤불과 담장 사이에 작은 공간이 있었다. 딱 여자아이 둘이서 함께 기어들어 갈 만한 공간. 그들의 몸집이 그럴 수 있을 만큼 작고, 무릎을 살짝 긁히는 것쯤은 두려워하지 않는다면. 어린이들의 눈에는 잘 드러나 있지만 어른들의 눈에는 숨겨져 있는 그런 공간들 중 하나였다. 비밀 장소. 겨울에는 별로 볼 것이 없었다. 그때 덤불은 헐벗은 상태였으니까. 하지만 매년 여름이 돌아오면 그 작은 비밀의 방은 다시 꽃피었다.

이제 그곳엔 아무것도 없었다. 수풀은 너무 지나치게 자라 있고, 땅은 기어들어 가기엔 너무 축축한 상태였다. 설령 내가 원한다고 해도 그 안에 들어가서 앉아 있을 수는 없었다. 게다가 그때보다 내 몸도 훨씬 커졌고. 그렇지만 나는 꽤 오랫동안 무릎을 꿇고 내 손바닥을 젖은 흙 위에 댄 채, 손톱이 그 부드러운 흙 속으로 가라앉도록 내버려 두었다. 마침내 몸을 일으켜서 에스티와 도비드의 집으로 다시 걸어가기 시작했을 때, 나는 손톱 아래 낀 흙을 빼내려고 했다. 내가 아무리 집요하고 세게 긁어내도 나는 그 흙먼지를 안쪽으로 더 깊이 집어넣을 뿐이었다. 핏물이 맺힌 붉은색과 대비를 이루는 검은색이 손톱 아래로 배어들었다.

우리는 수년 동안 그 수국 덤불을 잘 알고 있었다. 우리가 그 안에 들어가 있으면 우리 모습은 집으로부터 감춰지고, 덤불 주변을 맴돌거나 그 위로부터 내려다보는 시선에서 차단된 채 보이지 않았다. 그 안의 냄새가 기억난다. 푹 익어 가는 수국의 진한 냄새와 축축하고 오래된 흙냄새가 났다. 지금까지도, 수국 특유의 풀 냄새는 강렬한 힘을 발휘한다.

봄에 그랜드 센트럴 역 앞에 수국을 가득 채워 넣은 꽃집의 양동이들 곁을 지날 때마다 갑작스럽고 날카로운 기억이 떠오른다. 내 손톱 아래 끼어 있던 흙과 너무나 더웠던 밤색 교복 스웨터와 그 애가 타이츠를 벗었을 때 드러난 다리 맨 위쪽의 하얀 맨살 같은 것이.

그건 교칙이었다. 우리는 그 어떤 남자도 우리 다리를 보고 성적으로 흥분하지 않도록 두껍고 어두운 색의 불투명한 타이츠를 입어야 했다. 물론, 사라 리프카 하토그 메모리얼 통학 학교 교사들의 내적 기준으로는, *절대* 그 어떤 남자도 타이츠를 입은 여자 학생을 보고 성적으로 흥분하지 않는 것이 당연한 일일 테지만. 학교가 끝나면 에스티는 우리 집에 와서 숙제를 같이했다. 그러니까 그때부터 시작되었던 것 같다. 여름의 열기 속에, 에스티와 내가 내 침실까지 경주하며 뛰어 들어와서, 서로 뒹굴며 타이츠를 벗겨 내고 맨다리로 의기양양하게 서 있곤 했던 때부터.

처음에 우리는 그저 아무도 우리를 볼 수 없는 곳에 앉아 있다는 사실 자체를 좋아했다. 결국 그 '아무도'라는 건 어차피 우리를 찾아보지도 않았을 아버지거나 그때쯤이면 보통 퇴근하고 자기 집으로 돌아가 버린 가정부밖에는 없었지만. 처음에 우리는 그저 거기 앉아서 이야기를 하거나 책을 읽거나 기하학적인 모양의 꽃들 사이로 비치는 하늘을 쳐다보았다. 하지만 그러다 일들이 생겨나기 시작했다. 피 사건 같은 일이라든가.

우리는 학교 지리 시간에 몇 가지 고대 풍습에 대해 배웠다. 코헨 선생님은 그걸 설명하는 내내 코를 킁킁대고 입술을 말아 뒤틀면서 그 풍습에는 뭔가 원시적이고 혐오스러운 구석이 있다는 점을 우리에게 이해시키려고 했다. 하지만 나는 귀담아 들었고 그게 혐오스럽다고 생각하지 않았다. 마치 내가 언제나 알고 있었거나 오래전에 들었던 것을 기억해 내는 듯 느껴졌다.

그다음에 일이 일어났다. 에스티가 무릎을 깨 먹었던 것이다. 그 애는 언제나 어디든 잘 찢어지고 다치곤 했다. 그 애가 게임 시간을 무사히 통과하거나 넘어지지 않고 놀이터를 그냥 지나쳐 가는 일은 드물었다. 그 애의 손바닥이나 무릎은 언제나 점점이 박힌 작은 상처 딱지들로 가득했다. 이제 막 새로 앉은 딱지, 반쯤 아문 딱지, 그리고 오래된 딱지. 하지만 이번에 깨진 무릎은 평소의 가벼운 찰과상과는 달랐다. 그 애는 운동장 구석에 남겨져 있던 깨진 유리 위로 넘어졌고 찢어진 상처를 다섯 바늘이나 꿰매야 했다. 그 이후 모든 아이들이 그 얘기를 하면서 *다섯 바늘이나*를 흥분 가득한 어조로 언급했다. 한 땀씩 꿰맬 때마다, 날카로운 바늘이 생살을 뚫고 들어갔다 나왔을 것을 다들 상상하면서. 상처는 길고 둥글게 휘어져 있었으며, 바늘로 꿰맨 자국이 오므린 주름처럼 잡혀 있었다. 마치 그 애의 무릎이 삐뚤어진 이를 드러내며 미소 짓고 있는 것처럼 보였다. 그렇게 꿰매고 난 후에도 가장자리를 잡아당기면, 여전히 상처에서 신선하고 새로운 피가 새로 터져 나왔다. 그래서 그녀의 정강이 아래로 빨갛고 끈적거리는 한 줄기 선을 흘러내리게 할 수 있었다.

어쨌든, 그렇게 해서 일어나게 된 일이다. 그날 우리는 수국 덤불 뒤쪽에 앉아 있었다. 에스티는 무릎을 세워 가슴 쪽으로 바싹 잡아당긴 채, 나는 땅에 내 등을 대고 팔다리를 대자로 뻗은 채 우리 위로 덮인 잎사귀 지붕을 바라보며 더위에 허덕이고 있었다. 우리 셔츠 소매를 팔꿈치 위까지 걷어 올리고, 타이츠는 벗은 채, 치마도 훌렁 뒤쪽으로 들춘 상태였다. 그렇게 거침없이 드러낸 맨살. 만약 우리가 학교에서 그런 식으로 옷을 입었다면 단정하지 못한 품행으로 벌을 받았을 것이다. 에스티는 자기 무릎에 난 미소 짓는 상처를 자세히 관찰하기 위해 고개를 푹 숙였다. 내 손바닥에는 반 페니 동전 정도의 크기로 난 작은 딱지가 있었다. 나는 손의 갈색 딱지를 살짝 벗겨 내고 빨간 구슬 같은 핏방울이 표면에 맺히는 광경을 만족스럽게 바라봤다.

나는 말했다. '우리 피로 맺은 자매가 되어야겠어.'

그 애는 날 쳐다봤다.

'기억나, 지리 시간에? 우리 피를 같이 섞으면, 우리는 영원히 자매가 되는 거야.'

그녀는 무릎을 자기 가슴에 더욱 찰싹 붙이면서 불편한 기색으로 자세를 바꿨다.

'아플까?'

'약간만 아프겠지. 네 상처를 다시 열어야 되니까. 봐, 지금 내 손에 피가 나잖아. 그걸 네 피랑 같이 섞는 거야. 빨리.'

그녀는 내 쪽으로 다리를 뻗었다. 나는 상처의 가장자리를 잡아당겨서 처음엔 투명한 물방울이 스며 나오고 그다음에 피가 나올 때까지 그렇게 했다. 날이 뜨거웠는데도 그 애의 다리는 서늘하게 느껴졌다. 내가 그녀를 쳐다봤을 때, 아랫입술을 꽉 깨문 채 눈에는 금방이라도 왈칵 쏟아질 듯 눈물이 가득 고여 있는 얼굴이 보였다.

'울지 마.' 나는 말했다. '넌 진짜 아기라니까.'

나는 내 손에 난 상처를 쥐어짜고, 손톱으로 그걸 긁어내서 피가 좀 더 많이 흘러나오게 했다. 상처에 난 구멍이 어디 있는지 주의 깊게 살핀 뒤에, 내 손을 그녀 무릎에 마주 대고 피가 흐르는 곳끼리 서로 포개지게 했다. 나는 에스티를 쳐다봤다. 그녀도 나를 봤다. 곤충 하나가 내 귓가에서 윙윙거렸다. 작은 산들바람이 우리 위쪽 잎사귀들을 흔들고 지나갔다. 몇 집 건너서인가 어딘가의 정원에서 누군가가 잔디를 깎는 소리가 들렸다. 나는 내가 바로 이마쯤에서 땀을 흘리고 있다는 사실을 깨달았다. 에스티의 다리 위에 물이 섞인 잼처럼 굳어진 피가 떨어지고, 내 손바닥 가장자리 주변에도 엉겨 붙었다.

나는 말했다. '됐어. 이제 우린 자매야.' 나는 손을 뺐다.

에스티는 여전히 피가 흐르는 자기 무릎과 자신의 피로 장밋빛이 된 내 손바닥을 쳐다보았다. 그녀는 내 손을 가져가서 얼마 동안 살펴보더니 다시 자기 무릎 위에 피와 피가 맞닿도록 얹었다. 자기 다리 위에 내 손을 두고 단단히 누르는 그 애의 차가운 손바닥이 내 손가락 관절 위로 느껴졌다.

당신이 알아주셔야 하는 건요, 나는 파인골드 박사에게 말했다. 그게 우리 장소였다는 거예요. 우리가 거길 발견했어요. 봄에 잎사귀가 움트기 시작할 때부터 가을이 그곳을 다시 파괴해 버릴 때까지, 바로 우리가 거기 앉아 있었다고요. 우린 다른 그 누구에게도 그 장소를 얘기해 주거나 그 누구도 그곳에 초대하지 않았던 거예요.

그녀는 말한다. '그래서 당신은 배신감을 느꼈나요?'

그랬나? 그럴듯하게 들리긴 한다. 하지만 내가 기억하는 것은 그게 아니다. 나는 화가 났던 것을 기억한다.

월요일에 나는 전화 통화를 했다. 나는 나 자신에게, 이건 전혀 아무런 의미도 없는 거라고 말했다. 나는 티켓을 24시간 전에 취소될 수 있다는 것, 100퍼센트 환불 가능하다는 점을 확인했다. 그러고 나서 상담원에게 내 신용 카드 번호를 알려 주면서, 나는 이것이 그저 예방 조치라는 생각에 집중했다. 이걸 사용하는 일은 없을 거야. 하지만 나는 비행기 출발 시간을 꽤 신경 써서 고른다. 진짜로 그 비행기에 올라타기라도 할 것처럼.

그날 저녁 식사를 할 때 에스티의 손이 도비드의 손에 슬그머니 다가 간다. 그녀 손가락들이 그의 관절을 가볍게 어루만졌다. 그는 나만큼이나 깜짝 놀란 듯 보였고 우리 둘 다 눈을 휘둥그레 깜박였다. 하지만 고개를 숙인 채 자기 접시에 놓인 음식을 주의 깊게 보면서도 그녀 손은 그 자리에 그대로 머물러 있었다.

에스티가 정말 짜증 나는 건 그 애가 얼마나 표현을 제대로 못하는지, 혹은 얼마나 민감한지, 혹은 얼마나 진짜, 근본적으로 관습에 찌들어 있는지가 아니다. 내가 정말 짜증 나는 것은 그녀의 어리석음이다. 자기 자신이 누구인지 도대체 인정하지 못하는 것, 바로 자기 얼굴을 제대로 들여다보지도 못한다는 사실이다. 이쪽도 아니고 저쪽도 아니고. 그때부터도 그녀는 내 눈에는 뻔히 보이는 걸 알아보지를 못했다. 그녀는 몰랐다. 아마 여전히 지랄 맞게 모르겠지. 하지만 난 알았다.

우리가 열세 살이던 여름이었다. 피로 맺은 자매가 된 그 여름. 도비드는 그 여름 내내 계속 이어지는 두통에 시달렸다. 그는 다음 해에 예시바에 갈 예정이었는데 며칠 동안 그저 침대에 누워 있기만 했다. 오후마다 나는 간신히 두통을 떠나보내고 기진맥진해진 그의 침대 머리맡에 앉아 수다를 떨곤 했다. 그리고 일이 그렇게 된 것이다. 내가 그들을 소개시켜 주었다.

물론 그 전에도 두 사람은 서로 만난 적이 있지만, 그 여름이 되기까지 정말 대화를 나눠 본 적은 없었다. 나는 에스티를 데려와서 그의 곁에 앉혔고, 그는 나중에 내게 자기가 그녀를 좋아한다고 말했다. 왜냐하면 그녀는 굉장히 조용하고 평화로운 성격이었으니까. 그가 좋아할 만한 것을 내가 찾아다 주었다는 데에 뿌듯한 마음을 느꼈다. 꼭 그가 즐겁게 읽거나 가지고 놀 수 있는 책이나 장난감을 가져온 것처럼 말이다. 그래서 우리 셋은 오후면 대부분 그의 방에서 같이 앉아 이야기를 했다. 정직하게 말하자면, 이야기는 대부분 내가 다 했다. 만약 내가 그 자리에 없다면, 아마 둘이서 어색한 침묵 속에 앉아 있으리라고 나는 생각하곤 했다. 그러니까 최소한 내가 그들을 그런 곤란함으로부터 구해 준 셈이었다.

도비드는 조금 나아졌고, 그리고 또 조금 더 나아졌다. 삼 주가 지나자 그는 나흘에 한 번씩만 두통을 겪었다. 그리고 그는 다시 아침에는 아버지와 오후엔 혼자서 공부를 하는 생활로 돌아갔다. 그러나 어떻게든, 그는 대부분 오후마다 나와 같이 놀거나 얘기 나눌 시간을 마련했다. 에스티가 주변에 있을 때면 언제나. 그때는 나도 정말, 그걸 미처 눈치채지 못했다. 방학이 거의 끝날 무렵에 이를 때까지는 말이다.

여름 방학의 마지막 날을 보내는 심정 속에는 언제나 어떤 두려움이 펄럭이기 마련이다. 학교로 돌아가는 두려움, 학교에서 내가 연기하는 나 자신으로 돌아가는 두려움. 아버지는 그런 심정을 눈치채지 못했다. 나는 누군가에게 책을 돌려주고 오라거나 누군가를 위해 예배당의 예비용 탤릿을 가지고 오라는 등 오후 내내 아버지가 시킨 심부름을 대신 하느라 바빴다. 그러느라 내가 좀 늦어 버렸다. 에스티가 도비드에게 작별 인사를 하러 건너오기로 되어 있었다. 방학이 끝나면 그는 맨체스터로 돌아갈 것이고, 우리는 다시 학교로 가게 되니 겨울 방학 때까지는 서로를 만나지 못하게 될 터였다. 집으로 달려오는 길에 나 없이 그 둘이서만 함께 있는 일이 얼마나 어색하고 괴로울까 생각했던 게 기억난다. 그들은 서로에게 아무런 할 말도 없을 텐데.

나는 운동화로 보도블록을 박차며 더 빨리 달렸다. 펄럭이는 치맛자락이 내 종아리와 발목에 부딪혀 흔들릴 때마다 항상 그걸 그냥 확 찢어

버리고 치마가 없는 상태로 달리고 싶다는 생각을 했다. 내가 도착했을 때 그들은 라운지에 없었다. 아마 도비드의 방에? 나는 위층으로 뛰어 올라갔다. 아무도 없다. 나는 창밖을 내다봤다. 정원은 고요했으나 작은 움직임이 수국 덤불을 흔드는 게 보였다. 나는 아래층으로 걸어 내려와서, 주방을 거쳐 정원으로 나갔다.

그 장소에서 웃음소리와 함께 나뭇잎들이 바스락대는 소리가 들려왔다. 나는 아래쪽으로 고개를 숙이고 그 안으로 기어 들어갔다. 도비드와 에스티가 수국 둥지 아래 함께 앉아서 소리 내서 웃고 있었다. 도비드는 다리를 쭉 뻗은 채였고 그의 바지는 먼지투성이였다. 그는 미소 짓고 있었고 그의 입가에서 엷은 웃음소리가 새어 나왔다. 그녀는 타이츠를 입지 않고 다리를 세워 앉았는데 치마가 차양처럼 무릎을 덮고 있었다. 그리고 짧게 끊어지는 높은 목소리로 숨이 넘어갈 듯 웃고 있었다. 내가 그 안으로 들어가자 그들은 둘 다 내 쪽으로 몸을 돌리더니, 서로를 쳐다보고 다시 내게 미소를 지어 보였다. 에스티는 말했다. '아, 로닛, 도비드가 방금 너무 웃긴 얘기를 했는데…….'

그리고 그녀는 말을 멈추고 도비드를 쳐다보더니 다시 웃음을 터뜨리기 시작했다.

내가 꼭 그 둘 중의 한쪽을 원했다거나 그런 것은 정말 아니었다. 나는 그저 내가 그들이 필요할 때, 그들이 거기 있어 주기를 기대했던 것이다. 나는 그냥 그들이, 내가 그들을 가져다 놓았던 곳에 머물러 있을 줄 알았고, 어떤 문제도 일으키지 않으리라 생각했다. 그들은 둘 다 너무 순종적이었으니까.

나는 거기서 곧장 달려 나와서 주방으로 다시 뛰어 들어왔고 복도를 지나 집 밖으로 뛰쳐나갔다. 계속 달리고 또 달리면서 내가 어디로 가고 있는지조차 제대로 살피지 않았는데, 그때 난 그저 계속 내 몸을 움직이고 또 움직여야만 했기 때문이다. 돌이켜 보면 위험한 순간이었고, 내가 도로변으로 달려가는 대신 나무로 돌진했던 것은 꽤 다행스러운 일이었다. 나는 발을 헛디뎌 넘어졌고 팔꿈치를 나무뿌리에 세게 찧었다. 갖다 박은 충격이 너무 컸던 나머지 나도 모르게 큰 소리로 비명을 질렀고, 팔쪽으로 고개를 돌리자 팔꿈치가 크게 찢어져서 상처 난 게 보였다. 피가 땅으로 철철 쏟아졌다. 그리고 고통이 뒤따랐다.

에스티와 도비드는 욕실까지 나를 따라 올라와 문간에서 당황한 채 서성거렸다. 에스티는 말했다. '내가 뭘 해 주면 좋을까? 아파?' 도비드가 말했다. '네 아버지께 연락드려야겠어, 로닛. 이거 심각할 수도 있어.'

나는 그들을 내보내며 문을 닫고 잠갔다. 피가 세면대로 줄줄 흘렀던 것이 기억난다. 놀랍도록 선명한 진홍색 핏방울들이, 내가 수도꼭지를 틀었을 때 빨간색과 분홍색으로 빙빙 돌며 뒤섞이던 것. 나는 울었던 일도 조금 기억난다. 나 자신이 울고 있다는 사실을 알게 되어 놀랐던 것을. 세면대 위의 거울에 비친 나 자신을 바라보면서 내 얼굴이 울고 있는 것이 보이는데도 그게 내 모습인지 미처 알지 못했다.

나는 그 상처를 꿰매지 않았다. 상처를 씻고 붕대를 붙여 더 이상 벌어지지 않도록 모은 뒤에, 그 상처를 소매 아래 숨겼다. 내가 욕실 밖으로 나왔을 때 에스티는 이미 집에 가고 없었다. 그다음 날에는 도비드도 마찬가지였다. 상처는 내 팔꿈치에 깊이 파고든 나무껍질 조각을 하나 남겨 둔 채 우둘투둘하게 아물어 갔다.

학기 첫날에 나는 아무것도 하지 않았다. 혹은 둘째 날에도, 셋째 날에도. 왜 그랬는지 모르겠다. 내가 무슨 생각을 하는지 에스티가 알았으리라고는 여겨지지 않는다. 아마도 나는 하나님이 나를 지켜보고 있다는 점을 기억했고, 어떤 일의 원인과 결과 사이에 며칠간 유예 기간을 둔다면 그가 수상한 낌새를 알아챌 수 없게끔 따돌릴 수 있으리라고 생각했던 것인지도 모른다. 그래서 나는 도비드가 떠나고 난 후 나흘째 되는 날까지 시간이 흘러가도록 내버려 뒀다. 나는 우리가 방과 후에 우리 비밀 장소에서, 따스하고 나른한 상태로 맨다리와 목덜미를 드러내 놓은 채 서로 나란히 앉아 있게 될 때까지 기다렸다.

'에스티.' 나는 말했다. '내가 만든 새로운 놀이가 있어.'

그녀는 날 보고 눈을 깜박였다.

'너는 여기 가만히 누워만 있어야 하고, 나는 널 웃게 만들어야 하는 거야, 알았지?'

그녀는 몸을 굴려 내게서 떨어진 뒤 한쪽 옆에 누웠다. 나도 그녀 옆에 누웠고, 그 애를 만지지는 않았지만 그의 몸에서 뿜어져 나오는 열기가 내 살에 닿는 것을 느꼈다. 부드럽게, 나는 그녀의 목선을 어루만졌다. 귀에서 어깨까지, 간지럼을 잘 타는 곳이다. 그 애는 움직이지도 말하지도 않았다. 나는 내 손으로 그녀의 팔을 따라 쓰다듬으며 미세한 잔털을 다정하게 쓸었다. 여기까진 우리가 이미 만져 본 영역이다. 그녀는 꼼짝도 하지 않고 가만히 있었다. 나는 좀 더 가까이 다가갔고 내 배가 그녀 등허리의 잘록한 부분에 맞닿았다. 이어서 내 무릎이 그녀의 무릎 뒤쪽으로 밀어 넣어졌다. 나는 그녀 셔츠 아래로 손을 밀어 넣어 내 엄지손가락으로 그녀 배꼽 주변에 살살 원을 그렸는데, 그녀는 여전히 아무런 반응도 없이 누워 있었다. 나는 혹시 내가 오해를 한 건지 생각하기 시작했다. 그녀는 지금이라도 벌떡 자리를 박차고 일어나서, 끔찍한 짓이라고 나를 비난하려는 걸까? 나는 살짝 자세를 틀어서 그녀 얼굴을 쳐다봤다. 그녀의 눈은 감겨져 있고, 입술은 부드럽게 휘어져 미소를 머금고 있었다. 그녀의 숨결은 길면서 얕았고, 양쪽 뺨에 홍조가 깃들어 있었다. 그녀는 조금 움직였고 눈을 떴다. 물처럼 푸른색이다. 그리고 그녀의 배와 허벅지 피부는 아기의 살갗처럼 너무나 부드럽고 와인처럼 향기로웠다. 내 몸에 기댄 채 몸을 천천히 흔들면서, 그녀의 입술은 벌어지고 한숨처럼 숨결을 토해 냈다. 그리고 그녀는 몸을 돌려서 내 입술에 자기 입술을 포갰다.

사람들이 말하길 불행의 나무는 비통의 씨앗에서 자라나 절망의 과실을 맺는다고 말한다. 내가 그녀를 절대 만지지 않았더라면 무슨 일이 일어났을까? 그녀는 아무런 차이점도 알지 못한 채, 새처럼 자유롭게 도비드에게로 날아갔을까? 내가 존재하지 않았다면 그녀는 그저 평화롭기만 한 상태로 지냈을까, 아니면 어느 다른 곳에라도 욕구 불만의 씨앗을 뿌리게 되었을까? 내가 존재하지 않았다면 그녀가 어떻게 도비드를 발견해 냈겠는가? 아무도 이런 질문에 대답해 줄 수는 없다, 심지어 나조차도, 그녀조차도.

그랬던 첫 순간에는 사실 뭘 어떻게 해야 하는지 우리도 몰랐다. 우리는 서로의 머리카락에 기댄 채 더듬거리고 얼굴을 붉혔다. 하지만 그곳, 수국 덤불 뒤에서 우리는 차차 배워 나갔다. 우리는 한 가지에서 다른 것으로, 우리가 바라고 이해한 대로 옮겨 갔다. 그녀의 입술이 내 입술에 닿았을 때, 우리가 선을 넘어 버렸다는 것을 알게 되었을 때, 그때는 이미 되돌아갈 수 있는 길이란 사라지고 없었다. 모든 것들이 이미 행해진 뒤였다. 나는 그녀의 시원한 손가락들이 내 가슴 꼭대기 끝을 스치며 그

것을 단단하게 하고, 바람의 속삭임처럼 그 피부를 주름 잡히게 일그러
뜨리던 것을 기억한다. 나는 그것이 주던 충격을, 명백하게 피어오르던
뜨거운 열기를 기억한다. 나는 그녀가 기쁨으로 몸을 떨던 것을 기억한
다. 나중에 학교에서 인간들이란 전기가 통하는 동물들이며, 우리에겐
전류가 흐르고 있다는 것을 배웠을 때, 난 알고 있어, 피부 아래 이런 짜
릿짜릿한 전기가 있다는 사실을 난 이미 배워서 알게 되었는걸, 하고 생
각했던 일을 기억한다. 나는 그런 조각난 순간들만을 기억한다.

*

　화요일 밤에 나는 꿈을 꾸었다. 오랫동안 꾸지 않았지만 나 자신의 피
부만큼이나 친숙한 꿈이다. 나는 안식일을 지낼 준비를 하고 있었는데,
그러다 굉장히 늦어 버린 꿈을 꿨다. 우리 모두는 이 꿈을 꾼 적이 있다.
어쩌면 내가 파인골드 박사에게 이걸 주제로 책을 하나 써 보라고 제안
할 수도 있을 것이다. *정통파 유대교도, 구정통파 유대교도 그리고 이단*
자들의 불안을 나타내는 꿈에 대하여.

　나는 낯선 곳에서 집으로 돌아가려던 참이었는데, 그 방법을 알지 못
했고 해는 점점 저물고 있었다. 나는 낯설고 더러운 거리를 급히 달려가
며, 지하철역이나 택시를 찾아 헤맸다. 하지만 모든 택시들은 다 만차였
고, 지하철역도 보이지 않았다. 나는 해가 점점 낮고 낮아져 마침내 수평
선 너머로 완전히 사라질 때까지 그 풍경을 보고만 있어야 했다. 그러고
나선 이제 잃을 게 뭐가 있담? 나는 내 사무실을 알아보고 그 안에 들어
가기로 했다. 그런데 문을 통과해 들어가고 나자 그곳은 내 사무실이 아
니었다. 그곳은 에스티와 도비드의 집이었고 그들은 주방 조리대에 걸터

앉아 손을 맞잡고 어린 여자 학생들처럼 풋풋하게 키스를 나누고 있었다.

수요일에 나는 하토그를 보러 갔다. 나는 그에게 내 티켓을 보여 줬고 그는 눈만 빼고 얼굴의 모든 근육을 사용하여 미소 지으며, 내가 현명한 결정을 한 거라고 말했다. 그날 밤 우리는 아버지의 집으로 갔고 그는 내가 발견한 물건들 몇 개를 한데 모으는 동안 거만한 분위기를 풍기며 나를 지켜보았다. 사진들, 키뒤시 컵, 향신료 그릇, 유월절에 쓰는 접시. 주방 싱크대 아래서 나는 비닐 봉투를 하나 찾았고, 내가 가져가는 물건들이 뭔지 하토그가 일일이 쳐다보는 게 싫어서 그것들 전부를 한꺼번에 쓸어 담았다. 그 집을 나오면서 나는 봉투를 들고 가려고 했지만 그는 마치 어린이에게 말하듯 고개를 흔들었다. 그리고 이렇게 말했다. '안 돼, 안 되지, 로닛. 추도식 전날, 네가 공항에 갈 때 나도 함께 갈 거란다. 네가 짐을 부치는 걸 볼 거고, 출국 수속대를 지나가는 걸 볼 거야. 그때 이 가방을 너에게 건네주겠다. 그 전엔 안 되지.'

그는 가볍게 킥킥대고 웃으며 다시 고개를 저었다.

그의 얼굴에 한 방 날려 주고 싶은 욕구가 다시 내 안에 샘솟았다. 나는 그 광경을 볼 수 있었다. 그의 코가 비뚤어지고, 턱 쪽으로 피가 쏟아져 내리며, 그것이 샛노란색 실크 넥타이까지 방울방울 맺혀 떨어지는 광경을. 그가 뒤쪽에서 문을 잠그고, 자기 임무를 끝낸 뒤 내 얼굴 앞에서 열쇠 꾸러미를 흔들어 보였을 때 나는 줄곧 순수하고 명백하게 펼쳐지는 그 장면을 상상하며 버텼다.

도비드와 에스티는 그날 밤 설거지를 하면서 단둘만의 세계에 빠져든 듯 꼴불견이었다. 내가 이미 떠나고 없기라도 한 것처럼, 작게 의미 있는 웃음을 터뜨리며 서로에게 거품을 튀겨 대곤 했다. 나는 다른 방에 앉아서 신문을 읽으려고 했다. 그리고 나는 생각했다. 집에 돌아갈 때 나도 여기서 뭔가를 챙겨 가지고 가야겠어. 아무것도 가지지 못한 채 떠나지는 않을 거야.

　그래서 다음 날 아침, 목요일에 나는 사악한 짓을 했다. 도비드는 회당 이사회 임원들과 회의가 있어서 일찍 떠났다. 나는 그런 회의들을 기억한다. 아버지도 그런 회의에 참석하곤 했다. 늙은 남자들이 모여 앉아 똑같은 이야기를 몇 번에 걸쳐 매우 느린 속도로 반복하는 그런 회의는 최소한 네 시간 이상 걸린다. 나에겐 시간이 있었다. 에스티는 오후에 학교 강의가 있었지만 오전엔 없었다. 집에는 그녀와 나 둘뿐이었지만 그녀에겐 두려움이 없어 보였다. 도비드가 돌아오고 나서 그녀는 보다 편안해지고 온전해졌다. 그게 최선이지, 모든 것들을 더 쉽게 해 줄 테니까.

　나는 가게들을 향해 걸었다. 나는 나 자신이 어떤 의도를 갖고 있는지 이해했다. 나는 정확히 그 물건을 찾고 있다. 비슷하긴 해도 빗나간 시도는 성공하지 못할 것이다. 나는 가게에 가서 내가 원하는 것을 달라고 요청하면서 얼굴에 죄책감이 밀려드는 것을 느꼈다. 내 머릿속의 목소리가 이렇게 말했다. 그녀는, 그 사람은 널 위한 사람이 아니다.

　그리고 나는 말했다. 내가 닥치라고 했지. 지난번에 초콜릿 케이크랑 새우 샌드위치를 먹으면서 분명히 당신을 죽여 버린 줄로만 알았는데.

　그리고 목소리가 말했다. 아니다.

　그래서 나는 말했다. 좋아, 마음대로 떠들어, 나는 듣고 있지 않으니까.

　넌 옳지 않은 일을 하는 것이다, 아무것도 아니며 그 누구도 아닌 자가 말했다.

　아, 당신이 뭘 알아? 걔는 동성애자야, 어떤 바보라도 뻔히 보이는 일인데. 그 애는 여자들을 좋아한다고. 그게 그렇게 신경 쓰이는 일이면,

당신이 그녀를 이성애자로 만들어 놓지 그랬어?

네가 아는 것보다 더 많은 종류의 속성들이 있단다, 로넛, 나를 기쁘게 하는 아이야. 이 세상은 네가 원하는 대로 그리 쉽게 분류되지 않아. 그리고 너는 지금 너 자신이 욕망하지도 않는 것을 훔치려고 하는구나.

아니, 당신이 *욕망*에 대해서 뭘 아는데? 최소한 그것만큼은 우리 영역이지, 당신 게 아니라. 그리고 훔치다니, 그건 또 무슨 의미야? *내가* 그녀를 먼저 발견했는데.

유치한 경쟁이지, 내 사랑스러운 아이. 너는 이것보다는 더 나은 사람이야.

그리고 나는 말했다. 나는 더 이상 당신 말을 들을 필요 없어. 나는 불복종하는 걸 배웠다고.

그러자 목소리는 다른 것들에 대해서도 말했지만, 내 마음은 굳어 완강해졌다.

나는 집으로 슬그머니 잠입해 들어가며 귀를 기울였다. 깊고, 존재를 꿰뚫는 듯한 침묵이다. 복도에 놓인 말린 꽃 장식, 쌓여 있는 편지들, 벽에 기대서 나란히 세워 둔 뒤축 닳은 신발들 위로 티끌이 부드럽게 내려앉는 소리마저 거의 들릴 정도였다. 그녀는 어디에 있는 걸까? 주방에서 유리잔을 내려놓는 소리가 들린다. 물론 그렇겠지. 나는 문손잡이를 돌린다. 저기 그녀가 있다. 싱크대 앞에 서서 정원을 쳐다보며, 한쪽 팔을 허리에 감은 채, 위로 틀어 올린 머리카락 뭉치가 서서히 무너지는 모습으로 목덜미에 몇 가닥 부드러운 덩굴처럼 흘러내리고 있었다. 나는 잠시 그녀를 바라본다. 우습지만 나는 그녀가 아름답다는 걸 잊고 있었다. 그녀에게는 육감적인 매력이 있었다. 그녀 턱이 지닌 각도와 가슴이 지닌 굴곡의 우아함이. 나는 그제야 그것을 느꼈다. 나는 내가 이미 갖기로 결정해 놓은 것을 원했다. 글쎄, 그게 언제나 내 방식이었긴 하지.

　나는 그녀에게 걸어서 다가갔다. 그녀는 정원 풍경에 흠뻑 사로잡혀서 손가락 끝으로 머리카락을 꼬며 생각에 잠겨 있었다. 나도 몇 초간 정원을 바라봤다. 습기 차고 눅눅한 날이었고, 안개가 나무들 사이로 구불구불하게 이어지며 작은 물방울들이 나뭇잎들에 맺혀 있었다. 에스티는 내 곁에서 따뜻한 체온으로 천천히 숨을 내쉬었다. 나는 갑자기 그녀를 끌어안고 싶어졌다. 내 팔로 그녀의 허리를 둥글게 감고, 그녀 옷 주름을 내 손으로 움켜잡고, 우리가 과거에 그랬듯 다시 그녀를 샅샅이 들여다보고 싶었다. 나는 엄지손가락으로 그녀의 등뼈를 천천히 쓸어내렸다. 꼿꼿한 목덜미 뒤쪽에서부터 엉덩이 굴곡에 이르기까지. 그녀는 소스라치거나 깜짝 놀라는 기색도 없이 몸을 한 바퀴 돌려 미소 지었다. 나는 한쪽 손을 그녀의 허리에 얹고 다른 쪽 손으로, 그녀에게 준비한 내 선물을 건넸다.

　'이거, 너 주려고. 수국이야.'

10

언제나 행복하라는 것은 지극히 중요한 계명이다.

─하시딕* 속담

언제나 행복하라는 것이 어떻게 가능한 일입니까? 솔로몬 왕은 우리에게 울 때가 있고 웃을 때가 있다고 말해 주지 않았나요?** 우리가 고인을 애도하는 자리에 참석했을 때, 슬퍼하는 유가족에게 활짝 웃는 얼굴을 내보이며 '행복하세요!'라고 말해 주어야 합니까? 그런 태도는 우리가 지녀야 할 것이 아니지요. 그러면 언제나 행복하라는 계명의 의미는 무엇입니까?

이 질문에 대답하기 위해서 먼저 인간 행복의 본질을 이해하는 게 중요합니다. 행복은 안락함과 같은 것이 아닙니다. 편안함이나 호화로움이나 혹은 풍요로움을 통해서만 발견되는 것도 아니지요. 편안

---

* Chassidic: '경건한 사람'이라는 의미의 히브리어 '하시드(hasid)'에서 유래한 유대교 교리 하시디즘과 연관 있는 것. 일반적으로 'Hasidic'이라고 표기한다. 18세기 우크라이나를 중심으로 유대교 혁신 운동으로서 나타난 하시디즘은 우주에 편재하는 신과의 합일을 중시하고 종교 활동에 헌신적일 것을 강조하며, 육신성과 세속적인 행위에서도 영적인 차원을 발견하고자 하는 신비주의적 측면을 지니고 있다.

** 전도서 3:4.

함, 호화로움 그리고 풍요로움이 부끄러운 것은 아니지만, 그것들은 행복이 아닙니다. 과도한 안락함은 몸을 약해지게 할 수 있고, 정신을 우울하게 하며 영혼의 절망을 이끌어 낼 수도 있습니다. 우리 인간 존재들은 우리를 창조하신 전능자 주님처럼 무엇인가를 짓고 만들어 내기를 갈망합니다. 우리의 행복은, 최소한 이 세계에서만큼은, 창조하는 활동에서 발견되는 것입니다.

우리가 무엇인가를 창조하는 과정에 있을 때, 그를 위해 잠깐 스쳐 가는 고통은 별달리 상관없는 것처럼 느껴질 뿐 아니라 사실상 즐겁기까지 합니다. 예를 들어 보겠습니다. 아기가 태어나는 분만실인 줄 모르고 그곳에 잘못 걸어 들어간 사람은 주변을 둘러보자마자 자신이 고문실에 왔다고 생각할지 모릅니다. 방은 피로 뒤덮여 있고, 중앙에는 한 여자가 수행원들이 지켜보는 가운데 고통의 비명을 지르고 있습니다. 잔혹함이라는 측면에서 이 장면은 중세적입니다. 그러나 우리가 이 여자에게 묻는다면, 고통이 가장 극심한 순간에도 그녀가 과연 *불행한지* 묻는다면 우리는 곧장 이해할 수 없다는 반응을 맞닥뜨릴 것입니다. 그녀는 걱정스럽고, 탈진 상태고, 육체적인 고통을 경험하고 있지만, *불행하냐고요?* 그건 말도 안 되는 질문이죠. 이날은 그녀 인생에서 가장 행복한 날인걸요. 그녀가 지금까지 지어 온 것, 그녀가 자신의 가장 깊은 안쪽에서 창조해 온 것이 이제 막 바깥으로 나오려 하기 때문입니다.

행복은 안락함이나 편안함에서 오는 감각이 아닙니다. 행복은 우리가 창조를 할 때 발견하는 보다 깊은 만족감입니다. 우리가 물리적인 물건을 만들어 내거나 예술 작품을 짓거나 아이를 기르거나 할 때 느껴지는 감각이지요. 우리는 세계를 건드리고 우리 뜻에 맞춰 그것에 변화를 주었을 때 행복을 경험합니다. 우리는 이 세계를 건드려서, 전능하신 주님의 뜻에 맞춰 그것을 더 나은 것으로 만들 때 가장 큰 행복을 경험합니다.

그리고 일하는 것 자체가 때로는 즐거울 수 있을지 몰라도, 어떤 일들은 험난한 과정을 통해서만 성취될 수 있습니다. 그러므로 우리가 고통을 발견하는 곳에, 행복도 종종 함께 깃들어 있습니다. 그리고 가장 큰 고통이 가장 큰 승리의 전조가 되기도 하는 것입니다.

* * *

붉은색. 그것은 온통 붉은색으로 뒤덮인 얇은 막처럼 시작되었다. 주위를 감싸며 모여들었다가 다시 튕겨 나가는 원들이 줄줄이 이어졌다. 붉은색은 그의 눈동자 안에 있는 원들 속에도, 그의 머릿속에도 채워졌다. 그러고는 기차처럼 계속 돌고 돌며 그의 귓속을 통과해 흐르는 노래를 불렀다. 그렇게 휘돌아 나가는 매끄러운 곡선 그 어디에도 손이나 발을 끼워 넣은 채 버텨 낼 만한 지점이 없었다. 그것은 파괴를 이끌어 내는 총체였고, 부드럽고 불운한 은폐를 위한 덮개에 폭 감싸인 채로 자신의 진정한 정체를 숨기고 있었다.

그가 잠에서 깨었을 때는, 그건 거의 느껴지지 않을 만큼 미세했다. 경험이 적은 사람이었다면 무시하고 넘겨 버렸을지도 모른다. 그는 자기 자신을 머릿속 언저리에서 여행객들을 이끌고 다니는 가이드로 상상했다. '지금 이게 보이시지요.' 그는 부드러운 붉은색으로, 수평선 너머 빙빙 돌아 뭉쳐 가는 원들을 가리키면서 말했다. '지금은 별것 아닌 것처럼 보이지요? 하지만 한두 시간만 있으면, 제 말을 기억하세요, 여기 엄청난 폭풍이 닥칠 거랍니다.' 여행객들은 숨이 턱 막혀서, 아연함과 회의감이 뒤섞인 감정으로 멀리 떨어진 구름 저편을 두렵게 응시하고는 숙소로 되돌아갔다. 그 멀리 떨어진 장소로, 붉은 기운이 모이고 있었다.

도비드는 가끔 자신의 두통이 언제나 그 가장자리에 머물러 있는 건지 생각했다. 혹시 두통이라는 것도, 날씨처럼, 정말로 아예 없어지는 게 아니라 그저 좀 순화로워질 뿐이거나 그나마 덜 신경 쓰이게 될 때가 있는 것일 따름인지. 기분이 꽤 상쾌하게 느껴질 때도, 그의 머릿속 생각 주변을 깊이 거닐다 보면 두통의 숨은 그림자가 그의 관자놀이나 콧날에서 발뒤꿈치를 식히고 있는 것을 발견할 수 있었다. 가끔씩은 두통이 그를 잔뜩 쪼그라들게 밀어붙여서 그는 매끄러운 돌멩이, 혹은 연필 끝에 매달린 지우개처럼 아주 조그만 물체 하나에만 시선을 고정한 채 바라보고 있을 수밖에 없었다. 그럴 때면 그는 그 두통이 자신을 몰아내고 만들어 낸 그 넓은 공간에서 대체 무엇을 하는 건지, 자신의 부서지고 갈라진 조각들로 이루어진 다른 영역에서는 어떤 비밀스러운 과정이라도 벌어지는지 궁금했다. 어쩌면 스스로 그런 일을 하고 있는 건지도 몰랐다. 종종 고통이 가장 심하게 밀려오는 순간에, 도비드는 자신의 마음 중 어떤 일부가 이런 불편을 냉담하게 관찰하고 있는 것 같다는 당혹스러운 느낌을 받았다. 그의 고난을 사무적으로 기술해 내려가면서 한 마디씩 토를 다는 것이다. '그래, 이거 재미있네.'

'도비드, 뭘 하고 있나?' 총무인 커쉬바움이 날카롭게 말했다.

커쉬바움은 정말 날카로운 사람이긴 했다. 그의 뾰족하게 솟은 코끝에서부터 빳빳하게 각지게 다린 셔츠, 재킷에 붙어 반짝이는 단추들만 봐도. 그를 쳐다보려 하자 눈이 아팠다. 하지만 이런 식으로 계속 연필 끝에 달린 지우개만을, 그 편안하고 통찰력 있는 둥글고 원만한 속성에 푹 빠져 버린 채, 마냥 기약 없이 쳐다보고 있지는 못하리라고 생각했다. 그는 고개를 들었고 머리를 가득 메워 나가는 붉은 원 한두 개가 목 안쪽으로 미끄러져 떨어지게끔 내버려 두었다. 이사회실은 벽을 목재 널빤지로 덧댄 방이었고 가죽으로 된 가구들이 비치되어 있었다. 그는 커쉬바움의 머리 바로 위쪽에 있는 엷은 색의 목재 널빤지에 시선을 둔 채 자기가 받은 질문에 대한 적절한 반응을 쥐어짜 보려고 애썼다.

그는 말했다. '네에?'

'추도식 아침에 말이야, 도비드. 자네는 뭘 할 건가?'

도비드는 아직도 머리를 낮춰야 할 시간이 오지 않은 건지 생각했다. 붉은 원들이 미세하게 송이송이 늘어나며 눈 안쪽으로 침투하고 있었다. 그들은 자기들끼리 그곳에서 재잘대다가, 그가 그것들을 제대로 바라보려고 할 때마다 자리를 뜨고 물러나 그의 시야 가장자리에 영원히 남아 있었다. 그는 이게 아주 나쁜 징조라는 것을 알았다. 그는 뇌 속을 관광하는 상상 속의 여행객들에게 이 상황을 설명했고, 그들이 겁에 질려 움츠리고 떠는 모습을 보며 득의양양했다. 그는 자신도 어딘가에 몸을 웅크린 채 들어가 있어야 하는 것은 아닌지 생각했다. 집, 침대, 잠, 그래, 아니. 그는 집으로 돌아갈 수 없었다. 그가 여기에 반드시 있어야 하는 건 중요한 문제였다. 그는 여기서 말해지는 모든 내용을 듣고 잘 이해해야 했다. 지금 무슨 일인가 일어나고 있었기 때문에 그만큼 중요한 상황이었다. 그가 원하지 않는 일, 그의 통제를 벗어난 무엇인가 일어나려 하고 있었다. 그의 두

개골 반구 내부에서 붉은 구슬들이 마구 굴러떨어져 내리면서, 그에게 들어오는 질문들을 자꾸 끊어 먹었다.

'자, 자. 커쉬바움.' 하토그가 말했다. '도비드는 아무것도 하지 않아도 돼. 그냥 다른 손님들처럼 도착하면 되네, 도비드. 그게 제일 나아.'

하토그의 목소리가 걱정스럽게 들렸다. 서로 엉키면서 격렬하게 밀려드는 빨간 원들이 도비드의 귓속에서 솟구쳐 나와 테이블 위로 떨어지기 시작했다. 그는 다른 이사회 임원들이 왜 그걸 보지 못하는지 궁금했지만, 곧 당연히, 그 원들이 자신의 몸을 떠나는 즉시 사라진다는 것을 깨달았다.

이 모든 게 시작될 때만 해도 이보다 훨씬 나았었다.

아침에는 기분이 또렷하고 정신도 맑았으며 예리했다. 붉은 날들에는 종종 그렇다. 붉은 날의 시작은, 투명하고 수정처럼 맑은 분홍색으로, 이 세계를 완벽한 질서 아래 지어 냈다. 공기가 그를 절도 있게 맞이했다. 그의 눈 뒤쪽에서 가볍게 웡웡대는 소리는 모든 것이 다 괜찮다고 그를 안심시켰다. 그는 그것을 믿을 만큼 어리석지 않았다.

침대에서 몸을 일으키기 전에 그는 계산을 하고 있었다. 아내가 그의 곁에 몸을 구부린 채 누워 있었다. 그들의 침대 두 개는 한데 맞붙어 하나가 되어 있다. 이런 시간은 자신들한테서 이미 지나가 버린 거라고 그는 생각했었는데, 아니, 사실상 확신했었는데. 그녀의 잠옷 원피스가 주름진 채로 허벅지 사이에 말려 있다. 그는 그녀의 어깨에 얼굴을 묻고, 비스킷 같은 그녀의 냄새를 들이마셨다. 그녀는 몸을 내젓고 한숨을 쉬더니 다시 잠 속으로 빠져들었다. 그는 그녀

허리 주변에 팔을 둘렀다. 이 이상은 말고, 결정적인 분홍색이 모습을 드러낸다. 이것 이상의 그 어떤 것도 가능하지 않았지만, 이것 자체만으로도 의미 있는 것이었다.

그가 맨체스터에서 돌아왔을 때 두 침대는 서로 붙어 있었다. 커다란 시트가 그 위에 덮여 그들을 다시 하나로 만들어 주었다. 그는 몇 분간 서서 침대를 바라보며 그에 대해 뭐라고 이야기를 해야 할지 아니면 아무 말도 하지 않는 편이 더 나을지 생각했다. 그는 언제 마지막으로 아내와 한 침대에서 잤는지도 기억나지 않았다. 아마 결혼하고 첫해였던가? 그래, 아마 그때 이후 처음인 것 같다. 그는 아무 말도 하지 않기로 결정했다. 그녀 역시 아무 말도 하지 않았다. 그게 최선이야, 도비드는 곰곰이 생각했다. 말들은 이 단순한 것을 오직 복잡하게만 할 뿐이니까.

그럼에도, 그는 이런 순간들로부터 위태로울 만큼의 기쁨을 느꼈다. 그들이 누워 있는 동안 그가 다시 그녀의 등이나 어깨를 손으로 쓰다듬어 내리다 보면 다정한 기분을 느낄 수 있었다. 그 분홍색 아침에, 그는 그녀가 잠결에 자신 쪽으로 가까이 굴러온 것을 발견했다. 생쥐처럼 웅크린 채로 그의 얼굴을 마주 보는 그녀의 머리카락이 그의 팔을 뒤덮었다. 그녀가 그와 충분히 가까이에 있었기에 그는 그들이 함께 만든 둥지 안에서 그녀 몸의 온기를 느낄 수 있었다. 그는 그녀의 얼굴을 쳐다보고 그녀의 숨결 냄새를 맡았다. 그 향기는 갓 구운 따끈한 빵에서 나는 냄새 같았다. 이런 순간은 정말 오랜만이다.

그는 결혼식 날에 있었던 사건을 하나 기억했다. 그날 자체에 대한 기억은 거의 남아 있지 않다. 그저 순간들뿐. 춤을 추던 시간에 그가 의자째로 허공에 들려 올라갔을 때 느꼈던 끔찍한 울렁거림, 그녀 검지에 반지를 끼워 줄 때 손이 떨려 오던 것, 그리고 미소 짓는 얼굴들로 가득하던 어마어마한 수의 하객들. 그는 그녀가 자신 곁에서 내내 차분한 태도로 있었던 것을 기억했다. 그리고 그는 그 모든 혼돈의 중심에서 오직 단둘이서만 보냈던 삼십 분의 시간도 기억했다. 그건 법칙이었다. 결혼식이 끝나고 나서 신부와 신랑은 얼마간 단둘이서만 한 방에 머물러야 했고, 그들이 그 방에 들어갈 때와 떠날 때 모두 증인이 입회해야 했다.

라브의 회당에서 이러한 목적에 부합하도록 꾸며진 방은 본래 축제 기도서를 보관하는 장소로 쓰이던 창문 없는 작은 대기실이었다. 기도서들은 판지 상자에 넣어져 벽 앞에 쌓여 있었다. 방 중앙의 공간이 비워졌고 접이식 테이블과 의자 두 개가 마련되어 있었다. 누군가는 작은 샌드위치 몇 조각과 과일 주스가 담긴 플라스틱 컵을 남겨 둘 생각까지 해 주었다. 도비드는 에스티가 방의 문지방을 넘어 먼저 들어가던 모습을 기억했다. 그가 그녀의 뒤를 따르는데 문설주를 지키는 역할을 맡고 있던, 나이는 오십 대 후반쯤 되고 작은 콧수염을 기른 에스티의 삼촌이 그에게 윙크하며 미소를 지었다. 마치 그들이 어떤 지식을 함께 나누기라도 한 것처럼 말이다. 하지만 그는, 사실은 전혀 반대라고 생각했다. 이 이추드* 방의 목적은 사생활이다. 남편과 아내 사이에서 영원히 함께할 그 공간, 오직 그들만이 점유하게 될 공간이 처음으로 만들어지는 것이다. 그가 에스티의

---

* yichud: 유대교에서 미혼 남녀의 자리를 분리하여 동석을 금하는 율법을 말하지만, 여기서는 유대교 결혼식에서 신혼부부 단둘이 특정 방 안에서 일정한 시간을 함께 보내는 의식을 말한다.

삼촌과 함께 나눴던 것은, 모든 결혼한 남자가 공통적으로 잘 아는 것, 이른바 비밀스러운 공간이 존재하며, 그들 모두가 그런 방을 하나씩 소유하고 있고, 그리고 그 방에 포괄된 것은 영원히 숨겨져 있다는 동질감이었다.

에스티의 거창한 드레스가 그 방의 4분의 3 정도를 채우고 있는 것 같았다. 그것은 테이블 다리마다 돌아 감싸며 구름처럼 피어올랐고 책이 든 상자들까지도 슬슬 밀어냈다. 그 안에 파묻힌 그녀는 왜소하다 못해 별로 중요하지 않은 사람처럼, 드레스에 딸려 온 장식이나 다름없어 보였다. 도비드는 그녀가 드레스를 벗어 버렸으면 좋겠다고 바라기까지 했다. 그러다 그는 그날 조금 있으면 그녀가 어차피 그 드레스를 벗게 되리라는 걸 깨닫고, 기쁨과 고통 사이 어딘가에서 날카롭게 치솟는 아픔을 경험했다. 그가 그 자리에 있을 것이었다. 이것조차도 더 이상은 금지되지 않았다. 그녀는 자리에 앉았다. 그도 자리에 앉았다. 그녀는 그를 쳐다보았다.

도비드는 결혼과 관련한 법률을, 남편과 아내 사이의 계약을 관장하는 조항들과 보다 더 가까운 관계를 다루는 조항들을 삼 개월 동안 공부했다. 하지만 그의 지식은 이 마른 여자의 얼굴과 그녀 손목에 도드라진 푸른 정맥에서 고동치는 삶 앞에서는 아무것도 아니었다. 도비드는 여자의 손을 잡는 일 따위는 전혀 해 본 적이 없었다. 그는 일을 어떻게 진행해 나가야 하는지 알 수 없었다. 그가 결혼을 결심했을 때만 해도 모든 게 명확해 보였고, 그녀가 거기에 동의했을 때만 해도 일은 단순해 보이기만 했다. 하지만 이제 무슨 일을 해야 하나?

에스티는 테이블 위에 놓인 그의 손을 내려다보았다. 그녀 자신의 창백한 손은 무릎에 놓여 있었다. 아주 가볍게 닿을 듯 말 듯 그녀는 손가락 하나로 그의 손등을 쓸었다. 그들이 서로를 만진 것은 그때가 처음이었다. 그는 그녀 손가락 끝이 이렇게 부드러울 수 있으리라고는 전혀 생각해 보지 못했다. 그는 다른 사람의 손가락 끝이 어떠하리라는 생각 자체를 아예 해 본 적이 없었다. 그는 여전히 이걸 표현하는 데 적절한 말을 찾을 수가 없었다.

그녀가 그의 손을 자기 손으로 쥐고 부드럽게 자기 얼굴로 이끌었다. 그의 손바닥이 그녀 턱 아래와 턱뼈를 받치게 둔 채, 그녀는 그렇게 그대로 놓아두었다. 그는 그녀의 뺨에 난 미세한 잔털과 자신의 손등 위를 불태우듯 꼭 누르는 그녀의 지문도 느낄 수 있었다. 그들은 그렇게 오랫동안 함께 앉아 있었다.

도브드는 에스티의 마음에 어떤 것들이 들어 있는지 전혀 모른다는 사실을 깨달았다. 그는 그녀가 무슨 생각으로 자신의 손을 들어 뺨에 갖다 댄 채 앉아 있었는지 이해하기는커녕, 그게 도대체 어떤 마음인지를 알아낼 희망조차 가질 수 없었다. 그는 그 작은 방 안에서, 그리고 그의 내부에 있는 공간에서 혼자였다. 그리고 그들은 둘 다 함께 있었지만, 각자 따로 혼자였다. 그는 마치 이 창 없는 방에서 바로 이러한 깨달음이 내내 그를 기다리고 있었던 것처럼 느껴졌다. 결국엔 그렇게 되는 것이었다. 함께, 혼자로 지내는 것.

그가 침대에 누워, 투명한 분홍빛 장막에 싸인 그녀의 잠든 모습을 보는데, 문득 그때 생각이 떠올랐다. 혼자, 함께인 것.

회당 이사회에는 여섯 명의 임원이 있었다. 라브까지 합치면 일곱 명이다. 신성한 숫자, 라브는 즐겨 지적하곤 했다. 창조의 날들과 같다. 쓸모 있는 숫자, 라고 하토그는 표현했다. 투표를 할 경우 교착 상태가 발생하지 않게 해 주는 홀수니까. 그 어느 경우든, 좋은 숫자다. 하지만 이제 그들은 여섯 명이었고, 결정해야 할 일들도 여전히 쌓여 있었다.

사무적인 안건 첫 한두 가지는 쉽게 넘어갔다. 겨울이 오기 전에 회당 벽돌의 줄눈을 다시 칠하는 데 동의했고, 임원 회비를 오십 파운드까지 올리는 것에도 동의했다. 추도식에 대한 토의 사항이 차분하게 시작되었다. 홀의 테이블이 어떻게 배치되어야 하는지 다들 금방 동의했고, 음식 조달 서비스는 누구를 지명해야 하는지에 대해 짤막한 논의가 있었다. 비용을 아끼지 말아야 한다는 것만은 확실했다. 특히나 전 세계에서 그토록 저명한 인물들이 모이게 될 행사이니 말이다.

분홍색은 서서히 붉은색으로 깊어졌다. 색깔이 한 방울 한 방울 짙어질 때마다, 도비드는 이사회 사람들의 말이 점점 의미를 잃어 가기 시작한다는 점을 발견했다. 잠에 빠져들 때쯤 사람들이 나누는 말소리를 듣는 것과 비슷한 감각이었다. 몇몇 문장들은 완벽하게 이해할 수 있었지만, 그러다 문득 말들이 뭉텅뭉텅 사라졌다는 것을, 그가 뭔가 중요한 부분을 놓쳤다는 것을 깨닫곤 했다. 도비드 귓가에 들려오는 논의는 점점 응집력과 일관성을 잃어 갔다. 그들은 귀빈들을 어떻게 대접하면 가장 좋을지 논의하고 있었다. 아니면 그게…… 아니, 이제 그들은 아내들이 어디에 앉으면 좋을지를 토론하는 것처럼 보인다. 혹은, 아니다. 연설자들의 순서, 그들이 얼마나 오랫동안 연설을 하면 좋을지에 대해서. 거기. 거기 뭔가가 있다. 그는 자신의 이름이 언급되는 것을 들었다. 그는 갖은 애를 쓰고 집중해서 붉은색으로 가득한 파도를 밀어내고 그 물길을 가르며 그 사이에 마른 길을 만들어 낸다.

'네?' 그는 말했다.

'도비드, 추도식 중에서 당신은 언제쯤 연설을 하는 게 좋을까요?' 라이글러가 물었다. 그는 연필을 들고 종이 한 뭉치 위에 목록을 작성하고 있었다. '우리 생각엔 아마도, 맨 마지막이 가장 나을 것 같은데. 대단원의 막을 내리는 거잖아!' 라이글러는 다소 과하다 싶을 정도로 열망에 가득 찬 미소를 지었다.

도비드는 눈을 깜박였다.

'자, 자.' 하토그가 말했다. '도비드한테 겁을 주지 말아요. 그게 꼭 대단원의 끝처럼 보일 필요는 없지. 그저 우리 추도식에 적절한 마지막 인사라고 하죠.'

테이블에 둘러앉은 남자들이 고개를 끄덕였다.

'하지만 저는…….' 도비드가 말했다. '저는 연설을 하고 싶지 않아요. 그건 아니……. 제 말은, 제가 적절한 사람이 아닌……. 더 나은 다른 분이 계시겠지요, 당연히.'

'아니, 아니야.' 커쉬바움이 말했다. '우리는 그 점에 대해 꽤 확신하고 있어. 이 문제로 한동안 얘기를 나누었는걸. 자네가 연설을 하는 게 매우 옳은 일이야. 그리고 아마도…….' 그는 말을 멈추고 하토그를 바라봤다. 하토그는 고개를 끄덕였다. '……라브께서 하시던 일한두 개를 이제부터 자네가 맡는 것도 괜찮을 것 같아. 예를 들어 안식일 설교 같은 것 말이야. 물론 추도식이 끝나고 나서 하는 게 당연하지만. 일을 서두르고 싶지는 않으니까.'

도비드는 테이블을 한 바퀴 둘러보았다. 그의 눈가 한 귀퉁이에서 붉은색이 맥박 치듯, 북소리에 맞춰서, 군대 행진곡 같은 박자로 퍼져 나오려는 듯 들썩였다. 이제 고통마저 따라왔고, 그 강도는 박자마다 꾸준히 증가했다. 그는 힘을 그러모아 붉은색을 응시하며, 왼쪽 눈 위의 피처럼 진한 붉은색 지점을 하나 찍고 그곳에 그 색채의 파도를 응결해 놓으려고 애썼다. 그는 심장이 쿵쿵 고동치며, 쏟아져 나오려는 불평을 삼키면서 거기에 그것들을 붙잡아 두었다. 그는 거부함으로써 일을 더 어렵게 만들었다. 결국에 거부라는 건 없다. 집중해, 집중.

'여러분 말씀은……' 그가 말했다. 자신의 말소리가 약간 어눌해졌다는 것을 도비드 스스로도 인지하고 있었다. '새로운 라브를 임명하실 때까지만 말씀이시죠?'

테이블에 둘러앉은 남자들이 의자에 등을 기대고 미소를 지었다.

'어쩌면 그럴 수도 있지.' 하토그가 말했다.

그리고 도비드는 알았다. 하토그의 의도와 이사회의 바람을, 그는 이제야 한꺼번에 알게 되었다. 하지만 붉은색 해일이 그의 온전한 이해를 가로막았다. 그 힘은 다시 하나 되어, 그의 두개골 내부를 핏줄 하나하나에 이를 때까지 흠뻑 적시고 그를 장악하면서 밖으로 터져 나왔다.

'아니요.' 그는 말했다. '아니요, 저는 못 합니다. 저는……' 그는 남자들을 쳐다보았다. 윙윙대는 붉은색의 덩어리가 그들을 둘러쌌다.

하토그가 의자에 등을 기대고 앉았다. 그는 팔을 활짝 넓게 벌리고 말했다. '이제 이 겸양을 이만 끝낼 때도 됐어, 도비드.'

테이블에 둘러앉은 좌중은 한 무리의 새들처럼 잽싸게 하토그 쪽으로 고개를 돌렸다. 도비드의 머릿속에서 붉은색이 쾅쾅 충돌했다.

하토그는 다시 미소를 지었다. '우린 자네가 필요해.' 그가 말했다. '우리 공동체도 자네가 필요하지. 자네는 라브의 오른팔이었잖아. 물론, 당연히 자네가 라브가 될 거라는 말은 아니지. 하지만 공동체엔 질서가, 지속성이 필요해. 자네가 우리에게 그걸 주는 거야. 어쨌든 우리가, 이러한 목적으로 자네의 교육을 지원했던 거잖은가, 도비드.'

붉은색이 정점에 달했다. 그것은 강력하고 엄청난 힘을 가진 붉은 바다였고, 오직 그의 의지만으로 저지되고 있었다. 곧, 얼마 안 있어 곧, 그것은 모든 장벽과 방어막을 뚫고 끓어넘치는 파도가 되어 그를 온통 압도해 버리리라. 그리고 또 그를 완전히 패배시키리라.

그는 모든 것들을 이미 일어난 일처럼 여겼다. 그는 상황이 어떻게 돌아갈 것인지, 얼마나 단순하고 무리 없이 흘러갈 것인지 알았다. 조금씩 서서히 그는 라브의 자리를 꿰차고 들어설 것이다. 이미 어느 정도는 묵인되어 왔지 않은가. 그는 라브의 책과 그가 남긴 기록을 보며 사람들 앞에 설 것이다. 그는 라브에 대해서 연설할 것이다. 그는 변하지 않는 지속성의 환상을 사람들에게 줄 것이다. 그는 낡은 책 안에 갇힌 듯 생기를 잃어 갈 것이다. 하토그가 말하듯이 그는 이 역할을 위해 준비된 인물이었다. 그는 견뎌 낼 수 있으리라. 하지만 에스티는.

'하지만 제 아내는……' 이게 그가 간신히 말할 수 있는 전부였다.

'그래.' 하토그가 말했다. '우리는 그것도 고려했어. 자네가 계속 절제해 왔다는 것을 알지. 자네의 아내는, 그건 좀 어려운 문제야. 그녀는, 어쩌면 이 역할에 이상적으로 들어맞는 사람이 아닌 것 같아. 이 장소가 그녀에게 맞지 않는 건지도 모르고. 하지만 우리는 기꺼이……' 하토그는 행복감을 드러내며 활짝 미소 지었다. '그녀가 대부분의 시간을 다른 곳에서 보낼 수 있도록 지원해 줄 의사가 있어. 이스라엘에 그녀의 친척이 있지, 그렇지? 어쩌면 그녀가 거기서 더 많은 시간을 보내는 게, 회당이 요구하는 책무에서 벗어날 수도 있고, 더 적절할 거야.'

붉은색이 도비드의 마음속에 떠오르는 생각 주위를 둥글게 돌고 또다시 돌았다. 그는 생각했다. 나는 그녀를 잃게 될 거야. 만약 당신들이 내가 이 일을 맡도록 종용한다면 나는 그녀를 잃고 말 거야. 당신들이 그녀를 멀리 보내건 말건, 그녀는 돌아오지 않을 거야. 그는 생각했다. 나는 이미 그녀를 잃고 말았는지도 몰라. 그는 그렇게 생각했다. 어쩌면 그게 가장 좋은 거겠지. 그는 계속 생각했다. 이 장소는 여자들을 죽여 버리지, 더 이상 흘릴 핏물이 없을 때까지 쥐어짜면서. 붉은색이 그 생각을 가로채 갔다. 그것은 그 생각을 즐겁게 받아들이며, 그의 마음속에 몰아치는 파도 속에서 오락가락하며 그것을 굴려 나갔다.

'물론 그걸 지금 결정할 필요는 없지. 우리한텐 시간이 있어. 오늘 결정해야 하는 건 추도식에 대한 것뿐이야. 최소한 이건 간단하지. 자네가 연설을 하게 될 거야, 도비드.'

도비드는 어떻게든 생각을 해 보려고 자신을 압박했다. 나중에 그는 이게 실수였다는 사실을 깨달았다. 붉은 날에는 그렇게 애를 쓰지 말았어야 했다. 정신의 현이 그렇게 팽팽하고 꼼꼼하게 당겨진 상태일 때는 말이다. 그가 마음속에서 끙끙대는데, 문득 무엇인가 지긋한 압력을 버텨 내던 것이 더 이상 견디지 못하고 툭 부러져 나가는 게 느껴졌다. 붉은색이 포위망을 뚫어 버렸다. 작은 원들이 소리 높여 떠들면서 그의 눈 가장자리로 행진하며 밀려든다. 안 돼, 지금은, 지금은 안 돼. 아니, 돼. 붉은색이 말했다. 지금이야.

'자네가 연설을 할 거라고.' 하토그가 말했다. 그것은 질문이 아니었다.

붉은색이 그를 압도했다. 이제 더 이상은 언쟁할 수 없었다.

'알겠습니다.' 도비드가 속삭였다.

붉은색이 한꺼번에 밀려왔고 그에게 쾅쾅 몰아쳤다. 그것은 밝게 빛나던 한 지점으로부터 흘러나오더니 그의 두개골 전체를 건너 밖으로, 밖으로 발산됐고, 그 힘은 그가 알았던 것보다 훨씬 강력했다. 그는 자신이 더 깊이, 더 빠르게 숨을 쉬고 있다는 것을 발견했다. 붉은색이 그의 맥박에 맞춰서 그의 현을 잡아 뜯었다. 그것은 이미 왔고, 남아 있는 일이란 거기에 투항하는 것뿐이었다. 그것이 재빨리, 순조롭게, 아무 소란 없이 끝나 버리도록. 어린 시절부터 도비드는 이런 순간들을 상징하는 자신만의 특정한 글귀를 간직하고 있었다. 견디기 힘든 순간들. 그는 지금 그 생각을 떠올렸고, 그것을 뒤집고 또 뒤집었다. 그는 곧 다른 건 아무것도 생각하지 않게 되었다. 붉은색이 그의 머리통 안에 들끓면서 거품과 수증기를 부글부글 토해 냈고, 금방이라도 분출할 준비를 하고 있었다. 머지않아 뜨거운 날것 상태로 그의 귀에서, 입에서, 코에서, 눈에서 뿜어져 나올 것이다. 이건 오직 고통뿐이야, 그는 생각했다. 이 모든 것이, 가능한 모든 것이 다 고통이야. 그 이상은 아무것도 될 수 없어. 그냥 고통만, 오직 고통만 있는 거야. 밧줄을 바닷속으로 내던지는 잠수부처럼, 그는 숨을 크게 들이쉬고 붉은색으로 첨벙 뛰어들었다.

하토그가 도비드를 집까지 차로 데려다주었다. 차 내부는 가죽과 페인트 냄새로 가득했고, 그 악취가 그의 안쪽까지 닿아서 배 속을 울렁거리게 했다. 이윽고 그것은 번쩍이는 색깔들 속에서 붉은색과 뒤섞였다. 그들이 집에 도착했을 때 하토그는 그에게 몇 마디 말을 하려고 했지만 도비드는 더 이상 거기에 남아 있을 수가 없었다. 그는 집 안에 들어가 있어야 했다. 침대. 시원하고 완전한 침대. 잠으로 이 붉은색을 그의 머리통에서 다 빼내 버리고 난 뒤에 방금 일어났던 모든 일을 되새겨 볼 수 있었다. 그는 열쇠 구멍에 열쇠를 정확히 조준했다. 잘했어, 잘했어. 그리고 문을 열었다. 집은 조용했다. 나 혼자구나. 아주 좋아. 시끄러운 소리보다 낫고, 혼란이나 염려를 끼치는 것보다 낫지. 발로 계단을 올라가야 한다. 한 번에 하나씩. 계단을 한 칸씩 오를 때마다 그의 머릿속에 붉은색이 얼마간 되살아났고 그것은 그의 귀 중심에서 끓어오르며 몸에 구멍을 내는 것 같았다. 하지만 그가 일전에 세어 봤던 것처럼 계단은 오직 열세 개뿐이다. 그러고 나면 끝나 있을 거야, 시원하고 텅 빈 휴식 공간이 나타나는 거야. 그는 계단 꼭대기에 멈춰 서서 숨을 헐떡였다. 그의 귓속에선 엄청난 급류 소리가 울렸고, 그 주변의 모든 사물들은 찬란한 빛으로 줄줄이 뒤덮인 듯 보였다. 책장, 세탁물 바구니, 그 위에 뜬금없이 놓인 분홍색과 푸른색 꽃다발. 참 희한하네, 나머지 부분과 분리되어 있는 그의 마음 일부분이 생각했다. 꽃들이 있다니.

그럼에도, 집은 고요했고, 흰 공간과 공백을 약속해 주는 그의 침대가 이제 지척에 있었다. 이 모든 것들, 이 모든 것들은 나중에 생각할 수 있어. 그는 눈을 감고 계단 옆에 놓인 작은 테이블을 손으로 짚었다. 눈을 다시 뜰 필요도 없었다. 밝기를 그가 원하는 만큼 조절하기 위해, 눈을 감은 채 이 계단을 몇 번이나 오르내렸는데. 여기서

부터 침실 문까지는 네 걸음, 거기서 침대까지는 다섯 걸음, 그러고 나면 아무것도, 더 이상 아무것도 필요 없다. 그는 한 걸음을 뗐다. 그의 눈꺼풀 뒤쪽에서 붉은색이 춤을 추었다. 한 걸음 더, 조용히, 조용히, 머리통 안의 그 어떤 요소도 어지럽히지 않게. 하지만 집은 조용하지 않았다. 웃음소리와 바스락대는 소리가 들리는 것 같다. 집이었나? 침실에서? 아니면 그 안에 있는 붉은색의 소리인가? 정말 알기 어렵다. 한 걸음 더. 그는 귀에 들려오는 한숨 소리, 가볍게 움직이는 인기척이 붉은색의 일부가 아니라는 것을 거의 확신했다. 그러나 이걸 확인하려면 눈을 떠야 했고 지금 그가 해낼 수 있는 건 침대에 눕는 일뿐이었다. 그는 마지막 걸음을 뗐고 문을 열었다.

처음엔 엄청난 빛이 그를 가득 메웠다. 어찌나 밝던지, 그는 태양이 창문가에 서서 이 방을 향해 입을 벌리고 있다고 상상했다. 그는 눈을 뜨고 싶었다. 그리고 눈을 더 깊이 감고 싶었고, 두 배 혹은 세 배로 더 꾹 감아 버리고 싶었다. 왜냐하면 단지 눈을 한 번 감는 것만으로는 이 빛을 충분히 피할 수 없을 테니까. 그는 귓속에서 빛의 소리를 들을 수 있었고 그건 날카롭고 고통스러운 음악 같았다. 아름다우면서도 끔찍한 것.

그는 눈을 떴다. 좋지 않은 짓이야, 붉은색이 말했다. 어리석고 멍청한 짓이야. 그래, 그는 말했다. 나도 알아. 하지만 난 내 눈으로 봐야겠어. 그 순간이 길게 늘어졌다. 붉은색이 다시 뚫고 들어오며 위쪽으로 한껏 치솟았다가 머리 위로 추락하면서 그의 몸을 산산이 부쉈다. 그는 산 채로 끓어오르는 것 같았다. 괜찮아. 그는 봐야 했던 것을 봤다.

침대는 그가 기대하던 완벽한 공백도, 그저 하얗기만 한 공간도 아니었다. 거기엔 그의 아내와 그녀의 연인이 있었다. 에스티는 몸에 시트를 둘렀지만 완전히 가리지는 못한 채 부드러운 분홍빛 유두 하나를 드러내고 있었다. 그리고 아래로 풀어 내린 머리카락이 어깨 주변을 감쌌다. 로닛은 겁에 질린 얼굴이었고 그는 괜찮아, 괜찮다고 말하고 싶었으나, 그는 잘해 봤자 두세 단어 정도밖에 말할 수 없는 상태라 응급 시에 대비해 그 말을 아껴 두고 싶었다. 왜냐하면 그의 눈에 에스티가 한 사람이 아니라 두 사람으로 겹쳐 보였기 때문이다.

그는 생각했다. 그 생각 자체가 재미있는 것처럼 느껴졌다. 난 이미 그녀를 잃어버린 거였네. 하지만 여전히 이 모든 것은 고통스러울 수 있었다.

그녀는 말했다. '도비드.'

'그래.' 그는 말했다. '나도 알아.'

참 웃기지, 도비드의 일부가 신나게 재잘거렸다. 아무리 해도 이 두통이 끝나지 않는다는 거 말이야. 난 이제 이 두통을 앓을 만큼 다 앓아서 소진된 줄로만 알았거든. 그것이 모든 불꽃을 다 태워 버렸다고. 하지만 사실은 그저 더 교활하고 더 교묘히 감추어져 있던 것뿐이었어. 이거 기억해 놔야겠다. 이 지식은 차후에 유용할지도 몰라. 타오르는 불꽃이 빠르게 그의 얼굴로 번졌고, 그의 목 아래로, 그의 가슴속으로, 그의 팔로, 그의 허리선으로 퍼져 나갔다. 그의 골반과 다리 뒤쪽마저 불타기 시작했을 때, 그는 무릎을 꿇었고 더 이상 아무것도 알지 못했다.

스콧의 아내 셰릴은 의사다. 내가 그녀에 대해 깊이 생각해 본 적이 전

혀 없다는 걸 말해 둬야겠지만, 그가 대화 중에 종종 흘리던 사소한 토막 정보들을 통해 나는 그걸 알게 되었다. 그건 좀 재미있는 일인데, 스콧 이전에 나는 외도하는 남자의 아내들이란 다들 소심하고 답답한 가정주부 엄마들일 거라고 생각했기 때문이다. 남자들은 애들 때문에 어쩔 수 없이 그들 곁에 머물러 있거나 혹은 자기가 그렇게 가냘프고 무방비한 존재에게 상처 준다는 걸 견딜 수 없어서 결혼을 깨지 못하고 있는 거라고. 하지만 아니올시다, 스콧의 아내는 유행성 전염병을 연구하는 전문의다. 그가 사무실에서 다른 회사의 수장을 잔혹하게 살해하는 동안, 그녀는 백신의 패턴을 연구하느라 바쁘거나 논문을 발표하거나, 나는 모를 일이지만, 보건 의료학적 측면에서 손수건을 사용하는 게 왜 중요한가, 뭐 그런 이야기를 하는 거겠지. 그들은 파워 커플이다. 그들은 그의 책상 위에 놓인 사진 액자 속에서 그렇게 보인다. 그는 캐주얼하게 목 단추를 열어젖힌 셔츠를 입고 가슴 털 한 줌을 드러내 보이고 있다. 한편 그녀는 크림색 블라우스에, 푸른색 작은 꽃들로 장식된 목걸이를 했다. 금발에 흰 피부를 지닌 아이들이——아들 하나, 딸 하나——그들 앞에서 깔끔하게 단장한 모습으로 미소 짓고 있다. 나는 모르겠네. 우리가 함께 있을 때 그는 그렇게 더럽고 천박하고 노골적이고 재미있는 사람이었다. 하지만 그 사진 속에서 그는 미국 사회가 꿈꾸는 이상향을 정확히 실체화한 전형처럼 보였다.

그는 한번 내게 말했다. '결혼은 수수께끼 같은 거야. 그 안에 있는 사람도 그 실체가 뭔지 거의 이해하지 못하고, 밖에서는 이 세상 그 누구라해도 이해할 수 있는 사람이 없지.'

그는 꽤 술에 취해 있었다.

나는 말했다. '그럼 우린 뭐야? 우리도 수수께끼 같은 게 아닌가?'

'그래, 그래. 하지만 넌, 넌 날 기분 좋게 하잖아. 알아? 우리는 같이 재밌는 시간을 보내는 거지. 하지만 그 사람은 내 아내야. 그건 뭔가 신성한 거라고. 내가 무슨 말을 하는지 알겠어?'

나는 그가 무슨 얘기를 하는지 대충 알아듣긴 했다. 물론, 나도 꽤 술에 취해 있었다.

스콧은 언제나 셰릴이 우리 관계에 대해 알게 된다면 그땐 끝이라고 말했다. 사실 그보다 더 일찍 끝났다. 셰릴은 한두 개 수상한 낌새를 눈치챈 듯한 질문을 던졌고, 그가 으레 둘러대는 대답을 받아들이지 않았다. 그녀는 그가 어디에 누구랑 있었는지 좀 더 자세히 캐묻기 시작했다. 그냥 그 정도에서 우린 끝났다.

그는 지나칠 정도로 미안해했다, 내가 기억하기로는. 바로 그게 날 짜증 나게 했다. 그는 마치 내 고양이나 뭐 그런 걸 실수로 죽여 버리기라도 한 것처럼 내 손을 꼭 잡고 계속 사과하고 또 사과했다. 그가 계속 그렇게 나오자 나는 점점 더 화가 났다. 나는 그냥 그가 입을 다물길 원했다. 그는 나에게 아무런 약속도 하지 않았었고, 나도 그에게 아무것도 약속하지 않았다. 애초 사과할 필요도 없었다.

그날 밤 나는 내가 한 번도 해 보지 않은 일을 했다. 저녁 7시쯤이었고, 그는 아직 사무실에 있겠지만, 셰릴은 아이들과 함께 집에 있을 시간이라는 걸 알고 있었다. 그래서 그의 집에 전화를 걸었다. 몇 번 신호음이 울린 뒤에 그녀가 전화를 받았다. 그녀는 말했다. '여보세요? 여보세요?' 나는 몇 초간 침묵을 지키며 가만히 앉아 있었다. 그 몇 초의 시간에는 어떤 가능성이라는 게 존재했다. 말하자면 고속 도로에서 시속 90킬로미터까지 밟으면서 굉장히 매끄럽고 쉽게, 모든 차량들을 뒤로하고 나는 듯이 달리고 있는데, 그러다 문득 지금 손목을 몇 센티미터만 살짝 옆으로 꺾어도 나는 분명히 죽고 말리라는 생각이 드는 것처럼. 바로 그런 심정으로, 나는 운전석의 속도계 바늘이 내달리는 것을 보는 기분으로 그 침묵에 귀를 기울였다. 93, 94, 95…… 그리고 나는 수화기를 내려놓았다.

*

나는 에스티가 앰뷸런스를 부르길 바랐다. 도비드가 쓰러지자마자 나는 침실 전화기로 손을 뻗었다. 그녀는 내 손에서 수화기를 빼내더니 팔로 그것을 감싸 안고 자기 가슴에 꼭 갖다 댔다. 그녀는 조용히 입을 열었다.

'아니, 안 그래도 돼. 예전에도 이랬었어. 가끔씩, 상태가 굉장히 나쁠 때면…….' 그녀는 말끝을 점점 흐리다가 나를 똑바로 쳐다봤다. '예전에도 이런 적이 있어. 우린 그냥 기다리면 돼. 좀 있으면 괜찮아져. 그도 우리가 소동 부리는 걸 원하지 않을 거야.'

나는 도비드를 내려다봤다. 그는 침실 바닥에 어색한 자세로 구겨지듯 쓰러져서, 한쪽 다리를 자기 몸에 깔고 고통스럽게 구부러져 있다. 그의 얼굴은 푸를 정도로 창백했다. 그의 입술은 잿빛이었다. 침대에서 볼 때는 그가 숨은 쉬는지조차 잘 파악할 수가 없었다. 나는 에스티를 다시 쳐다보고 전화기를 움켜잡았다.

'무슨 말이야?'

'예전에도 이런 일이 일어났었다고. 이건 그만이 지닌 사적인 특성이야. 의사한테 진찰을 받을 필요가 없어.'

그녀의 눈은 크게 떠졌고 머리카락은 제멋대로 어깨에 흐트러져 있었다. 뱃가죽은 살짝 잔물결 치듯 주름진 채로 겹쳐져 있다. 나도 그제야 눈을 뜬 듯, 비로소 우리가 벌거벗은 모습이라는 걸 알았다.

나는 말했다. '우리 옷을 좀 입어야겠다. 내가 도와줄 테니까 같이 도비드를 침대 위로 옮겨.'

우리는 침묵 속에서 서로를 쳐다보지 않은 채 옷을 입었다. 내 타이츠가 눈에 띄지 않았는데, 굳이 그걸 찾겠다고 침대 아래까지 기어 들어가고 싶지는 않았다. 나중에 그들이 발견할 선물로 남겨 놓지 뭐. 우리는 도비드를 들어서 침대 위로 옮겼다. 침대에 눕혀 놓으니 그는 좀 더 평화로워 보였다. 어쨌든 숨은 붙어 있었고, 잿빛에 가까웠던 낯빛도 한결 나아 보였다.

우리가 정말 병원에 가지 않기를 잘했다는 생각이 든다. 나를 도대체 어떻게 설명해야 할 것인가? 환자분의 동생입니까? 아니요, 저는 그의 아내랑 같이 자는 연인인데요. 만약 제가 이런 식으로 그들 곁에서 더 오래 버티면 그를 완전히 골로 보내 버릴 수도 있을까요?

에스티는 말했다. '몇 시간 동안은 이런 상태일 거야. 저녁쯤에는 일어나겠지. 아니면 내일 아침이든가.'

그녀는 나를 쳐다봤다. 나도 그녀를 쳐다봤다.

그녀는 손목에 찬 시계를 내려다봤다.

그녀는 말했다. '나 학교에 가 봐야 해. 사람들이 기다리고 있어.'

그리고 그녀는 떠났다.

나는 라운지에 앉았다. 또 한 번, 아버지의 집을 습격이라도 하고 싶었다. 어머니의 촛대를 찾아서 떠나는 거야. 하지만 그럴 수는 없었다. 벽난로 선반 위의 시계가 째깍거렸다. 나는 파인골드 박사의 근사하고 안전한 사무실에 앉아서 지난 몇 주간 일어났던 모든 일을 다 털어놓고 싶었다. 하지만 그것도 할 수 없다. 나는 방을 둘러봤다. 볼 거라곤 아무것도 없군, 에스티와 도비드가 결혼식 날 찍은 기념사진밖에는. 나는 스콧의 아내 셰릴을 떠올렸고, 도대체 내 팔자는 왜 항상 이 모양으로 풀리는지 생각했다. 내가 한 모든 일을 몽땅 취소해 버리고 싶었다. 아예 이 세상에 태어나는 순간부터 다시 시작해서. 그다음 기회가 주어졌을 때 얼마나 잘 해낼 수 있는지 시험해 보고 싶었다. 그것 또한 나는 할 수 없지. 나는 초조해져서 안달했다. 어차피 나는 곧 뉴욕으로 돌아가게 되어 있지. 티켓 날짜를 바꿀 수 있지 않을까? 오늘 오후에 가 버려? 내일 아침이나? 이 생각은 나에게 굉장히 황홀하게 느껴졌다. 정말 그렇게 한다면 하토그가 그 소식을 듣고 얼마나 행복에 겨워할지 그다지 신경 쓰이지조차 않았다. 멋지잖아. 바로 내일이면 나만의 인생, 나만의 아파트에 다시가 있을 수 있는 거야. 내가 해야 할 일은 에스티에게 그렇게 할 거라고 알려 주는 것뿐이다.

나는 운동화를 신고 사라 리프카 하토그 메모리얼 통학 학교로 행진하듯 힘차게 걸어갔다.

학교는 내가 기억하는 모습 그대로는 아니었다. 예전의 커다란 집 두 채를 이어 붙인 공간에 이어 세 번째 공간이 증축되어 있었고, 그것은 새로운 건물과 연결된 복잡한 계단 구조물이었다. 입구 위치도 살짝 달라져 있었다. 뒤쪽으로 좀 더 건물을 증축한 흔적도 보였다. 그래도 여전히 꽤 똑같다. 나는 구내전화를 누르고 에스티 쿠퍼만을 보러 왔다고 말하자, 이윽고 나를 들여보내 줬다. 아, 그때나 지금이나 보안은 훌륭하기 이를 데 없군.

나는 복도를 둘러보았다. 이상한 건축물이야. 나란히 서 있는 두 개의 정문은 그 사이에 들어선 벽 한 토막으로 분리되어 있고, 아치를 이루는 복도는 거울처럼 서로 마주 보는 형상으로 지어져 있고, 두 개의 계단은 서로 반대편으로 향한다. 낯설게 왜곡되고 변형된, 두 교외 주택의 내부 구조. 이스라엘 역사에 대한 저작물, 수학 과제물, 미술 작품 몇 개가 전시되어 있다. 모두 모서리를 둥글려서 색색의 크라프트지 위에 올려 꾸며 놓았다. 이 장소에선 여전히 같은 냄새가 나기도 했다. 분필, 땀, 카피 덱스 수정액과 낡은 운동화에서 나는 냄새. 나는 에스티의 교실로 버젓이 가서 그녀를 볼 수는 없었다. 내가 거기 나타나기만 해도, 그 모든 학생들이 나를 어떻게 생각할지는 하나님만 아실 일이겠지. 어쩌면 그녀는 수업과 수업 사이에 교무실로 돌아와 있을지도 모른다. 나는 모든 것들이 전에 있던 자리에 그대로 있는지 궁금했다. 교무실은 왼쪽 건물 지하에 있다. 나는 왼쪽 계단으로 향했다.

나는 교무실 앞에서 문을 두드리기 전에 실제로 멈칫했다. 노크를 하려고 손을 올렸다가 그저 공중에 그대로 놔둔 채, 문에 붙어 있는 공지를 읽었다. '마지막 십 분을 제외하고는 쉬는 시간 동안 학생들의 노크를 금지함.' 그 내용에 약간 주눅이 드는 것을 느끼며, 나는 몇 초간 그 종이를 바라보면서 생각에 잠겼다. 그리고 결국 노크를 했다.

문을 열어 준 사람은 꽤 예쁜 용모에다 붉은 머리를 한 이십 대 초반의 여자였다. 학교 선생님들이 원래 이렇게까지 어린 나이였었나? 그녀는 의심스러운 얼굴로, 절대적으로 교칙에 어긋날 내 치마와 여전히 타이츠를 신지 않은 맨다리를 힐끗 내려다봤지만 내가 에스티의 이름을 언급하자 금세 굳은 표정을 풀었다. 물론, 나는 얼마든지 들어와서 기다려야겠지. 그녀는 미소를 지으며 날 위해 문을 활짝 열고, 닫히지 않도록 잡아 주었다. 교무실은 비어 있었다. 낡은 팔걸이의자가 한두 개 있고, 사물함 몇 개와 책상 세 개가 이 방에서 발견할 수 있는 신비로움의 전부였다. 나는 자리에 앉아서 방 중앙에 있는 작은 테이블 위에 발을 올렸다.

그녀는 내게 커피를 권했고 나는 고맙다고 하면서 받아들였다. 머그잔, 주전자와 티스푼 등을 챙기면서 그녀는 말했다. '저는 탈리라고 해요, 그러고 보니. 탈리 슈니츨러요. 지리를 가르쳐요. 그쪽은요?'

'전 로닛이에요.' 나는 말했다. '로닛 크루슈카요. 저는. 어, 에스티의 시댁 쪽 사촌이겠네요.'

머그컵이 쨍그랑 깨지거나 갑작스럽게 숨을 훅 들이쉬는 소리 같은 게 난 것은 아니다. 하지만 이 과정에서 분명히 잠시 머뭇거리는 순간이 있었다. 이 슈니츨러라는 사람은 고개를 돌리고 나를 쳐다봤다.

'로닛 크루슈카요? 라브 따님이세요?'

나는 고개를 끄덕였다. 그녀는 내게 장수를 비는 인사말을 했고 나는 감사하다고 답했다. 그녀는 나를 조금 지나칠 정도로 오래 쳐다보더니 다시 커피를 타러 몸을 돌렸다.

내게 잔을 건네주면서 그녀는 웃어 보이려 애썼다.

'에스티는 곧 올 거예요, 제 생각에는……. 전 이제 가 봐야겠어요.'

슈니츨러는 책을 그러모아 들고 줄행랑을 쳤다. 나는 그녀가 뭘 두려워했는지 금방 알 수 있었다. 이제는 거의 분명하게 드러나 있는 수준이었으니까. 심지어 나 자신에게도, 그 무엇도 더 이상은 숨길 수 없었다.

우리가 학교를 다녔을 때도 다들 그걸 알았는지 이제야 궁금해진다. 어떻게 생각해 보면, 누구도 그걸 눈치채지 않기란 어려웠을 것이다. 또 한편으로는 그들이 우리를 의심하면서 아무런 조치도 취하지 않았을 거라곤 상상되지도 않는다. 하지만 우리는 수국 다발 아래, 그 짧은 학창 시절 동안 서로 곁에 있기만 해도 얼굴이 밝아지는 사이였다. 우리는 쉬는 시간에 놀이터에서 함께 술래잡기를 하거나 이야기를 하거나 아니면 어디엔가 기어오르거나 했고, 학교가 끝나면 함께 모여 공부했고, 안식일이나 일요일에도 서로의 집에 가 있었다. 상당수의 여자 학생들이 그런 우정을 키웠으리라고 생각한다.

좋은 시절이었다. 그걸 부정할 수는 없지. 그 시기에는 다 좋게 느껴졌다. 한동안 우리 세 사람 모두에겐 장래 계획이 있었다. 에스티와 나는 맨체스터에 있는 신학 대학에 가고, 도비드도 이스라엘의 예시바를 끝마치면 곧 그리로 올 것이었다. 그럼 우리 셋은 함께 있게 되는 거야. 그러고 나면? 거기까지는 우리가 결정하지 않았던 것 같다. 우리 집에서 떨어져, 셋이 같은 도시에 함께 있는 것만으로도 충분해 보였다. 그때조차 나는 무엇인가를 애써 짓눌러 삼키고, 부정하고 있었던 것 같다. 어쨌든 내 팔꿈치 아래엔 나뭇조각 하나가 여전히 박혀 있었으니까.

내가 기억하기로는, 에스티와 나가 결국 같은 대학으로 가지 않게 된 데에 아이들 모두가 놀랐었다. 아버지는 내가 거절할 수 없는 제안을 했던 것이다. 그는 나를 뉴욕으로 보냈다. 그쪽이 더 나에게 맞는다고 생각했던 모양이다.

그 이후에는 꽤 단순하게 일이 풀렸다. 나는 다른 영국 여자애들——뜨거운 물병이랑 차를 서로 나눠 가며, 무슨 일이건 자기네들끼리 뭉치는 경향을 지닌 애들——과 친해지는 것을 피했다. 그 대신 나는 미국 여자애들이랑 놀았고, 그러고 나서 방에 개인 텔레비전을 둘 정도로 멋진 미국 여자애들이랑, 또 그러고 나서는 그 애들의 친구들, 더 멋진 뉴욕 대학교(NYU) 애들이랑 친해졌다. 그리고 나는 빠져나왔다. 쉽지는 않았지만 마치 뇌의 더 깊고 자동화된 부분에서 내가 무엇을 하고 있는지 제대로 인식하기도 전에 이미 결정한 것처럼, 나는 그런 변화를 이끌어 냈다. 나는 학생 비자를 활용해서 직장을 구했고, 신학 대학 수업은 점점 빠지기 시작했다. 뉴욕 대학교 친구들 중 하나가 자기가 사는 아파트에 세입자 공고가 났다고 알려 주었다.

나는 그 좁아터진 작은 침실에 보증금을 걸고 내 물건들을 들여오던 순간의 느낌을 기억한다. 그것은 정말 엄청나고 장엄하며 숨이 탁 트이는 감각이었다. 지금껏 막혀 있던 폐를 처음으로 열고, 숨 쉴 공기라는 게 있음을 깨달은 것 같았다.

사람이 구원할 수 있는 건 오직 자기 자신뿐이에요, 파인골드 박사는 말했다. 하지만 최소한, 자기 자신은 구원할 수 있다는 얘기죠.

에스티와 나는 좀 걷자며 밖으로 나왔다. 하지만 사실 걸을 만한 곳이라곤 없고, 에스티는 금방 다음 수업에 들어가야 했다. 결국 우리는 그냥 운동장을 몇 바퀴 돌게 되었다. 날씨는 아직 따스했지만 하늘은 강철 같은 납빛이었다. 영국 하늘이 종종 며칠 동안 덮어쓰곤 하는 그 회색빛, 끊임없이 비가 올 거라고 을러대지만 실제로 비를 내릴 만큼 열과 성의를 보이지도 않는 그런 빛깔 말이다. 가을이 오고 있었다. 커다란 검은 새 두 마리가 반쯤 먹다 남은 햄버거를 두고 씨름하고 있었다. 분명히 거세게 부는 바람에 실려 운동장까지 굴러 들어온 거겠지. 그들은 발로 그것을 단단히 잡고 덩어리를 찢어 낸 뒤 부리를 하늘로 향한 채 꿀꺽꿀꺽 삼켜 댔다.

나는 말했다. '떠날 거라는 말을 해 주려고 왔어. 여긴 내가 있을 만한 곳이 아니야. 더 이상 여기 있을 수가 없어. 비행기 티켓 날짜를 바꿀 거야. 내일이나 아니면 모레쯤 가려고.'

그 애는 한숨을 쉬고 아랫입술을 깨물고 새들을 좀 더 바라봤다. 새들 중 하나가 부리에 빵 반쪽을 문 채 날아가려고 했지만 어째선지 제대로 날아오르지를 못하는 것 같았다. 나는 에스티가 내 말을 듣기나 했는지 궁금했다.

그녀는 크게 숨을 들이켜고 말했다. '다시 떠나는 거야, 로닛? 넌 왜 항상, 떠나거나 아니면 떠날 계획만 짜는 것 같니?'

나는 그 말을 듣고 충격받지 않았다. 정말이다. 충격받을 만한 대화가 아니었으니까. 우리는 그저 커다란 검은 새 두 마리를 쳐다보면서, 마치 사과를 좋아하지만 사과 파이는 싫어하는 문제에 대해 사소한 잡담이라도 하는 것처럼 얘기했을 뿐이다. 그녀의 말투는 그만큼 아무렇지도 않게 태평스러워 보였다. 나는 생각했다. 그래, 그렇다면. 이렇게 나오겠다면, 좋아. 알겠어. 나는 말했다. '그럼 넌 왜 한 번도 나한테 여기 남아 달라고 얘기한 적 없어?'

그녀는 미소를 지었고 자기 손을 내려다봤다가 다시 시선을 들었다. 그 애는 내가 아니라 까악까악 울면서 주변을 활보하는 그 새들을 보고 있었다.

'네가 싫다고 말하면 견딜 수 없을 것 같았거든. 아예 물어보지 않는 게 더 낫지.'

'그러겠다고 했을 수도 있잖아. 묻기 전엔 알 수 없는 거야.'

그 애는 고개를 저었다. 여전히 미소를 짓고 있다.

'아니, 넌 안 그랬을 거야.'

우리는 잠시 계속 다른 것들을 봤다. 새들과 바람에 날려 운동장 주변을 맴도는 포장용 상자 같은 것들을. 그녀는 자기 팔을 감싼 채 갈비뼈 쪽에 갖다 대고 말했다. '네가 말하기도 전에, 내 생각에는, 난 네가 떠날 거란 걸 알았던 것 같아. 난 네가 점점 여기에 마음을 두지 못하는 걸 봤고, 너희 집에서 널 미국으로 보냈을 때 나는 네가 다시는 돌아오지 않을 거라고 생각했어. 그리고 정말 그랬고.'

나는 이 대화를 그냥 내버려 뒀어야 했는지도 모른다.

'난 돌아왔어, 에스티. 굉장히 여러 번 돌아왔다고. 방학 때마다 왔잖아.'

그녀는 다시 미소를 지었다. 슬픔에 잠긴 반쪽 웃음이었다.

'넌 나한테 네가 떠날 거라는 걸 말하러 왔었지. 기억 안 나, 네가 나한 테 네 계획을 말해 줬던 거?'

나는 기억하지 못했다.

'넌 은행에 취직했다고 말했어. 스턴에서 1학년 마치고 난 직후에. 우리는 네 침대에 앉아 있었지. 천장을 보면서 손을 맞잡고 있었어. 그리고 넌 말했지. "나 취직했어."'

'넌 뭐라고 했는데?'

'난 어떤 일이냐고 물었어. 바로 그러고 나서 네가 아파트랑 여권이랑 뭐 그런 자세한 얘기를 시작하기도 전에 난 네가 다시는 돌아오지 않으 리라는 걸 깨달았어. 심지어 그때 여기 와 있을 때도 네 마음은 이미 거의 여기에 없는걸.'

나는 기억이 났다. 약간, 어쩌면 정말 일부분만. 단지 그녀의 손을 내 손 사이에 잡고 있었던 그 느낌만을 기억하고 있다.

진실이란 뭘까? 그 당시 나였던 사람에게, 과연 진실은 어땠는지 물어 본다는 게 어떻게 가능한가? 만약 이런 말들이, 그리고 이런 말들, 또 이런 말들이 나왔다면 나는 정말 머물러 있었을까? 가끔 나는 그녀가 내게 아무것도 아닌 존재, 아무런 의미도 없는 것이라고 생각한다. 그냥 어깨를 으쓱하며 털어 버린 뒤 다시는 돌아보지 않게 된 사람이라고. 하지만 누군가를 어떻게 느끼는가는 생각보다 훨씬 복잡하다. 가끔은 만약 그녀가 내게 물어봐 주기만 했다면, 단 한 번이라도 머물러 달라고 말했더라면, 나는 영원히 떠나지 않고 남아 있었을 거라고 생각한다. 랍비들은 우리가 내면에 여러 세계를 담고 있는 존재라고 가르친다. 그러니까 아마 이 양쪽 모두 다 진실일 것이다. 하지만 그녀는 한 번도 내게 그렇게 물어봐 주지 않았다. 그래서 나는 떠나야 했다.

나는 말했다. '에스티, 왜 그랑 결혼한 거야?'

그녀는 말했다. '네가 가고 없었으니까.'

'내가 가고 없어서, 그래서, 넌 그냥 바로 그다음으로 같이 누워 줄 상대한테 넘어갔다는 거야?'

그녀는 눈썹 아래 손을 가져다 댔다.

'아니야. 그런 거. 도비드랑 난 그렇지 않다는 거 알잖아……'

그녀의 목소리가 텅 빈 공기 중으로 흩어졌다. 나는 생각했다. 지금이야. 바로 지금. 이제 보니까 바로 이 순간이, 내가 런던에 와야 했던 목적인 거야. 나는 말했다. '에스티, 넌 여자를 좋아하지, 안 그래?'

그녀는 고개를 끄덕였다.

'그리고 넌 남자를 좋아하는 게 아니잖아, 그렇지?'

그녀는 고개를 저었다.

'그런데 너는 남자랑 결혼했어. 맞아?'

그녀는 다시 고개를 끄덕였다.

나는 내 손을 활짝 펴 보였다.

'그러면 에스티, 너한테는 그 상황이 뭔가 좀 잘못된 것처럼 보이지 않니?'

그녀는 한숨을 쉬었다. 나는 기다렸다. 그녀의 피부가 평소보다도 더 창백하게 질려 있다는 걸 나는 눈치챘다. 눈 밑과 입가 주변에는 피곤한 주름이 져 있다. 마침내 그녀가 말했다. '너 "내일은 새로운 달이다."라는 거 기억나? 다윗과 요나단 이야기?'

나는 고개를 끄덕였다.

'그리고 다윗이 얼마나 요나단을 사랑했는지도 기억해? 그는 "여인들의 사랑을 초월하는 사랑"으로 그를 사랑했어.* 기억나?'

'그래, 기억나. 다윗은 요나단을 사랑했지. 요나단은 전쟁에서 죽었고. 다윗은 괴로워하며 슬퍼했어. 그게 끝이잖아.'

'아니야, 끝이 아니지. 시작인 거였지. 다윗은 계속 살아가야 했으니까. 그는 선택할 여지가 없었던 거야. 그가 누구랑 결혼했는지 기억나?'

그것에 대해서는 생각을 좀 끄집어내 봐야 했다. 내가 마지막으로 토라를 배운 지 몇 년이나 지났으니까. 나는 머릿속에 축적된 정보들을 살살이 훑었고 마침내 정답을 찾았다.

'그는 미갈과 결혼했어. 별로 행복한 사이는 아니었지. 그녀가 그를 사람들 앞에서 공공연하게 모욕하거나 그러지 않았나?'**

'그런 미갈이 과연 누구였는데?'

불현듯 나는 깨달았다. 이제 이해가 갔다. 미갈은 요나단의 동생이었다. 그가 온 마음을 다해 사랑했던 남자가 죽고 그는 그의 동생과 결혼했다. 나는 그것을 잠시 생각하면서 그 의미를 돌이켜 봤다. 나는 미갈과 요나단이 서로 닮은 모습이었을까 생각했다. 다윗 왕과 그의 비통한 슬픔에 대해서, 요나단과 비슷한 누군가, 요나단과 가까운 누군가를 찾아야 했던 그의 심정에 대해 떠올렸다. 이 관점이 미쳤다는 걸 깨닫기 전까

---

* 사무엘하 1:26.
** 사무엘하 6:20~23.

지 나는 꽤 감동받고 있었다.

나는 말했다. '에스티, 너 지금 장난하는 거지. 네가 도비드랑 결혼한 이유가, 너 스스로 다윗이라고 생각해서였어? 유대인의 왕, 다윗?'

그녀는 한숨을 쉬고 머리카락을 쓸어 넘겼다.

'진짜, 로닛. 넌 왜 항상…….' 그녀는 말을 멈추고 머리를 흔들었다. '왜 너는 항상 심각한 문제를 가지고 웃긴 말만 해?'

아, 나는 생각했다. 너무나 당연한 것 아닌가. 하늘은 왜 푸르지? 사랑은 왜 결코 계속 남아 있지 않는 걸까?

'그렇지만 에스티, 말도 안 되는 소리잖아! 난 죽은 게 아니었어. 넌 왕도 아니었고. 여길 벗어나서 살아갈 세상이 한가득 펼쳐져 있다고. 가서 확인 좀 해 봐!'

에스티는 다시 한숨을 쉬었다.

커다란 검은 새 두 마리가 햄버거를 다 먹어 치웠다. 그들은 우리 쪽에서 좀 떨어진 타맥 위를 종종걸음으로 뛰어다니며, 그들 눈에 띄는 작은 알갱이나 반짝이는 것들을 쪼아 댔다.

'도비드는 항상 그 자리에 있었어, 로닛. 그는 나를 돌봐 줬고, 나도 어떤 방법으로든, 그를 돌봐 줬어. 그는 굉장히……. 잘 모르겠어, 차분하고 평화로워 보였거든. 나는 최소한 이런 방법을 통해 나도 평화를 찾을 수 있으리라 생각했어.'

바람이 불어왔다. 그것은 내 얇은 셔츠를 꿰뚫고 들어오며, 운동장 주변에 버려진 작은 쓰레기 조각들을 한데 모아 공중으로 추어올렸다.

나는 말했다. '그래서 넌 그걸 찾긴 했어? 평화를 찾았냐고?'

'그래, 난 그랬던 것 같아.'

'그리고 행복도 찾은 거야?'

'어떤 의미에서는 그래, 로닛.' 그녀는 나를 쳐다봤다. '아마 넌 이해하지 못하겠지만, 나는 어느 정도 행복도 찾았어.'

'그리고 지금도 그걸로 넌 충분해?'

그녀는 내 쪽으로 팔을 뻗어 내 몸 위에 두른 채 내 가슴에 머리를 기댔다. 나는 그녀의 등을 어루만졌고, 그녀 이마에 키스했다. 운동장을 가로질러 멀리, 나는 학생들과 교사들이 교실 안에 열을 맞춰 앉은 모습을 볼 수 있었다. 그들 중 일부는 칠판이나 책을 들여다보았고 몇몇은 우리 쪽을 보고 있었다. 에스티와 내가 함께 운동장에 서 있는 모습을. 나는 아무 말도 하지 않았다. 나는 에스티를 내 쪽으로 더 바짝 끌어당겨서 팔로 감쌌다. 그렇게 계속 그녀를 꼭 안고 있었다.

11

그리고 하나님이 말씀하시기를, 우리가 우리 형상대로 우리와 닮은 사람을 만들고자 하셨도다.

—창세기 1:26

하나님께서는 태초에 이 세계를 창조하시며 세 종류의 피조물을 만드셨습니다. 천사들, 짐승들과 인간들입니다.

천사들은 그분의 순전한 말씀만으로 창조되었습니다. 천사들은 악을 행할 의지가 없고, 창조주의 명령을 수행하는 방식으로만 이 세계에 관여합니다. 천사들은 반항을 할 수가 없지요. 그들은 단 한 순간도 그분의 목적에서 벗어날 수 없습니다. 그들의 존재 자체가 그분의 의지니까요. 그들은 그분밖에는 아무것도 알지 못합니다.

짐승들은 이와 비슷한 방식으로 오직 그들의 본능을 따라서만 살아갑니다. 사자가 겁에 질린 양을 게걸스레 집어삼킨다고 해서 그 행동이 악하다고 할 것입니까? 전혀 그렇지 않지요. 그 역시 자신의 욕구라는 형태로 틀 잡힌, 그를 설계하신 분의 명령을 따르는 것입니다.

토라는 우리에게 하나님께서 거의 엿새의 시간을 전부 이 피조물들과 그들이 살 공간을 짓는 데 할애하셨다고 알려 줍니다. 그런데 엿새째 날의 해가 저물기 직전에, 그분께서는 땅의 흙 한 줌을 집어드시고 그로부터 남자와 여자를 빚어내셨습니다. 그저 즉흥적으로 떠올라 덧붙이신 것일까요? 아니면 가장 중요한 최후의 성취로 삼으셨던 걸까요? 그 의도는 확실하지 않습니다. 그리고 해가 지고, 엿새째 날이 끝나자 창조도 완성되었습니다.

이 남자와 여자, 인간이라는 건 무엇입니까? 그것은 불복종할 힘을 가진 존재입니다. 주님의 입을 통해 만들어진 모든 피조물 중에서 인류만이 유일하게 자유 의지를 갖고 있습니다. 우리는 천사들처럼 전능하신 하나님의 순수한 목소리를 직접 듣는 존재들이 아닙니다. 그렇다고 맹목적인 욕구에만 지배당하는 짐승들도 아닙니다. 독특하게도 우리는 하나님의 명령에 귀 기울이고, 그것을 이해할 수 있으면서도, 한편 불복종하기를 선택할 수 있습니다. 바로 이것이, 그리고 오직 이것만이 우리의 불복종에 가치를 더해 줍니다.

이것이 인류의 영광이요, 또한 비극입니다. 하나님께서는 우리에게 당신의 얼굴이 드러나지 않도록 가리셨기에, 우리는 그분의 빛 일부를 볼 수 있을지 모르나 전체는 볼 수 없습니다. 우리는 천사들의 명료함과 짐승들의 욕구라는 두 가지 확실성 사이에 걸린 채 매달려 있지요. 그렇게 우리는 영원히 불명확한 상태로 남게 되는 것입니다. 우리의 삶은 계속해서 우리에게 더 깊고 많은 선택지들을 안겨 주는데, 각 선택을 해야 할 때마다 끝없는 의심과 회의로 나아가는 우리의 능력만이 증대됩니다. 불행한 피조물인 동시에, 모든 존재들 중 가장 행운을 타고난 셈이지요. 우리의 승리가 곧 우리의 몰락이 되며, 우리가 비난받게 되는 기회는 우리가 위대해질 수 있는 기회이기도 합니다. 결국 우리에게 남는 것은 우리가 선택한 것들뿐이니까요.

냉동실에는 비가 내렸다. 부드럽고 축축하게 내리며 점점이 튀긴 물이 한데 모여서 바닥으로 흐르는 웅덩이를 이루는 비. 비는 채 녹지 않은 얼음과 일부 녹아내린 물 사이에 유리처럼 빛나는 길을 파내며 흘렀다. 늘어선 종유석들, 눈 쌓인 황량한 공간, 그리고 파이프 뒤쪽에 숨겨진 차가운 지역도 있었다. 힘겹게 매달려 있던 얼음 조각이 와작 떨어져 나오고 마는 거대한 붕괴의 소리가 이따금씩 들려왔다.

떨어진 빗물이 고인 주방 바닥에는 얼음물로 채워진 자그마한 호수가 생겨났다. 겨울을 완벽하게 표상하는 작은 모형 같다. 에스티는 물웅덩이에 손가락 끝을 톡톡 찍어 보고 그 차가운 축축함에 몸을 떨었다. 고체 상태로 동결되어 있던 것들이 풀리면서 풍기는 냄새의 흔적이 공기 중에 떠돈다. 약간 인공 화합물의 느낌과 뒤섞인, 오래되어 퀴퀴한 냄새다. 박자감 있게 똑, 똑, 똑, 물이 녹아떨어지는 소리도 들려왔다. 그녀는 자기가 이 일을 다시 정리하는 순간을, 냉동실이 다시금 크림색 업무 능력을 정상 수준으로 회복하게 되는 순간을 상상하고 있음을 깨닫는다. 그녀는 조금 슬퍼졌다. 하지만 이제 막 시작했을 뿐인걸. 해동은 앞으로 장장 몇 시간 동안은 이어지게 되리라.

에스티는 새벽녘에 잠에서 깼다. 오늘은 금요일이고, 해야 할 것들이 많다. 그녀는 바삐 일을 시작해야 한다. 하지만 아직 조금만 더. 그녀는 전날부터 계속 깊은 잠에 빠져 있는 도비드 곁에 누워 있으면서 자꾸 지체한다. 배가 꼬이는 느낌이 든다. 그녀는 끝내야 할 많은 일들과 장만해야 할 음식을 생각한다. 엄청난 울렁거림과 구역질이 밀려온다. 혹시 자기도 모르게 상한 음식을 먹었는지, 아니면 몇몇 학생들에게서 질병이라도 옮아온 건 아닌지 생각하게 된다. 토할 것 같은 느낌이 다급해져서, 마치 콧구멍 안쪽이 불타는 고기 냄새로 가득 차 있는 것처럼 혹은 목구멍 뒤쪽이 뭔가로 단단히 막힌 것처럼 두툼한 불쾌감이 든다. 그녀는 화장실로 뛰어 들어가면서, 물론 이런 증상에는 이유가 있다는 사실을 기억했다. 이렇게 빨리 나타날 줄은 예상하지 못했다. 일이 차근차근 진행되고 있었다. 그대로 남아 있는 것은 아무것도 없다. 똑, 똑, 똑.

그녀는 몸을 씻고 옷을 입었다. 벌써 일정이 밀려 있다. 좋아, 그녀는 생각했다. 그녀의 생각은 차분했고 질서 정연하게 정돈됐다. 아주 좋아. 이번 주 금요일은 좀 다를 것이다. 그녀가 주방에 들어선 순간, 주방은 이미 그녀가 달라졌다는 사실을 눈치챘다. '닭고기들은 어디 있어?' 주방이 말하는 것처럼 느껴졌다. '수프는 어디 있고, 할라빵은 어디 있어? 도대체, 감자 쿠겔은 어디에 있는 거지?' 에스티는 부드럽게 주방한테 이야기했다. 이제 내가 새로운 방식을 보여 줄 거야.

냉동실에서 피어난 서리로 된 꽃들이 내부 벽과 천장에 발자국처럼 퍼져 갔다. 그녀는 플러그 스위치를 끄고, 내내 편안하게 가르랑대던 모터 소리가 크게 요동치며 한꺼번에 뚝 멈추는 것을 들은 뒤 미소 지었다. 문을 열고 음식이 든 통과 상자들을 하나씩 꺼냈다. 냉장고 발치에는 수건을 감싸 두었다. 그녀는 자신이 노래를 하고 있음을 깨달았다. 학생 시절에 부르던 아주 오래전 노래다.

아침 7시에 전화기가 울리기 시작했다. 이 시간에 에스티를 찾는 전화가 급히 올 만한 이유는 몇 가지 없다는 사실을 그녀는 알고 있었다. 예컨대 학교장인 만하임 선생님이, 전날 학교 운동장에서 목격했을지도 모르는 어떤 일을 두고 중요한 이야기를 하려는지도 모른다. 에스티는 복도로 나가서 달갑지 않게 떠오르는 생각들을 전화선 속으로 흘려보내며 전화기를 뚫어지게 쳐다봤다. 몇 분 후에 전화기가 다시 울리기 시작했다. 그녀는 수화기를 들고 주방으로 걸어가서 전화기를 통째로 냉장고에 집어넣었다. 전화기는 계속해서 울렸다, 찬 기운과 벽면에 가로막힌 채. 에스티는 만족했다.

아침 8시에 그녀는 깊은 공복감을 느꼈다. 두꺼운 팬케이크를 한가득 만들어 레몬과 설탕을 가득 부었다. 바삭바삭한 가장자리 조각을 모조리 돌돌 말아서, 따뜻하게 데운 케이크를 입에 한가득씩 넣고 맛있게 씹어 먹었다. 이렇게 자기만을 위한 음식을 만들었던 게 언제 마지막이었는지 기억도 나지 않았다. 내가 만든 음식이 원래 이렇게 괜찮았나? 이 정도까지 맛있었던 적은 없었던 것 같은데, 정말? 전화기가 냉장고 안에서 몸을 떨며 다시 울렸다. 그녀는 냉장고 문에 귀를 대고 있기라도 한 듯 그 소리를 바로 생생하게 들을 수 있었다. 전화벨 소리가 끊겨 나갈 때까지 그녀는 그 소리에 공손히 귀를 기울였다. 그 직후에 그녀는 위층에서 들려오는 인기척을 들었다. 로닛인가? 아니, 로닛은 이보다 훨씬 더 시끄럽게 통탕거리는 소리를 낸다. 이 소리는 보다 부드럽고 체계적인 움직임에서 나오는 것이다. 그녀는 위층으로 걸어 올라갔다.

도비드가 침대 한쪽에 앉아 있었다. 그는 피곤하고 슬퍼 보였다. 그의 머리카락은 헝클어졌고 안색도 전날의 잿빛을 다 잃지 못한 채 여전히 창백했다. 그녀는 그의 앞머리를 한쪽으로 넘기며 이마를 쓸고, 찡그린 미간의 깊은 주름에 손가락 끝을 댔다.

'좀 어때? 여기는.'

'괜찮아. 아직 좀 흐릿하긴 하지.'

'아파?'

'아니, 그렇게까진. 그냥 항상 아픈 그 정도야. 에스티?'

도비드의 양손은 그의 앞에 차분히 포개져 있었지만, 그녀는 그의 머릿속에서 말들이 이런저런 형태를 취하며 맴도는 것을 볼 수 있었다. 그녀는 비참하고 분한 기분이 들었다. 그들은 이런 사이가 아니었다. 지금까지 이렇게 함께 지내 오는 동안 그들의 삶은 이런 식이 아니었다. 최소한 이런 것들은, 질문, 비난, 심문, 공격 같은 것들은 그들에게 일어나서는 안 되는 것이었다. 그들은 함께인 곳에서 함께 있었다. 설령 그들이 서로 떨어져 있더라도 그 밖의 다른 것이 시도되어서는 안 되었다. 심지어 그녀 안에서 새로운 생명의 흔적이 착상되고 있는 지금 이 순간에도 재고의 여지가 있어서는 안 됐다.

도비드는 말했다. '우리 잠깐 나갈까? 좀 걷게?'

에스티는 오랫동안 그의 모습을 눈에 담듯 바라봤다. 정수리부터 조금씩 얇아지는 그의 갈색 머리카락과 줄곧 장밋빛으로 붉어지는 양 볼의 옆면과 작고 둥글게 나온 배가 바지 위로 살짝 드러나 있는 모습을. 아래층 냉장고 속에서 전화기가 다시 한 번 울리기 시작했다.

'그래, 그러자.'

헨던에는 공원들이 있다. 공원과 나무들, 야생 잡초들이 무성히 자라난 언덕들이 브렌트 크로스 플라이오버와 A41 거리까지 쭉 이어져 있다. 아주 오래전 옛날에는 이 일대 모두가 농장이었고 다들 여기서 농사를 지으며 살았다고 한다. 그 흔적은 아직도 남아 있다. 돌로 지은 집들과 예스러운 이름을 지닌 옛날 도로들. 그런데 한때 농지이던 곳은 런던에서 밀려 내려온 토사로 막혀 버렸다. 도심 중앙의 땅은 실제로 한때는 농기구로 경작되고 파종되던 곳이었음에도, 이젠 완전히 잊히고 말았다. 하지만 헨던은 그렇게 과거를 잊어버리기엔 그동안 지나온 시간도, 축적된 부유함도 아직 충분치 않았다. 그래서 여전히 과거의 파종과 토양을 기억한다.

지금 헨던에 사는 우리는, 우리 자신이 다른 곳에 있는 것처럼 상상하기를 좋아한다. 우리는 우리 등딱지에 고향을 이고 다니다가 잠시 머무를 만한 곳에 정착하여 그 짐을 풀어놓는데, 결코 모든 것을, 지나치게 전부 철저히 끌어내거나 늘어놓지는 않는다. 언젠가는 다시 그 짐을 싸야 하기 때문이다. 헨던은 존재하지 않는 곳이다. 그곳은 단지 우리가 지금 있는 공간일 뿐이며, 우리 존재를 묘사해 주기에 적절한 곳도 아니다. 그럼에도 이곳에는 일종의 아름다움이 있다. 무성하게 자라난 자연이 탁 트여 있는 공간이나 과거 농경의 흔적이 남아 있는 부분처럼. 개미나 거미처럼 사소한 것이라 할지라도, 모든 종류의 아름다움은 인간의 마음을 감동시킨다. 과거 우리 조상들도 폴란드나 러시아에서, 스페인과 포르투갈과 이집트와 시리아와 바빌론과 로마에서, 그 어디에 있었든지 그러한 감각을 느꼈으리라고 우리는 확신할 수 있다. 그러니 헨던의 이 소박한 농경지에서 일종의 다정한 감각을 느끼는 것을 우리가 왜 유감스러워해야 하나? 분명 여기는 우리의 땅이 아니고, 우리는 이곳에 속하지 않았지만, 우리는 이 장소에 애정을 느낀다. 그리고 다윗 왕이 말했듯이 하나님께서는 모든 곳에 존재하시며, 높은 곳이나 낮은 곳에, 먼 곳과 가까운 곳에 동시에 임하신다. 그분이 그 어디에도 당연히 존재하신다면,

하나님께서는 헨던에도 계신다.

에스티와 도비드는 쓰러진 나무의 잔해 위에 앉아서 노스 서큘러 도로의 커브 쪽을 향해 나 있는 비탈길을 내려다봤다.

'괜찮네.' 도비드가 말했다.

'응.' 에스티가 말했다.

그들은 침묵 속에 한동안 앉아 있었다. 아침 공기는 따뜻했고, 태양이 잔디에 맺힌 이슬을 덥히기 시작했다.

'그래서…….' 도비드가 말했다. '어제 뭔가 재미있는 일이라도 했어?'

에스티는 그를 쳐다봤다. 그는 조금 자신 없이 반쯤만 미소를 지었다.

그녀는 오래전 그들이 이렇게 장난을 치곤 했던 일을 기억해 냈다. 그녀는 코에 주름지게 살짝 웃었다.

'어디 생각 좀 해 보고. 아니……. 별로 재밌는 일은 없었는데…….
아, 맞다. 설거지는 다 했지.'

도비드는 고개를 끄덕였다. '그랬군.'

'당신은 어땠어?'

도비드는 그들 위로 가지를 늘어뜨린 나무와 그 위로 펼쳐진 하늘을 힐끗 올려다봤다. 반신반의하는 푸른색이 흰색으로 점점 밝아졌다.

'예배당 이사회 빼고? 아니, 별로 특별한 일 없었지. 지루한 하루였어, 사실. 두통도 좀 있었고.'

에스티는 고개를 끄덕였다. 복잡한 생각 없이 그녀는 그의 어깨에 머리를 기댔다. 그는 그녀의 허리 주변에 팔을 둘렀다. 그녀의 살은 탄탄했고 따뜻했다. 그들은 비탈길을 넘어 아래쪽의 어린이 놀이터와 더 이상 사용하지 않는 테니스 코트와 노스 서큘러 도로로 밀려드는 차들의 흐름을 바라봤다.

그는 말했다. '당신은 언덕 위에서 등을 대고 누워 본 적 있어, 하늘이 이렇게 넓게 펼쳐진 곳에서? 어릴 때 말이야.'

그녀는 말했다. '아마 그럴걸. 기억은 안 나.'

그는 그녀의 허리를 꼭 쥐었다. '지금 한번 해 보자. 우리 같이 등을 대고 누워서 구름을 쳐다보는 거야.'

그래, 그녀는 마음속으로 말했다. 그러자.

'누가 보면 어떻게 해.'

그는 그 말을 듣고 미소를 지었다.

'다들 이미 아는데, 뭐. 사람들은 어차피 알아서 판단하고 받아들일걸, 장담하고도 남아.'

나란히 누워서 함께 위를 올려다보니까 더 나았다. 그녀는 그를 쳐다보고 그의 얼굴을 기억할 필요가 없었다. 그녀가 미안함을 느끼는 일들과 그렇지 않은 일들을 혼동하지도 않았다. 그녀는 다양한 빛깔의 구름, 하늘, 새들을 바라보며 단순함을 만끽했다. 반짝거리며 지나가는 비행기 한 대가 하늘에 흰 자국을 남겼다. 그들은 흘러가는 구름이 어떤 모양인지 이야기했다. 찻잔, 코뿔소, 알파벳 W, 보트를 탄 남자.

그녀는 속으로 생각했다. 우리는 이렇게 이곳에 영원히 남아 있을 수도 있겠어. 아무것도 굳이 말할 필요 없이. 어쩌면 사랑의 의미란 이런 것인지도 몰라.

그녀는 용기를 긁어모아 다시 생각했다. 이건 사랑에 대한 게 아니야. 사랑은 그 어떤 해답도 될 수 없어. 하지만 말을 하는 건, 적어도 침묵을 이길 수 있어.

그녀는 말했다. '당신이 어제 봤던 거. 나랑 로닛이…… 당신이 봤던 거 말이야…….'

그녀는 거기서 말을 멈췄다. 사랑이 그녀에게 잠자코 있으라고 강권했다. 사랑은 비밀스럽고 숨겨진 것이라고. 어두운 곳에서 양분을 섭취해 자라 나가는 것이라고. 그녀는 자신의 마음에게 말했다. 난 네가 지긋지긋해. 그녀의 마음이 말했다. 만약 네가 이걸 말하게 된다면 넌 결코 돌아가지 못할 거야. 그녀는 이게 바로 그래야 할 순간이라는 데 동의했다.

그녀는 말했다. '당신이 봤던 거. 그건 처음이 아니었어. 오래전에 시작되었던 거야.'

구름들이 하늘을 묵묵히 가로지르며 움직였다. 그들이 취하는 형태는 금세 다른 모양이 되고, 또 더욱 다른 모양으로 계속 바뀌어 나갔다. 변치 않고 남아 있는 것은 아무것도 없었다, 심지어 단 한 순간조차. 그것이 바로 눈에 보이는 진실이었다.

그녀는 말했다. '그건 우리가 아직 학교에 다니던 때부터야. 내가 아직 당신을 알기도 전에. 그리고 그건…….'

그녀는 다시 말을 멈췄다. 달과 별들은 어디에 있지? 그들이 가장 절실하게 필요한 이 순간에? 밤이 가져다주는 부드러운 편안함도 어디에 있지?

그녀는 말했다. '나는 항상 이런 식이었어. 다른 쪽이 아니라. 앞으로도 지금의 내가 달라질 거라고 생각하진 않아.'

하늘 뒤쪽에 가려진 별들과 달은 계속해서 공전해 갔다. 눈앞에 펼쳐진 하늘에선 구름들이 계속 바람에 흩날리며 지구 주변을 맴돌

왔다. 문득 에스티에겐, 이 세계가 매우 거대한 곳이며 헨던은 아주 작은 곳이라는 생각이 들었다.

도비드는 팔꿈치를 세워서 몸을 기댔다. 그는 나무들과 그 너머로 차들이 오가는 도로를 멀리 내다보았다. 에스티는 그의 표정을 볼 수 있었다. 그는 미소 짓고 있었다.

그는 말했다. '당신은 내가 그동안 내내 그걸 몰랐을 거라고 생각했던 거야?'

봤니? 에스티의 마음이 말했다. 이제 네가 저지른 일을 봐. 아무것도 그대로 남아 있지 않게 될 거야. 심지어 과거조차 똑같지 않게 됐어. 네 인생의 모든 요소들이 다시 평가되고, 판단되고 말 거야. 여기서 멈춰야 해. 아무 말도 하지 말고, 아무것도 하지 마.

그녀는 말했다. '언제부터?'

그는 말했다. '우리가 결혼하기 전부터일걸, 내 생각엔. 어느 정도까지만, 완전히는 아니고.'

그녀는 말했다. '그러면 왜 나랑……?'

그는 말했다. '그냥 그러고 싶었어. 당신이 이렇게 위축되고 마는 걸 원하지 않았거든. 난 내가 당신을 안전하게 해 줄 수 있으리라고 생각했어. 내가 틀렸었나 봐. 미안해.'

그는 뒤쪽으로 몸을 기대고 하늘을 쳐다봤다.

'만약 당신이 떠나고 싶다면 나는 당신을 막지 않을 거야.'

'만약 내가 로닛이랑 가겠다고 그러면?'

'그래. 아니면 말고. 당신이 가고 싶다면 말이야. 멀리.'

'당신은 내가 갔으면 좋겠어?'

도비드는 생각했다. 이건 오직 고통뿐인걸. 이 모든 것은 결국 고통밖에 되지 않는 거야. 어떤 의미 있는 것도 될 수 없어.

그는 말했다. '난 당신이 떠나고 싶어 하면서 여기 남아 있는 걸 원하지 않아.'

그녀는 일이 어떤 방향으로 진행될 수 있을지 생각해 보았다. 그녀는 마치 다른 곳에 가서 풀어 볼 선물처럼, 자기 안에 아기를 품은 채 멀리 떠나 버릴 수 있을 것이다. 그녀는 어딘가 다른 곳에, 여기와는 전혀 다른 분위기의 장소에서 살 것이다. 그녀는 내키는 대로 자유롭게 지낼 것이다. 지금까지와는 전혀 다른 사람이 될 수도 있다. 전직 소방관이었던 외다리처럼 특이한 경력을 지닌 사람들과 친구가 되고, 직접 파이를 구워 팔며 가게를 차리고, 머리카락을 싹둑 자르고 치렁치렁하던 치마의 기장을 확 줄이고, 그림을 그리고 바순 연주를 배우고, 곁에 누운 다정한 연인에게 잘 익은 딸기를 먹이고, 한겨울 휘영청한 달을 보겠다고 나무 꼭대기에 오를 수도 있을 것이다. 그녀는 바로 그 순간에, 자신이 원하는 대로 재단하고 형태 잡은 천 조각이 눈앞에 좌르륵 펼쳐지는 것처럼 자신의 삶을 보았다. 그녀는 자신의 이야기를 책으로 쓸 수도 있을 것이다. 이것 역시 존재하는 삶일 테니까.

그녀는 그의 손가락 사이로 자신의 손가락을 밀어 넣어 손깍지를 꼈다. 그녀는 말했다. '당신은 행복했어, 도비드? 내가 당신을 조금이라도 행복하게 한 적 있어?'

긴 침묵이 뒤따랐다. 그녀는 말없이 구름들이 둥둥 떠가는 모습을 지켜봤다. 흰색, 노란색, 분홍색, 회색 구름들. 마침내 그가 말했다. '그럼.'

그녀의 마음이 말했다. 침묵해, 말하지 않는 게 최선이야. 이제 아무 말도 하지 마. 잘 생각해. 깊이 잘 생각하라고.

그녀는 말했다. '나 임신했어. 아니, 우리가. 우리 아기가 생겼어.'

*

그들은 헨던 중심가를 통과해 집 쪽으로 돌아왔다. 헨던은 금요일 준비로 분주했다. 정육점에서, 빵집에서, 청과물 가게에서, 식료품 가게에서, 사람들은 그들이 함께 걸어가는 것을 알아봤다.

에스티는 생각했다. 얼마든지 알아보라지. 판단과 결정은 그들이 알아서 할 몫이지, 내가 아니라. 이렇게 생각하니 얼굴에 웃음이 드리웠다. 그건 새로운 생각이었다. 도비드의 생각도 로닛의 생각도 아니고, 여자들의 미덕으로서 적절하게 권장되는 침묵에 속한 생각도 아니었다. 그녀는 그 생각을 마음속에 소중히 간직했다. 그녀는 이 생각을 뒤따라 떠오를 훨씬 많은 생각들이 줄지어 서 있음을 느꼈다. 그건 침묵의 지배에서 벗어나 생각을 하는 새로운 방식이었다.

집에서 로닛은 온통 어색함에 사로잡힌 모습으로 그들을 기다렸다. 그들이 복도에 들어서기도 전에, 코트나 신발을 벗기도 전에 그녀는 이미 곁에 다가와 급하게 이야기를 늘어놓았다. 그녀가 짠 계획에 대해서, 하루빨리 다시 집으로 돌아가야 할 필요성에 대해서, 그렇게 하기 위해 비행기 티켓 예약을 변경할 거라고. 그녀는 일요일에 떠날 것이고, 그들은 더 이상 그녀를 억지로 견디지 않아도 될 터다. 추도식에는 참석하지 않을 계획이므로 최소한 그 문제에 대해서도 그들은 괜한 걱정을 할 필요가 없다고. 심지어 아마 떠나는 날짜를 토요일로 옮길 수도 있으리라. 단지 그러면 하토그가 좀 싫어

하기야 하겠지만, 어쨌든 그게 예의에 어긋나는 것처럼 느껴지진 않긴 하다, 무슨 말인지 알겠지?

에스티는 이제 자신의 생각들 사이에 새로운 공간이 있다는 걸 발견했다. 그건 조금 전 공원에서 막 열린 공간이었다. 그녀는 그 여유 공간 덕분에 지금 로닛이 겁을 집어먹었다는 사실을, 그녀가 도망치려 한다는 것을 알 수 있었다. 로닛은 자신이 하나님에게서 도망쳤다고 생각했지만, 사실은 침묵으로부터 피난했을 뿐이다. 그녀는 더 이상 두려워할 필요가 없음을 보여 줘야만 했다. 두려움으로부터 달아나는 것을 멈추더라도, 그 두려움을 억지로 받아들인다는 의미가 아니라는 것을.

로닛은 말했다. '어……. 에스티, 도대체 전화기는 어디 있어?'

나는 가고 싶었다. 그날 아침 눈을 떴을 때, 내가 원했던 거라곤 가능한 한 여기서 빨리 떠나는 것뿐이었다. 내가 여기 너무 오래 있었다는 게 무척이나 명확해졌고 내가 떠나면 모든 것들이 훨씬 나아지리라는 점도 명백했다. 나는 눈에 띄는 대로 가능한 많은 옷가지를 챙겨 서둘러 짐을 싸면서, 남겨 둘 것들에 대해선 크게 신경도 쓰지 않았다. 지금은 아침 10시니까 비행기 예약을 다시 잡고, 하토그에게 전화해서 우리의 작은 밀회를 마련하기에 아마 빠듯하지는 않으리라. 오늘 가 버리는 거야. 하지만 제기랄, 오늘은 금요일이었다. 오늘 밤 하토그가 운전할 일은 없겠군. 글쎄, 어쩌면 배웅 없이 그냥 나 혼자 가겠다고 그를 설득할 수도 있을 것이다.

단지, 작은 문제가 있었다. 어디서도 전화기의 흔적을 찾을 수 없었던 것이다. 한두 번쯤 집 안 어디에선가 희미하게 벨이 울리는 소리를 들었던 것 같은데, 그 소리가 끊기기 전까지 근원을 추적해 낼 수 없었다. 나는 하나님께서 혹시 내게 뭔가 가치 있는 윤리적 교훈이라도 가르쳐 줄 목적으로 일부러 전화기를 숨겨 둔 것은 아닌지 물었지만, 그는 그 문제에 관해선 단호한 침묵을 고수했다.

뭔가 슬픈 기분에 사로잡혀 나는 가방 주머니에서 내 휴대폰을 꺼내 전원을 켰다. 그것은 음울하게 삐 소리를 냈고 전파를 검색하다가 그 어떤 유효한 전파도 잡히지 않음을 깨닫고 마침내 긴 신호음을 냈다. 집에서 너무 멀리 떨어져 있는 것이다. 나는 그게 어떤 기분인지 정확하게 알았다.

나는 에스티와 도비드를 기다렸다. 금방 돌아올 줄로만 알았던 그들은 생각보다 제법 늦었다. 해는 벌써 낮게 떠 있었고, 나는 내가 이런 종류의 일들을 나도 모르게 의식하면서 내내 그들이 다시 귀가할 때쯤 맞이할 금요일을 걱정하고 있다는 사실을 믿을 수 없었다. 나는 아마 그들이 서로 싸웠으리라 생각하다가, 어느 들판으로 나간 카인과 아벨처럼 둘 중 하나가 다른 쪽을 죽였나 보다고 결론을 내렸다.

나는 아버지와 정말 여러 번 싸워 보려고 시도했다. 아버지는 좀처럼 싸우기 어려운 사람이었다. 그는 침묵을 신봉했다. 침묵을 고수하는 사람과는 아무리 말다툼을 하려고 노력해 봤자, 언성을 높이고 속이 뒤틀리고 감정이 앞서는 논쟁으로 이어지는 일 따윈 없다. 나는 폐가 텅 비어버리도록 그에게 고함을 쳐 댈 수도 있었지만 분명 아버지는 아무런 반응을 보이지 않았으리라. 그는 내 말에 주의를 기울이는 모양새로 듣기는 했다. 그러다 내가 말을 마치면 몇 분 정도 기다렸다가 다시 읽던 책으로 시선을 돌렸다. 파인골드 박사를 보면 약간 아버지가 떠오르기도 한다. 내가 말을 끝마치고 난 이후 잠시 잠자코 있을 때, 그녀의 침묵에서 느껴지는 벨벳처럼 부드러운 감촉이 아버지의 느낌과 닮았다.

만약 아버지가 말을 하면 그때는 우화와 은유가 주된 내용이었다.

집을 영영 떠나기 바로 전, 내가 열일곱 살이었을 때, 그는 자신이 허락하지 않았던 빵집에서 내가 음식을 사 먹는 모습을 발견했다. 심지어 그건 *코셔가 아닌* 빵집도 아니라, 정상적으로 코셔 음식을 파는 곳이었다. 하나님이 금지하시는 건 아무것도 없었다. 햄이나 베이컨도 없었고, 닭과 뒤섞인 치즈나 혹은 버터와 소고기를 같이 섞어 두지도 않았다. 음식을 준비하는 동안 랍비 하나가 전 과정을 참관하고 검사했다는 증명서마저 벽에 붙어 있었다. 하지만 거기는 우리에게 속한 빵집 중 하나가 아니었다. 거긴 우리가 신뢰하는 랍비들의 검사를 받은 집이 아니었다. 한 줌의 적은 인구수치고, 우리는 그 안에서 또다시 세분하는 것을 좋아하는 듯 보인다. 어쨌든 내가 이 빵집에서 계란 샌드위치를 하나 샀다는 소식은 신통하게도 아버지의 귀에까지 들어갔고, 내가 학교를 마치고 집으로 돌아왔을 때 그는 서재로 나를 불렀다. 그는 말했다. '네가 스트레이트네 빵집에서 뭘 사 먹었다고 하더라?' 배 속이 텅 비는 느낌이었다. 갑자기 심장이 철렁하고 떨어지는 느낌 말이다. '우리는 거기서 안 사 먹는 거 몰랐니?' 아니, 알았는데. 아버지는 나를 물끄러미 바라봤다. 그저 바라보기만 할 뿐이었다. 그리고 그는 말했다. '너한테 실망했다. 넌 이것보단 더 판단력이 있잖니.' 그러고 나자 내부로부터 압력이 터져 나오듯 내 머릿속이 크게 고동쳤다. 다음 순간, 나는 내가 고함을 치고 있음을 깨달았다. 내가 그때 무슨 말을 했는지 전부 기억나지는 않는다. 그저 계란 샌드위치에 대한 이야기만은 아니었다는 것밖에. 나는 이렇게 말했던 게 기억난다. '내가 당신을 얼마나 싫어하는지 놀랍지도 않아요, 왜냐하면 아버진 내 말을 제대로 듣는 적이 없으니까!' 그리고 이 말도 했었던 게 기억난다. '나도 콱 죽었으면 좋겠어요, 어머니처럼!'

그는 아무 말도 하지 않았다. 그는 그저 듣고 있다가, 내가 고함을 다 치고 나자 조용히 하던 업무로 돌아갔다.

로닛. 내 이름을 지어 준 사람은 어머니다. 내가 속한 문화권에서는 그리 흔하거나 전형적인 이름이 아니다. 나는 레이젤, 리브카, 혹은 라엘리라고 불렸을 수도 있다. 하지만 어머니는 그 이름을 좋아했다. 로닛. 천사들이 부르는 환희의 송가. 나는 종종 그 사실을 생각한다. 내가 뉴욕으로 왔을 때, 나는 내 이름을 포함하여 다른 것들 전부를 바꿔 버릴 수도 있었지만 그러지 않았다. 로닛, 기쁨의 노래, 즐거움으로 드높인 목소리. 내 어머니가 내게 준 이름.

내게 이런 종류의 얘기를 해 주던 사람들 말로는, 어머니가 돌아가시기 전에 내 아버지와 어머니도 종종 함께 웃는 일이 많았다고 한다. 낯선 사람들로 가득 찬 방에서도 서로 눈을 마주치는 표정 하나만으로 웃음을 터뜨릴 수 있었다고들 한다. 나는 알 방도가 없다. 나는 어머니를 전혀 기억하지 못하고, 아버지는 그 문제에 관한 한 세 단어 이상 말하는 법이 없었으니까. 어머니는 우리 삶 중앙을 차지한 고통스러운 부재의 핵심이었고, 그 얘기는 감히 입에 올릴 수가 없었다.

다음 날, 그는 내게 아담과 이브의 아들들인 카인과 아벨 이야기를 해 주었다. 그들은 들에 나가 서로 다투었고, 급기야 카인이 아벨을 살해했다. 하지만 그 구절, 그들이 무엇 때문에 다투었는지 토라가 말해 주는 부분은 문장 구조상 미완으로 남아 있다. 그 구절은 이렇다. '그리고 카인이 그의 동생 아벨에게 말하기를.(said)'* '그리고 카인은 그의 동생에게 선언했다.(spoke to)' 혹은 '그리고 카인은 그의 동생과 대화했다.(talked to)'라고 쓰인 것이 아니라, '바요머(vayomer)'라는 단어를 썼기에 '그는 말했다.(said)'인 것이다. 즉 어떤 내용을 말했는지가 이어 져야 하지만, 그렇지 않다. 문장은 그냥 거기서 끝나 버린다. 다음 문장 은 이렇다. '그리고 그들이 들에 있을 때 카인이 일어나 그의 동생인 아 벨을 죽이고 마는 일이 일어났다.'

아버지는 이것만 보더라도, 우리는 침묵한다고 말했다. 토라조차도 가까운 가족 사이에 어떤 논쟁이 오갔는지 구체적으로 설명하지 않는다 고. 토라조차도 여기서 침묵을 활용한다고. 이 역시 아버지를 향해 다시 한 번 고함치게 했다. 나는 지금 이 기억들을 되새기는 일 자체를 견딜 수가 없다. 이미 몇 년째 그러지 못하고 살아왔던 만큼. 그 늙고 고요한 남자를 향해 고래고래 고함치던 기억. 그리고 진실을 말하자면 나는 그 가 무슨 의미로 그런 말을 했는지 사실 이해했다.

에스티와 도비드가 돌아오고, 에스티가 서리로 뒤덮인 차가운 전화기 를 건네주자 나는 하토그에게 전화를 걸었다. 그는 전화를 받으면서 방 금 멋진 농담이라도 들은 것처럼 낄낄거렸다.

'하토그?' 나는 말했다.

'크루슈카 양? 미안, 미안. 아내랑 내가 지금 막 너무 즐거운 걸 봐서……'

흑사병? 역병? 홍수? 죄 없는 사람들의 몰살? 이런 말이 실제로 튀어 나올 뻔했다.

'……뭐, 그게 뭐든 중요한 건 아니지. 뭐라도 내가 도와 드릴 만한 게 있나, 크루슈카 양?'

---

* 창세기 4:8.

우리가 무슨 다정한 친구 사이라도 되는 양 말했다. 합리적이고 이성적인 사람들처럼 말이지. 하토그, 하토그. 이 양반아, 우리는 왜 이렇게 서로에게 솔직하지 못한 걸까요? 우리 둘 중 누구도 합리적인 사람이 아닌걸.

'제가 전화를 한 건……. 당신이 이겼다는 말을 하려고요, 하토그. 제가 추도식 전에 떠나길 원하셨죠. 좋아요. 전 당신이 요구한 것보다 더 일찍 갈 거예요. 내일 밤이나 아니면 일요일에요. 일주일 일찍 떠난다고요.'

이 교활한 족제비, 조폭 같은 개새끼, 타락한 인간쓰레기야.

수화기 너머에서 숨을 흡 들이쉬는 소리가 들렸다. 나는 하토그가 키득거리는 웃음을 참으며, 그의 아내에게 입 모양으로 뭔가 이야기하는 모습을 눈에 그리듯 상상할 수 있었다. 어쩌면 내가 피해망상일 수도 있겠지. 물론 그렇다고 해서 그들이 나를 고소하게 여기지 않으리라는 말은 아니다.

'자, 자. 크루슈카 양, 우리가 얘기했던 거 기억하지? 네가 하루빨리 집으로 돌아가고 싶어 한다는 걸 듣게 된 일은 기쁘지만, 우리가 사전에 동의했던 대로 네가 추도식 전날까지는 여기 머물러 있어야 한다고 말해야겠구나. 나는…….' 그는 천식 환자처럼 쌕쌕거리는 숨소리를 내며 킥킥 웃었다. '나는 네가 생각을 바꿔서 다시 돌아오게 되는 걸 원하지 않거든.'

'정말 당신은…….'

'아니야, 크루슈카 양. 우리는 원래 계획대로 할 거야. 추도식은 월요일에 있으니까, 그 전날 저녁에 떠나게 될 거야. 비행기에 오르는 시점에서 네가 챙긴 물건들을 받게 될 거고 그보다 일찍 받게 되진 않을 거다. 그리고 비행기에 오르는 그때, 너의 수표도 받게 될 거야.' 수화기 저편에서 그가 거만하게 웃는 소리가 거의 귓가에 들려오는 듯했다. '이 정도 면 우리 서로 잘 이해한 걸로 생각하마.'

나는 전화기를 내려놓고 집이 낮게 흥얼대는 듯한 소리에, 혹은 내 귓 가에만 울리는 이명일 수도 있는 소리에 귀를 기울였다. 주방에서는 에 스티와 도비드가 안식일 음식을 준비하고 있다, 함께. 그들은 낮은 목소 리로 도란도란 얘기를 하고 있었다.

나는 여기 머물 수 없다고 생각했다. 하지만 떠날 수도 없다. 내가 하 토그의 돈이나 아버지의 유품을 가지려면 지금 떠날 수는 없다.

주방에서 에스티가 무슨 얘기를 했는지 도비드가 웃음을 터뜨렸다. 나는 그의 웃음소리가 얼마나 깊은지, 얼마나 풍부하게 진동하는 비브라 토 발성을 지녔는지, 미처 기억하지 못하고 있었다. 나는 지금 이게 어떻 게 가능한지도 이해할 수도 없었다. 에스티와 도비드가 주방에서 함께 웃고 있다니. 나는 전화기를 집어 들고 무뚝뚝한 신호음이 잔뜩 화가 난 음색으로 바뀔 때까지 줄곧 그 소리를 듣고 있었다.

나는 생각했다. 그의 빌어먹을 돈도, 그가 생색을 내며 주는 잡동사니 한 꾸러미도 필요 없다고. 내가 원하는 단 한 가지는 그 촛대뿐이었는데 결국 그것을 찾아내지 못했다. 그래서 그냥, 뉴욕 생각이 난 거지. 나의 진짜 삶. 내가 원하는 삶. 난 여길 떠나서 결코 돌아오지 않을 수도 있다. 내일 떠나서 바로 직장에 복귀해야지. 내가 즐기며 잘하는 나의 일, 내가 쏟아붓는 노력에 정당한 보상을 해 주며, 그 어떤 상황이라도 완벽히 구 석구석 설명이 가능한 일. 스콧한테 전화를 해서 다음 주엔 사무실로 돌 아간다고 말해야겠다. 아마 제대로 처리할 수만 있다면, 나의 나머지 '위 로 휴가'는 올해 나중에, 좀 더 따뜻하고 햇살이 화창한 곳에서 마저 누릴 수도 있을 것이다.

나는 전화번호를 눌렀고 이 지구의 4분의 1 바퀴를 돌아간 곳에서, 나는 어느 밝은 목재 책상 위에 놓인 검은색 전화기에 영국 전화번호가 떠오르게 했다. 전화벨이 울렸다. 그리고 계속 울렸다. 계속. 그러고 나선 음성 사서함으로 넘어가 버렸다. 나는 시간을 확인했다. 뉴욕은 지금 오전 11시다. 이 시간에 스콧이 자리에 없다는 것도, 설령 부재중이라 해도 그의 비서까지 전화를 받지 않는다는 건 상상할 수조차 없었다. 나는 다시 번호를 눌렀다.

이번에는 신호가 겨우 두 번 울리고 나서 누군가가 전화를 냉큼 받았다. 스콧이었고 그의 목소리는 조금 거친 듯, 마치 이 전화를 받으려고 단거리 질주를 해 온 것처럼 숨 가쁘게 들렸다.

'안녕.' 나는 말했다. '나야.'

'나도 알아.' 그가 말했다. 그리고 아무 말도 하지 않았다.

그리고 침묵 속에서 나는, 그가 단 한 마디 입을 떼기도 전에 이미 모든 상황을 다 알아 버린 것처럼 느껴졌다. 그런 상황에 처하면 그렇듯이, 나는 알면서도 알지 못했다. 사실은 알긴 했어도, 별로 인식하고 싶지 않았던 것이다.

나는 말했다. '좀 어때?' 그 말은 곧, '뭐가 잘못된 건데?'라는 말을 직접 하지 않고 묻는 셈이다.

그가 말했다. '있잖아, 로니. 나 아주 잠깐 동안만 통화할 수 있어. 알았지?'

나는 아무 말도 하지 않았다.

'로니?'

그는 날 로니라고 부른 적이 없다.

'그래, 듣고 있어. 괜찮아, 나도 오래 통화 못 하니까.'

'들어 봐, 로니.' 내가 듣는 것 외에 무슨 다른 일이라도 하고 있었다는 듯한 말투. '이건 이제 끝나야 해. 당신과 나.'

나는 목소리를 밝고 명랑하게 유지했다. '이미 끝났지, 스콧. 당신이 날 차 버린 거 기억 안 나?'

'아니, 내 말은 진짜 끝나야 한다고. 봐 봐, 그게…….' 그는 잠시 머뭇거리며 숨을 들이마셨다. '셰릴 때문이야. 그날 밤에, 내가 자기를 보러 갔던 날, 셰릴이 날 따라왔었어. 내가 어디에 가는지를 확인하려고. 잠옷 차림으로 운전을 해서 나를 미행해 왔다고.'

나는 내가 한 번도 만난 적 없고, 책상 위 완벽한 사진 속에서만 존재하는 셰릴이 침실 실내화와 잠옷 차림으로 운전석에 앉은 모습을 상상했다. 대박인데.

'나랑 담판을 지으려고 애들도 이번 주 내내 다른 데 보내 버렸어. 셰릴 말이, 여기서 그만두지 않으면 차라리 이혼하자고 하는데 나는 그런 걸……. 로니, 미안해. 상대방이 자기였다는 걸 털어놨어야 했어. 그냥은 넘어가지 않으려고 해서……. 이제 자기랑 나는 같이 일할 수 없게 됐어. 미안해. 내가……. 그러니까 내 말은, 자기가 다음 일자리를 얻는 데 지장 없게 내가……. 무슨 말인지 알겠지?'

나는 무슨 말인지 알지 못했다. 나는 아무 말도 하지 않았다. 너무도 쉽고, 축복받을 정도로 단순하며, 그 어떤 복잡성에서도 벗어나 자유롭기만 하던 이 상황은, 갑자기 가장 꼬이고 혼란스러운 것이 되어 버렸다.

'알았어.' 나는 말했다. '무슨 말인지 이해했어. 걱정하지 마. 사무실로 돌아가지 않을게. 그냥 이대로 사직할 거야.'

그리고 스콧이 망설이는 목소리로 걱정스럽게 그렇게까지는 하지 않아도 된다고 말하는 동안, 그리고 내게 마침 갑작스러운 불로 소득이 생겨서 괜찮다고 그를 안심시키는 동안, 나는 오직 한 가지 생각뿐이었다. 그래, 이렇게 되고 마는 거야. 누워서 침을 뱉으면, 그것은 결국 자기 얼굴에 떨어지고 마는 거야. 자업자득이라고. 봤어? 결국 이렇게 되는 거야.

나는 이상한 사람이다. 나도 알아. 심지어 모든 사람들이 약간은 다 유대인 같다는 뉴욕에서도 나는 그다지 앞뒤가 안 맞는 사람이었다. 정통파 유대교도들의 세계란 굉장히 엄격하다. '정통파를 하다가 때려치운 유대인'을 만나 볼 일은 그다지 많지 않을 것이다. 내가 속해 있던 세계의 사람들은 잘 달리던 선로를 그냥 뛰어넘어, 다른 팀으로 가서 방망이를 휘두르진 않는다. 정말 그렇게 돼 버린 사람들만 빼고.

우리 같은 사람들이 극소수 있긴 하다. 나는 가끔씩 저녁 식사를 겸하는 파티나 영화를 보러 가는 소개팅을 하면서 그런 사람들을 만나 보기도 했다. 가끔 사람들은 이렇게 말할 것이다. '로닛! 당신 *트렌트*랑 얘기 좀 나눠 봐야 돼. 그는 *몬시/*에서 자랐대!' 그리고 완벽하게 정상인 같은 모습의 트렌트가 나타나는데, 히브리어로 십계명을 줄줄 외울 수 있다던가 할 것처럼은 전혀 보이지 않는다. 나는 그런 사람들과 가능한 엮이지 않으려고 했다. 그들은 종종 돌아 있었으니까. 너무 빨리 나가 버린 사람들, 그들이 가진 모든 문제들의 근간이 바로 정통파 유대교라 생각해서 신속히 도망쳤는데, 그와 상관없이 여전히 남아 있는 문제들이 있다는 걸 알게 되었을 때 어찌할 바를 모르는 사람들. 그리고 때로는 미쳐

---

* Monsey: 뉴욕 록랜드 카운티에 위치한 작은 마을로, 정통파 유대교인들의 공동체가 있다.

있지는 않지만 정말 비극적인 배경을 갖고 있기도 하다. 학대, 방치, 폭력──그래, 우리 공동체 내에서도 이런 일들이 발생한다. 이해할 만하게도, 그들은 자신들이 상처받았던 곳과 비슷한 느낌을 감지하면 그 어떤 것이라도 외면해 버린다. 그리고 이런 사람들은 전부 다, 내가 그들과 좀 친해져서 宗敎 이야기를 시작하면 어쩔 수 없이 자기들이 탈출하게 된 사연을 털어놓게 될 테고 이어서 내 이야기도 들려 달라고 할 것이다. 나는 어떻게 빠져나왔나? 그건 얘기하기 쉽지. 왜 나온 거야? 그건 그렇게 쉽지 않다.

아버지가 랍비라고 하니까, 나를 만나는 사람들은 종종 나와 아버지 사이에 폭발적이고 극적인 마지막 대치 장면이 있었을 거라고 추측하곤 한다. 나를 좀 더 잘 아는 사람들은, 내가 지닌 약간 비결정적인 성적 지향성을 두고 뭔가 고성이 오갔으리라고 생각한다. 그리고 지금 보니까 좀 참혹하다는 생각마저 드는데, 내가 실제 어떤 사연으로 아버지와 절연하게 되었는지 내 입으로 몽땅 털어놓을 만큼 가까워진 사람은 여태껏 단 한 명도 없었다. 그러니 어쨌든 나도 내 아버지와 어떤 공통점을 갖고 있다는 거겠지.

도대체 어떤 일이 일어났느냐고 묻는다면 바로 이거다. 아무 일도 일어나지 않은 것. 아무 일도 없었고, 동시에 모든 일이 다 이유였다. 이것저것을 두고 이어지는 사소한 말다툼들, 계란 샌드위치부터 내가 돈을 주고 사 오기 시작한 십 대 잡지들, 내 치마 길이에 이르기까지 전부 다 말이다. 나는 아버지가 나와 에스티의 관계에 대해서 알았을 거라고, 심지어 어렴풋이 짐작을 했으리라고도 생각하지 않는다. 그의 정신은 그런 쪽으로는 작동하지 않았다. 하지만 그럼에도 에스티는 나와 아버지 사이를 바꿔 놓았다. 그 애 때문에 나는 의문을 갖기 시작했고, 하나에 의

문을 품기 시작하자 나머지도 전부 다 의문투성이였다. 그리고 아버지의 대답은 내가 어릴 때처럼 더 이상 나에게 충분한 만족을 가져다주지 못했다.

우리는 타오르는 듯한 분노에 사로잡혀 서로의 삶으로부터 뛰쳐나온 것이 아니다. 우리는 그저 서로를 향한 발화의 관습으로부터 영영 떨어져 나와 버렸다. 우리는 서로 대화할 수 있는 공통 언어를 잃었고, 그러므로 모든 것을 다 잃어버렸다. 우리는 서로와 할 말이 없었다.

그리고 이제 그는 죽었고 앞으로도 영원히 그런 상태일 것이다. 침묵. 나에게 남겨진 마지막 메시지도 없고, 그에게 마지막으로 떠올랐을 생각이 뭔지도 나는 모른다. 해석할 수 있도록 남겨진 게 아무것도 없는 말이다. 오직 침묵뿐.

나는 내가 여전히 손에 전화기를 들고 있다는 사실을 깨달았다. 마치 스콧이 다시 수화기 저편으로 돌아와서 이 모든 게 그저 실수였고, 내 인생을 쌓고 있던 벽돌들이 갑자기 와르르 쏟아져 내리며, 그것들 각각을 함께 지탱해 주던 시멘트 따윈 원래부터 없었다는 걸 증명하듯, 눈앞에서 산산조각 난 무더기가 된 것은 아니라고 말해 주기를 기다리기라도 하는 것처럼. 나는 전화기를 내려놓았고, 에스티는 촛대에 불을 붙였다. 안식일이 시작된 것이다.

안식일을 보내고 나서 나는 에스티와 도비드와 마주 앉았고 우리는 *상황을 함께 대화로 해결해 보았다.* 그렇게 간단하게 말이야. 아니, 사실은 그렇게 간단하지는 않았지만, 최소한 간단함이라는 범주에 다가가 보려고 노력했고, 결국 *그 근처 어딘가까지는* 갈 수 있었던 것 같다. 대화는 이렇게 진행됐지. 나는 내 상황을 설명했다. 여길 떠나려면 나로서는 머물러 있어야 한다는 것을. 나는 스콧과 완전히 헤어져서 다시는 그의 얼굴을 볼 일을 만들지 말아야 했고, 내가 원흉이 되어 버린 어떤 가정불화에서도 발을 빼고 벗어나야 했다. 그러면 현실적으로 다른 직장을 구할 때까지 몇 달 동안이나 생계를 유지할 돈이 필요하므로 나는 하토그의 수표를 받고 그가 요구하는 내용을 따라야만 했다. 에스티와 도비드는 내 얘기를 들으며 고개를 끄덕이고 혀를 차 주면서, 내가 필요한 만큼 얼마든지 더 머물러 있어도 자기들은 환영한다고 말했다.

그러고 나서 긴 침묵이 이어지는 동안 나는 바닥을 내려다봤고, 그들은 나를 바라보았다. 친절하게도, 나는 생각했다. 그들은 따뜻한 동정심을 가지고 나를 봐 주었던 것이다.

나는 말했다. '에스티, 나랑 같이 뉴욕으로 가자. 최소한 여기서 떠나는 것만이라도 해. 네가 원하기만 하면 내가 도와줄 수 있어.'

사실 이렇게까지 단호하게 말하진 않았고 조금 망설였다. 본론으로 바로 진입하지 못하고 우물쭈물했다. 전혀 나답지 못한 모습이었다. 하지만 결국에는 중요한 지점에 도달했다.

'가끔은······.' 그녀가 말했다. '다른 생각을 할 때가 있었어.' 그녀는 나를 올려다봤다. '널 찾으러 가는 꿈을 꾸곤 했었어. 어느 날 아침, 양손에 가방을 든 채로 네 현관문 앞에 나타나서 이렇게 말하는 거야. "나 왔어!" 그 꿈을 참 많이도 꿨어.' 나는 말을 하려고 숨을 모아 쉬었지만 그녀가 계속 말을 이었다. '그런데 좀 웃기지. 네가 다시 여기로 돌아오는 꿈은 한 번도 꿔 보질 못했거든. 어찌 됐든, 내가 상상하는 한에서는 항상 내가 널 찾으러 가는 사람이었어. 이상하지 않니?'

나는 그게 전혀 이상하다고 생각하지 않았다.

그녀는 말했다. '그런 생각도 해 보고 있어.' 그리고 도비드가 고개를 끄덕였다. 마치 그 자신도 떠나는 것을 고려하고 있다는 듯이.

나는 말했다. '넌 여기 남아 있을 수 없어. 이렇게는 아니야. 이 모든 일이 일어난 지금으로선 더 안 돼. 사람들이 뒤에서 수군대는 건 사라지지 않을 거야, 에스티. 너는 그런 것들을 무시할 수 있다고 생각할지도 모르겠지만, 사실은 그러지 못해. 그들이 널 날마다 조금씩 갉아먹어서 먼지처럼 만들 거라고. 넌 그런 수군거림이 없는 곳으로 가야 해.'

그녀는 말했다. '어쩌면 그럴지도 모르지.'

그녀가 계속 말했다. '다른 방법이 있을 수도 있겠지. 거기에 대해선 아직 자세히 생각해 보지 않았어. 도비드와 나는 같이 얘기를 해 봐야겠어. 넌 이번 주 내내 계속 여기 있어, 하토그가 주는 돈을 받아야지. 회당은 어차피 네 아버지 덕분에 돈을 번거니까, 너한테 그만큼은 해 줘야지.'

나는 그 애가 '도비드와 나'라고 말하는 것을 의식했다. 그게 무슨 의미인지 판단이 서지 않았다. 어쨌든 생각할수록 그 말은 이상하게 들렸다.

나는 말했다. '자꾸 내 마음에 걸리는 게 뭔 줄 알아?'

그녀가 말했다. '뭔데?'

'촛대야. 사실 여기서 내가 정말 가져가고 싶었던 건 그 촛대뿐이었는데 도무지 나오지 않더라고. 우리 어머니가 쓰던 촛대. 내가 어렸을 때 안식일이면 불을 밝히던 거 말이야. 내가 아주 생생하게 기억하는 유일한 물건이거든. 엄마가 촛대에 불을 밝힐 때면 나는 그 옆에 있는 의자에 올라서서, 같이 브라카*를 말하곤 했지. 크기가 엄청 컸는데, 엄마의 팔뚝만큼이나 길고 반짝이는 은으로 되어 있었어. 일요일마다 그걸 정성스

---

* bracha: 'berakhah'라고도 표기하는 유대교의 축성 기도문. 예배를 시작하기 전 또는 음식이나 향기를 즐기기 전, 그 밖에 다양한 감사가 필요한 상황에서 공적 혹은 사적으로 낭송한다.

레 닦곤 했었던 게 기억나.'

'은으로 된 촛대?'

나는 고개를 끄덕였다.

'나뭇잎이랑 작은 꽃봉오리 장식들이 있고, 촛대 길이에 맞춰서 구근 두 개가 있는 거?'

나는 다시 고개를 끄덕였다. '너도 기억하는구나. 엄마가 돌아가시고 나서는 항상 현관 앞 선반에 있던 그거.'

'그거 우리 집에 있어. 네 아버지가 돌아가시기 전에 가져다 놨었어. 정말 미안해. 내가 말했어야 했는데……. 깜빡 잊었다. 그거 우리 집에 있어.'

그녀는 일어나서 방을 나가더니 2~3분 후에 1.5피트* 정도 되는 길이의, 갈색 종이로 포장되고 작업용 노끈으로 묶여서 울룩불룩해 보이는 꾸러미를 들고 돌아왔다. 그녀가 어색하게 내게 그걸 내밀었다. 나는 손가락으로 단단히 묶인 매듭을 억지로 끌러 내기도 전에 그것의 두툼한 무게감이나 포장된 모습을 보고 대번에 뭔지 알아챘다. 아버지는 항상 그런 식으로 물건을 포장했다. 그는 포장지와 노끈을 버리지 않고 보관하면서 몇 번이나 재활용하곤 했다. 아버지가 당신 손으로 직접 그 노끈을 묶은 게 분명했다.

에스티는 말했다. '네 아버지가 한참 전에 나한테 이걸 줬어. 그는 이 촛대가 원래 너희 가족들만 대대로 물려받는 물건이라고 했어. 그래서 혹시나 네가 와서 이걸 찾으면 너한테 주라고 하셨어.'

나는 끈을 풀고 포장을 벗겨 냈다. 두 겹 그리고 세 겹, 무려 네 겹으로

---

* 약 46센티미터.

싸여 있던 갈색 종이가 부스럭거리며 벗겨졌고, 마침내 나는 재활용 종이들 사이에 둥지를 틀듯 자리 잡은 그 물건을 발견해 냈다. 변색되어 거무죽죽했지만 여전히 알아볼 수 있었다. 내 기억에 있던 것보다 훨씬 더 못생겼고, 우아한 곡선은커녕 오히려 투박하고 뾰족뾰족한 데다가 볼품없고 어색한 모습이었다. 그럼에도 불구하고, 내 어머니가 쓰시던 바로 그 은제 촛대, 나중에 내가 그것을 원할지도 모른다고 생각해서 아버지가 에스티에게 줬다는 바로 그 물건이 거기 있었다.

12

야곱은 혼자 남겨졌고, 한 남자가 동이 틀 때까지 그와 씨름을 했다…….

그리고 그가 말했다. '이제 날이 밝았으니 나를 가게 하라.' 그리고 야곱이 말했다. '나를 축복해 주기 전까지는 당신을 보내지 않을 것입니다.'

그리고 그가 그에게 말했다. '너의 이름은 무엇인가?' 그리고 그는 대답했다. '야곱입니다.'

그리고 그가 말했다. '너는 더 이상 야곱이라 불리지 않을 것이며, 그 대신 이스라엘이라 불리게 되리라. 네가 하나님과 씨름하였으며 사람들과도 씨름하였기 때문이다…….'

— 창세기 32:24~28

야곱이 천사와 맞붙어 겨룬 이야기는 확실히 이해하기 어렵습니다. 우리는 천사가 왜 그와 싸움을 했는지도, 혹은 주님의 강력한 사자를 야곱이 어떻게 꺾을 수 있었는지도 알지 못합니다. 우리가 아는 것은 오직 이것뿐입니다. — 야곱은 새로운 이름을 받았고, 그 이름이 바로 우리의 목적이라는 것 말입니다. 우리는 이 땅의 날이 다하여 새로운 여명이 떠오를 때까지, 다른 사람들뿐 아니라 하나님과도 겨루도록 매여 있습니다.

야곱이 그 천사와 겨룬 것은, 그러한 종류의 투쟁 중 최초도, 최후도 아닙니다. 하나님께서 소돔과 고모라를 쓸어버리고 싶어 하실 때 아브라함이 그분과 논쟁을 하지 않았습니까?* 하나님께서 이스라엘 백성을 몽땅 멸망시키기로 결심하셨을 때, 모세가 그분의 판단에 이의를 제기하지 않았습니까?** 주님께서 우리를 두고 목이 뻣뻣한 족속이라 부르신 것, 완강하고 고집이 세며 불복종하는 백성이라 부르신 데에는 그럴 만한 이유가 있었던 것입니다.

이것이 바로 우리에게 주어진 영역입니다. 우리는 경계선에 서서 끝없는 전투에 참가합니다. 그 진실을 인식하지 못한다면 우리는 아무 존재도 아니지요. 하나님께서 우리에게 요구하시는 사항이 있다는 것을 부정하지 맙시다. 그분이 우리에게 특정한 행동을 하기를, 그리고 특정한 행동은 하지 않기를 요구한다는 사실에는 단 한 순간도 의심의 여지가 없습니다. 그분은 우리가 특정한 음식을 먹지 않도록 명하시며, 안식일에 영예를 돌리고 그날을 거룩하게 지키며, 우리가 부정해졌을 때면 다시 씻어 정결해질 것을 요구하십니다. 이러한 것들은 단순한 일들입니다. 수행하거나 이해하기 어려운 일들인지도 모르나, 이런 것들은 우리의 능력 범위 안에 있으며 우리의 정신이나 영을 불쾌하게 하거나 혹은 우리 육신에 해를 끼치는 일들이 아닙니다.

하지만 이 또한 부정하지는 맙시다. 그분이 요구하시는 많은 것들 중에서 몇몇 개는 우리에게 수행하기 어려울 뿐만 아니라 부당하고, 불공평한 것처럼 보일 수도 있습니다. 옳지 않은 일처럼 느껴진다는 말이지요. 그리고 만약 그러한 순간이 온다면 우리 역시 내면에 우리만의 목소리를 담고 있다는 점을 절대로 의심하지 말도록 합시다.

---

* 창세기 18:20~33.
** 출애굽기 32:9~14, 신명기 9:13~29.

우리도, 아브라함이나 모세처럼, 주님과 논쟁할 수 있는 것입니다. 그것은 곧 우리의 권리입니다. 우리가 그분의 형상대로 존재한다는 단순한 사실이, 그분과 우리 사이에 똑바로 설 만한 공간을 마련해 주므로 우리는 그곳에서 나름의 관점과 주장을 용기 있게 펼쳐 보일 수 있는 것입니다.

* * *

오후 3시가 되자 회당 아래층은 사람들로 가득 찼다. 개인적인 기호에 따라 다르겠으나 일전에는 《크로니클》이나 《트리뷴》 지면에서만 만난 적 있던 이름들과 얼굴들이 자유롭게 서로 어울리며 뒤섞였다. 그 자유로움은 물론 실제적이기보다는 이론적인 것이었는데, 바닥에 놓여 있던 모든 의자들을 다 치웠음에도 그 공간은 이미 수용할 수 있는 한계치를 훨씬 넘어선 포화 상태였다. 다행스럽게도 남자들을 방의 왼편에, 여자들은 오른편에 있게끔 성별을 구분해 주는 메히차*가 있었다. 그게 없었다면 그곳에 과밀하게 모인 사람들과 그때 필연적으로 일어나는 비벼대기, 쑤셔 넣기, 밀어 대기 그리고—부끄럽게 어물거리지 않고 태연하게 말하자면—팔꿈치로 중요한 부위를 눌러 대는 동작들은, 사실상 꽤나 외설스러운 상황으로 이어졌을 것이다.

회당은 온갖 진수성찬의 풍경화가 된 상태였다. 방의 중앙에는 긴

---

* mechitzah: 유대교 회당에서 남성과 여성이 한 공간에서 부딪히거나 어울리는 것을 방지하기 위해 설치하는 작은 칸막이.

테이블이 놓였고, 그 위쪽에 T자 모양으로 다른 테이블을 덧댄 뒤 상을 차렸다. 번득이는 흰 접시들이 차곡차곡 쌓여 있었고 서로 이웃한 접시들 사이에는 냅킨이 한 장씩 깔려 있었다. 부채꼴로 빙 둘러진 포크가 접시 더미를 에워쌌다. 다양한 종류의 샐러드가 있었다. 감자, 코울슬로, 오이, 당근 등의 채소가 들어가 있다. 월도프 샐러드*, 세 종류의 콩이 들어간 샐러드, 보리 샐러드, 타불레 샐러드**, 모로코식 샐러드, 이탈리아식 샐러드, 그리고 어디에나 동시에 존재하는 토마토 오이 후추 샐러드까지. 생선 요리도 많았다. 통째로 삶아 졸인 연어, 튀긴 어묵, 끓인 어묵—달콤한 맛과 짭짤한 맛 두 가지 모두—청어 요리, 튀긴 냉가자미, 대구와 해덕 그리고 훈제 연어와 고등어, 송어의 등 무늬와 빛깔이 그려 내는, 노을 지는 풍경의 추상화.

많은 여자들이 생선 요리 근처에서 서성댔다. 그들의 관심은 주로 음식에 고정되어 있었지만 일단 접시를 채운 몇몇은 막간을 틈타 서로와 이야기를 나누기도 했다. 주제는 대체로 회당이나 공동체 내에서 벌어진 일들에 관한 것들이었다. 게필테 어묵 완자를 집으려고 몸을 굽히면서 버디쳐 부인은 스톤 부인에게, 그녀가 듣기로는 도비드가 곧 추도식 도중에 연설을 하게 될 것이라고 언질을 주었다. 스톤 부인은 새하얀 건치를 드러내며 경쾌한 미소로 화답했다.

그동안 남자들은 육류 요리 근처에 모여들었다. 얼마나 대단한 다채로움이었던지! 튀긴 닭 날개, 바비큐 소스를 발라 구운 닭 날개, 오븐에 구운 닭다리, 엄청나게 큰 접시에 담긴 닭고기 슈니첼이 있었

* 사과와 건포도, 샐러리 등에 마요네즈를 끼얹은 샐러드.
** tabbouleh salad: 토마토, 오이, 파프리카 등과 작은 견과류, 허브를 다져 만든 중동식 샐러드.

다. 얇게 잘라 둔 칠면조 고기, 오리고기, 거위 고기도 있었다. 소금에 절인 소고기와 구운 소고기, 새콤한 양념을 한 소고기와 삶은 소고기, 훈제 소고기, 바비큐로 구운 소고기가 있었다. 간 요리, 심장요리 그리고 송아지의 발바닥 젤라틴 요리가 길고 얇은 서빙용 접시에 담겨 출렁였고, 접시 안에 둥지를 튼 듯 얌전하게 삶아진 달걀들도 한 줄로 담겨 있었다. 고기를 넣어 빚은 패스티와 파이들은 곱게잘라져, 내부를 채운 어두운 분홍색의 소가 잘 보이도록 전시되어있었고, 브라트부르스트 소시지와 간을 갈아 넣은 소시지, 살라미와볼로냐 햄도 있었다. 탄수화물 음식들은 육류에 곁들여 있다. 사프란과 고수가 들어간 밥, 아몬드와 건포도가 들어간 밥, 병아리콩과 렌틸콩이 들어간 밥. 메밀을 볶아 만든 파스타인 카샤 바니슈케*와 버섯 보리 볶음, 볶은 양파와 함께 섞어서 네모반듯하게 자른 계란 로크셴** 등이 준비되어 있었다.

이 놀라운 요리들 사이를 누비며 멘치는 호로비츠에게, 에이브러햄은 라이글러에게 말을 건넸다. 그게 정말일까? 도비드가 연설을 할까? 아, 당연하지. 그들은 그 사실을 본인의 입을 통해 들었거나 아니면 그 사실을 정말로 들었다고 하는 사람들의 입을 통해 들었다. 그럼 그의 아내는? 아, 그녀는 차라리 떠나는 쪽을 택할 거래, 그게 그들이 들은 내용이었다. 부끄러운 일이야, 물론. 끔찍하게 수치스러운 일이지. 하지만 어쨌든 그녀가 다른 곳에서 더 행복하다면, 우리 공동체가 그녀의 앞길을 막을 순 없겠지.

---

* kasha varnishke: 익힌 메밀과 양파볶음, 삶은 파스타를 곁들여 먹는 요리.
** lokshen: 계란으로 만든 면 요리. 캐서롤처럼 모양을 잡고 오븐에 구워 내는 쿠겔 요리를 만드는 데 쓰인다.

테이블 가장 위쪽에는 디저트가 전시되어 있었다. 코셔 음식 공급자들의 신묘한 장인 정신이 가장 절정에 이른 분야가 바로 이것이다. 물론 당연하게도 육류가 들어간 요리와 유제품을 같은 자리에서 함께 낼 수는 없다. 하지만 가장 뛰어난 디저트는, 어린아이들마저도 사랑해 마지않는 크림과 설탕을 혼합하여 만든 것이다. 눈으로 보나 맛으로 보나, 다른 곳에서처럼 평범한 유제품을 활용한 요리와 전혀 다를 바 없는 그런 디저트들은, 여기 헨던에 있는 출장 음식 전문가들의 위대한 재능을 보여 주는 지표가 된다. 젤리 케이크와 초콜릿 퍼지 케이크, 딸기 가토 케이크와 블랙 포레스트 가토 케이크, 오렌지 스펀지케이크와 레몬 스펀지케이크가 있었다. 커다란 그릇에 담긴 초콜릿 무스에는 생크림(당연히 두유로 만든 크림이다.)이 올려져 있고, 주변을 둘러싼 비스킷들도 함께 차려져 있다. 랑그 드 샤*와 코코넛 마카롱, 바삭한 초콜릿 칩 쿠키와 비엔나 핑거**들이다. 한 손가락 길이를 넘어가지 않을 만큼 아주 조그만 크기의 크림 케이크 조각들도 있었는데, 그 종류와 형태가 거의 무한한 수준으로 다채로웠다. 벨기에 초콜릿으로 가득 찬 커다란 바구니도 있었는데, 초콜릿 종류는 크림, 트뤼플, 누가, 프랄린 등이었고 럼주가 들어간 것과 마지팬이 덮인 것도 있었다. 바구니 자체도, 당연하지만 초콜릿으로 되어 있었다.

그리고 이렇게 온통 설탕 가루가 묻어 반짝거리는, 디저트 음식들만의 정교한 세련미를 영광스럽게 과시하는 테이블 옆에 하토그 박

---

* langue de chat: '고양이의 혀'라는 뜻으로, 납작하고 긴 모양의 티푸드 쿠키.
** Viennese finger: 돌기가 있는 납작하고 길쭉한 쿠키 끝에 초콜릿을 묻힌 것. 에클레어를 눌러 놓은 듯한 형태다.

사와 그의 아내가 서 있었다. 그들은 손님들을 하나하나 맞고 있었다. 얼굴에는 미소를 띠고, 조문객들이 유가족에게 건네는 위로의 말을 암묵적으로 자신들이 받아들이고 있음을 보여 주기 위해 딱 적절한 만큼만 연신 고개를 기울였다. 그들은 유제품 없이도 얼마든지 화려하게 만들어진 저 디저트들처럼, 참된 진실함과 현실을 도무지 구분할 수 없을 정도로 똑같은 모습을 하고 있었다.

　도비드는 숙녀석이 위치한 2층 회랑에 서서 이 모습을 지켜보았다. 그는 맨 첫 줄에 앉아서 아래층을 충분히 내려다볼 수 있을 만큼만 커튼을 젖혔다. 그가 있는 곳 아래에서, 추도식의 조문객들은 밀물과 썰물처럼 중앙 현관을 채웠다 사라지며 드나들었다. 방은 이미 사람들로 가득 찼고, 특히나 중앙 테이블 쪽은 제대로 서 있을 자리조차 없었다. 지금까지 한두 건의 사고가 일어났다. ― 유리잔이 하나 깨졌고, 팔꿈치 하나가 인파에 휩쓸리며 음식으로 가득한 접시를 잘못 밀어 버리는 바람에 그 안에 든 내용물이 어느 나이 든 남자의 재킷 위로 후드득 떨어져 버리고 말았다. 그래도 사람들은 여전히 꾸역꾸역 밀려들었다. 그는 자신이 친숙하게 알아볼 수 있는 얼굴들을 짚어 냈고, 한편 그에게 아무런 의미도, 생각도 떠오르지 않게 하는 얼굴들을 관찰하며 조문객 명단에 있던 이름들과 그 얼굴들을 서로 연결해 보려고 애썼다. 그는 물론 하토그도 봤다. 그가 방의 한쪽에서 다른 쪽으로 바쁘게 가로질러 다닐 때마다 군중은 기적적으로 갈라지며 갈 길을 터 주었다. 프루마는 음식 공급자 중 한 사람을 붙잡고 심각한 이야기에 빠져 있었는데, 사실상 도비드는 음식이 지금 이 이상 뭐가 더 어떻게 준비되어야 하는지 알 수가 없었다. 이따금 씩 말 몇 마디, 인사나 이름 같은 것들이 아래층에 있는 군중으로부터 붕 떠올라 공중에서 반갑게 외쳐졌다. 의기양양하게 외치는 하토그의 목소리도 평소보다 더 크게 울렸다. '다얀 샤흐터, 레베친 샤흐터, 어서 오십시오!' 혹은 '레온 경, 레이디 버버리, 자리에 앉으시도록 안내해 드려도 괜찮겠습니까?'

그리고 그는 로닛을 봤다. 그녀는 오늘 여기 있는 독실한 남자와 여자 중, 가장 신실하고 경건한 사람들의 눈으로 봐도 전혀 거슬리지 않을 만큼 단정하게 차려입고 있었다. 그녀의 치마는 길게 늘어져 발목까지 덮었고, 블라우스의 목과 소매까지도 꼼꼼히 단추로 채워져 있었다. 그녀가 그 위에 걸친 것은 품이 여유롭고 넉넉하게 떨어지는, 특징 없이 수수한 카디건이었다. 머리 위에는 미혼임에도 기다란 금발에, 앞머리가 도톰한 샤이텔을 썼다. 가발이 너무 풍성해서 사실상 그녀의 얼굴을 대부분 가려 버린 상태였다. 도비드는 미소 지었다. 저 모습이라면, 로닛을 특별히 염두에 두고 찾는 사람이 아닌 바에야 그녀가 여기 있다는 사실 자체를 알지조차 못하리라.

미국에는 이런 텔레비전 방송 프로그램이 있다. '세계에서 가장 위대한 마술의 비결들, 드러나다.' 아니면 그런 비슷한 제목이거나. '어떻게 그 여자가 반으로 잘린 것처럼 보일까요?' 혹은 '착한 마술사들이 거칠어질 때!' 뭐 이런 것이었는지도 모르겠다. 어쨌든 요점은, 그게 텔레비전에서 볼 수 있는 모든 종류의 마술 비법을 설명해 주는 프로그램이라는 것이다. 나는 이런 프로그램들을 굉장히 좋아한다. 멋진 무대나 장막 뒤편으로 우리를 데려가서, 상황이 어떻게 작동되는지 보여 주는 것들. 실제로 벌어지는 게 무엇인지 알게 해 주는 것을 나는 좋아하는 듯하다. 그리고 '마술사들, 그들 트릭의 정체는?' 같은 프로그램이 항상 나를 매료시켰던 까닭은, 막상 알고 보면 그 비법이 실상 단순하고 간단했기 때문이었다. 그러니까 내 말은 그런 기술을 연마하는 것도 중요하지만, 또한 다들 누군가가 관중을 현혹하려고 그만큼 크나큰 *수고를 마다하지 않았으리라* 상상조차 않는다는 점이다. 혹은 다르게 말해 보자면, 마술사들이 관객 앞에서, 겨우 상자 두 개를 겹쳐 둔 그 자그만 공간에 한 여자의 몸이 들어가 있는 일이 불가능하다고 말하는 순간, 우리는 그냥 그 말을 믿어 버리고 마는 것이다. 만약 *정말 몸집이 작은* 여자고, 약 십오 분간 꽤 불편한 자세를 참고 유지할 준비가 되어 있다면, 그 안에 어떻게든 억지로 몸을 욱여넣었을 수도 있다고 직접 머리를 굴려 생각해 보지는 않는다. 그게 중요한 부분이다. 가령 누군가 당신에게 무엇인가가 절대 불가능하다고 말한다면, 대다수의 사람들은 그 말을 그냥 믿어 버리고 만다.

다시 요약해 보자면, 예컨대 대서양 횡단 비행기의 체크인 수속을 밟고, 수화물을 보내고, 여권 검사대를 *통과한 뒤* 사랑하는 사람들에게 작별의 손을 흔들고(혹은 증오하는 사람들에게, 그게 어떤 상황에는 더 적절하게 들어맞는 일이겠지.), 출국장에 들어간 다음 비행기가 이륙할 때까지 떠나지 않고 있다가 그냥 돌아온다는 게 기술적으로 가능하다는 얘기다. 그저 정말로 동기 부여만 잘되어 있으면 가능하다. 그리고 부끄러움 없이 '도와주세요, 지금 막 제가 비행이나 폐쇄된 공간이나 플라스틱 접시에 담겨 나오는 기내식이나 "머리 위에 놓인 짐칸" 같은 말에 끔찍한 공포를 느낀다는 걸 깨달았어요.'라며 삼백 명의 낯선 사람들 앞에서 꽥꽥 야단법석을 떨어 대는 걸 두려워하지만 않으면 된다. 사실 꽤 쉬운 일이다. 이를테면 희미한 혐오감을 불러일으키는 어느 회당 장로 이사한테, 내가 지금 3만 5000피트* 상공을 날아가고 있으리라는 굳은 믿음을

심어 줄 수 있었다는 것이다. 실제로는 헨던에 돌아와 있고, 하도 고함을
쳐 대서 살짝 목이 쉰 것을 제외하면 아무런 해도 입지 않은 태연한 상태
인데도 말이다. 내가 말한 것처럼, 결국 동기 부여가 가장 중요하다.

　방은 이윽고 고요해졌다. 하토그는 조금 당혹해하는 표정을 띠고
주변을 둘러봤다. 도비드는 살짝 미소 지었다. 하토그는 아마도 그를
찾고 있으리라. 그는 숙녀석 난간에서 물러나 혼란에 빠진 하토그를
감상했다. 물론 금방이라도 내려갈 참이다. 몇 분만 더 구경하고. 그
는 기다렸다. 하토그는 빠른 손짓으로 군중 속에서 커쉬바움과 레비
츠키를 불러냈다. 귀엣말로 속삭이는 대화가 오고 갔다. 세 남자는
황망한 얼굴로 방 전체를 휘둘러봤다. 좀 더 이어진 짤막한 대화는
각자 어깨를 으쓱하며 한숨짓는 것으로 마무리되었다.
　하토그는 연단 중앙에 놓인 마이크 쪽으로 걸어갔다.
　'숙녀 신사 여러분.' 그는 말했다. '참석하신 귀빈 여러분. 오늘 라
브 크루슈카의 생애를 기념해 주시기 위해 여기까지 와 주셔서 감사
합니다. 부디 고인의 기억이 축복받기를.'
　한 사람씩 순서대로, 대부분 꽤 나이 지긋한 이 나라의 위대한 랍
비들이 계단 한두 칸을 딛고 연단 위로 올라가 추모 연설을 했다. 한
두 사람은 이디시어로 말했지만 대다수는 영어를 썼다. 그들 중 몇
몇은 동부 유럽에서 보낸 소년 시절의 흔적이라 할 수 있는 독특한
억양을 여전히 지니고 있었다. 그들은 회중한테 위로의 말을 건넸다.
그들이 한 말은 회중 사람들이 들어야 했고, 또 듣기를 기대하던 말

---

* 약 1만 668킬로미터.

이기도 했다. 그들은 라브의 위대함에 대해서, 그가 자신의 회중을 대표해서 부단히 일했던 것에 대해, 이토록 악한 세상에 한 줄기 밝은 빛을 전하던 그의 역할에 대해 말했다.

도비드는 이 연설을 듣는 내내 라브의 마지막 육 개월에 대해 생각했다. 그는 라브가 쌕쌕거리거나 기침을 하거나, 위중할 때는 한순간 유예도 없이 연달아 기침하는 소리에 잠에서 깨곤 했던 아침을 생각했다. 그는 노인의 방문을 조용히 두드렸고, 곧이어 도비드가 방에 들어서면 라브는 바짝 목 졸린 듯 헛구역질을 하며 인사 대신 한쪽 손을 들어 보이곤 했다. 마치 그 기침이 그저 사소한 훼방꾼이나 금방 가 버려야 할 불청객이나 되는 듯이. 도비드는 그가 어떻게, 한때는 흰색이었으나 계속된 열탕 세척으로 누렇게 바랜 플라스틱 그릇들을 라브 코앞에 받쳐 주는 일에 익숙해졌는지도 기억했다. 그는 노인의 등에 자신의 한쪽 손을 둔 채 부드럽게 문질러서 살살 달래듯이 목 안에 뭉친 가래와 피를 끌어냈다. 그럴 때마다 그의 손바닥 아래로 라브의 등골뼈 하나하나가 날카롭게 느껴졌다. 끈적끈적한 이물질이 그릇 안에 뱉어지면,—그 양은 날이 갈수록 더 많아졌다.—그는 라브를 깨끗이 닦아 주었다. 물에 적신 가제 수건으로 얼굴을 훔쳐 냈다, 그의 울퉁불퉁한 손을 잡아서 다시 똑바로 앉을 만큼 기력을 차리게 한 상태에서 말이다. 그가 매일 그런 일을 할 수 있게 한 것은 존경심이 아니었다. 그의 믿음이나 위대한 학식 등 오늘 여기서 언급된 그 어떤 특성들 때문도 아니었다. 이런 것들은 당연히 라브의 일부분을 이루는 특성들이긴 했지만, 도비드가 라브를 돌볼 수 있었던 까닭은 이런 특성들 때문이 전혀 아니었다.

도비드는 작은 두통을 느꼈다. 엷고 푸른 안개 속, 얼음 같은 수정 한두 조각이 그의 얼굴을 지나 둥둥 떠갔다. 하지만 지금 그의 주머니 속에는 로닛이 건네준 알약 한 통이 들어 있었다. 마치 어린이를 다루듯이 그녀는 그를 병원으로 데려가서 의사에게 보였다. 의사는 그에게 알약을 처방해 주었다. 간단한 일이었다. 아직 한 알도 복용하지 않았지만, 그는 두통한테 그 약이 여기 있음을 상기시켜 주기 위해 이따금씩 주머니 속의 약통을 톡톡 두드렸다. 그건 효과적인 방법처럼 보였다. 두통은 매우 고분고분해졌다.

시간이 됐다. 연설이 이어지고, 다른 말들이 뒤따르고, 또 다른 말들, 아름다운 미사여구가 흘러나왔다. 이제 그가 연설을 할 차례였다. 도비드는 하토그와 함께 이 순간을 몇 번이나 사전에 연습했고, 하토그가 하나하나 단계별로 그를 이끌어 주었다. 도비드는 연단 위로 올라가 라브의 삶과 작품에 대해서, 또 가족들의 이야기를 간단히 언급하며, 그가 우리 공동체에 얼마나 위대한 기여를 했는지, 주의 깊게 마련된 연설문을 읽게 되리라. 그와 하토그가 함께 연설문을 썼다. 그것은 나름 근사한 연설이었다. 공동체의 정신을 통합해 주는 힘과 공동체 지속의 중요성에 대한 아름답고 감동적인 생각들이 들어 있었다. 이 연설이 끝날 때쯤이면, 도비드는 여기에 모인 모든 사람들이, 라브가 진작부터 자신의 합당한 후계자를 발굴해 냈다는 데에 만장일치로 동의하리라는 점을 알았다. 승계는 성공적으로 마무리될 터다.

하토그는 점점 더 심하게 초조해졌다. 도비드는 문득 하토그가 위쪽을 올려다볼 생각은 전혀 못 한다는 점, 단 한 순간도 숙녀석 쪽을 살펴봐야겠다고 마음먹지조차 않는다는 점을 깨달았다. 왠지 이 상황이 그에게는 무척 재미있게 느껴졌다.

나는 남자들이 차례로 연단에 올라가 내 아버지 이야기를 하는 것을 들었다. 나는 이 랍비들 대부분을 한 번 혹은 그 이상 만난 적이 있다. 조신한 유대인 여자처럼 행동하면서 내내 머리를 숙이고 있지 않았더라면 그들은 나를 알아봤을지도 모른다. 나는 내가 전혀 알지 못하는 어떤 남자에 대해 묘사하는 것을 듣고 있었다.

'라브는 총명함이 탁월하신 분이셨죠.' 그들은 말했다. '그분의 생각은 신속하며 명료했습니다.'

'라브는 거인 같은 존재셨습니다.' 그들은 말했다. '우리는 그분의 업적에 경탄했죠.'

'라브는 놀라운 친절함을 지닌 분이셨어요.' 그들은 말했다. '그분의 마음은 우리 유대인들을 향한 사랑으로 가득 차 있었습니다.'

글쎄. 어쩌면 그게 사실일 수도 있지. 나는 알 수 없으니까.

어머니가 돌아가셨을 때 나는 네 살이었다. 엄마를 향한 그리움을 그다지 곱씹어 생각하지 않을 만큼 어린 나이다. 하지만 동시에 내게 엄마가 있었다는 인식을 간직하기엔 충분히 자란 나이이기도 하다. 나는 엄마를 그리워하진 않는다. 그러나 엄마에 대한 기억은 언제나 남아 있다.

물론 생각나는 게 그리 많지는 않다. 내가 뭘 기억하지? 따뜻한 감각, 갈색 치마와 그 아래 한 쌍의 다리, 엄마가 누군가와 전화 통화를 하며 웃음을 터뜨리던 소리, 내가 아파서 침대에 누워 있을 때—열이 많이 났었는데, 아마 발진이었던 것 같다.—엄마가 수프를 가져와서 숟가락으로 떠먹여 주던 것. 촛대 한 쌍. 피클 그릇. 엄마가 안식일마다 신던 크림색 구두.

나는 그 사건 이후의 여파를 더 똑똑히 기억한다. 애도하는 소리, 등받이 없는 낮은 의자에 앉아 있던 것, 헨던 여자들이 내게 친절함을 베풀어 주던 것, 머리를 빗겨 주고, 옷을 입혀 주고, 음식을 차려 주고, 그들은 정말 친절하긴 했다. 하지만 그들은 내 어머니가 아니었고 그래서 아무런 도움도 되지 않았다. 아버지는 이런 일들을 해 주지 않았다. 음식을 만들거나 옷을 꺼내 주거나 하는 일들. 그에겐 갈고닦아야 할 학문이 있었다. 그런 일은 여자들한테 승계되었다. 먼저는 공동체 내의 여자들, 그다음에는 가정부들, 한 사람이 떠나면 그다음 사람이 오고, 마치 모래알이나 하늘의 별들처럼 서로 교대하며 바뀌는 사람들이었다.

그리고 우리 어머니를 위한 추도식은 없었다. 유명한 남자들이 줄지어 차례대로 그녀를 칭송하는 연설도, 그녀를 기념하는 화려한 연회도 없었다. 여자는 랍비가 될 수 없으니까, 그리고 오직 랍비만이 그처럼 위대한 경지에 오른 학자가 될 수 있고, 또 그처럼 위대한 학자만이 추도식의 영예를 얻게 되는 법이니 말이다.

이런 것들은 미묘하다. 우리는 여기서 아내를 폭행하거나 성기를 훼손하거나, 혹은 명예 살인 같은 것을 용납하지 않는다. 우리는 여자에게 머리부터 발끝까지 천으로 몸을 가려야 한다거나 시선을 마주치지 말고 내리깔아야 한다거나 보호자 없이 홀로 공공장소에 나와서는 안 된다거나 하는 것들을 요구하지 않는다. 우리는 현대적이며, 현대 세계를 살아간다. 우리가 요구하는 것은 오직, 여자는 지정된 영역에 머물러야 한다는 것뿐이다. 남자가 공적이라면, 여자는 사적인 존재다. 남자에게 합당한 양식은 발화지만, 여자에게 합당한 양식은 침묵이다.

나는 오랜 시간 동안 이게 사실이 아니라는 점을 증명해 왔다. 나는 오랜 시간 동안, 그 누구도 내게 언제 말을 하고 언제 입을 다물라고 간섭하며 명령할 수 없다고 주장해 왔다. 그러므로 내가 언제 입을 다물고 조용히 있고 싶은지 판단하는 것은, 나 자신에게도 어려운 일이 됐다.

다른 삶의 다른 나였다면, 이 추도식에 참석한 것은 나름의 계획이 있어서였을 터다. 하토그를 괴롭게 하거나 혹은 내 존재감을 더 드러내 보일 수 있는, 훨씬 더 엄청난 말썽을 부릴 심산으로 참석했겠지. 하지만 지금은 그렇지 않았다. 내가 거기 있었던 이유는 그들이 원했기 때문이었다. 그들이 내게 부탁한 일이었다. 그들에게 어떤 계획이 있다고.

　그래서 나는 침묵을 지키며 조용히 듣고만 있었다. 그건 내가 지금도 계속 연습하고 있는 개념이다.

　'숙녀 신사 여러분, 우리가 기대했던……. 그게, 음, 우리가 기다리고 있던 게……. 랍비 도비드 쿠퍼만이, 라브의 조카인 그가 여기 오셔서 몇 마디 연설을 해 주시기로 했었습니다. 불행하게도, 여러분도 잘 아시다시피, 랍비 쿠퍼만은 요즘 몸이 굉장히 안 좋아지셔서…….'

　지금이야, 도비드는 생각했다. 내가 그걸 할 거라면, 지금 해야 해.

　그는 커튼을 젖혔다. 숨을 크게 들이쉬었다. 군중은 고요했다. 그가 그렇게까지 큰 목소리로 말할 필요는 없었으나, 목소리가 충분히 우렁차게 울려 퍼졌다.

　그는 말했다. '저 여기 있습니다.'

　군중이 머리를 꼬며 고개를 돌렸다. 여자들은 옆 사람을 쿡 찔렀다. 도비드가 숙녀석에 서 있다는 모습을 보자, 터져 나오는 웃음을 꾹 참는 소리가 여기저기서 났다. 회중 사람들 일부는 그가 저기 서 있는 것 자체가 금기를 범한 것은 아닌지 개인적으로 궁금하게 여겼다. 그 모습은 적어도, 끔찍한 금기의 혼종 상태인 듯 보였으니까.

　하토그는 도비드를 쳐다보고, 커다란 동작을 취하며 어서 아래 연단으로 내려오라며 손짓했다.

도비드는 그의 소환에 순순히 응했다. 그는 얼굴 앞의 커튼을 다시 닫고 난간에서 물러 나와, 연단 위 그의 자리로 마련된 곳에 서려고, 중앙 현관으로 이어지는 계단을 내려갔다. 그러나 여자들이 자리한 2층의 회랑과 연단 사이의 어느 지점에선가, 그는 동반자를 발견했다. 도비드가 연단을 향해 걸어가는 동안, 그의 아내 역시 그와 함께 나왔던 것이다. 그들은 손을 잡고 있었다. 도비드의 오른손이 에스티의 왼손 안에 맞잡혀 있다. 한순간 군중의 모든 눈동자가, 마치 그 방에서 제일 중요한 광경이라도 되는 듯이 포개진 두 손에 일제히 꽂혔다. 에스티와 함께, 도비드는 마이크 앞에 섰다.

'제 아내가······.' 그는 말했다. '몇 마디 말씀을 드리겠습니다.'

그는 옆으로 한 걸음 자리를 옮겼다. 에스티는 앞쪽으로 한 걸음 나아갔다. 그들은 손을 여전히 맞잡은 채였다. 이것은 중요한 문제였다. 도비드가 손을 놓는다면, 그가 그녀 옆으로 물러나 버린다면, 그가 연단 뒤쪽으로 아예 보이지 않게 후퇴해 버린다면, 항의에 가득 찬 중얼거림이 방을 뒤덮을 터였다. 사람들은 이렇게 질문했을 것이다. '이게 뭐야?' 그리고 '왜 이러는 거죠?' 그들은 에스티에 대해 악의적으로 수군거릴 것이다. 그렇기 때문에 그들은 함께 서 있었고 에스티가 입을 열었다. 아마도 가장 간단한 일이었다.

'발화.' 그녀는 말했다. '한 달 전에, 라브는 저희에게 발화에 대한 그분의 생각을 말씀해 주셨습니다. 발화가 가지는 중요성과 우리의 입에서 흘러나오는 모든 말들의 거룩함에 대해서요. 그분은 우리에게, 우리는 발화를 통해 하나님을 모방한다고 말씀하셨습니다. 하나님께서 이 세상을 발화를 통해 창조하셨듯이, 우리 또한 우리의 말들로 세계를 창조합니다. 그렇다면 무슨 세계를······.' 에스티는 말했

다. '지난 한 달 동안 우리는 무엇을 창조해 온 것일까요?'

실내는 완전한 침묵 속에 있었다.

'위대하신 고인에게 영예를 돌릴 수 있는 방법이란 물론, 그분이 남기신 말씀에 진지하게 귀를 기울이는 것이겠지요? 우리는 그분의 말씀을 곰곰이 생각하고, 깊이 사색해 보고, 의견을 나누고 또 논쟁도 할 수 있습니다. 우리 현자들께서도 서로 지속적인 논의를 통해 상대방에 대한 존경심을 드러내지 않으셨나요? 서로의 말을 끊임없이 곱씹어 보고, 반박하고 또다시 반박하면서요? 이것이 제가 오늘 하려는 일입니다. 라브의 말씀을 되짚어 보자는 것이지요.'

에스티는 고개를 떨구어 자기 손이 도비드의 손과 함께 얽혀 있는 모습을 내려다보았다. 그리고 다시 사람들에게 시선을 돌렸다. 그녀는 숨을 크게 들이쉬고 다시 말을 시작했다.

'오래전에, 저는 라브와 대화를 나눈 적이 있습니다. 저는 열다섯 살이었고 제가 그분께 말씀드렸던 것은…….' 그녀는 말을 멈췄다. 어떻게 계속 말을 이어 가야 할지 제대로 확신이 서지 않는 것처럼 보였다. '저는 그에게 제가 부적절한 욕망을 경험했다고 말했습니다.' 실내 안에 웅성거림이 맴돌았다. 마치 곤충들이 날개를 떠는 것처럼 날카로운 소음이었다. '저는 그에게 제 친구가, 저와 같은 학교에 다니는 절친한 친구와 제가…….' 다시 그녀는 말을 끊었다. 그 행위가 어떤 것인지, 그 욕망이 어떤 것인지, 제대로 설명할 수 있는 단어를 찾지 못하는 듯했다. '여러분께서 이해해 주시길 바라는 부분은…….' 그녀는 말했다. '제가 윤리적으로 옳은 행동을 하고 싶었다는 겁니다. 토라를 따르고, 미츠바*를 지키고 싶었습니다. 저는 라브의 충고를 구하려 했습니다. 저는 그분께…….' 그녀는 침을 꿀꺽 삼키고, 다시 한 번 크게 숨을 들이쉰 뒤에 말을 내뱉었다. '저는 그분께 제가 다른 여자를 욕망했고, 그 여자도 저를 욕망했다고 말했습니다.'

다시 웅성이는 소리가 휘몰아쳤다. 웅얼대며 속삭이는 소리와 함께, 삼백여 명의 사람들이 입속 가득 들어 있던 진수성찬을 씹어 삼키는 것을 멈추고, 손에 든 포도주 잔과 냅킨을 한꺼번에 내려놓는 금속성 소리가 들렸다.

에스티는 그녀의 손을 들었고 군중은 다시 고요해졌다. 그녀는 다시 부드럽고 신중한 어조로 말을 이어 가기 시작했다.

'라브는 동정심을 가지고 인정 많은 태도로 제 이야기를 들어주셨습니다. 그분은 제게, 그런 일로 당신께서는 별로 놀라지도 충격을 받지도 않았다고 말씀하셨습니다. 그분은 친절하셨고 제 마음에 공감해 주셨습니다. 제 이야기를 진지하게 들어주셨죠. 그분은 그 욕망이 그저 유치한 어린 시절의 환상으로 일축되어 버리는 것이 아니라는 점을 이해하셨습니다. 하지만 그분은 그러한 욕망에 따라 행동하는 것은 금지된 일이라고 설명하셨습니다. 전 이미 그걸 이해하고 있었지요. 그분은 나아가 그 욕망 자체는 금지된 것이 아니라고 하셨습니다. 전 그것도 이해하게 되었습니다. 그분은 저에게, 만약 그게 가능하다고 느낀다면, 제가 결혼을 하는 편이 좋겠다고 하셨습니다. 조용한 남자, 저에게 힘든 요구를 하지 않을 남자랑요. 누군가, 이 세상에서 하셈의 목소리를 듣는 사람 말입니다. 침묵의 능력을 지닌 사람. 그 점에서, 라브의 말씀이 맞았습니다. 부디 고인의 기억

---

* mitzvah: 토라에서 주는 율법을 의미.

이 축복받으시길.'

실내에 모인 사람들 사이에서 낮게 중얼거리는 소리가 들렸다. '부디 고인의 기억이 축복받으시길.' 거기 모인 삼백여 명의 사람들은 마침내 자신이 어떻게 대답해야 좋을지 알고 있는 문장을 발견해 내서 안심한 모양이었다.

'라브는 또한 제가 제 욕망에 대해 언급하지 말고 침묵을 지켜야한다고 말씀하셨습니다. 제가 그것을 남편에게 말하고자 하거나 공동체 내의 다른 사람들에게 얘기하면 좋을 것이 없다고요. 그분은 어떤 종류의 일들은 비밀로 남아 있어야만 하며, 그에 대해 얘기를 꺼내지 않는 것이 더 낫다고 하셨습니다. 그런 것들을 얘기하지 않는 편이 공동체(共同體)에게도 더 나을 거라고요. 어떤 주제들은, 그분께서 말씀하시기를, 오직 사적으로만 논의되는 게 최선이라고 하셨지요. 밖으로 내보내서는 안 된다고요. 라브는 현명한 분이셨고, 선한 분이셨고, 토라에 능통한 권위자셨죠. 실로 많은 측면에서 그분의 지식과 이해는 매우 심오했습니다. 하지만 이 부분에서만큼은 그분은 틀리셨어요. 부디 고인의 기억이 축복받으시길.'

다시 한 번, 회중 내에 동의의 물결이 맴돌았다. 하지만 이번에는 어쩌면 조금 전에 비해 약간 자신감이 떨어지는 어조였다.

'발화.' 에스티가 말했다. '그것은 창조의 선물입니다. 하나님께서 이 세상을 발화로 창조하신 것처럼, 우리의 발화 역시 창조의 능력을 가집니다. 하나님의 창조 과정을 우리가 잠시 살펴볼까요. 그분이 말씀을 하셨고, 그러므로 세상은 존재하게 되었습니다. 만약 하나님께서 침묵의 가치를 그 무엇보다 높이 두셨다면, 그분은 발화로써 세상을 창조하지 않으셨을 것입니다. 만약 그분께서 피조물이 침묵하는 것만을 높이 사 주셨다면, 그분은 발화라는 선물을 우리 피조물의 일부로 주시지도 않으셨을 것입니다. 우리의 말들은 힘을 가지고 있습니다. 우리의 말들은 실제적인 것입니다. 하지만 이것은 우리가 영원히 침묵으로 남아 있어야 함을 의미하지 않습니다. 오히려 우리는 우리의 말을 신중하게 사용해야 합니다. 우리는 전능하신 우리 하나님처럼, 우리가 그 말들을 사용할 때면 파괴가 아닌 창조를 해야 한다는 사실을 유념해야 합니다.'

'그런 분들이 계시지요…….' 그녀는 잠시 말을 멈추고 살짝 미소 지었다. '제가 이곳을 떠나길 원하는 분들이 계십니다. 제 존재 자체만으로 끔찍한 혐오를 느끼며, 저에 대한 어떤 이야기가 오가는 것을, 혹은 서로 그런 이야기를 주고받는 것을 두려워하며 살아가는 분들도 계실 것입니다. 하지만 우리는 말들을 두려워해서는 안 됩니다. 진실을 터놓고 이야기하는 것을 두려워해서는 안 됩니다. 바로 그것 때문에 제가 오늘 이 자리에서 이 말씀을 드리게 되었습니다. 저는 진실을 말하는 것이 두렵지 않습니다.'

'저는 제게 금지된 것을 욕망해 왔습니다. 저는 계속해서 그것을 욕망합니다. 그럼에도, 저는 여기에 있습니다. 제게 주어진 명령들을 지키면서요. 그것은 가능한 일입니다.' 에스티는 미소를 지었다. '제가 침묵하며 그렇게 하지 않아도 되는 한에서는요.'

뉴욕과 런던의 차이점은 이거다. 뉴욕에서는 그 연설이 곧 그날의 행사를 마무리하는 명장면이 되었을 터다. 에스티가 말을 끝마친 뒤 도비드와 함께 연단을 내려오고, 그들이 그 홀을 떠나는 순간, 아마 그날 행사는 자체적으로 종결되었으리라. 시끌벅적한 박수갈채나 어쩌면 성난 고함 소리나, 뭐랄까 요란하고 극적인 반응이 뒤따랐겠지.

하지만 여기는 영국이니까 그런 일은 일어나지 않았다. 일 분이나 이 분 정도 잠시 침묵이 있었다. 속삭이는 대화 소리가 거하게 웅성대며 일어났고, 어떤 이들은 못마땅하게 입술을 오므렸고, 어떤 이들은 어처구니없다는 듯 눈을 굴리고 나서 그뿐, 그다음 연설자들이 순서대로 연단에 오르면서 행사는 마냥 계속되었다. 이런 모습은 감탄스러울 만큼의 존경과 증오를 동시에 불러일으킨다. 극적이고 감정적인 상황에 빠져드는 일을 거부하는, 즉 이처럼 완강한 거절은, 곧 어떤 진지한 일에건 진심 어린 깊이를 담아 반응하지 못한다는 무능력을 보여 주는 것이기도 하다. 이어진 삼십 분은 일종의 증명이었다. 정말 증명이라는 게 필요하다면 말이다. 가령 우리 중 상당수가 믿고 있는 신화—우리는 방랑자들이며, 그 어느 장소에 깃들어 살건 영향을 받지 않고, 오직 주님의 계명에만 귀를 기울인다는 주장이란 결국 거짓이다. 영국에 사는 유대인들은 영국인답다. 그들은 어색하게 몸을 꼬고, 발끝을 쳐다보고, 차를 마신다.

이렇게 말하긴 했지만, 내 눈으로 지켜보기에 흐뭇한 반응도 한두 개 정도는 있었다. 힌다 로셀 버디쳐와 프루마 하토그는 복숭아와 살구 파블로바 접시 너머로 서로를 쳐다보았다. 나는 이 우스꽝스러운 가발 뒤에 얼굴을 가린 채 홀 건너편에서부터 그들을 지켜보았는데, 힌다 로셀은 눈에 띄게 충격을 받은 모습이었고 안정감과 차분한 태도를 유지하려고 술 취한 사람처럼 뭔가를 쉴 새 없이 주절거렸다. 프루마는 창백하게 질렸는데, 심지어 평소보다도 더 하얗게 얼굴이 떴다. 힌다 로셀이 그에게 케이크 한 조각을 잘라 권하려 했고, 프루마는 입술을 앙다문 채 이를 거절했다. 으깬 이유식을 한 숟가락에 가득 담아 먹이려 해도 고집스레 거부하는 아기처럼. 힌다 로셀은 손을 뻗어 프루마의 팔을 만졌는데, 프루마는 그녀를 떨치듯 뿌리쳤고 이렇게 말했다. 홀 건너편에서도 그녀가 무슨 말을 하는지 들썩이는 입술을 꽤나 잘 읽을 수 있었다. '나한테 손 대지 마.'

그리 대단한 것은 아니었지만, 그래도 웃음이 났다.

그리고 하토그가 있지. 고백하자면 나는 그에게 말을 걸어서 내 정체를 밝히고 싶은 충동을 정녕 참기 힘들었다. 옷이라는 게 항상 그렇듯이 내 의상은 무엇인가를 선언하고 있었는데, 내가 거기 있는 건 나 자신을 위해서가 아니라 에스티와 도비드를 위해서라는 의미였다. 왜냐하면 그들만의 복잡한 이유로 그들은 내가 추도식에 함께 있어 주기를 원했으니까. 에스티는 골더스 그린의 다양하고 적절한 가게들을 급히 훑어서 이 의상을 마련해 왔다. 하지만 추도식이 끝날 무렵, 모든 사람들이 자리를 뜰 때 나는 하토그에게 걸어가서 내 정체를 드러내고 이렇게 말하는 가능성에 대해 깊이 고려해 보았고, 여하튼 뭐 그런 생각을 계속했다. '아, 어쨌든 난 여기 오고 말았네요, 이 멍청한 양반아. 이제 뭐 어쩔 건데?' 그가 최소한 나를 몰아내는 데에 그럭저럭 성공했다고 생각할 그 승리감까지도 전혀 던져 주고 싶지 않았던 것이다.

그래서 사람들이 추도식장에서 썰물처럼 빠져나가는 동안, 나는 그쪽으로 다가갔다. 음식도 다 먹었고, 연설도 다 들었으니, 이제 사람들은 그들 자신과 에스티에 대해서, 하지만 또한 내가 인식한 바로는, 굉장히 훌륭했던 음식 수준, 탁월했던 연설들, 라브의 인생에 걸맞은 이 기념식의 *적합성*에 대해서 중얼거리며 각자의 집으로 느긋한 발걸음을 옮기는 중이었다. 그래, 우리는 무슨 일을 하든 절대 서두르는 법이 없다. 정통파 유대교도도 그렇고, 영국 사람들도 그렇고. 나는 로비에서 하토그를 발견하고 그가 있는 방향으로 향했다. 그에게 말을 걸어 줘야겠다는 생각을 여전히 하고 있었지만, 그와 점점 가까워질수록 그런 욕망이 서서히 사그라짐을 느꼈다. 그냥 이대로 충분했다. 바로 여기서 무엇인가 변화가 일어났으니까. 그건 이곳에서 할 수 있는 한 최대한의 변화였다. 나는 그를 마주하고 *싶지 않다는* 사실을 깨달았고, 더불어 그 깨달음에 놀랐다.

나는 로비에서 그의 앞을 스쳐 지나갔다. 그는 딱딱하게 굳은 억지 미소를 지은 상태로, 그 누구의 얼굴에도, 심지어 자신과 악수하는 사람들에게도 시선을 두지 않은 채 모두가 홀을 떠나가는 모습을 쳐다보았다. 내가 평소 입던 옷을 입지 않았다는 점은 인정하지만, 그럼에도 그는 내가 지나갈 때 나를 정면으로 바라보면서도 내가 거기 있다는 사실을 깨닫지 못했다. 하토그를 지나치면서 나는 고개를 살짝 돌리고 그를 뒤돌아봤다. 그는 재빨리 얼굴로 손을 올렸는데, 그래서 나는 그가 나를 보았고, 나를 다시 부르려고 하거나 아니면 터져 나오는 비명을 감추려고 하는 손짓인 줄 알았다. 아니. 그는 손바닥으로 코를 싸쥔 뒤에 손을 펴고 그 안을 들여다봤다. 그의 손가락 끝이 붉게 물들어 있었다. 그는 주머니 속에 손을 집어넣어 구겨진 손수건을 한 장 꺼낸 다음, 코에서 떨어지는 가느다란 핏줄기를 애써 막았다. 마치 누군가가 얼굴에 한 방을 날리기라도 한 것처럼 그는 코피를 흘렸다.

13

일을 끝까지 완수하는 것은 너의 몫이 아니지만, 그렇다고
네가 그 일에서 완전히 벗어나는 것도 아니다.

—피어케이 아보트 2:20

탈무드에 전해 내려오는 이야기가 하나 있습니다. 탈무드의 모든
말은 하나님의 진정한 말씀이라는 것을 우리는 알고 있으므로, 이
이야기 역시도 진실하다고 할 수 있겠지요.

이 이야기에는 율법의 어느 난해한 측면을 두고 토론하는 랍비들
여러 명이 나옵니다. 그들 중 하나인 랍비 엘리이저는 다른 현자들
과 의견을 달리하며 격렬히 대립하였습니다. 긴 논쟁 끝에 그는 마
침내 이렇게 말했습니다. '만약 율법이 내가 말하는 대로라면, 이 캐
럽나무가 증명해 줄 것입니다!' 그러자 캐럽나무가 솟아 있던 자리
에서 뿌리째 뽑혀 나와 버렸습니다. 하지만 현자들은 말했지요. '캐
럽나무가 그 증명이 될 수는 없습니다.'

그리고 랍비 엘리이저는 말했습니다. '만약 율법이 내가 말하는
대로라면, 이 흐르는 시냇물이 증명해 줄 것입니다!' 그러자 시냇물
이 반대 방향으로 흐르기 시작했지요. 하지만 현자들은 말했습니다.
'시냇물이 그 증명이 될 수는 없습니다.'

그리고 랍비 엘리이저가 말했습니다. '만약 율법이 내가 말하는

대로라면, 이 학당의 벽들이 증명해 줄 것입니다!' 그러자 학당의 벽들이 안쪽으로 구부러지기 시작했지요. 하지만 랍비 조슈아가 그들을 꾸짖었습니다. '현자들이 토론을 하는데, 너희들이 왜 끼어드느냐?' 그래서 랍비 조슈아를 존경하는 마음에서 벽들은 무너지지 않았습니다. 하지만 랍비 엘리이저를 존경하는 마음에서 그들은 다시 제자리로 돌아가지도 않았지요. 그래서 오늘날까지 그들은 안으로 구부러진 상태입니다.

그리고 랍비 엘리이저가 말했습니다. '만약 율법이 내가 말하는 대로라면, 천국이 증명해 줄 것입니다!' 그러자 하늘에서 목소리가 들려왔어요. '너희들은 율법이 언제나 그가 말하는 대로라는 것을 보면서도, 왜 랍비 엘리이저와 의견을 달리하느냐?' 그리고 랍비 조슈아가 일어나 말했습니다. '그것은 천국에 속한 것이 아닙니다! 율법을 정하는 것은 신의 목소리가 하실 일이 아닙니다. 토라에는 다수의 의견대로 따라야 한다고 적혀 있으니까요.' 그래서 현자들은 랍비 엘리이저의 의견이 아니라, 그들의 판결 과정을 거쳐 나온 다수의 의견을 따랐습니다.

그리고 이 이야기에서 우리는 우리 삶의 어려움을 해결해 달라고 천국을 바라보는 게 옳지 않은 방법이라는 점을 배웁니다. 우리는 인생을 살아가면서 우리를 인도해 줄 놀라운 계시나 기적을 기대하지 말고, 해석하지도 않아야 한다는 뜻입니다. 우리는 스스로 선택하는 데에 가치가 있다는 것을 배웁니다. 심지어 하나님 당신께서 직접 개입하여, 우리의 선택이 옳지 않음을 명확하게 밝혀 주시더라도 말입니다. 우리가 하나님과 맞서 논쟁하거나 그분의 직접적인 명령에 불복종하더라도, 여전히 우리의 행동은 그분을 기쁘게 해 드릴 수 있습니다. 우리는 하나님께서 우리를 향한 따뜻한 동정심과 공감력을 가지고 계시다는 점을 배웁니다. 그건 결국 우리가 이해할 수 있는 정도보다 훨씬 더 폭넓은 것입니다.

이야기는 여기서 끝나지 않습니다. 우리는 나중에 랍비 네이선이 꿈속에서 예언자 엘리야를 만났다는 내용을 읽게 되지요. 그리고 그는 그 위대한 예언자에게 물었습니다. '랍비 조슈아가 "그것은 천국에 속한 것이 아닙니다!"라고 했을 때 전능하신 하나님께서는 어떤 반응을 보이셨습니까?' 그러자 엘리야는 대답했지요. '그 순간에 하나님께서는 기쁨의 웃음을 터뜨리셨다. 그리고 이렇게 말씀하셨지. "내 아이들이 나를 이겨 먹는구나. 내 아이들이 나를 패배시켰다."'

하나님께서는 그분의 주문으로써 우리에게 이 세상을 주셨습니다. 그분은 우리에게 그분의 토라도 주셨습니다. 그리고 훌륭한 부모가 그렇듯이, 인정 많은 아버지처럼, 그분은 기쁜 마음으로 우리를 자유롭게 놓아주셨습니다. 그것은 천국에 속한 것이 아닙니다.

* * *

사오십 명 정도의 사람들이 묘지의 무덤 곁에 모여 섰다. 추도식보다 훨씬 적은 수의 사람들이다. 라브가 죽은 지 일 년이 지났고, 관례대로 그의 몸이 쉬는 곳에 비석을 세울 시간이 돌아온 것이다. 예식은 단출하며 그리 오래 걸리지 않는다.

로닛은 아버지의 비석을 세우는 예식을 보기 위해 헨던으로 돌아왔다. 그녀는 하얀색과 회색이 길다랗게 죽죽 이어진 창백한 푸른빛 아침 하늘을 올려다보고, 불과 하루 전에 자신이 그 허공에 있었다는 것을 생각한다. 그녀는 아침에도 그곳에 있었다. 비행기가 대서양을 건너 밤을 통과해 갈 때 그녀는 희한한 꿈을 꾸었지만 아무에게도 그 얘기를 하지는 않을 것이다. 그것은 그녀와 아침만 아는 비밀이었다.

그녀는 이제 며칠만 있으면 태어난 지 만 삼 개월이 되는 아기를 안고 있다. 그들은 로닛의 아버지 이름을 따서, 아들의 이름을 모셰라고 지었다. 로닛은 아빠의 이름을 물려받은 아이를 안고 있다는 것의 의미를 프로이트적으로 어떻게 받아들이면 좋을지 아직 확신이 없는 상태였지만, 거기에 대해서 지나치게 걱정을 하지도 않았다.

에스티와 도비드는 조금 떨어져서 함께 서 있다. 둘 다, 서로보다는 앞쪽에 시선을 둔 채 바라보고 있는데, 바로 그다음 순간에라도 마치 지금껏 전혀 모르는 사람한테 너무 가까이 붙어 서 있다는 사실을 깨닫고 물러나 떨어질 것만 같은 모습이다. 하지만 그들은 그러지 않는다. 그들은 그 상태로 함께 서 있다가 에스티가 앞쪽으로 움직이자 도비드도 함께 몸을 옮긴다. 로닛은 그들을 지켜보면서 한쪽 상대가 성전환을 하거나 혹은 필수적으로 중요한 신체 기관들을 잃거나 혹은 정신을 잃은 이후에도 여전히 결혼 관계를 유지하는 사람들을 떠올린다. 그녀는 그런 것이 일종의 가부장제 억압의 잔해라는 점을 알고 있지만, 그럼에도 그런 관계를 나름대로 이해해 보려고 노력한다.

에스티 쪽에서도 로닛을 찬찬히 보고 있다. 그녀는 예전에 비해서 로닛이 더 평범해 보인다고 생각한다. 그녀가 실제로 평범해지지 않았다는 걸 에스티도 알고 있다. 하지만 예전의 로닛은 에스티에게 너무나 과중하게 느껴졌었다. 한때는 로닛의 얼굴 안에 온 세상이 담겨 있다고 생각하던 때도 있었다. 그러나 이제는 그냥, 하나의 얼굴일 뿐이다. 그녀는 그 변화에 감사한다. 왜냐하면 자신의 것이 아닌 얼굴 안에서, 언제나 결국에는 자신에게서 등 돌리고 말 얼굴 안에서 이 세상을 바라본다는 것은 별로 좋지 않기 때문이다.

그녀는 도비드의 얼굴에서 이 세상을 발견하지도 않는다. 하지만 그녀는 이제 도비드가 자신이 생각했던 것보다 더 나은 얼굴을 지녔다는 것을 볼 수 있다. 그는 친절하고, 놀랄 만큼 뛰어난 유머 감각을 가지고 있다. 이런 것들이 전부는 아니지만, 지금 이 여정을 기꺼이 함께하게 하기에는 충분하다. 만약 그 모든 세월을 돌아가서, 다시 최초의 선택을 해야 하는 순간이 돌아온다면, 그녀는 자기가 여전히 같은 것을 선택하리라고 생각한다. 그녀에게는 그게 명확한 듯 보였다. 에스티는 스스로 요즘 많은 일들을 꽤 명확하게 사고한다는 사실을 깨닫는다. 마치 그녀의 뇌를 뒤덮고 있던 흐릿한 안개 같은 것이 청명하게 걷힌 듯한 느낌이다. 마치 달 표면에 초점을 맞추는 망원경처럼, 그녀의 집중력이 발휘되고 있는 것 같다. 그녀는 꽤 자주 이만하면 괜찮다고 생각하면서 자신을 놀라게 했다. 모든 것이 다 괜찮아.

물론 한 해가 지나갔다는 점도, 모든 상황을 보다 쉽게 만들어 줬다. 한 해 만에, 배 속의 작은 진동은 이제 아이가 되었다. 모든 부분이 다 조그맣고 세상의 아무것도 알지 못하고, 맑은 푸른 눈동자로 손에 잡히는 모든 것을 닥치는 대로 쥐어 대는 아이. 한 해 만에, 새로 입힌 잔디들도 부쩍 자라서 무덤의 날카로운 가장자리를 부드럽게 뒤덮었다. 한 해 만에, 슬픔의 깊이는 날것의 생생함을 잃어 갔고, 충격을 가져다주었던 일은 점차 아무렇지도 않은 것이 되었고, 계속해서 이야기되던 것마저 낡고 진부한 주제가 되었다.

모든 것들은 한 해 단위로 흐른 뒤에 들여다보면 보다 단순하게 여겨졌다. 하지만 인간의 삶은 햇수로 흘러가는 것이 아니라 더 느리게, 날마다 지나간다. 한 해는 쉬워 보일지 모르지만 그 안의 매일은 정말 힘들 수 있다.

그렇게 한 해가 지난 것이다. 한 해 만에 잔디는 라브의 무덤을 덮었고 에스티와 도비드 사이에서 태어난 조그만 아들은 눈부신 가을 햇살에 깜박인다. 하지만 그렇게 쉽지만은 않았다. 라브의 회당을 떠난 사람들의 수가 적지만은 않았다. 어떤 이들은 큰 소란을 피우며 떠났고, 다른 이들은 보다 조용히, 안식일과 다음 안식일 사이에 자취를 감췄다. 속삭이는 소리와 고함치는 소리가 있었다. 에스티와 도비드가 안식일에 식사 초대를 받는 횟수가, 그들이 이전까지 즐겨 오던 데에 비하면 부쩍 줄어들었는지도 모른다. 어떤 사람들은—그들이 두려워하던 만큼 많은 수는 아니었지만—나름의 핑계를 대며 그들과 대화하는 일을 피했다. 예전만큼 자주는 아니더라도 헨던에는 여전히 그들을 둘러싼 불평과 소문이 맴돌았다.

하지만 그럼에도, 이 모든 것에도 불구하고 상황은 그럭저럭 괜찮았다. 여전히 가능한 일들이 있었다. 이거, 이거, 하지만 이건 아니고. 어떤 것들은 영원히 불가능한 상태로 남을 것이다. 하지만 가능한 것들 안에서, 삶을 영위할 수 있는 공간이 있었다. 회당에 남아 있기로 한 사람들은 에스티와 도비드가 여전히 거기 있다는 사실을 점차 높이 샀다. 비석을 세우는 날에도 에스티는 짤막한 연설을 했다. 그 한 해가 지나가는 동안, 이따금 그녀가 다른 자리에서 하곤 했듯이. 라브의 무덤 위로 떨어지는 단순하고 간단한 추모의 말을 몇 마디 하고 나서 예식은 끝났다. 참석한 사람들은 미소 지었고 그녀가 연설을 해 줘서 고맙다고 말했다.

에스티와 도비드는 망원경을 샀다. 그걸로 그들은 달의 표면을 자세히 관찰하며, 그곳에 있는 산맥과 분화구를 눈에 익을 때까지 찬찬히 뜯어봤다. 어둠이 내리고 아기가 잠들면 그들은 손님방의 창문을 열고 망원경을 설치한 뒤, 차례차례 돌아가며 가늘게 찌푸려 뜬 눈으로 접안렌즈 안을 들여다보았다. 그들은 망원경의 눈으로 하늘을 휘저으며 멀리 떨어진 별들에 초점을 맞췄다. 다른 사람들과 함께 있을 때도 그들은 종종 목동자리의 아르크투루스나 오리온자리의 리겔 같은 별 이름을, 서로만 아는 비밀 암호로 사용했다. 그 암호가 의미하는 건 이것이었다. 난 여전히 여기에 있어.

어젯밤에 나는 헨던 위를 날아가는 꿈을 꿨다. 바람이 내 주변과 위와 아래로 불면서 내 폐를 가득 채웠다. 그리고 내 아래에는 헨던이 쫙 펼쳐져 있었다. 처음에 내가 본 것은 그 먼지 날리도록 건조한 거리와 튜더 양식을 베껴서 다 똑같은 모양으로 찍어 낸 듯한 집들이었다. 나는 집집마다 붙박이로 짜여 들어간 옷장, 자동차 두 대를 둔 평범한 가족, 주로 회계나 법률 쪽에 평생직장을 둔 가장을 봤다. 그 어떤 주방보다 더 확실하게 코셔 과정을 거친 주방, 보통 이상으로 긴 치마, 더 두꺼운 타이츠들, 그 누구보다 더 반듯하고 견고하게 쓴 샤이텔을 봤다. 나는 토라의 심오한 학술 연구를 봤고, 친절과 선행을 실천하는 것도 봤으며, 동시에 뒷공론과 중상모략과 공개적인 모욕 행위들을 봤다.

그리고 나는 말했다. '주님, 헨던에 열정이 있을까요? 욕망이나 절망이, 슬픔이나 기쁨이, 경이나 신비가 과연 그곳에 있을 수 있나요? 주

님.' 나는 말했다. '이곳은 살아남을 수 있습니까?'

그리고 주님께서 내게 말씀하셨다. 내 아이야, 내가 그러고자 한다면, 이곳은 살아남을 것이다.

그리고 보라, 나는 마치 주님께서 전능한 손과 곧게 뻗은 팔을 쓰시듯 집집마다 덮인 지붕이 들리는 것을 보았다. 또 주님께서는 각 집에 있는 사람들 모두에게 차례대로 말씀하셨고, 그분의 밝은 빛으로 그들의 마음을 가득 채우셨다. 나는 그것을 바라보았다. 그리고 보라, 그분이 그 일을 마무리하셨는데도 달라진 것은 별로 없었다.

나는 말했다. '주님, 이것은 대체 무슨 의미입니까?'

그리고 주님께서 말씀하셨다. 내 아이, 내 기뻐하는 자여. 이곳에서 변화는 천천히 일어난단다. 이들은 목이 뻣뻣하고 불복종하는 백성이니. 하지만 최소한, 그들이 여전히 귀를 기울이려고는 하는구나.

로닛은 런던에 닷새 동안 머물렀다. 그녀는 비석 건립식에 모습을 보이지 않은 하토그에 대해 물었고, 그가 이제 다른 회당에 다닌다는 사실을 알게 되었다. 물론 하토그가 갈 만한 곳은 어디에나 있을 것이다. 도비드는 이제 랍비였지만 그 직함으로 불리는 것을 그다지 즐기지는 않았다. '그냥 도비드라고 부르세요.' 그는 집을 방문하는 사람들에게 그렇게 말했다. 이처럼 격식 없는 호칭을 편하지 않게 여기는 사람들도 있긴 있었다. 그들이 아는 왕년의 질서와 엄격함을 다시 찾고 싶어 하는 사람들 말이다. 그런 사람들은 도비드를 꼭 랍비라고 불렀고 그는 거기에 저항하지 않았다. 어쨌든 그들도 도비드의 집에 오는 일을 그만두지는 않았다. 가끔 그들은 도비드보다 그의 아내를 보러 오기도 했다. 그녀는 이야기를 잘 들어주는 사람으로 알려졌다. 그녀와 상담을 하고 나면 어떤 문제도 그다지 대단하게 느껴지지 않았으며, 그녀가 들어주는 그 어떤 고민도 지나치게 충격적이지는 않았다.

로닛은 뉴욕으로 돌아간다. 비행기 안에서 그녀는 아버지의 책을 읽는다. 읽어 나가며 종종 굉장히 짜증 나는 부분들도 있긴 했지만 그녀는 들여다보길 잘했다고 생각한다. 그녀는 파인골드 박사에게 아버지에 대해 이야기한다. 파인골드 박사는 그녀에게 그들의 관계에서 좋았던 부분들을 기억하고, 소중하게 간직하고, 그 어떤 부모라 해도 아이가 필요로 하는 전부를 다 줄 수는 없다고, 바로 그 사실을 이해해 보는 연습을 하자고 제안한다. 로닛은 혹시 이렇게 하다 보면 십계명에서 권고하는 것처럼 아버지를 '네 부모로 공경하는' 경지에까지 이르게 되지는 않을까 잠시 궁금해하지만, 곧바로 아마 그만큼은 아닐 거라고 판단한다. 하지만 그녀는 크게 마음 쓰지 않는다. 그녀는 자신이 할 수 있는 것까지만 해 보고, 나머지는 별로 중요하지 않다고 믿으려 한다.

그녀는 좋은 분별력이, 근본주의적 신앙과 교차할 수 있는 아주 작고 미세한 영역을 지녔음을 깨닫는다. 그녀는 최소한 이따금씩이라도 그 영역에서 살아가는 것이 어떤 느낌인지 시험해 보고 있다. 그래서 그녀는 하토그의 돈을 효과적으로 활용하며 잠시 시간을 내어 쉬었다. 그리고 그녀는 예전에 같이 잠자리하던 기혼 남자와 함께 사무실을 쓰지 않아도 되는 새로운 직장을 구했다. 분별력과 종교 윤리가 그 지점에서만큼은 서로 통했다. 그리고 더러 마음이 내키면, 그녀는 그런 의식들을 하기도 했다. 금요일 밤 식사 시간, 집에 있을 때, 그녀는 그 거대한 은제 촛대에 불을 밝히고, 닭고기를 구웠다. 가끔은 심지어 기도를 하기도 했다. 물론 그녀는 그 행위를 '하나님과 이야기하기'라고 불렀다. 하지만 그런다고 해서 그녀의 영혼이 딱히 겸허해졌는지는 확실하지 않았다.

그녀는 미국 남부에서 휴가를 보냈고, 하늘로 얼굴을 쳐들 때마다 자신한테로 떨어져 내리는 하늘의 광활함에 깊이 경탄했다. 그녀는 그런 생각을 했다. 올려다보건, 내려다보건, 어디에 가건 하늘은 언제나 그곳에 있다는 사실을. 그것을 쳐다볼지 말지 선택하는 건 각자의 몫이지만, 그 어떤 것을 고르더라도 하늘은 여전히 거기에 있을 것이다. 아름다움과 빛을 가득 품고. 그녀는 그 사실에서 기이할 만큼 편안함을 느꼈다.

나는 내 존재의 두 가지 상태에 대해 좀 생각해 봤다. 동성애자인 것과 유대인인 것. 그 둘 사이엔 공통점이 많다. 일단 둘 다 내 선택의 결과로 주어진 게 아니다. 둘 다, 그냥 처음부터 그런 존재인 거지. 그걸 바꾸기 위해 할 수 있는 일은 아무것도 없다. 어떤 사람들은 이 말을 부정할지도 모르지만, 만약 당신이 '약간 동성애적 성향을 지녔'거나 '아주 조금만 유대인'이라고 해도, 당신이 스스로의 정체성을 규정하기 원한다면 그만큼으로도 충분하다.

두 번째는 이 상태 둘 다──동성애자의 정체성, 유대인으로서의 정체성──겉으로는 잘 드러나지 않는다는 것이다. 이 점 때문에 상황이 재미있어진다. 왜냐하면 내가 본질적으로 어떤 존재인지는 선택할 수 없지만, 내가 어떤 부분을 드러내고 보여 줄지는 선택할 수 있기 때문이다. 과연 나 자신을 '커밍아웃'할지 말지는 언제나 내가 선택할 수 있다. 새로운 사람을 만날 때마다 하게 되는 결정이다. 나는 내 정체성에 맞는 어떤 행위들을 *실천할지* 항상 선택할 수 있다.

실천이란 물론, 서로 다른 여러 일들을 의미한다. 그 내용이 무엇인지는 아마도 모든 사람마다 다 다를 것이다. 그 일을 매일 실천할 수도, 혹은 어쩌다 한 번 실천할 수도 있다. 하지만 실천하지 않는다면, 그게 나에게 무슨 의미였을 수 있는지는 절대 알 수 없으리라. 내가 어떤 사람이 될 수 있었는지는 나 자신도 모르는 일이다. 실천해 보지 않는다면, 자신의 본질에 해당하는 정체성을 주장하는 것조차 어색하게 느껴질지도 모른다. 만일 정체성이 당신의 삶에 어떠한 기능도 하지 못한다면, 그것을 입 밖에 내어 말하는 요점이 대체 무엇이겠는가? 물론 말하지 않아도 본질은 여전히 같은 자리에 있다. 그것은 사라지는 게 아니니까. 하지만 실천하지 않는다면, 그것은 내 삶을 절대 바꿀 수 없다.

솔직히 말해서, 이 세상의 방식대로라면 실천하지 않는 편이 아마 더 쉬우리라. 그런다면 차라리 사람들 사이에서 더 능숙하게 적응하고, 또 어울릴 수도 있을 테니까. 당신이 원하는 게 그쪽이라면, 뭐. 하지만 나는, 남들에게 받아들여지는 데에 별로 관심이 없었다.

그래서 나는 결론에 이르렀다. 나는 정통파 유대교인이 될 수 없다. 그런 신앙을 내 안에 가지지도 않았고, 가졌던 적도 없으니까. 하지만 그렇다 할지라도 정통파 유대교인에서 완전히 벗어난 존재 또한 될 수는 없다. 그 삶의 무엇인가 강렬하고 오래되고 부드러운 부분이 자꾸 나를 다시 불러 세우고, 아마 앞으로도 계속 그러리라 생각한다. 이게 딱히 결론처럼 들리지는 않을 듯싶다. 그래도 이게 내가 가진 유일한 결론이다. 파인골드 박사는 그것을 '나 자신을 용서하는 것을 배우기'라고 부른다. 한편 나는 그것을 '내가 내 삶의 모든 요청에 일일이 다 대답할 필요는 없다는 걸 배우는 과정'이라고 부른다. 가끔 그런 요청을 인식하고 글쎄,

어쩌면 내가 여기에 응답할 수도 있고, 어쩌면 그러지 않을지도 모르지, 라고 말하는 것만으로 충분하다.

나는 며칠 전 밤에 또 다른 꿈을 꿨다. 나는 야외 식당 같은 곳에 있었는데, 나무와 수풀이 온통 우거져 있었다. 나는 나보다 나이가 많은 어떤 남자와 함께 점심을 먹고 있었는데, 그는 어쩐지 아빠를 생각나게 했다. 우리는 그저 즐겁게 웃으며, 수다스럽고 한가로운 잡담을 한창 늘어놓았다. 그런데 때마침 다가온 남자 종업원이 와인 목록을 내게 넘겨주었다. 나는 그것을 쭉 살펴보고서 이렇게 말했다. '있잖아요? 저는 칼바도스* 를 마실래요.'

그러자 나와 함께 점심을 먹던 남자는 몸을 내 쪽으로 기울이며 머리를 살짝 가로저었다. 그가 말했다. '넌 그거 먹으면 안 된다는 거 알잖니.'

나는 그에게 눈을 찡긋하고 말했다. '저는 제 스스로 선택을 해야만 해요. 괜찮을 거예요. 어디 두고 보세요.'

그는 말했다. '얘야, 넌 그걸 확실히 알 수 없어.'

그리고 나는 내 유리잔을 그의 앞으로 들어 올려서, 밝은 빛이 호박색 액체를 투과하며 구부러진 무늬를 만들어 내는 모습을 바라봤다. 나는 단 한 번에 술잔을 비웠다. 모든 금지된 것들이 그렇듯, 그것 또한 따뜻하고 향기로웠다. 나는 유리잔을 테이블에 올려놓고 한쪽 눈썹을 추켜올렸다. 그리고 말했다. '괜찮을 거예요. 전 믿음이 있어요.'

그러자 그는 머리를 젖히고 너털웃음을 터뜨렸다.

---

* Calvados: 사과주를 증류한 술.

감사의 말

무한한 열정과 믿음을 보여 준 베로니크 백스터(Veronique Baxter)와 케이트 바커(Kate Barker)에게, 또한 엘레나 래핀(Elena Lappin), 폴 마스(Paul Magrs), 퍼트리샤 던커(Patricia Duncker)에게도 감사를 드립니다. 재정적으로 격려해 주신 아샴 문예 신탁(Asham Literary Trust)과 데이비드 하이엄 에이전시(David Higham Agency)에게 감사드립니다.

카사 리브레(Casa Libre)의 앤 파인(Ann Fine)과 크리스틴 넬슨(Kristen Nelson), 그리고 사막에서 고요한 여름을 보낼 수 있게 해 주신 애리조나 대학교 시 센터(University of Arizona Poetry Center)의 프랜시스 스요베르(Frances Sjoberg)와 직원 여러분께 감사합니다. 타시 오(Tash Aw), 필립 크랙스(Philip Craggs), 쇼반 헤런(Siobhan Herron), 야닉 힐(Yanick Hill), 젠 카밧(Jen Kabat)과 헬레나 픽업(Helena Pickup)에게 감사합니다. 제목을 포함하여, 여러 놀라운 도움을 주신 다이애나 에반스(Diana Evans)에게 특별한 감사를 전합니다.

제 가족에게 감사를 드리며, 특히 할머니 릴리 앨더만(Lily

Alderman)과 동생 엘리엇 앨더만(Eliot Alderman)에게 감사를 보냅니다. 비비언 버고인(Vivien Burgoyne), 데버라 쿠퍼(Deborah Cooper), 벤저민 엘리스(Benjamin Ellis) 박사님, 잭 페로(Jack Ferro), 요즈(Yoz)와 밥 그레이엄(Bob Grahame), 랍비 새미(Rabbi Sammy)와 리아트 잭먼(Liat Jackman), 그리고 앤드리아 필립스(Andrea Philips)에게 감사합니다. 에스터 도노프(Esther Donoff), 러셀(Russell), 다니엘라(Daniella)와 벤지(Benjy)에게 고맙습니다. 데나 그래비나(Dena Grabinar)와 페리 발트(Perry Wald)가 보여 주신 지원과 믿음 그리고 안전한 쉼터를 제공해 주신 데에 감사드립니다.

작가와의 인터뷰

『불복종(Disobedience)』을 집필하시면서 가장 어려운 점은 무엇이었나요? 집필 도중 마음에 걸리거나 압도될 만한 부분이 있으셨나요?

아마도 가장 어려웠던 점은 첫 소설을 쓰는 많은 작가들이 동일하게 경험하는 어려움이겠지요. 꾸준히 사기를 북돋우는 거요! 한 권의 책을 쓰는 것은 길고 고독한 작업이며, 실제로 제가 책을 완성할 능력이 있으리라고 믿는 자신감은, 종종 갑작스럽게 절망의 나락으로 곤두박질치곤 하지요. 책을 출간하고 난 지금 이 순간이 정말 좋은 건, 최소한 이제는 과연 제가 완성된 형태의 원고를 만들어 낼 능력이 있는지 없는지를 더 이상 걱정하지 않아도 된다는 점이에요.

저를 놀라게 한 점이라고 한다면……. 제 생각에는, 제가 속한 공동체에 대해 글을 쓴다는 것을 두고, 저 스스로 마음이 편하진 않았다는 점이겠네요. 저는 계속, 제 공동체 사람들이 종종 말하는 듯한 방식으로, 스스로를 가로막곤 하는 일종의 내적 갈등을 겪었던 것 같아요. '이건 글로 쓸 이야기가 아니야. 이건 그냥 사적인 것으로 남겨 두는 게 더 나을 거야.' 제 생각엔 점차 시간이 흐르면서, 그런 부분에 대해 제가 가지고 있던 내적 논의가 소설 속에 담겨 나온 것 같아요.

당신의 소설은 얼마나 자전적인가요?

음. 글쎄요. 소설에 일어난 사건들은 실제로 저에게 일어났던 일들이 아니에요. 저의 부모님 두 분 다, 감사하게도 아직 살아 계시고요. 저는 결혼하지 않았고 기혼 남자와 외도 관계를 가져 본 적도 없죠. 소설 속의 사건들은 허구로 만들어졌고, 아마 배경이 되는 장소만이 실제로 제가 있었던 곳들이라는 게 맞는 말일 거예요. 저는 예전부터 맨해튼에 살고 있고요, 한때는 꽤 책임이 막중한 직장을 다니기도 했지요. 도비드의 두통은 제가 겪는 거예요. 어릴 때부터 그런 두통을 경험해 왔거든요. 저는 헨던에서 자랐고 정통파 유대교도의 삶 속에서 성장했어요. 그리고 대부분의 성인처럼 저도 사랑과 욕망과 가슴 아픈 상실을 경험했죠.

어린 시절에 로닛, 도비드와 에스티는 함께 친밀한 우정을 쌓았고, 로닛과 에스티의 경우에는 이후 그것이 보다 더 큰 애정으로 발전해 갔어요. 수년이 지나고 로닛이 다시 런던으로 돌아왔을 때, 세월의 흐름에 따라 각각의 인물들이 그 시기를 어떻게 받아들였다고 말할 수 있을까요?

그들 모두는 어느 정도까진 가상으로 소설화된 인물들이라 생각해요. 로닛은 그 사랑을 실제 자신의 마음으로 느꼈던 것보다 더 축소해서 취급하죠. 그건 정통과 종교의 굴레에서 빠져나오고 싶은 그녀의 욕망 속에서, 그녀가 추구한 반항의 일부로 엮어 버린 거예요. 따라서 그녀는 그 사건을 오직 상징으로밖에 볼 수 없죠. 그리고 에스티가 피와 살을 지닌 현실의 인물이며, 자신이 그녀에게 실제로 상처 줬음을 깨닫고 놀라게 됩니다. 반대로 에스티는 그 사건을 실제보다 더 크게 확대해서 받아들였죠. 그들은 십 대 청소년들이었고, 설령 정통과 종교의 억압이나 간섭 없이 그들 스스로 서로의 관계를 끝까지 밀어붙일 수 있었다고 하더라도 아마 그 사랑이 영원히 지속되지는 않았을 거예요. 하지만 에스티에게 그건 그녀가 자신의 성적인 영역을 자유롭게 표현할 수 있었던 유일한 순간이었죠. 그녀는 그 순간과 경험들에 사로잡혀 버린 거예요. 로닛이 반항과 사랑을 한데 뒤섞어 버린 것처럼, 에스티는 자신의 성적 지향성과 로닛을 뒤섞어 버렸죠. 마치 로닛이 자신 안에 그런 감정을 일깨워 낸 유일한 사람인 것처럼요. 그들 중에서는 도비드가 가장 명확하게, 무슨 일이 벌어지는지 이해하고 있는 사람이에요. 제 생각에 그의 희망은 언제나, 그들 삶에 어떤 의미 있는 움직임이나 변화가 도래하리라고 기대하는 것이었다고 봐요.

로닛처럼, 당신은 런던에서 자랐고 뉴욕에서 일하는 시기를 거치셨죠. 유대인 여성으로서 두 도시에서 살아 본 경험을 비교하면 어떤가요?

뉴욕이 더 나아요. 이렇게 말해서 죄송해요. 유대인들에게는 뉴욕이 더 낫죠. 뉴욕에서 산다는 것은, 유대인으로서 제가 예상할 수 있었던 수준을 넘어서는 만큼 동등한 대우를 받는다는 점에서 저에게 완전히 새로운 경험이었어요. 작은 부분들이긴 하지만요. 텔레비전 뉴스에서, 크리스마스 시기에 시청자들에게 즐거운 크리스마스를 보내시라는 인사를 하는 것처럼, 유월절 기간에는 앵커들이 행복한 유월절 되시라는 말을 하더라고요. 영국에서는 그런 일이 일어나는 걸 상상할 수가 없어요. 물론 영국에도 그만큼 멋진 일들이 없다는 것은 아니지만요, 어쨌든 저도 다시 여기로 돌아왔으니까! 그리고 뉴욕에 있는 그 문화도 아무런 근거나 기반 없이 발현되어 나온 건 아니죠. 거기에 있는 유대인 공동체는 당당한 자신감을 지녔고 여러 의제들을 큰 소리로 발언해요. 저는 영국에 있는 유대인 공동체도 그처럼 적극적으로 모습을 드러내는 데에서 배울 점이 많다고 생각해요. 현재 권장되는, 이른바 각자 품위를 지키며 눈에 띄지 않는 노선을 고수하는 입장과는 반대되게 말이지요.

2005년 『불복종』의 양장본이 출간되었을 때, 정통파 유대교 회중의 반응은 어땠나요?

허. 글쎄요, 정통파 유대교 공동체는 동성애에 관대한 편이 아니라서, 가지각색의 반응들이 있었어요. 공동체 내부에서도 극단적으로 보수 계열인 경우에는 이 책이 존재하는지조차 미처 인식하지 못했고요. (혹은 만약에 알았더라도, 그에 대해 어떤 논평도 하지 않았겠지요.)

그보다 좀 더 급진적인 계열에서는 이 책을 반겨 주셨고, 다양한 회당 독서 모임들에서도 계속 저를 초대해 주고 계세요. 그건 정말 멋지고 감사한 일이죠. 헨던에서 한두 번 길을 가다가 정통파 유대교도이신 분들이 아는 척을 해 주셔서 잠시 멈춰 섰던 적도 있고요. 그렇게 인사를 해 주시는 대부분의 분들은 정말 긍정적인 반응을 보여 주셨고, 딱 한 남자분만 제 책이 '추잡하다.'라고 생각한다며 말씀해 주시더라고요. 영국 유대인의 대표 언론이라 할 수 있는 《주이시 크로니클(The Jewish Chronicle)》은 이 책이 받아 본 중에 가장 신랄하고 격렬한 혹평을 해 주었는데요, 그게 다음 중 어떤 이유에서인지는 저도 잘 모르겠어요. ① 솔직하게 정말 끔찍한 책이라고 생각해서. ② 공동체 내부의 이야기를 노출시키는 것에 위협을 느껴서. ③ 자기들이 먼저 그런 생각을 못 한 게 아쉬워서.

소설을 쓸 때 이야기를 전개해 가면서 자체적으로 진화하는 과정을 보는 편이신가요, 아니면 첫 장부터 이야기의 방향을 어디로 끌고 갈지 스스로 정확히 인지한 상태에서 쓰는 편이신가요?

이 책의 경우에는 확실히 혁명보다는 진화의 과정을 따랐죠. 이 책은 제가 뉴욕에 살고 있을 때 쓴 단편에서 시작됐어요. 그건 결국 이 소설의 에스티가 된 인물에 대한 이야기였죠. 제가 그 이야기를 다 썼을 때 저는 얘기하고 싶은 게 여전히 더 많다는 걸 깨달았고, 이스트앵글리아 대학교(University of East Anglia)에서 글쓰기 창작 과정을 수강하기 시작하면서 그 생각을 다시 떠올려 봤어요. 뭔가 즉흥적인 결심으로 '아, 이걸로 소설을 써야겠어.'라고 불쑥 생각한 거죠. 첫 한두 장은 큰 어려움 없이 그냥 술술 나왔는데, 4장이나 5장쯤에서부터는 이야기의 방향을 어디로 둘지 더 확고한 관점이 필요하다는 걸 깨달았어요. 그래서 큰 종이를 준비하고 자리에 앉아서 한두 주 정도 책의 나머지 부분을 좀 더 세부적으로 계획했죠. 지금 이렇게 말하고는 있지만, 퇴고를 하면서 상당히 많은 부분을 들어내고 다시 썼어요. 그냥 자리에 앉자마자 완벽한 책 한 권을 곧장 쓸 수 있다고 생각하는 건 정말 멋지지만, 사실 대부분의 글쓰기는 어떻게든 앞뒤 흐름을 제대로 만들어 보려고 노력하는 퇴고 과정이죠.

작가로서 가장 즐거운 점은 무엇이며, 단점들은 무엇이라고 생각하시나요?

즐거운 점이라……. 이젠 제가 뭘 지어내면 돈을 벌 수 있다는 사실을 아직도 믿을 수가 없어요. 어렸을 때 저는 꽤 능숙하고 창의적인 거짓말쟁이였지만 그것에 굉장히 죄책감을 느꼈거든요. 이제 무엇이든 가상의 판타지를 구축하고자 하는 제 성향을 어딘가 건설적인 데에 쏟게 되니, 현실의 삶에서는 정직하게 지내게 됐죠.

글쓰기에 수반되는 고독은 대처하기 어려운 단점일 수 있겠으나, 저는 다른 직업을 하나 더 갖고 있으니 매우 운이 좋은 셈이죠. 컴퓨터 게임 회사의 수석 작가로서 일하는 것은 아주 사회적이고, 공동의 협력을 필요로 해요. 저는 아침엔 혼자만의 영예로운 고독에 파묻혀 지내다가, 오후가 되면 동료들과 함께 여러 아이디어를 주고받으며 우리 영웅들에게 안겨 줄 다양한 종류의 위험을 만들어 내곤 하지요.

글쓰기에 필요한 영감을 어디서 찾으시나요?

영감은 어디에서나 올 수 있지요. 그걸 열어 보는 게 어려울 뿐. 저는 느낌이 오는 대로 따라가는 방법을 강력하게 지지해요. 갑자기 나를 잡아끌며 '이것 좀 봐 볼래?' 하는 게 다가오면, 그것이 결국 나를 어디로 이끌지 혹은 내가 지금 뭘 하고 있는지 미리 판단하는 일 없이 그냥 그 경험 자체를 순수하게 탐색해 봐요. 영감이라는 건 숙제를 하러 간 학교 도서관의 선반에서 실수로 떨어뜨려 무심코 안을 살펴보게 된, 거대한 오징어가 나오는 책에서 오는 거죠. 또 영감은, 버스를 타고 가는 동안 겉으로 보기에는 소설책을 '읽고 있어야 할 텐데', 그 대신 맞은편에 앉은 아름다운 사람을 보며 속으로 떠올리는 망상에서도 올 수 있고요. 영감은 당신의 모든 시간을 오직 유용한 데에만 써야 한다고 생각하지 않고, 그 밖의 다른 것들을 생각할 수 있도록 여백을 주는 데서 생겨나요. 그건 우주를 멍하니 쳐다보는 것, 그리고 당신을 매료시키는 거라면 그 무엇이든 괜찮아요. 지루함이란 영감을 얻는 데 있어서 굉장히 중요해요.

당신이 가장 좋아하는 작가들은 누구며, 당신의 글쓰기에 영향을 준 사람들은 누가 있나요?

아, 정말 많죠! 저는 보르헤스와 사키를 좋아해요. 앨리 스미스의 글은 너무 좋아서 가끔 저 자신에게 큰 소리로 읽어 주곤 해요. 그 말의 감각을 온전히 느끼고 싶어서요. 뒤마보다 더 플롯을 잘 짜는 사람은 없죠. 『몬테크리스토 백작(The Count of Monte Cristo)』의 플롯은 걸작이에요. 더글러스 애덤스와 닐 게이먼도 사랑하죠. 저한테는 이런 환상이 있어요. 어느 날 '작가 모임' 같은 데서 닐 게이먼을 만나 제가 얼마나 당신의 작품을 숭배하는지 마구 떠들어 대면, 그분이 '어, 근데 누구시라고요?'라고 대답하는 거죠. 책을 쓰는 작가는 아니지만 저는 조스 웨던에게도 비슷한 찬양심을 가지고 있어요. 「버피 더 뱀파이어 슬레이어(Buffy the Vampire Slayer)」의 모든 에피소드가 얼마나 긴장감을 주며 매력적으로 마무리되는지 볼 때마다요. 저는 학교에 다닐 때는 오비디우스의 글을 좋아했고 그건 여전히 저에게 기쁨을 준답니다. 저를 웃게 해 주고, 경탄하게 해 준다면 그 누구든 좋아해요.

당신이 언제나 최고로 꼽는 책 열 권은 무엇인가요?

이건 계속 변하는 부분이긴 한데요, 오늘 기준으로는 이렇고 특별한 순서는 없어요.

『천사의 와인(The Vintner's Luck)』 — 엘리자베스 녹스
『더크 젠틀리의 성스러운 탐정 사무소(Dirk Gently's Holistic Detective Agency)』 — 더글러스 애덤스

『샌드맨 7: 짧은 생애(Brief Lives)』── 닐 게이먼

『사랑의 기술(The Art of Love)』── 오비디우스

『심각한 우려(Serious Concerns)』── 웬디 코프

『뱀파이어와의 인터뷰(Interview with the Vampire)』── 앤 라이스

『부자의 양심(The Conscience of the Rich)』── 찰스 퍼시 스노

『모래의 책(The Book of Sand)』── 호르헤 루이스 보르헤스

『클로비스 연대기(The Chronicles of Clovis)』── 사키

그리고 연극 대본도 괜찮다면, 『시련(The Crucible)』── 아서 밀러

지금은 어떤 작업을 하고 계신가요?

지금은 새 책을 집필 중이에요. 옥스퍼드를 배경으로 하는, 우정과 사랑에 대한 책이며, 유대인 관점에서 보이는 기독교의 낯선 측면에 관해서도 다루고 있어요. 하지만 많은 얘기는 하고 싶지 않네요, 부정 탈지도 모르니까요!

어느 금요일 만찬*

닭고기 수프

4~6인분

일반적으로 이 수프에 추가되거나 곁들이는 음식의 조리법도 뒤따르곤 합니다.

손질된 커다란 닭고기 1마리 분량, 혹은 큰 생닭 1마리와 500그램 정도의 닭 곱창 2개

사등분한 큰 양파 1개

뭉텅뭉텅 자른 당근 2개

리크 1개

사등분한 순무 1개

---

* 프루마 하토그가 다른 누군가에게 대신하게 할 법한 식단으로, 클로디아 로덴(Claudia Roden)의 『유대 음식 조리법(The Book of Jewish Food)』 참조.

큼지막하게 조각낸, 잎이 붙은 셀러리 줄기 2개

파슬리 2마디(선택 가능하다.)

소금과 백후추

추가: 조리법 끝부분 참조

닭고기 또는 생닭과 닭 곱창을 커다란 냄비에 넣고 물 2리터를 붓는다.

팔팔 끓이면서 떠오르는 거품을 걸어 낸다. 채소와 파슬리, 소금과 백후추를 넣는다.(잎은 고명을 위해 남겨 둔다.) 뚜껑을 닫은 채 매우 약한 불에서 2시간 반 정도 푹 끓인다. 필요하다면 물을 더 넣는다.

만약 닭 한 마리를 통째로 사용한다면 1시간쯤 지난 뒤에 꺼내서, 너무 익지 않도록 고기를 제거한다. 그리고 조리하는 중에도 수시로 닭 위에 육수를 계속 끼얹어 촉촉한 상태를 유지하도록 한다. 닭고기와 뼈를 다시 냄비에 넣고 1시간 이상 더 조리한다. (백숙 닭을 사용한다면 넉넉히 2시간 정도 끓여야 한다.)

국물을 체로 걸러 준비해 둔다. 표면에 뜬 기름기를 제거하고 싶다면, 키친타월로 살짝 떠내거나 혹은 하루 전날 미리 국을 끓여서 뚜껑을 덮은 상태로 냉장고에 넣어 둔다. 그리고 응고된 지방을 스푼으로 걸어 내면 된다.

식탁에 내놓기 몇 분 전에 로크셴(혹은 버미첼리 파스타)을 한 줌 집어 손으로 잘게 부순 뒤에, 필요하다면 다른 재료를 더해서 부드러워질 때까지 한소끔 끓인다. 매우 뜨거운 상태로, 원한다면 잘게 빻은 파슬리 가루를 뿌려서 낸다.

보통 로크셴을 곁들여 먹지만, 쿠키 모양(작은 네모)의 파스타, 슈파츨렌(보타이) 파스타, 그리고 파르펠(갈거나 자른 파스타), 만들렌(mandlen)이라 부르는 조그만 빵 조각 같은 크루통, 계란과 밀가루를 빚어 만든 만두 등 다른 모양의 파스타로 대체할 수도 있다. 크레플레크(Kreplach, 고기 라비올리)는 휴일과 특별한 날을 위한 메뉴고, 크네이들*은 유월절을 위한 식단이지만 사람에 따라 마음 내키면 언제라도 만들어 먹는다.

응용

—우리 사돈인 에스텔 보이어스는 닭고기 수프를 끓일 때 작은 스웨덴 순무 반쪽과 으깬 토마토를 넣으며, 조리를 시작할 때 설탕 약간과 가끔 사프란도 살짝 넣는데 훨씬 강렬하고 진한 풍미를 느낄 수 있다.

—프랑스에서는 월계수 잎 2장과 백리향 1줄기를 넣는다.

—조리가 끝나 갈 즈음에 사프란 가루를 한 줌 넣는다.

—유대인 식료품 가게에서 구입 가능한 작은 유정란 2알을 마지막 단계에서 넣고 1~2분 정도 삶을 수 있다.

—보리를 넣고 끓인 닭고기 수프(chicken soup with barley, 아널드 웨스커의 연극 제목으로 잘 알려져 있다.)는 풍미를 더해 준다. 다진 리크와 통보리 100그램 정도를 더 넣고, 1시간 정도 보리알이 부드러워질 때까지 끓인다.

---

* Knaidel: 누룩을 넣지 않고 만든 밀가루 완자. 계란과 아몬드, 감자 등이 들어가며 수프 국물에 넣어 먹는다.

게필테 생선 요리

차갑게 데친 어묵 완자와 함께

어묵 완자 16개 만들기

요즘은 거의 아무도, 다진 생선 살과 껍질을 함께 빚지 않는다. 여전히 몇몇 사람들은 직접 생선 껍질을 벗기느라 그것이 약간 들어가는 경우도 있지만, 대개 사전에 껍질을 벗긴 생선 살을 쓴다. 미국에서는 흰살 생선을 주로 사용하며, 지역마다 다른 여러 생선을 쓰기도 한다. 영국에서는 두세 종류의 생선을 사용하는데, 가장 흔한 것은 대구(cod), 해덕(haddock), 민어(whiting), 브림(bream) 혹은 헤이크(hake) 따위다. 유대인 생선 장수들은 여러 종류의 생선 살을 섞어서 저마다 간편하게 포장해 판매한다.

프랑스에서는 여전히 꼬치고기(pike)와 잉어(carp)를 쓴다. 어묵완자를 찌려면 생선 살 외에도 생선 머리나 뼈가 있어야 한다. 왜냐하면 그래야 식을 때 응고되는 젤라틴을 얻을 수 있기 때문이다. 그렇게 빚은 각각의 완자들 꼭대기에는 한 겹씩 자른 당근을 올려 꾸며놓는다. 이건 어디에서나 공통되는 고명 장식이다. 나의 딸은 내가 꾸민 당근 고명을 보고 웃음을 터뜨리며 이렇게 말했다. '유대교도인 생선을 어떻게 알아보는지 아세요? 꼭대기에 당근이 있거든요.'

육수 재료

얇게 썬 당근 2개(고명으로 써야 하니까 최소한 16개 조각이 필요하다.)

얇게 썬 양파 1개

생선 머리 1~2개(기름지지 않은 것으로 준비한다.)

소금 작은술로 2술

설탕 작은술로 1~3술

백후추 티스푼 1~3술 혹은 통후추 6알

생선 완자 재료

중간 크기의 양파 1개

계란 2개

소금 작은술로 2술 혹은 그 이상

설탕 작은술로 2술 혹은 그 이상

백후추

무교병 가루 75그램

껍질을 벗긴 생선 살 1킬로그램(대구, 해먹, 브림, 민어, 헤이크 중에서 2~3 종류를 선택한다.)

모든 육수 재료를 소스 팬에다 넣고 생선 머리가 잠길 만큼 물 2.5 리터를 더해 끓인다. 거품을 걷어 내고 30분 정도 푹 끓인다. 생선 완자는 양파를 사등분해서 믹서 안에 넣고 계란, 소금, 설탕, 후추를 넣어 크림 상태가 될 때까지 간다. 그런 뒤 믹싱 볼 안에 넣고 무교병을 넣어 섞는다. 잘게 썬 생선 살을 5초 정도만, 잘게 갈아질 때까지 믹서에 넣고 간다. 곤죽처럼 되지 않도록 조심하는 것이 중요하다. 생선 살에 양파와 무교병을 넣고 잘 섞는다. 뚜껑을 닫고 냉장고 안에 30분 정도 놔둔다.

손에 물을 적시고 나서 반죽을 작은 귤 크기 정도로 둥글리거나 계란형 패티로 형태를 잡아 빚는다. 빚어낸 완자들을 생선 육수에 넣고 뚜껑을 닫은 채 약한 불에 30분 정도 끓인다. 열기를 식히고 생선 완자들과 생선 머리를 들어내서(생선 머리는 별미로 맛볼 수 있다.) 깊고 오목한 접시에 한 겹으로 담는다. 생선 위로 육수를 한 국자 붓고 나머지는 끓여서 졸인 뒤에, 다시 생선 위에 뿌린다. 당근 슬라이스를 다시 꺼내 와서 각 완자 꼭대기에 하나씩 얹는다. 냉장고에 하룻밤 동안 넣어 두면 육즙 젤리인 아스픽이 잘 만들어져 있을 것이다.

크레인 소스*와 함께 대접한다.

응용

—미국에서 흔히 쓰이는 생선 살 조합은 잉어 500그램, 꼬치고기 250그램 그리고 민어 250그램 정도다. 또한 미국인들은 육수에 셀러리를 넣기도 한다. 만약 잉어를 쓴다면 1시간 반에서 2시간 정도는 조리해야 한다.

—폴란드식 게필테 요리는 다진 생선 살에 설탕을 큰술로 3술 넣고 육수에도 설탕을 작은술로 1술 더 넣어 달게 한다. 후추는 넣지 않는다.

—생선 완자를 만들 때 양파와 함께 당근도 다져 넣을 수 있다.

—남아프리카에서는 무교병 대신 잘게 부순 마리 비스킷(플레인)을 사용한다. 생선 살 1킬로그램당 비스킷 6개 정도가 들어가며 생강가루 3분의 2 작은술을 넣어 향취를 더한다.

---

* chrain: 유대 요리에서 쓰는 소스로 곱게 간 고추냉이, 식초, 설탕, 소금, 비트 뿌리 등을 재료로 쓴다.

당근 치메스

꿀을 바른 당근

6인분

이디시 전설에 따르면, 얇게 자른 당근은 금화와 관련 있으며 당근 치메스는 로쉬 하샤나 절기(신년)에 번영과 행운의 상징으로서 즐겨 먹는다. 당근에 발린 꿀은 다가오는 새해가 달콤하리라는 희망을 상징한다. 이 치메스 요리는, 가장 흔하게 손꼽히는 유대 전통 식단 중 하나다. 안식일에도 자주 준비해 먹으며, 이스라엘 호텔 뷔페들이나 코셔 포장 판매 전문 식당들에서도 쉽게 찾아볼 수 있다. 그다음은 오렌지 과즙과 생강을 곁들인 기본적인 식단으로 매우 대중적인 조리법이다.

얇게 자른 당근 750그램
거위 지방분, 버터, 혹은 식물성 기름 큰술로 3술
소금
오렌지 1개 분량의 과즙
생강가루 4분의 1 작은술
꿀 큰술로 2술

커다랗고 넓은 팬에 당근 슬라이스와 기름을 넣은 뒤 흔들고 뒤집어 가며 빠르게 볶는다. 이어서 나머지 재료와 물을 붓는다. 뚜껑을 덮고 반 시간 동안 약하게 끓이거나 당근이 부드러워질 때까지 끓인다. 마지막에는 뚜껑을 열고 수분이 윤기 나게 조려질 때까지 익힌다.

응용

—생강과 오렌지 과즙을 빼고 그 대신 육두구 한 줌과 계피 1작은술로 맛을 낸다. 조리가 반 정도 진행되었을 무렵 까치밥나무 열매 또는 건포도를 큰술로 2술 넣는다.

—사과와 당근을 함께 끓이는 치메스는 디저트로도 활용할 수 있다. 깍둑썰기한 사과 1개와 계피 1큰술을 마지막에 넣고 익을 때까지 부드럽게 조리한다.

닭 간으로 속을 채운 구운 비둘기, 어린 비둘기 또는 영계 요리

4~8인분

재료의 속을 채우는 조리법은 무엇인가를 축하하는 느낌을 준다. 동유럽에 널리 퍼진 전통적인 유대 요리에서는 다양한 사육조류의 속을 으깬 감자나 거위 지방에 구운 무교병으로 채우며, 때로는 생강이나 파프리카, 마늘 또는 파슬리로 맛을 더하기도 하고, 자른 버섯이나 간을 더해 장식한다. 닭의 간으로 속을 채우는 이 호화로운 조리법은 알자스 지방에서 전해 오는 것이다. 이 재료는 맛이 굉장히 좋기 때문에 속을 채우는 수고를 들이는 게 아깝지 않으나, 다른 재료의 경우라면 솔직히 말해서 그렇지 않을 때도 있다. 알자스의 푸아그라는 본래 유대인 공동체에서 유래한 것이며 때로는 닭 간 대신에 이것을 쓰기도 한다. 종종 트러플을 곁들여 먹는다.

지중해 요리에서 쓰는 아기 비둘기만을 사용하고, 여의찮으면 갓 부화한 비둘기 또는 영계를 쓴다. 세 개 코스로 이루어진 식사의 경우, 손님들은 대체로 영계 한 마리를 통째로 먹을 수 없으므로, 식탁에 내놓을 때는 반씩 잘라서 대접한다.

어린 비둘기 또는 영계 4마리

기름 4큰술

레몬 1개 분량의 즙

소금과 후추

속을 채우는 재료

닭의 생간 또는 냉동된 간 250그램(천천히 해동한다.)

가장자리를 잘라 낸 할라빵 2조각

계란 노른자 3개

코냑 4큰술

기름 또는 닭기름 2큰술

소금과 후추

먼저 속을 채울 재료를 준비한다. 닭의 간을 정결하게 하는 코셔 과정을 거치려면, 그릴 아래서 육질의 색이 변할 때까지 양쪽을 불꽃에 그슬려야 한다. 물에 적신 빵을 덮은 뒤에 물기가 다 빠져나갈 때까지 짠다. 간과 노른자, 코냑, 기름 또는 지방분과 소금과 후추를 믹서에 넣고 섞어서 크림처럼 간다. (나중에 굽고 나면 다시 단단해질 테니 걱정하지 않아도 된다.)

이제 비둘기들을 기름, 레몬즙, 소금과 후추로 간을 한다. 앞이 뾰족한 디저트용 스푼을 사용해서 꼬리 부분에 구멍을 낸 뒤 속을 채

운다. 그러고 나서 뚫려 있는 구멍은 이쑤시개로 막거나 혹은 바늘과 실을 이용해서 꿰맨다.

미리 데워 둔 오븐에 섭씨 220도, 가스 불 7단계로 30~45분간 굽거나, 혹은 겉껍질이 갈색으로 변할 때까지 불을 조절하며 굽는다. 뾰족한 나이프로 다리살 부분을 잘라도 분홍빛 육즙이 흘러나오지 않으면 다 익은 것이다. 만약 반쪽씩 식탁에 낸다면, 용골을 기준으로 한쪽 가슴뼈만 잘라 담는다. 자를 때는 날카로운 저밈용 칼날로 강하고 꾸준한 압력을 주어 절단한다.

응용

―나는 코냑의 풍미가 확실히 도는, 속 재료 자체의 맛을 아주 좋아한다. 하지만 이를 대체할 다른 맛을 내고자 한다면 육두구 한 줌과 매우 곱게 다진 파슬리 2큰술을 넣는다.

샬레*

사과 푸딩

6인분

사과 푸딩은 전통적으로 안식일에 먹는 음식이다. 샬레라는 이름은 안식일 스튜를 의미하는 '춀른트(cholent)'와 바꿔 쓸 수도 있다.

---

* Shalet: 냄비에 찌는 요리인 '쿠겔'과 혼용되기도 하는 말이며, 오븐에 구운 푸딩을 말한다.

예전에는 바삭한 밀가루 반죽으로 덮어 스튜가 끓는 동안 함께 밤새 굽기도 하던 요리다. 프랑스에서는 사과 푸딩으로 굳어졌지만 다른 나라에서는 다양한 메뉴로 변하기도 했다. 나는 가볍게 부풀어 오른 식감과 순수하고 알싸한 맛 때문에 이 음식을 좋아한다.

파이용 사과 1킬로그램

까치밥나무 열매나 검정 또는 갈색 건포도 100그램

설탕 175그램과 백포도주 125밀리리터

노른자와 흰자를 분리한 계란 6개

사과 껍질을 벗기고 씨와 속 부분을 제거한 뒤 반으로 자른다. 뚜껑이 빈틈없이 잘 들어맞는 팬에다 놓고 건포도와 포도주를 넣는다. 뚜껑을 덮고 매우 약한 불로 15분간 찌거나 사과가 흐물흐물해질 때까지 가열한다. 포크로 으깬 뒤에 설탕을 뿌려 섞는다. 뚜껑을 열고 1~2분간 조리한다.

사과들이 조금 식었을 때 계란 노른자들을 넣고 잘 섞는다. 따로 저어 거품을 낸 계란 흰자를 사과 소스에 넣는다. 표면에 기름을 잘 바른, 넓고 납작한 구움 틀에 부어 넣고 섭씨 180도로 예열한 오븐에 불 4단계로 50분 정도 굽는다. 그 정도 시간이 지나면 윗부분이 갈색으로 구워질 것이다. 뜨겁게 먹어도, 차게 먹어도 괜찮다.

응용

―다진 호두 100그램을 넣어도 좋다.

―레몬 1개 분량의 껍질 또는 생강 1작은술을 넣어 풍미를 더할

수 있다.

─ 샬레빵을 만들려면 가장자리를 제거하고 육각형으로 자른 할
라빵 6조각(150그램)에, 사과와 계란을 섞어서 붓는다. 빵은 미리 물
에 적셨다가 맨손으로 꼭 쥐어짜 둔다.

─ 무교병과 함께하는 유월절 샬레를 만들기 위해서는 무교병 3개
를 작은 조각으로 부순 뒤에, 물에 적시고 꼭 짜서 물기를 제거한다.

─ 가끔은 사과를 잘게 다지거나 얇은 조각으로 자를 수도 있고,
그 상태에서 계란 노른자와 흰자 거품과 섞을 수 있다.

─ 프랑스식 샬레는 가장자리를 자른 할라빵 150그램을 물에 적
시고 짜낸 뒤 계란 노른자 4개, 럼주 100밀리리터, 설탕 125그램, 레
몬 껍질 1개 분량, 생강 2분의 1작은술과 함께 믹서에 넣고 간다. 계
란 흰자를 따로 거품 내서 혼합물에 붓고, 오븐 틀에 넣는다. 작은 조
각으로 자른 사과 1킬로그램을 넣어 섞고, 섭씨 180도 오븐에서 가
스 불 4단계로 반 시간 동안 굽는다.

모든 조리법은 『유대 음식 조리법』의 저자 클로디아 로덴의 친절
한 허가를 받아 재수록했습니다. 1999년 펭귄 북스 출간, 저작권은
클로디아 로덴에게 있습니다.(1996년)

그리고 만약 요리를 즐기지 않으신다면, 제가 즐겨 가는 코셔 식당 몇 군
데를 소개합니다.

이 목록이 적잖이 런던 중심적이라는 사실을 깨달았지만(사실 모

두 다 런던에 있는 식당이라서), 불행히도 저는 다른 도시들의 코셔 식당에 대해서까지 모두 동일하게 폭넓고, 백과사전적 지식을 갖고 있지는 못합니다. 또한 그다지 훌륭하지도 않은 베이글 가게 같은 곳으로 여러분을 인도하고 싶지도 않아서요.

① 골더스 그린 로드의 블룸스(Blooms)

원조이자 가장 탁월한 곳. 소금을 친 소고기 샌드위치와 라트케 팬케이크를 추천한다. 식단에 포함된 유일한 채소가 잘게 조각내어 튀긴 양파뿐이라는 점도 염두에 두도록. 분위기에 흠뻑 취할 수 있는 곳. 모리스가 자신의 당뇨병에 좋지 않다는 걸 알면서 사과 스트루들*을 주문할 때 아이린이 고함치는 것을 들어 보도록. 사과 스트루들을 주문하고, 모리스의 얼굴을 바라보자.

130 골더스 그린 로드, 런던, NW11 8HB

② 브렌트 스트리트의 새미스(Sami's)

런던에서 가장 뛰어난 슈와마**—고급스러운 형태의 케밥—를 파는 곳이다. 포장 판매 카운터에서 '적절히 처리한' 양고기 슈와마를 주문하여 우체국 바깥의 벤치에 앉아 음미하며 먹어 보라. 이것이 바로 헨던이 줄 수 있는 매력이다. 만약 당신에게 운이 따르고—그리고 당신의 치마가 충분히 길다면—누군가는 당신을 하스몬 학교의 학생으로 착각할지도 모른다.(주의: 남자들에겐 통하지 않

---

* strudel: 밀가루 반죽에 싸서 구운 파이.
** Schwarma: 샤와르마(shawarma)라고도 부르며, 고기와 채소를 넣어 납작한 피타빵으로 싸서 먹는 음식.

을 수도 있다.)

157 브렌트 스트리트, NW4 4DJ

③ 골더스 그린 로드의 카멜리스(Carmelli's)

식당은 아니지만 적당히 놀기 좋은 곳이다. 토요일 밤에 해가 지고 세 시간 이후에 와 보라. 카멜리스라는 음식 사원에 와서 다양하고 폭넓게 제공되는 제물들을 숭배하라. 온갖 무지갯빛의 페이스트리, 케이크 그리고 그 밖의 제과들. 또 바깥에 서서 유대인 청년들이 가장 활기차게 시간을 보내는 광경을 즐길 수 있다. 베이글을 먹고, 휴대폰을 든 채 고함치며 통화하는 모습이겠지.

128 골더스 그린 로드, NW11 8HB

④ 베비스 마크스 레스토랑(Bevis Marks Restaurant)

뭐라고? 코셔 식당인데 멋까지 있는 곳이라고? 아름답고 전통적인 장소인 데다가, 콜레스테롤 덩어리가 아닌 진짜 음식을 내준다고? 설마 그럴 리가 있나. 당신이 런던 북서부로 용감히 나설 준비가 되지 않았다면, 그리고 본차이나 접시에 담긴 음식 위에 허브로 된 고명을 얹어 주는 걸 좋아한다면 이 식당이야말로 당신을 위한 곳이다. 정말로 이곳은 멋지고, 의심의 여지없이 런던에서 제일가는 코셔 식당이다. 흠잡을 데 없이 완전무결한 서비스와 고함치는 소리가 없다는 점만이 진정성을 약간 떨어뜨리는 부분이긴 하지만.

런던 EC3A 5DQ

⑤ 브렌트 스트리트에 있는 니심 정육점(Nissim the Butcher)

식당은 아니지만, 그럼에도 적절한 코셔 음식을 경험해 보려면 금요일 오전 10시 30분, 바깥에 아무렇게나 불법 주차를 해 두고 가게로 뛰어 들어와서 다음 물품들을 사 보라. 닭고기 수프 한두 통, 무교병 한 줄, 구운 통닭 한 마리, 파프리카와 함께 구운 감자 대량, 그리고 폭 삶은 버섯들. 집으로 가져가서(가능하다면 차에서 다 먹어 치우지 말 것. 못 참을 것 같으면 더 많은 양을 사라.) 가족 중 몇몇을 초대하라. 음식을 데우고 함께 저녁을 먹어라. 말다툼을 하고, 화해하고, 가족들에게 사랑한다고 말하고, 밤 10시쯤 《주이시 크로니클》을 읽다가 잠들어라. 사실 할 건 단지 그것뿐이다.

61 브렌트 스트리트, 헨던, 런던, NW4

불복종

1판 1쇄 찍음 2018년 12월 14일
1판 1쇄 펴냄 2018년 12월 21일

지은이   나오미 앨더만
옮긴이   박소현
펴낸이   박근섭, 박상준
펴낸곳   (주)민음사

출판등록 1966. 5. 19. (제16-490호)
주소   서울특별시 강남구 도산대로1길 62 강남출판문화센터 5층 (06027)
대표전화 515-2000 팩시밀리 515-2007

www.minumsa.com

한국어판 ⓒ (주)민음사, 2018. Printed in Seoul, Korea

ISBN 978-89-374-3915-5 (03840)